D1322814

Une nuit à Sunset Ranch

L'héritière de Noël

CHARLENE SANDS

Une nuit à Sunset Ranch

éditions ✦ HARLEQUIN

Collection : PASSIONS

Titre original : SUNSET SEDUCTION

Traduction française de FRANÇOISE HENRY

HARLEQUIN®
est une marque déposée par le Groupe Harlequin

PASSIONS®
est une marque déposée par Harlequin S.A.

ÉDITIONS HARLEQUIN
83-85, boulevard Vincent-Auriol, 75646 PARIS CEDEX 13.
Service Lectrices — Tél. : 01 45 82 47 47
www.harlequin.fr
ISBN 978-2-2803-1351-3 — ISSN 1950-2761

1

En temps ordinaire, il en fallait beaucoup pour perturber Audrey Faith Thomas. Bien sûr, elle avait vécu des moments pénibles, six mois plus tôt, quand Casey, son grand frère, éjecté d'un cheval au cours d'un rodéo à Amarillo, s'était gravement blessé à la colonne vertébrale et qu'elle avait dû abandonner ses études à l'école vétérinaire afin de le soigner.

Le souvenir la fit frissonner, et elle remercia le ciel que Casey soit vivant, debout, et plus autoritaire que jamais. Cependant, tandis qu'au volant de son pick-up, elle se dirigeait vers son destin, l'appréhension qui lui nouait l'estomac n'avait rien à voir avec les cinq désastreuses secondes de chevauchée qui avaient obligé Casey à abandonner le rodéo.

Aujourd'hui, sa peur était bien différente. Elle la rendait stupide et la faisait douter d'elle-même. Pour un peu, elle serait volontiers repartie pour Reno, renonçant à l'idée de se présenter à l'improviste au Sunset Ranch.

Et d'affronter Lucas Slade.

L'homme qu'elle avait séduit et abandonné au beau milieu de la nuit.

Elle ravala la boule d'angoisse qui lui serrait la gorge et tenta en vain de se ressaisir. Elle avait beau se remettre à la mémoire l'état d'esprit dans lequel elle se trouvait alors, elle n'arrivait toujours pas à croire qu'elle ait pu agir ainsi.

Le mois précédent, après une dispute et un froid de trois semaines avec son frère, elle avait fini par se résoudre à le rejoindre dans son chalet des bords du lac Tahoe pour lui présenter ses excuses. Casey avait raison à propos de son petit ami, qu'elle venait d'ailleurs de quitter, et elle avait besoin de sa solide épaule pour pleurer dessus. Mais quand elle était arrivée, Casey dormait déjà. Elle avait alors gagné la chambre d'amis, et qui avait-elle découvert dans *son* lit ? Luke Slade, l'homme de tous ses fantasmes, celui à l'aune de qui elle comparait tous les autres, celui dont elle s'était éprise adolescente, quand elle suivait les circuits de rodéo avec Casey et qui la traitait avec une affection toute fraternelle.

Cette découverte avait instantanément balayé toute pensée rationnelle de son esprit. Son heure était enfin arrivée, et elle ne laisserait pas son éducation puritaine se mettre en travers de son chemin !

Luke était allongé sur le dos, son bras droit plâtré reposant à côté de lui. Il avait entrouvert les yeux et son regard bleu s'était posé sur elle dans la pénombre.

— Approche, avait-il dit d'une voix légèrement pâteuse.

Considérant qu'il s'agissait d'une invitation à le rejoindre dans son lit, elle avait expédié au diable ses derniers scrupules.

En fin de compte, au lieu du réconfort d'une simple épaule pour pleurer, elle avait connu un bonheur ineffable. Comment en aurait-il été autrement ? Depuis des années, elle aimait secrètement le grand ami de son frère.

Elle adressa un regard confus à Jewel, la chatte tabby orange et blanc qui sommeillait dans sa cage de transport posée sur le siège du passager.

— Tu comprends, ce n'est pas comme s'il s'agissait

d'un inconnu. C'était Luke, lui dit-elle comme si la précision expliquait tout.

La chatte, qui jusque-là ne s'était pas montrée très présente, ouvrit les yeux et la regarda un instant avant de retourner au pays des rêves. Et Audrey reporta son attention sur la route sinueuse, raccourci à travers la Sierra Nevada pour Sunset Ranch.

Après des kilomètres de routes montagneuses, elle franchit un col et obliqua sur une voie secondaire. Et bientôt, elle reconnut les étendues d'herbes grasses, de fleurs sauvages et les barrières blanches annonçant la propriété soigneusement entretenue qui entourait Sunset Lodge. L'établissement adjacent au ranch, qui accueillait des gens désireux de renouer avec une nature sauvage, était un autre fleuron des entreprises de la famille Slade. Quant au ranch proprement dit, il se trouvait à environ huit cents mètres de là.

— Nous y sommes presque, dit-elle à la chatte, toujours endormie.

Si seulement elle avait pu faire preuve de la même décontraction ! Ses doutes et ses appréhensions redoublant, elle agrippa un peu plus fort le volant et son cœur se mit à battre à tout rompre.

Elle aurait dû rester avec Luke, cette nuit-là, se montrer assez courageuse pour l'affronter au matin. Mais chaque fois qu'elle imaginait la scène, elle voyait surgir Casey. Il serait devenu fou en la trouvant au lit avec son ami, c'était certain, et il aurait foncé dans le tas sans poser de questions. Alors elle était parvenue à la conclusion que quitter Luke et le chalet était la seule solution envisageable.

Elle ne pouvait que se féliciter du sommeil de plomb dont jouissait son frère, qui ne s'était absolument pas douté qu'elle avait eu une aventure d'un soir avec son meilleur ami.

Deux jours plus tard, quand elle avait trouvé le courage de téléphoner à Casey, il lui avait appris la raison de la visite de Luke. Piétiné par un cheval qu'il tentait de dresser, il avait récolté un bras ainsi que trois côtes cassés. Et il était venu s'installer dans le chalet du lac Tahoe, le temps de récupérer.

A présent, elle allait se retrouver devant Luke, lui parler de leur nuit et lui avouer l'amour qu'elle lui portait. Elle ne supportait pas l'idée qu'il la prenne pour une femme facile, capable d'une aventure d'une nuit, une femme instable, qui ne savait pas ce qu'elle voulait. Qu'avait-il pensé de son départ subreptice durant la nuit ?

Elle le saurait bientôt, car les portes de Sunset Ranch, surmontées d'une enseigne en fer forgé représentant le soleil se couchant sur l'horizon, se profilaient devant elle. Perdant courage, elle ralentit. Elle pouvait encore faire demi-tour, et rentrer chez elle. Personne n'en saurait rien.

Derrière elle, le conducteur d'un camion chargé de bottes de foin klaxonna, la tirant brutalement de ses pensées. Un présage qui l'encourageait à poursuivre sa route à la rencontre de son destin, quel qu'il soit.

Quelques minutes plus tard, affichant un courage qu'elle ne possédait pas, elle se gara, prit la cage de la chatte par la poignée et alla frapper à la porte de Luke Slade.

Le battant s'ouvrit, et elle se trouva face à lui.

Sa vue lui causa un choc, et elle déglutit. Comme chaque fois qu'elle se trouvait en sa présence, son cœur se mit à bondir dans sa poitrine. Son cas était décidément désespéré.

La lumière du soleil jouait dans les cheveux blond foncé de Luke et soulignait une barbe de quelques jours. Solide, séduisant, beau à en pleurer, il la dépassait d'une tête. Petite fille, elle pensait que si elle réussissait à le rattraper en taille, elle deviendrait son égale en tout. C'était un vœu stupide, qui ne s'était jamais réalisé. Luke était grand, tandis que sa taille était restée moyenne. Cinq ans les séparaient, ce qui, à l'époque, semblait une éternité à l'adolescente éprise qu'elle était.

De peur de dire une sottise, elle attendit qu'il parle.

Il fronça les sourcils.

— C'est toi sous cette casquette, Audrey ?

Quelle idiote d'avoir oublié de retirer cette maudite casquette de base-ball qui emprisonnait sa queue-de-cheval ! Elle hocha la tête tout en remontant la visière.

Un grand sourire éclaira le visage de Luke.

— Eh bien, approche !

Sans attendre sa réaction, il avança, bras tendus. A cet instant, toutes ses peurs s'évanouirent. Dieu soit loué, il était heureux de la voir !

Cependant, alors qu'elle pensait qu'il allait lui donner un vrai baiser, comme au chalet, il l'embrassa sur les deux joues. Pas de doute, c'était affectueux, comme les bourrades « fraternelles » qu'il lui assena dans le dos avant de reculer pour la contempler.

— Qu'est-ce qui t'amène à Sunset Ranch ? demanda-t-il, tandis que son regard voltigeait par-dessus son épaule. Casey t'accompagne ?

— Euh… non.

Il hocha la tête.

— D'accord. Eh bien, rentre t'abriter de la chaleur. Je vois que tu as encore récupéré un animal.

Elle avait presque oublié la chatte, à ses pieds.

— Elle… elle s'appelle Jewel. Elle a été heurtée par une voiture il y a deux mois et est restée longtemps en état de prostration. Et maintenant, elle fait une déprime d'abandon si je la laisse trop longtemps seule.

Luke examina la chatte à travers la porte grillagée.

— Elle a fait le voyage depuis Reno avec toi ?

Son pouls s'accéléra parce que le regard de Luke était revenu sur elle. Elle acquiesça de la tête.

— Heureuse chatte. Je suis sûr que tu la gâtes. Tu as toujours été formidable avec les animaux.

Elle demeurait immobile, abasourdie par la réaction de Luke. Il ne semblait pas du tout ému de la revoir et se conduisait avec un naturel stupéfiant. C'était comme si la nuit qui avait ébranlé son univers n'avait jamais existé. Il ne semblait ni fâché, ni blessé, ni soulagé. Rien. Elle ne savait pas trop à quoi s'attendre en venant, mais sûrement pas à ce détachement.

Sans paraître remarquer son désarroi, il souleva la cage de la chatte et rentra dans la maison.

Se ressaisissant, elle le suivit.

— Ta vue est un régal pour des yeux fatigués, Audrey Faith, dit-il par-dessus son épaule.

Sa gorge se serra en se remémorant les rêves qu'elle avait faits à son sujet au cours du mois écoulé. Et maintenant, il était devant elle, en chair et en os.

— Tu sais, maintenant, on m'appelle Audrey tout court. Je préfère.

Il émit ce rire profond, riche et plein de sensualité qui la faisait vibrer. Bien sûr, adolescente, elle ignorait à peu près tout de la sensualité. Elle savait seulement qu'elle aimait le son de son rire.

— D'accord, Audrey, concéda-t-il avec indulgence.

Une trouble chaleur l'envahit à cause de la façon dont il avait prononcé son prénom. Et elle dut se réprimander pour ne pas fixer ses fesses parfaites moulées dans le jean. Faisant remonter son regard, elle nota que ses cheveux blond foncé bouclaient sur sa nuque et se rappela avoir mêlé ses doigts à leurs mèches épaisses. Elle mourait d'envie de recommencer.

Leur nuit ressemblait à un rêve surréaliste.

Après avoir posé la cage de la chatte sur le canapé, il se tourna vers elle.

— C'est bon de te voir Audrey. Il y a si longtemps…

Comment ça « si longtemps » ? Ils s'étaient « vus » un mois plus tôt.

— Même chose pour moi, dit-elle néanmoins.

Cette conversation ne prenait pas du tout le tour attendu. Dans ses rêves les plus fous, Luke était ravi de la voir. Il l'entraînait dans sa chambre en lui jurant un amour éternel et la suppliait de ne plus jamais le quitter. Dans le pire des scénarios, il la sermonnait d'avoir eu des relations sexuelles non protégées et de s'être ensuite enfuie comme une voleuse au beau milieu de la nuit.

Mais rien de tout ceci ne se produisit, et elle trouvait son comportement vraiment étrange.

— Quelle bonne idée de me rendre visite ! dit-il en lui désignant le canapé.

Elle s'assit près du panier de la chatte et Luke prit place en face d'elle, dans un fauteuil.

— Tu es jolie comme un cœur, ajouta-t-il.

Ce n'était pas son avis. Sa garde-robe étant passablement négligée, ce matin, elle n'avait guère eu le choix de sa tenue et avait endossé un chemisier à carreaux et un vieux jean. Quant à ses cheveux trop longs, elle les avait emprisonnés dans une casquette de base-ball. Elle avait bien pensé à faire rafraîchir sa coupe, mais c'était resté au stade de l'intention. La casquette de base-ball et les vêtements usagés, c'était tout elle.

— Merci. Et toi, tu as récupéré ?

— Je ne me plains pas. Mon bras est comme neuf.

Il était plâtré quand ils avaient fait l'amour, mais ça

n'avait pas empêché Luke de lui faire subir un millier de morts délicieuses.

— Tant mieux.

— Alors, qu'est-ce que tu deviens ? s'enquit-il poliment.

— Euh, Luke ?

Elle détestait paraître si désemparée, mais la façon dont il évitait le sujet de ce qui s'était passé entre eux, un mois plus tôt, lui devenait insupportable.

Le regard de Luke s'adoucit et il la considéra avec amitié.

— Que se passe-t-il, mon chou ? Tu t'es encore disputée avec Casey ? Toujours aussi tyran ?

Elle s'adossa au canapé, ébranlée. Pourquoi se montrait-il si délibérément obtus ? Il devait bien savoir pourquoi elle avait parcouru tous ces kilomètres.

A présent, Luke était un riche éleveur de chevaux. Avec ses frères, il possédait le plus grand ranch de trois comtés. La gestion de son entreprise exigeant une grande concentration, elle fut touchée de constater qu'il se rappelait ses problèmes avec Casey. Des années plus tôt, elle s'était plainte auprès de Luke de l'attitude abusivement protectrice et du caractère autoritaire de son frère. Elle s'était confiée à lui parce qu'il était le seul à l'écouter vraiment et à la traiter en égal, et non en stupide gamine ayant encore bien du chemin à parcourir.

— Nous nous disputons toujours, répondit-elle, mais c'est différent.

— C'est-à-dire ?

Il paraissait sincèrement intéressé.

— Il ne peut plus me priver de sortie, alors, je le laisse dire.

Luke rit de nouveau.

— Je le parierais bien !

Elle se força à sourire. La situation était tellement

étrange. Elle n'y comprenait rien. Il agissait comme s'il ne s'était rien passé dans la chambre d'amis. Faire l'amour à une femme était-il si banal pour lui qu'il ne jugeait pas y voir matière à réflexion ? Etait-il un adepte du sexe décontracté et des aventures sans lendemain ?

— Casey sait que je suis une grande fille maintenant. Il a cessé de me prendre de haut comme il en avait l'habitude.

Si elle insistait tant, c'était qu'elle tenait à faire comprendre à Luke que Casey n'était pas le problème. Ce qui s'était passé entre eux ne regardait pas son frère.

— Il a donc fini par accepter que tu voles de tes propres ailes ?

— Mais oui. Et nos relations s'en sont nettement améliorées.

Luke hocha la tête, et ils se regardèrent.

— Veux-tu boire quelque chose ? s'enquit-il.

— Non… Je te remercie.

Il hocha de nouveau la tête, puis elle s'aperçut qu'il regardait sa montre.

— Tu es pressé ? Je ne veux surtout pas te retenir.

— Mais non, dit-il en se redressant sur son siège, manifestant par là qu'il lui accordait toute son attention.

Luke savait mentir pour la bonne cause. Elle se rappelait les pieux mensonges qu'il débitait sur les circuits de rodéo, juste pour faire plaisir aux gens.

« Madame Jenkins, votre tarte fraise-rhubarbe est la meilleure du comté ! »

« Jonathan, encore une petite année d'entraînement avec ce violon, et tu passes dans l'émission de radio Grand Ole Opry ! »

« Mais non Audrey Faith, tu ne me retiens pas alors que j'ai quelque chose d'important à faire. »

C'était maintenant ou jamais, elle le savait. Il fallait à tout prix clarifier la situation.

— J'ai une bonne raison pour te rendre visite, Luke, dit-elle en se jetant à l'eau. Je pense que tu la connais, mais si tu préfères que je la dise…

Le front de Luke se plissa comme s'il réfléchissait. Puis il parut soudain comprendre et leva une main.

— Ah, Audrey, n'en dis pas plus ! J'aurais dû deviner dès que je t'ai trouvée à ma porte.

Elle se détendit. Enfin, ils allaient pouvoir parler librement.

— Bien sûr ! reprit Luke. Casey t'a dit que j'étais à court de bras. Maintenant que j'y pense, personne n'est plus qualifié que toi pour m'aider à venir à bout de mon étalon. Il a la tête plus dure que le béton, et il me cause bien du souci. J'aurais dû prendre contact avec toi, mais comme nous ne nous sommes pas parlé depuis des années, l'idée ne m'a pas traversé l'esprit. Il faut absolument que je remette Tribute en ligne. Mais je t'avoue que c'est un gros défi à relever. Casey m'a dit que tu ne reprendrais tes cours à l'école vétérinaire qu'à l'automne ?

Ces paroles lui causèrent un choc. Tout son sang se retira de son visage, et un vertige la saisit. Comment pouvait-il… ?

Reprends-toi, Audrey. Tu dois tenir bon.

Elle commençait à comprendre qu'elle nageait dans des eaux troubles. Très troubles, même.

— Je… euh… oui, c'est le projet.

Mais pourquoi avait-elle tant tenu à faire preuve de courage ? Si seulement elle avait eu la bonne idée de faire demi-tour et de repartir sur les chapeaux de roues pour Reno ! Parce que l'image qui se dessinait maintenant était cauchemardesque.

« Nous ne nous sommes pas parlé depuis des années. » Bien sûr, on pouvait prendre la remarque à la lettre. En effet, ils n'avaient pas parlé cette nuit-là, ils avaient surtout gémi de plaisir. Sauf qu'il faudrait être idiote pour supposer que c'était le sens de sa phrase.

Le Luke qu'elle connaissait ne prendrait pas des chemins détournés pour contourner un problème aussi grave. Il se serait montré direct et franc. Il se serait probablement excusé, bourrelé de remords pour avoir fait l'amour à la petite sœur de son ami. Il n'y avait donc qu'une raison à son comportement.

Il ignorait lui avoir fait l'amour.

Cette merveilleuse nuit de passion était unilatérale. Luke ne se montrait pas borné : il ne savait pas.

Un poignard plongé dans son cœur ne l'aurait pas fait davantage souffrir.

— Alors, qu'en penses-tu, mon chou ?

Le timbre de sa voix profonde s'immisça dans son désespoir.

— Ça te dit de passer le reste de l'été avec moi, au Sunset Ranch ?

— Ce ne sont que des formalités, Audrey, mais il faut en passer par là, dit Luke en lui tendant la demande à remplir pour l'emploi sur le Sunset Ranch.

Ils étaient installés dans le bureau de la famille Slade, situé à une extrémité de la vaste maison de plain-pied, elle, dans un fauteuil, Luke assis en face d'elle à son bureau. Elle sentit son regard peser sur elle tandis qu'elle remplissait mécaniquement le dossier, acceptant ainsi l'emploi très lucratif d'assistante en dressage de chevaux sur l'exploitation familiale des Slade, et un contrat qui la lierait à Luke Slade pour les deux mois à venir.

On nageait en pleine science-fiction. Elle avait dû franchir une mystérieuse limite et se retrouvait dans un univers parallèle. En même temps, cette version de sa vie qui lui permettait de vivre sous le toit de Luke et d'occuper ses mois d'été autrement qu'avec des emplois sans intérêt, n'avait pas que des inconvénients. Pour n'être pas parfait, ce monde parallèle valait infiniment mieux que ce que la réalité avait à lui offrir.

Ayant terminé sa tâche, elle tendit les papiers à Luke, respirant au passage la fraîche odeur acidulée d'une eau de toilette qui raviva ses souvenirs. Elle avait baisé cette gorge, ces épaules, ce torse. C'était ce parfum qui avait plané sur elle longtemps après qu'elle avait fui le chalet de son frère.

Luke jeta un coup d'œil au formulaire, puis il se leva en souriant.

— Te voilà engagée ! Viens, je vais te montrer ta chambre.

Et, quelques minutes plus tard, elle se retrouva dans ses nouveaux quartiers, un peu étourdie par le tour que prenaient les événements au cours de la dernière demi-heure.

Elle avait découvert avoir eu des relations sexuelles avec un homme qui ne s'en souvenait tout simplement pas.

Un homme qui lui avait offert une place de rêve et insisté pour qu'elle occupe la chambre d'amis, située à quelques mètres de la sienne.

Elle regarda Jewel, étendue de tout son long sur le dessus-de-lit à fleurs, boule de fourrure aux rayures noires et jaunes de tigre. Jamais elle n'avait disposé d'une chambre aussi vaste et belle, et cependant, tandis qu'elle examinait le décor opulent, elle s'interrogeait sur la sagesse de sa décision.

En réalité, elle ne se posa pas longtemps de question.

Elle avait fait la seule chose possible. Il n'était pas envisageable de repartir sans rien dire, en renonçant à revoir jamais Luke. Tout à l'heure, à la seconde où elle avait posé les yeux sur lui, cette possibilité s'était trouvée exclue. Alors, émergeant de la brume qui lui obscurcissait le cerveau, elle comprit qu'elle se trouvait là où elle devait être.

Le destin lui accordait une seconde chance avec lui.

Naturellement, elle éprouvait une profonde amertume à l'idée qu'il avait oublié leur nuit, alors que ses propres souvenirs étaient inscrits dans sa chair et dans son cœur. Ses baisers brûlants avaient rompu les liens qui la rattachaient à son personnage de jeune fille convenable. Elle avait frémi sur lui, avec une passion et une liberté qui l'avaient surprise après coup. Mais, sur le moment, totalement désinhibée, elle avait chevauché sans pudeur le corps dur et musclé de Luke.

Je n'oublierai jamais ces instants.

Avec un ronronnement satisfait, la chatte leva la tête.

— Rendors-toi, Jewel, dit-elle en s'esclaffant.

Elle caressa la chatte qui referma béatement les yeux.

Oh ! échanger sa place avec le petit animal ! Dire adieu aux soucis, aux peines de cœur, dormir toute la journée… Que rêver de mieux ?

Durant quelques minutes, elle se laissa aller à s'apitoyer sur elle-même avant d'essayer de voir le bon côté des choses. Du moins, Luke lui faisait-il confiance. C'était réconfortant. Il l'avait engagée pour une place chèrement disputée sur un ranch aussi réputé, et pas à cause de son amitié avec Casey, mais parce qu'elle savait s'y prendre avec les animaux. Il reconnaissait ses aptitudes et avait besoin de son aide pour ramener à de meilleurs sentiments l'étalon qui l'avait piétiné et expédié à l'hôpital.

Elle se promit de relever victorieusement le défi.

Amener Luke à la considérer autrement que comme la petite sœur de son ami serait une autre affaire.

« Je sais que nous nous entendrons bien », avait dit Luke avant de quitter la chambre d'amis.

Elle soupira.

Si seulement il savait à quel point ils s'étaient entendus quelques semaines plus tôt.

Après avoir laissé Audrey dans la chambre d'amis, Luke retourna au bureau examiner de plus près sa demande de poste. Audrey Faith Thomas, demi-sœur de Casey — encore que personne ne mentionne plus cette demi-parenté —, avait eu une enfance difficile. Elle avait perdu ses parents très jeune, et c'était Casey qui l'avait élevée. Elle avait été la petite sœur qui suit son grand frère sur les circuits de rodéo. Franchement, la vie ne lui avait pas fait de cadeaux. Casey se montrait sévère avec elle. A son avis, s'il exagérait en ce sens, c'était parce qu'il devait assumer les deux rôles de père et de mère. Il faisait preuve de bonne volonté, mais se montrait souvent maladroit avec sa petite sœur.

De son côté, Audrey compensait comme elle pouvait la dureté de sa vie en se réfugiant auprès des animaux à qui elle donnait beaucoup et qui le lui rendaient bien. Elle éprouvait un amour tout particulier pour les chevaux de rodéo. Elle savait apaiser leur humeur batailleuse par de douces paroles.

Selon sa candidature, elle avait travaillé pendant deux ans dans une clinique vétérinaire de Reno, après le lycée, avant de s'inscrire à l'école vétérinaire. Il nota aussi ses nombreuses contributions bénévoles à des associations de protection des animaux, à des organismes de sauvetage de chevaux, et son engagement dans la lutte pour la liberté des chevaux sauvages.

Il prit le téléphone pour appeler Casey. Il lui devait un service pour l'avoir accueilli dans son chalet du lac Tahoe, le mois dernier. La présence de son ami l'avait aidé à récupérer plus rapidement la faculté de se déplacer. Et ce séjour l'avait moralement apaisé. Au ranch, il devenait fou, incapable qu'il était de se servir de son bras plâtré, ses côtes cassées lui rendant de plus la respiration difficile. Au chalet, il pouvait rester sans rien faire, avec juste le temps à tuer. Casey l'y avait aidé, et ils avaient passé d'excellents moments ensemble.

Pourtant, il aurait de toute façon engagé Audrey. Elle était qualifiée, travailleuse, loyale. Une chouette gosse, en somme.

— Ta petite sœur est ici, annonça-t-il à son ami. Elle va travailler pour moi.

Il y eut un silence.

— Tiens donc, répondit enfin Casey. Elle ne m'avait pas parlé de te rendre visite.

Hum. S'interposer entre ces deux êtres pouvait se révéler mauvais pour la santé.

— Ce n'était pas prémédité. Tu as dû lui dire que j'avais besoin d'aide, et elle s'est présentée. Je l'ai engagée pour quelques mois.

— C'est curieux. Je ne me souviens pas lui en avoir parlé. Je dois devenir sénile.

Luke rit. Casey n'avait que trente-trois ans.

— Il faut croire. Tu ne vois pas d'inconvénients à ce qu'elle travaille ici, je suppose ?

Non qu'il demande la permission. A vingt-quatre ans, Audrey était majeure et vaccinée. Il appelait son ami pour une tout autre raison.

Casey marqua un temps d'hésitation.

— Bien sûr que non, mon vieux. C'est juste que je la trouve un peu bizarre ces derniers temps. Repliée sur elle-même, tu vois le genre ? J'espérais qu'elle passerait l'été au chalet avec moi. Elle vient de rompre avec son petit ami, un sale type qui la trompait, et j'ai l'impression qu'elle a du mal à s'en remettre. Tu imagines la dose de sang-froid qu'il m'a fallu pour me retenir de flanquer une bonne raclée à cet abruti.

— Abruti, c'est le mot.

— Il n'y en a pas d'autre.

— Bon, écoute, elle est ici maintenant. Elle va loger à la maison. Ne te fais pas de souci. Je veillerai sur elle.

— Comme toujours. Je te remercie, Luke, et je compte sur toi pour qu'aucun de tes hommes ne lui brise le cœur.

— C'est elle qui va faire des ravages !

— Dans ce cas, tout ira bien, répliqua Casey en riant.

— Quoi qu'il en soit, ne t'inquiète pas pour Audrey. Et tu sais que tu es toujours le bienvenu au ranch.

— Quitter mon chalet, tu n'y penses pas ! J'ai un tonnelet de bière, mon barbecue, et la vue de superbes femmes se prélassant au bord du lac toute la journée.

Dans l'esprit de Luke l'image d'une superbe femme en particulier, blonde, avec d'interminables jambes et un éblouissant sourire, passa en un éclair. Elle avait débarqué à la fête que Casey avait organisée au bord du lac, pour la dernière soirée de Luke au chalet.

Elle avait tout de suite retenu son attention. Elle se trouvait avec un petit groupe de gens, et il n'avait pas réussi à savoir son nom au milieu de la cinquantaine d'invités. Elle était arrivée tard, et repartie tôt, non sans lui avoir adressé de nombreuses œillades. Mais alors qu'il allait vers elle, un invité curieux de l'entendre raconter sa vie de cavalier de rodéo l'avait intercepté.

— A propos, as-tu découvert qui était cette fille blonde ? demanda-t-il.

Il avait de bonnes raisons de chercher à connaître son identité.

— La fille canon, tu veux dire ? J'avais beau avoir bu, elle m'a aussi tapé dans l'œil. Elle s'appelle Desiree.

— Et ?

— C'est une connaissance d'un voisin. Elle vit quelque part sur la côte Est et elle est rentrée chez elle. C'est tout ce que je sais, mon vieux. Tu as raté ta chance.

A vrai dire, pas tout à fait, mais sa vie privée ne regardait que lui. Malgré tout, après avoir bénéficié de l'hospitalité de son ami durant plusieurs semaines, il éprouvait quelques remords à lui dissimuler la vérité. Encore qu'il n'y ait pas de quoi se vanter d'avoir eu une aventure d'une nuit avec une inconnue, si belle soit-elle. Il n'avait plus dix-huit ans, bon sang ! Sa seule excuse était son cerveau tout embrumé à cause de la prise d'antalgiques.

Cependant, aussi confus soient-ils, les souvenirs de cette nuit continuaient de l'obséder.

A présent, il connaissait au moins l'identité de la femme mystérieuse qui, cette nuit-là, avait pris la direction des opérations. Ce qui lui convenait parfaitement, vu que ses blessures l'empêchaient de bouger et que son esprit ne fonctionnait pas très normalement. Sur le coup, il avait cru avoir rêvé tout l'épisode, sauf qu'il se souvenait de menus détails, comme du parfum fleuri de l'inconnue, de ses longs cheveux blonds qui caressaient sa joue, et de s'être réveillé d'excellente humeur le lendemain matin.

— Eh bien, dit-il, le mystère est résolu.

Mieux valait qu'elle vive au loin. Si les aventures d'une nuit n'étaient pas sa tasse de thé, les histoires compliquées non plus. Il lui restait encore à rencontrer celle qui retiendrait son intérêt à long terme. Les femmes mettaient en général moins de six mois à s'apercevoir que quelque chose manquait à leur relation. Quant à lui, il n'éprouvait jamais le besoin de creuser la question. S'il n'était pas amoureux, à quoi bon se forcer ? Une fois, au lycée, il s'était accroché et avait essayé de persuader une fille que ça marcherait entre eux. Et, finalement, c'était lui qui avait souffert.

— Dommage, dit Casey. Elle était sexy.

Elle l'était, sans aucun doute. D'après ses souvenirs, même vagues, de leur nuit, c'était une affaire au lit. Mais évidemment, il préféra détourner la conversation vers l'entreprise dans laquelle Casey allait se risquer puisque sa blessure au dos l'avait contraint à abandonner le rodéo.

Après quelques minutes, la conversation prit fin, non sans une dernière remarque de Casey.

— Je te remercie de soutenir ma petite sœur, Luke. Tu es son second frère. Je sais que tu veilleras sur elle.

— Tu as ma promesse, Casey.

2

Audrey sortit son sac de voyage de son pick-up. Si elle ignorait à quoi s'attendre en débarquant à l'improviste à Sunset Ranch, elle n'envisageait certainement pas d'être engagée. Elle avait tout de même emporté quelques affaires et objets de première nécessité pour le cas où Luke… Il fallait bien se montrer optimiste dans la vie, n'est-ce pas ? L'idée qu'il ne se rappelle pas avoir fait l'amour avec elle ne l'avait même pas effleurée. Bon sang, ils avaient été deux dans ce lit à soupirer et gémir de plaisir !

A présent, sachant qu'elle allait demeurer deux mois au ranch, il lui fallait des vêtements. Une demi-heure plus tôt, elle avait téléphoné à Susanna Hart, sa voisine et amie de Reno. Susanna avait la clé de sa maison. Enfin, de celle de Casey, où elle avait grandi quand elle ne l'accompagnait pas de ville en ville pour assister aux rodéos. Même quand elle fréquentait le lycée, Casey ne lui permettait pas de rester seule à la maison en son absence. Si elle avait un examen à passer ou un contrôle important, la mère de Susanna se chargeait d'elle, sinon elle partait avec son frère.

Elle avait mal vécu la période du lycée. Elle avait dû se battre, d'une part, pour obtenir de bonnes notes malgré ses absences, et, de l'autre, pour participer à la vie sociale de sa classe. L'année de terminale avait été particulièrement pénible et, bien qu'elle ait rêvé que Luke l'escorte au bal de fin d'année, elle avait dû se résoudre à y aller avec un gentil garçon un peu terne.

Apprenant qu'elle allait passer l'été à travailler à Sunset Ranch, Susanna avait proposé d'emballer ses vêtements, son ordinateur portable, quelques photos, le bol préféré de Jewel, et de les lui expédier.

En regardant la chatte qui ronflait doucement sur le lit, elle souhaita pouvoir être aussi oublieuse du monde qui l'entourait. Le lit semblait attirant, et elle n'était censée commencer son travail que le lendemain. Mais elle n'avait pas l'habitude de faire la sieste.

Elle alla à la salle de bains se passer de l'eau sur le visage et eut un haut-le-corps en se regardant dans le miroir. Elle était affreuse avec ses yeux rougis par le manque de sommeil et ses cheveux qui émergeaient n'importe comment de sous sa casquette.

— Bon sang, Audrey ! s'exclama-t-elle. Fais quelque chose !

En hâte, elle tenta de réparer les dégâts.

Pour le moment, tout ce dont elle avait envie, c'était de faire la connaissance des chevaux. En arrivant, elle avait vu une dizaine de chevaux regroupés sous un immense chêne qui leur procurait une ombre bienfaisante.

Sunset Lodge possédait sa propre écurie, lui avait expliqué Luke, essentiellement destinée à l'usage des visiteurs. On y logeait des animaux au tempérament doux et confiant qu'on pouvait soit monter, soit atteler. Mais les écuries correspondant à la véritable vocation du ranch abritaient quelques-uns des meilleurs étalons, juments reproductrices et hongres de l'ouest du pays.

Casey lui avait toujours vanté les qualités des chevaux des Slade sans se douter qu'entendre évoquer un sujet touchant à Luke la troublait infiniment. Le fait qu'il soit resté célibataire alimentait ses rêveries les plus folles. Avec pour résultat, un singulier manque d'intérêt pour les autres hommes. Enfin, c'était vrai jusqu'à son dernier petit ami. En dépit de ses défauts, elle s'était attachée à Toby pour finir par découvrir qu'il la trompait sans vergogne.

La pilule avait été amère.

Cependant, en y réfléchissant, elle s'était aperçue que ce qui l'avait le plus bouleversée, ce n'était pas tant la rupture que le fait de n'en éprouver presque aucun chagrin. Bien sûr, la trahison de Toby l'avait blessée et humiliée, mais au fond, elle ne ressentait pas si douloureusement sa perte. Ce qui la démoralisait vraiment, c'était la crainte de ne jamais réussir à se contenter d'un autre que Luke.

Car Luke était un rêve impossible. Aussi, quand l'occasion s'en était présentée, elle avait saisi sa chance. Et puis, folle qu'elle était, elle avait perdu la tête et s'était enfuie.

— Stupide, grommela-t-elle en rajustant sa casquette sur ses cheveux toujours aussi indisciplinés.

Quelques minutes plus tard, elle se tenait près de la barrière de l'enclos, au pied d'un arbre sous lequel trois chevaux cherchaient la fraîcheur. L'un d'eux leva les yeux. C'était un superbe hongre bai aux membres marqués de balzanes.

— Viens, mon garçon, dit-elle d'une voix douce.

Le cheval s'ébroua paisiblement, et, quand elle fut certaine qu'il se sentait à l'aise, elle posa une main sur son garrot qu'elle flatta.

— Toi et moi allons devenir amis, sais-tu ?

Un deuxième cheval s'approcha et, bientôt, les trois animaux l'entouraient, lui donnant de petits coups de tête pour attirer son attention.

Elle sourit en se rendant compte qu'elle n'avait pas été aussi heureuse depuis des jours.

Les chevaux avaient toujours été son salut.

Un chien accourut vers eux et galopa tout autour de l'enclos en aboyant après les chevaux sans raison apparente. Visiblement, il s'agissait d'un jeu, car les chevaux ne prêtaient qu'une attention mitigée au border colley noir et blanc.

Bientôt, un petit garçon apparut, qui se mit à courir de toutes ses jambes après le chien. En l'apercevant au pied de l'arbre, il s'arrêta brusquement.

— Bonjour, dit-elle.

— Bonjour, répondit-il, les yeux à terre.

— Je suis une amie de Luke. Je m'appelle Audrey et je vais m'occuper des chevaux. Comment s'appelle ton chien ?

— O-oh, ce n'est p-pas vraiment mon ch-chien. Je le s-surveille pour M. S-slade. I-il s'appelle B-blackie.

Audrey hocha la tête.

— C'est un beau nom. Et je parie que toi aussi, tu as un beau nom.

Les coins de la bouche de l'enfant se soulevèrent dans une ébauche de sourire.

— Moi, c-c'est E-Edward. M-mais on m'appelle Eddie.

— Alors je t'appellerai aussi Eddie, Edward.

— Merci.

Le petit garçon regarda le chien qui attendait patiemment de reprendre son jeu.

— Il f-faut que j'y a-aille. Ma g-grand-mère m'attend.

— Très bien. Je suis heureuse d'avoir fait ta connaissance, Eddie.

L'enfant s'éloigna en hochant la tête.

Quand Luke la rejoignit, un instant plus tard, il la trouva le sourire aux lèvres.

— Je vois que tu as fait la connaissance d'Edward et de Blackie.

Le son de sa voix agit comme une caresse sur chaque cellule de son corps. Pour éviter de le regarder, elle fit mine de s'intéresser aux chevaux qui rivalisaient afin d'obtenir son attention.

— Il semble un très gentil petit garçon.

— Oui. Il a dix ans. Sa grand-mère tient la cuisine de Sunset Lodge. C'est une longue histoire, mais il aime vivre à la loge. Mon frère Logan et moi, nous lui confions de menues tâches, comme surveiller Blackie par exemple.

— Je vois.

Elle se résolut enfin à affronter son regard. Mais l'éclat de ses yeux très bleus était dévastateur.

Reprends-toi, Audrey. Tu vas le côtoyer pendant un bon bout de temps !

L'estomac de Luke gronda.

— Désolé, dit-il en riant. La gouvernante est en vacances et je suis nul en cuisine ! J'allais à la loge quémander quelque chose à manger. Tu veux venir ?

— Euh… non, merci. Regarde-moi. Je n'ai vraiment pas la tenue adéquate.

D'une chiquenaude affectueuse, il abaissa la visière de sa casquette, comme il en avait l'habitude autrefois.

— Bien sûr que si.

— Non, non, se défendit-elle.

Elle était affreuse, elle en avait conscience. Elle n'arrivait même pas à croire qu'elle se soit présentée à la porte de Luke dans une tenue aussi négligée.

— J'ai besoin de prendre une douche et de me changer, dit-elle. Et puis, je ne veux pas laisser Jewel seule trop longtemps. Elle a besoin de s'adapter à son nouvel environnement.

Une malheureuse chatte qui devait sommeiller paisiblement sur le lit…

Luke la dévisagea avec attention.

— Tu sais toujours cuisiner ?

— Je peux préparer un ragoût, s'il le faut.

— Je me souviens. Tu cuisinais drôlement bien. Si tu me retrouvais dans la cuisine après ta douche ? A nous deux, nous pourrions sûrement préparer quelque chose de mangeable. Au lieu d'aller mendier à la loge, je préférerais déjeuner avec toi.

Etant donné que Luke et les siens étaient propriétaires de l'endroit, il ne s'agissait pas vraiment de mendicité. Et puis, elle ne devait pas prendre trop à cœur son souhait de passer du temps avec elle. Il était sincère, bien sûr, mais la cordialité faisait partie de son caractère. Il fallait refuser, expliquer qu'elle avait besoin de repos. Ce qui était faux. En ce moment, il circulait assez d'adrénaline dans ses veines pour lui permettre de courir le marathon.

Le regard attentif de Luke prit une teinte bleu océan qui provoqua chez elle un début d'asphyxie. A son insu, Luke possédait un charme capable de vaincre toute résistance féminine.

— D'accord, dit-elle. Je te retrouve dans la cuisine dans une demi-heure.

L'estomac de Luke émettant de nouveaux grondements, comme un petit garçon, il sourit d'un air penaud.

— Je t'attendrai.

Après avoir réglé la température de l'eau, elle entra dans la douche. Comme le jet frappait son corps nu, elle ferma les yeux et se détendit tout en se débarrassant de la poussière du voyage. Et, inopinément, les souvenirs d'une période un peu triste et solitaire de sa vie affluèrent.

Elle avait seize ans, et se morfondait à l'idée de manquer le bal du lycée. Non qu'elle aime beaucoup danser, mais elle regrettait la compagnie de ses amis. Passer la plupart de ses week-ends sur les routes lui pesait et, ce samedi-là, une tristesse amère l'accablait.

Légèrement plus âgés qu'elle, Judd Calhoon et son copain ne présentaient pas grand intérêt. Judd se moquait de sa maigreur et de son jeune âge. Elle ne le considérait certes pas comme un ami, mais un point commun les rapprochait : tous deux auraient préféré passer leurs week-ends à la maison plutôt que de suivre leurs frères respectifs sur les terrains de rodéo. Aussi, quand il l'avait mise au défi de se glisser subrepticement hors de la caravane qu'elle partageait avec Casey, une furieuse envie d'adresser un pied de nez au sacro-saint règlement de son grand frère s'était emparée d'elle. Il n'était que son demi-frère, après tout, s'était-elle dit avec une bonne dose de mauvaise foi. Et elle ne supportait plus ses façons autoritaires et étouffantes.

Estimant qu'après une soirée passée à boire, Casey ne se rendrait pas compte de son absence, elle avait retrouvé les garçons à minuit. Ils avaient installé un campement autour d'un feu de bois dans un champ situé à un petit kilomètre de l'arène de rodéo. Ils avaient beaucoup ri. Elle était très fière d'avoir eu le courage de se rebeller, et avait même avalé une ou deux gorgées du whisky que les garçons avaient apporté.

Et puis, tout à coup, le copain de Judd s'était effondré comme une masse et mis à ronfler. Sous l'effet de l'alcool qu'il avait également largement ingurgité, Judd avait cessé ses persiflages, s'était fait tendre. Il avait posé ses mains sur elle, avec insistance, et, soudain, son visage grêlé s'était retrouvé au-dessus du sien. N'ayant aucune envie de ce genre de relation avec Judd Calhoon, elle l'avait repoussé en lui lançant qu'il était idiot d'essayer un truc pareil.

Mais Judd ne s'était pas laissé démonter pour autant. Et, en un rien de temps, elle s'était retrouvée coincée sous lui. Elle s'était débattue, mais il était lourd et massif, et elle comprit vite qu'elle ne réussirait pas à se dégager.

L'haleine de Judd empestait le whisky et le tabac. Il lui embrassa le menton, la joue, et manqua sa bouche parce que l'alcool le rendait maladroit et qu'elle tournait la tête aussi vite qu'elle le pouvait pour éviter son baiser.

Elle lui martela la poitrine à coups de poing en lui criant de dégager. Et brusquement, il la lâcha. Sauf que ce n'était pas de lui-même qu'il avait renoncé, mais contraint par l'étreinte des mains de Luke sur ses épaules, qui l'envoyèrent valser à quelques mètres de là. Ensuite, Luke attrapa Judd par le col de sa chemise, le releva et lui parla avec calme. Connaissant l'ami de son frère, elle devinait le gros effort qu'il devait produire pour chapitrer le jeune garçon avec une retenue pareille.

— Tu n'as rien ? lui avait demandé Luke quand il en eut fini avec Judd.

Il l'avait aidée à se relever, et elle s'était époussetée, reconnaissante qu'il l'ait tirée de ce mauvais pas et redoutant en même temps sa colère.

— Ça va, avait-elle bredouillé.

— Je ne lui aurais rien fait, je le jure ! lança la voix de Judd, émergeant de l'obscurité.

— La ferme ou je t'emmène chez le shérif ! avait riposté Luke.

Puis il l'avait prise par la main et entraînée vers son pick-up. Elle s'était assise en silence sur le siège du passager. Luke était furieux, et une partie de sa colère s'adressait à elle.

— C'est complètement inconscient de sortir ainsi au milieu de la nuit !

— Je... je sais.

— Et dangereux. Ces garçons sont des paumés, stupides, de surcroît.

Elle ne put qu'acquiescer. Luke avait arrêté le pick-up à quelques mètres de la caravane qu'elle partageait avec Casey.

— Pourquoi as-tu fait ça, Audrey ?

Alors, fixant un point dans la nuit, elle lui ouvrit son cœur. Tout y passa. Sa solitude et sa tristesse d'être sans cesse séparée de ses amis d'école, l'insondable ennui qu'elle éprouvait sur les terrains de rodéo, les règles dont Casey l'assommait et le sentiment qu'elle ne parviendrait jamais à s'intégrer nulle part. Ce qu'elle résuma en disant que Casey était son demi-frère, et qu'il lui infligeait une demi-vie. Son seul salut, conclut-elle, c'était son amour pour les chevaux. A plusieurs reprises, elle avait laissé ses larmes couler, et Luke les lui avait gentiment essuyées avec son foulard.

Il hochait la tête, comme s'il comprenait, l'encourageant par son attitude à vider son cœur. Il l'avait vraiment écoutée, et quand elle s'était finalement affaissée contre le dossier de son siège, épuisée, il lui avait proposé un marché. Il ne raconterait pas son escapade à Casey à condition qu'elle promette de venir le trouver quand elle se sentirait sur le point de commettre un acte stupide, irréfléchi, ou dangereux. Et il l'avait encouragée à parler à Casey de ce qui la contrariait, tout en répétant qu'il serait là chaque fois qu'elle aurait besoin de lui.

Sachant que son frère l'aurait consignée à vie s'il avait appris sa mésaventure nocturne, elle avait tout de suite accepté, et Luke avait scellé leur accord par un fraternel baiser sur sa joue.

Si elle doutait qu'une fille de seize ans connaisse grand-chose à l'amour, elle était sûre à quatre-vingt-dix neuf pour cent que c'était cette nuit-là qu'elle était tombée irrémédiablement amoureuse de Luke Slade.

Elle sortit de la douche et se frictionna vigoureusement, espérant chasser ce souvenir. Il était inutile, et même nuisible de le raviver dans les circonstances présentes. Elle n'avait aucune idée de la façon de s'y prendre avec Luke.

Sans compter que dans dix minutes elle allait lui préparer son déjeuner.

— Tu es dans le pétrin, ma vieille, marmonna-t-elle en s'habillant.

Elle se brossa les cheveux, les attacha sur sa nuque et s'examina dans le miroir. Elle se trouva plus à son avantage, dans son jean noir bien coupé et son haut à bretelles. Quant à ses bottes de cuir fauve, très éculées, c'étaient les plus confortables qu'elle possède.

Avec trois minutes d'avance, elle referma la porte sur sa chatte endormie et longea le couloir menant dans la cuisine en se demandant si le vieil adage affirmant que le meilleur moyen de gagner le cœur d'un homme était de flatter son estomac se vérifiait toujours. Si seulement...

— Salut ! lança Luke quand elle entra dans la cuisine.

Plié en deux devant le réfrigérateur, il en examinait le contenu.

— Il reste du rôti de bœuf, de la dinde, du jambon et trois différentes sortes de fromage. Je serais assez partant pour un sandwich à la viande hachée et au fromage fondu.

Une bouffée de l'odeur acidulée de son l'eau de toilette parvint à ses narines, mais elle refusa de se laisser aller à la mélancolie. Luke sentait bon, point à la ligne. Elle allait devoir se maîtriser sous peine de se ridiculiser.

— Je vais te confectionner un sandwich digne d'un homme aussi cousu d'or que toi !

— Vraiment ?

— Attends de voir !

En riant, il s'appuya à l'îlot de granit central pour la regarder cuisiner.

Elle dénicha une poêle à frire, du beurre, de la mie de pain et des petits pains aux graines de sésame grillées. Elle fit revenir le rôti coupé en petits morceaux avec les miettes de pain et le fromage, puis elle aggloméra le tout à l'aide d'une spatule et en fourra un petit pain préalablement chauffé au four.

— Voilà !

Luke examina le sandwich avec intérêt.

— Je ne suis pas riche, à propos, dit-il en levant un sourcil.

— Si, tu l'es…

Copropriétaire de Sunset Lodge et de Sunset Ranch, et, selon Casey, d'une demi-douzaine d'autres entreprises, il l'était assurément.

— Mais je ne t'en tiendrai pas rigueur. Mange !

Il prit le sandwich et mordit dedans. Et tandis qu'il mâchait, ses yeux se fermèrent lentement. Toute sa physionomie exprimait la félicité la plus parfaite.

— Délicieux, dit-il.

— Je le pensais bien.

Il prit encore deux bouchées avant de demander :

— Tu ne t'en prépares pas un ?

— Je m'en tiendrai à un sandwich au fromage.

Il fronça les sourcils.

— Ce n'est pas drôle, mon chou.

Inutile de fantasmer sur un mot doux prononcé d'un ton si fraternel.

— Tu te débrouilles très bien sans moi, répliqua-t-elle, notant qu'il avait tout dévoré. Si tu veux, je t'en fais un autre.

Il contempla son assiette vide, puis tapota son estomac.

— C'est tentant, mais mieux vaut s'abstenir. Sophia et Logan viennent dîner ce soir. Elle cuisinera l'une de ses spécialités.

Ils seraient donc quatre, mais il ne s'agirait pas de deux couples.

— J'ai appris que Logan allait se marier.

— Oui. Mon frère est largement gagnant, si tu veux mon avis.

Elle se rappela que Logan venait voir Luke au rodéo et qu'ils se chamaillaient sans cesse. Pour rire, bien sûr, sauf quand la brouille devenait sérieuse. Cependant, même s'ils s'aiguillonnaient sans pitié, on percevait leur amour mutuel. Ces deux êtres pourraient toujours compter l'un sur l'autre en cas de problème.

— Logan est un bon parti, dit-elle, et je suis sûre que Sophia s'estime heureuse de son sort. J'ai hâte de faire sa connaissance.

— Quelques heures de patience, et je te la présenterai.

Elle se prépara un sandwich, y ajouta des tranches de tomate. Luke tira un pichet de citronnade du réfrigérateur. Il en versa dans deux verres et lui en tendit un. Tout en buvant, il ne la quittait pas des yeux, et elle sentit sa nuque se mouiller de sueur, pendant qu'elle subissait cet examen.

— Quel est ton programme pour l'après-midi ? s'enquit-il.

Elle haussa les épaules.

— Je n'y ai pas encore réfléchi.

— Je pensais attendre demain, mais si tu es prête, je peux te présenter Tribute.

— Le cheval qui t'a presque tué.

— N'exagérerons rien. Je m'en suis tiré avec quelques côtes cassées.

— Ainsi que le bras droit.

— Je vois que ton frère t'a fait un rapport médical complet.

Peut-être, mais elle avait pu constater *de visu* qu'il avait le bras plâtré. Heureusement, il était habile de sa main gauche.

— Et tu as aussi subi une commotion cérébrale.

— Mais je suis parfaitement remis maintenant.

Une invite à l'examiner sous toutes ses coutures. Mais, bien sûr, elle savait déjà qu'il était parfait sous tous rapports. De ses cheveux blonds à ses bottes en peau de serpent, Luke était l'incarnation de la perfection.

— Je suis heureuse que tu sois rétabli.

— Je n'en ai jamais douté, mais merci quand même.

Elle termina son sandwich. Contrairement à ce qu'elle avait espéré, elle ne fut pas pour autant débarrassée de sa présence, car il insista pour remettre la cuisine en ordre avec elle.

Quand ce fut terminé, elle l'accompagna jusqu'à une écurie à l'écart, construite spécialement, expliqua-t-il, pour les cas difficiles comme Tribute, un étalon aux excellentes origines, mais très caractériel. Les hommes à tout faire du ranch le surnommaient « Tribulation » à cause des ennuis qu'il leur causait au quotidien. Un jour, croyant avoir brisé les défenses du cheval, Luke avait laissé tomber sa garde. Et ce jour-là, Tribute l'avait expédié à l'hôpital.

— Je t'interdis de l'approcher sans moi, la prévint-il

quand ils quittèrent la lumière du soleil pour pénétrer dans la fraîcheur relative de l'écurie.

Il sentit la lutte intérieure d'Audrey. Sans doute considérait-elle qu'il y avait là un défi à relever. Mais il se montrerait inflexible. Il ne la laisserait pas approcher l'étalon sans lui. Il était hors de question qu'il la mette en danger. Et d'ailleurs, Casey le réduirait en bouillie s'il arrivait du mal à sa petite sœur.

Tant qu'elle se trouverait au ranch, sa sécurité dépendrait de lui, et il ne prendrait pas sa responsabilité à la légère. Pour deux raisons. D'abord, bien sûr, pour ne pas décevoir la confiance que Casey plaçait en lui, mais aussi, parce qu'il avait toujours eu un faible pour Audrey. S'il avait eu une sœur, il aurait voulu qu'elle lui ressemble.

— Tu sais que je ne pourrais pas faire grand-chose si tu es toujours sur mon dos, Luke.

— Je ne suis pas d'accord. Tu peux très bien travailler si je suis un peu plus loin dans l'écurie. De toute façon, c'est à prendre ou à laisser.

— On dirait Casey.

Il ne put s'empêcher de sourire.

— Peut-être, mais encore une fois, pour que ce soit bien clair : tu ne viens pas ici sans moi. Compris ?

Audrey se rembrunit, mais finit par hocher la tête.

— Compris.

A ce moment, on entendit le cheval souffler dans son box.

— Notre présence lui déplaît, constata Luke. Il n'est pas très sociable.

Il alla ouvrir la partie supérieure de la porte à deux

battants. L'étalon arpentait en renâclant son vaste enclos au sol couvert de sciure de cèdre et de paille.

— C'est une beauté, murmura Audrey, visiblement transportée d'admiration.

Ses yeux expressifs étincelaient et il devinait son esprit déjà en action. Elle trouverait le moyen d'établir le contact avec l'animal.

— C'est vrai, et je n'aime pas l'idée de renoncer à lui. J'ai été tenté, crois-moi. Mais il possède une excellente ascendance, et il fera un bon cheval si — et c'est un gros « si » — nous parvenons à trouver son bon côté.

Le cheval se posta près du mur du fond et les examina d'un regard méfiant auquel rien n'échappait. Tribute le connaissait, mais ne lui faisait pas confiance. Et à présent, une inconnue s'ajoutait à l'équation.

— Il serait mieux dans le corral, mais il ne s'entend pas bien avec les autres. C'est un solitaire.

— Il faudra que ça change, et vite.

— Tu disposes de deux mois pour ça.

— C'est un défi de taille, mais je ferai de mon mieux. Je sais que c'est important pour toi, Luke, ajouta-t-elle en posant sur lui ses beaux yeux profonds et sincères.

Elle était adorable, et il appréciait de recevoir son aide. Impulsivement, il se pencha pour l'embrasser sur la joue. Mais, à cet instant, elle bougea la tête et son baiser lui atterrit en plein sur la bouche.

Le contact le troubla. Les lèvres d'Audrey étaient douces sous les siennes, et elles lui parurent familières. Son parfum de baies sauvages flottait, éveillant un souvenir qu'il n'arrivait pas à préciser. Surprise, elle émit un bruit de gorge tout à fait sexy. En se rendant compte de ce qui venait de lui passer par la tête, il se dit qu'il devenait fou et se rejeta brusquement en arrière.

Et pourtant… Malgré sa brièveté, ce baiser était plein

d'enseignement. Audrey n'était plus une enfant délicate, mais une femme passionnée. Toutefois, à la seule idée d'explorer le terrain, les mots : « Sœur de Casey ! » s'imprimaient en lettre de feu dans son esprit.

Qu'avait dit son ami ? Elle sortait d'une sale histoire sentimentale et était un peu déprimée. Il n'avait pas le droit de profiter de la situation.

— Désolé, dit-il.

Elle le fixa un moment, dans le silence qui s'était soudain installé. Tribute lui-même n'émettait plus un son.

— Tu n'as pas à t'excuser, répondit-elle enfin.

— Je voulais t'embrasser sur la joue.

— Je sais.

C'était étrange. Il n'arrivait pas à mettre le doigt sur ce qui le chiffonnait, mais il sentait un malaise. Il prit une profonde inspiration et nota pour la première fois combien le parfum d'Audrey était unique.

— Tu portes du parfum ?

Elle secoua la tête.

— Juste du fard à lèvres. « Suave et Perverse », ça s'appelle.

Il se concentra sur sa bouche. C'était donc ça. Il avait goûté à ses lèvres suaves et perverses, et il appréciait.

— Tu es choqué ? demanda-t-elle, un sourcil levé.

Il sourit.

— Pas vraiment. Crois-moi, je suis capable d'affronter pire.

Elle détourna la tête, non sans qu'il voie passer une drôle d'expression dans son regard.

— Je m'en doute, marmonna-t-elle.

Il jeta un dernier regard à Tribute qui continuait de les observer, sur le qui-vive.

— Il nous évalue, dit-il.

— Ensemble, nous l'intimidons.

— Il devra s'y habituer. A partir de maintenant, c'est lui, toi et moi.

Elle soupira. La chaleur de son haleine lui caressa la joue et il eut le pressentiment que, cette nuit, suavité et perversité le hanteraient. Mais évidemment, il garda l'idée pour lui tandis qu'une main sur la taille d'Audrey, il la guidait à l'extérieur.

Après tout ce temps passé avec Luke, elle avait besoin de se calmer les nerfs. Elle s'allongea sur le lit, près de Jewel qui se mit instantanément à ronronner.

— Tu es contente de me voir, n'est-ce pas ? roucoula-t-elle. Eh bien, le plaisir est partagé.

Elle gratta le crâne de la chatte. La fourrure était douce sous ses doigts. Quand Jewel en eut assez, elle étira son cou pour qu'Audrey la gratte sous le menton et son ronronnement devint un doux murmure.

L'accalmie lui donna envie de dormir. Et, plutôt que de lutter, elle ferma les yeux, s'abandonnant à sa fatigue.

Elle s'éveilla au son d'une voix féminine.

— Audrey ?

Désorientée, elle souleva la tête de l'oreiller.

On frappait doucement à la porte.

— Audrey ? C'est Sophia, la fiancée de Logan. Tu vas bien ?

Elle consulta le réveil. Il était 19 heures passées ! Bondissant hors du lit, elle alla ouvrir la porte et se retrouva devant une très jolie jeune femme aux longs cheveux bruns, aux yeux d'ambre et à la peau mate, revêtue d'une robe d'été couleur pêche.

— Oh ! bonsoir !

— Bonsoir. Désolée si je t'ai réveillée.

Audrey porta une main à sa chevelure qui, libérée de

l'élastique, jaillissait dans tous les sens. Certaines personnes possédaient des cheveux naturellement disciplinés, mais ce n'était pas son cas. Elle avait toujours l'air de sortir du lit. Et, dans le cas présent, sortant réellement du lit, elle n'osait imaginer le résultat.

— D'habitude, je ne fais pas de sieste, se justifia-t-elle.

La jeune femme sourit.

— Sophia.

— Audrey Faith Thomas.

Elle tendit une main, mais au lieu de la lui serrer, Sophia lui prit aussi la deuxième et les étreignit.

— Je suis heureuse de faire ta connaissance.

— Est-ce que j'ai manqué le dîner ?

— Mais non ! C'est juste que Luke s'inquiétait de ne pas te voir réapparaître et il m'a demandé d'aller vérifier que tout se passait bien.

— Ça va. J'étais simplement un peu fatiguée. Désolée d'avoir retardé le repas.

Elle ouvrit toute grande la porte.

— Entre. Je vais essayer de remettre un peu d'ordre dans ma crinière.

Sophia entra pendant qu'elle fouillait dans ses affaires pour trouver sa brosse à cheveux.

— Je n'ai pas apporté beaucoup de vêtements, expliqua-t-elle. Pour le moment, je n'ai rien d'autre à me mettre que ce que tu vois.

— Tu sais, de nos jours, on ne fait plus de manières chez les Slade !

Elle éprouva immédiatement de la sympathie pour la fiancée de Logan. Cette jeune femme était franche et n'avait pas essayé de la persuader que sa tenue était parfaite.

— Mes félicitations pour vos fiançailles, dit-elle.

— Merci. Logan est effectivement un type génial…

Sophia eut un sourire malicieux.

— ... sauf quand il ne l'est pas.

Audrey s'esclaffa.

— Je vois. Luke m'a raconté qu'à une époque, vous vous détestiez.

— Le mot est peut-être un peu fort. Et c'était surtout lui qui se montrait buté, mais c'est du passé, tout ça. A présent, nous sommes très amoureux.

— C'est merveilleux. Vous étiez faits l'un pour l'autre.

— Je le crois, en effet. Nous avons fini par surmonter nos difficultés, et maintenant nous allons nous marier. Honnêtement, je ne pensais pas que ce jour arriverait.

Tout en se battant contre les nœuds qui parsemaient sa chevelure, Audrey soupira. Il n'y avait pas de difficultés entre Luke et elle. Il la considérait tout simplement comme une amie de longue date. Pas de passion entre eux, pas de relation d'amour-haine. Aujourd'hui, il l'avait embrassée pourtant. Or, même s'il s'agissait juste d'un petit bisou donné par erreur, ç'avait été formidable, et elle s'était aussitôt sentie prête pour beaucoup plus. Seulement, tout ce que Luke avait trouvé à faire ensuite, c'était de s'excuser.

Il ne se rappelait pas avoir fait l'amour avec elle alors que le souvenir de ces instants ne cessait de la hanter. C'était douloureux, et cela lui rappelait sans cesse qu'elle était un cas vraiment désespéré.

Son démêlage terminé, elle noua ses cheveux en une queue-de-cheval qui lui descendait au milieu du dos.

— Voilà, dit-elle.

— Tu as de beaux cheveux, fit observer Sophia.

— Ils sont un peu trop longs. Je pensais les faire couper.

— Je connais un bon salon de coiffure si tu te décides.

Elles se rendirent dans la cuisine tout en bavardant.

Audrey se sentait beaucoup plus détendue. Très bienveil-lante, Sophia la mettait à l'aise. Elle se mit très vite à lui raconter comment elle était arrivée à Sunset Ranch et la vie aventureuse qu'elle avait menée avant de s'installer ici avec Logan. Audrey brûlait d'en apprendre davantage. Mais la conversation prit fin quand elles arrivèrent dans la cuisine où les attendaient deux hommes séduisants qui se levèrent à leur entrée. Un geste de courtoisie auquel elle n'était guère accoutumée.

Son regard tomba sur Luke, et elle croisa le sien, si intensément bleu. Le cœur battant, elle lutta pour dominer sa nervosité.

— Les voilà ! constata Logan en avançant vers elle. Heureux de te revoir, Audrey.

Il lui adressa un sourire éblouissant. C'était la version brune aux yeux noirs de Luke, tout aussi diaboliquement attrayante.

— Je suis également ravie.

— La demi-portion va avoir vingt-cinq ans, tu te rends compte ? intervint Luke.

— Rassure-moi, il ne te donne pas ce surnom, d'ordinaire ? demanda Logan.

Elle jeta sur Luke un regard de défi.

— Il n'a pas intérêt s'il veut vivre pour le raconter !

Luke éclata de rire.

— Elle ne plaisante pas, dit-il en lui adressant un clin d'œil, comme lorsqu'elle était enfant.

Logan prit Sophia par la main et l'attira à lui.

— Tu as donc rencontré ma future femme, à ce que je vois, lança-t-il à Audrey. Vous avez fait connaissance ?

— Un peu, dit Sophia en lui adressant un sourire plein de chaleur.

Audrey le lui rendit.

— J'ai préparé de la *paella valenciana*, reprit Sophia.

J'espère que tu aimes, Audrey. C'est une recette de ma mère, que Logan adore.

— C'est également l'une de mes préférées, renchérit Luke. Je meurs d'impatience d'y goûter.

— Ça sent délicieusement bon, constata Audrey. Est-ce que je peux aider ?

— Bien sûr, répondit Sophia. Passe-moi les assiettes, que je serve.

Elle était ravie de s'activer aux côtés de Sophia. Cela lui donnait l'impression d'appartenir à la famille. Quand une assiette était remplie, elle la posait devant une place.

— Si tu veux bien remuer la salade pendant que je sors le pain du four, suggéra ensuite la jeune femme.

Sa tâche accomplie, elle apporta le saladier sur la table, très simplement dressée avec de la vaisselle en grès et des couverts en acier inoxydable.

Luke ouvrit une bouteille de vin rouge.

— Le merlot va nous aider à faire descendre la paella ! déclara-t-il gaiement.

Il versa du vin dans les quatre verres, et chacun prit place. Comme Sophia s'asseyait près de Logan, il lui resta la chaise voisine de celle de Luke.

Heureusement, la paella et un demi-verre de vin aidant, cette proximité cessa bientôt de la perturber. La conversation allait bon train. Elle apprit qu'enfants, Sophia et Luke étaient très amis et que, se sentant délaissé, Logan en avait éprouvé de la jalousie. Sophia n'entra pas dans les détails, mais l'histoire avait éveillé la curiosité d'Audrey, et elle se dit qu'elle essaierait d'en savoir plus long, un jour où Sophia serait d'humeur bavarde.

Incroyable comme tout ce qui concernait la vie de Luke la fascinait.

— Luke est toujours mon meilleur ami, expliqua

Sophia. Et j'ai entendu dire qu'il était comme un grand frère pour toi, Audrey.

Elle avala sa dernière gorgée de vin. Pas possible ! On allait encore remettre cette histoire de grand frère sur le tapis ? Ça devenait franchement fatigant, mais Sophia ne pouvait pas savoir que le sujet était sensible.

— Oui. Luke me surveillait en l'absence de Casey.

Elle se tourna vers lui et croisa son regard pénétrant. Se rappelait-il la fameuse soirée où il l'avait tirée des griffes de Judd ? Et toutes les autres fois où il avait été là pour elle ?

Et soudain, le regard de Luke tomba sur ses lèvres. Elle en ressentit une chaleur au creux du ventre, avivée par le souvenir du baiser de cet après-midi.

— Mon frère étant le parangon de vertu de la famille, déclara Logan, je suis content qu'il veille sur vous, mesdames.

— Sûr ! s'exclama Luke. Si une jolie femme a besoin de mon aide, elle me trouvera toujours.

Si elle comprenait bien, il la considérait au moins comme une jolie femme, non ?

Bon sang ! Il fallait qu'elle arrête d'interpréter chacune de ses paroles ! Ce n'était pas la première fois qu'il lui adressait un compliment. *C'est un chic type.*

Après le dîner, ils burent un second verre de vin et, bien que les hommes aient offert leur aide pour le rangement de la cuisine, Sophia les expédia dans la salle de séjour regarder la retransmission d'un match de base-ball.

— La paella était délicieuse, dit Audrey, emportant les assiettes à l'évier.

— Merci. Je te donnerai la recette, si tu veux.

— Avec plaisir. Mais je ne sais pas quand j'aurai le

temps de l'expérimenter. Une fois fini mon travail ici, je reprends mes cours à l'école vétérinaire.

— Luke nous a raconté que tu as tout laissé tomber pour soigner ton frère quand il s'est blessé à la colonne vertébrale.

— Après tout ce qu'il a fait pour moi, c'était bien le moins que je m'occupe un peu de lui. Bien sûr, je n'aimerais pas qu'il m'entende parler ainsi. Parce que nous nous heurtons souvent.

Sophia hocha la tête tout en rinçant les assiettes.

— C'est souvent ainsi entre frères et sœurs, constata-t-elle, une note de mélancolie dans sa voix. Je n'ai eu ni frère ni sœur pour me quereller avec, et c'est sans doute pour cette raison que je me suis liée d'amitié avec Luke.

Sophia demeura rêveuse quelques instants, le regard lointain.

— Ma mère et moi étions très proches. Elle me manque beaucoup.

Audrey comprenait la douleur de la perte, mais elle n'avait pas suffisamment connu ses parents pour en souffrir avec la même intensité que Sophia. Plus qu'autre chose, il lui avait manqué d'avoir des parents. Les repas du dimanche et les matins de Noël, une mère à retrouver à la maison en revenant de l'école, qui lui aurait préparé un bon goûter agrémenté de câlins. Un père pour lui apprendre à monter à bicyclette, et qui l'aurait embrassée sur le front quand il aurait été content d'elle.

— Je suis navrée pour toi, Sophia. Moi, je n'ai pas connu ma mère. Elle est morte quand j'étais bébé et, peu après, mon père s'est remarié avec la mère de Casey. Mais nous les avons perdus dans une terrible tornade, qui a ravagé l'Oklahoma, quelques années plus tard.

— C'est épouvantable ! s'exclama Sophia, les yeux écarquillés d'horreur.

C'était toujours la même réaction d'incrédulité quand elle expliquait les circonstances de la tragédie.

— Comment en as-tu réchappé ?

— Nous avions été invités à jouer chez des amis, Casey et moi, à l'autre extrémité de la ville, et la tornade nous a épargnés. C'était étrange. Une partie de la ville a été totalement détruite et l'autre est restée indemne.

Le regard de Sophia exprimait une profonde sympathie.

— J'ai entendu parler de ce genre de phénomène.

— Ça a été un vrai cauchemar, mais il a bien fallu que nous le surmontions. Nous n'avions pas le choix.

Audrey haussa les épaules. Leur vie n'avait pas été facile, mais Casey avait réussi à subvenir à leurs besoins. Avec son talent de dompteur de chevaux sauvages, il gagnait suffisamment d'argent sur les circuits de rodéo pour leur procurer une vie décente.

— Depuis, évidemment, Casey et moi, c'est pour la vie.

Tout en remplissant le lave-vaisselle, Sophia sourit.

— Nous avons beaucoup en commun, Audrey. Ce sera agréable d'avoir une autre femme au ranch.

— J'en suis également ravie, répondit-elle, sincère.

Venir affronter Luke n'avait pas été une décision facile, et elle avait perdu courage devant sa réaction, ou plutôt, son absence de réaction. Mais elle n'avait donc pas tout perdu. Elle avait gagné un emploi dans une branche qui lui plaisait et la perspective d'une amitié.

— Je crois que nous allons devenir de grandes amies, confirma Sophia.

L'idée lui réchauffa le cœur.

— Moi aussi.

— Salut, les filles ! J'aimerais vous présenter Katherine Grady, dite Kat.

Au son de la voix de Luke, elle se retourna pour découvrir sur le seuil de la cuisine un sosie de Marilyn

Monroe, cheveux platine, grands yeux verts admirablement maquillés pour s'assortir à une robe émeraude, qui se cramponnait au bras de Luke. En un éclair, elle revit les groupies de rodéo, aux lèvres boudeuses peintes en rose et à la tenue provocante. Son cœur sombra.

— Ravie de vous rencontrer Kat, bredouilla-t-elle, s'efforçant de faire bonne figure.

Soudain, la tête se mit à lui tourner, ses jambes flageolèrent. Elle voulut se rattraper au comptoir mais ne réussit qu'à le griffer des ongles. Alors elle battit des bras à la recherche d'un support, malheureusement il était trop tard. L'obscurité l'enveloppait déjà.

3

Elle ouvrit les yeux pour découvrir Luke, penché au-dessus d'elle. Elle gisait sur le carrelage de la cuisine des Slade et sa tête lui faisait très mal. Elle battit des paupières, et croisa le regard plein d'inquiétude de Luke.

Il avait posé une main sur son front qu'elle sentait brûlant. Ses joues la piquaient comme si on l'avait giflée.

— Audrey, murmura-t-il, voyant qu'elle reprenait conscience. Tu nous as fait une belle peur.

Elle tenta de soulever la tête. Deux Luke apparurent dans son champ de vision. Elle en chassa un en clignant des yeux et se redressa grâce au soutien de sa main secourable glissée sous sa nuque.

— Je suis restée évanouie combien de temps ?

— Pas longtemps. Ça t'arrive souvent ? demanda-t-il.

— C'est la première fois.

Elle se sentait un peu ridicule, allongée par terre sous le regard des quatre paires d'yeux qui la scrutaient.

— Tu t'es trouvée mal, expliqua Sophia, une boîte de sels à la main. Luke t'a rattrapée juste avant que tu ne t'effondres. Ça a duré quelques secondes.

Quelques secondes de trop.

— Que t'est-il arrivé, mon chou ? s'enquit Luke.

— Je ne sais pas trop. La tête m'a tourné et, d'un seul coup, tout est devenu noir.

— Logan appelle le médecin, dit Sophia.

— Non ! C'est inutile, se récria-t-elle.

Elle fit une nouvelle tentative pour s'asseoir, et comme Luke avait cessé de se dédoubler, elle se dit que tout allait bien. De toute façon, la main qu'il lui avait passée dans son dos la soutenait.

— La tête ne me tourne plus. Je crois… c'est juste…

En réalité, elle ignorait la cause de son évanouissement. Ce n'était tout de même pas d'avoir vu cette fille collée comme une sangsue au flanc de Luke. Des filles suspendues à son bras, elle en avait vu défiler. Adolescente éprise, elle rêvait alors d'être à leur place.

Elle avait été fatiguée aujourd'hui, et un peu stressée. Une excuse raisonnable lui vint à l'esprit.

— J'ai dû attraper un virus, ou je ne sais quoi.

— Maintenant, je regrette de t'avoir réveillée pour dîner, dit Sophia. Tu avais certainement besoin de repos.

Logan entra dans la pièce, le téléphone à l'oreille.

— Je n'arrive pas à joindre le médecin. Il faut l'emmener aux urgences.

— Bonne idée, dit Luke.

— Non, ce n'est pas nécessaire, protesta Audrey.

Rassemblant ses forces, elle se releva, refusant la main tendue de Luke. Voilà, son étourdissement était passé. Il s'agissait d'un malaise spectaculaire, certes, mais sans gravité.

— Je me sens déjà mieux. Je crois que j'ai juste besoin d'une bonne nuit de sommeil.

Elle dévisagea Logan, puis Luke, adressa à ce dernier un regard appuyé. Il n'était pas question qu'elle perturbe leur soirée en allant à l'hôpital. D'ailleurs, elle se sentait vraiment mieux.

Les hommes échangèrent un regard.

— Qu'en penses-tu ? demanda Luke à Logan.

— Je vais bien, répéta-t-elle d'une voix plus ferme.

Logan haussa les épaules.

— Elle semble bien, en effet.

— Il faudrait que tu la surveilles cette nuit, ajouta Sophia.

En entendant ce conseil, Kat, qui était restée silencieuse pendant cet échange, arqua un sourcil, qu'elle avait parfaitement dessiné.

— Tu es sûre que ça va ? insista Luke.

La sincérité de son inquiétude la toucha.

Comme si elle avait besoin d'une raison supplémentaire pour le mettre sur un piédestal…

Elle hocha la tête, exécuta une pirouette au milieu de la cuisine, terminant par un ample geste, que n'aurait pas renié une gymnaste, et lui adressa un grand sourire.

— A merveille, comme tu le vois !

— Bon, d'accord. Je vais t'accompagner à ta chambre.

Elle eut envie de protester. Cependant, le regard envieux de Kat la poussa à accepter l'offre.

— D'accord.

Après avoir embrassé Logan et Sophia, elle poussa la magnanimité jusqu'à tendre la main à Kat.

— Je vous souhaite un bon rétablissement, déclara celle-ci en la lui serrant mollement.

Audrey regarda son beau chevalier servant.

— S'il ne dépend que de Luke, il le sera.

La remarque passa au-dessus de la tête des hommes, mais Sophia lui adressa un clin d'œil tandis que Luke l'escortait hors de la cuisine.

Lorsqu'ils furent devant sa chambre, il poussa la porte.

— Je reviendrai te voir un peu plus tard.

— Ce ne sera pas nécessaire. Vraiment, je t'assure.

— J'insiste, Audrey.

L'idée que Luke pénètre dans sa chambre au cours de

la nuit lui déplaisait. Enfin, elle lui aurait plu en d'autres circonstances.

— Tant que tu es sous mon toit, reprit-il, je suis responsable de ton bien-être. Nous ne connaissons pas la cause de ton évanouissement.

— Je te l'ai dite.

— C'est juste une supposition.

Il n'abandonnerait pas la partie. Le cher garçon se prenait décidément pour le bon Samaritain.

Une idée lui traversa l'esprit.

— Et si tu m'envoyais un texto ?

Il éclata de rire, une lueur juvénile dans les yeux.

— Voyons, ta chambre est à trois portes de la mienne !

— Ce serait amusant. Et puis, comme ça, je ne te causerai pas trop de dérangement.

Luke leva les yeux au ciel.

— D'accord pour le texto. Donne-moi ton numéro.

Quand la porte se referma, elle chassa l'air de ses poumons et s'adossa au chambranle tandis que sa dernière parcelle d'énergie l'abandonnait. Elle se sentait plus lasse qu'elle n'avait bien voulu le faire croire. Jamais encore elle ne s'était trouvée mal. Que lui arrivait-il ? Devait-elle mettre son malaise sur le compte de l'émotion que lui causait sa cohabitation avec Luke ? Après tout, elle pouvait se sentir épuisée, après les hauts et les bas qu'elle avait vécus aujourd'hui, à commencer par le fait affreux que Luke ne se rappelait pas avoir passé la nuit avec elle. Ç'avait été un coup dur. Et elle n'avait guère eu le temps de digérer et de panser les blessures de son cœur et de son ego meurtris.

Elle se dévêtit lentement, de peur d'être de nouveau prise de vertige, cette fois, sans prince charmant pour se pencher sur elle. Après s'être rafraîchi le visage et brossé les dents, elle se coucha, poussant au passage

Jewel qui, étendue de tout son long, occupait presque la largeur du lit.

Savourant le confort retrouvé, elle prit la télécommande et alluma la télévision. Après avoir zappé sur plusieurs chaînes, elle se résigna à regarder *Wannabes and Wranglers*, un reality-show dont Susanna lui rebattait les oreilles. L'enjeu était que la belle Beth fasse de John un bon cavalier en moins de deux mois. Celui-ci expliquait à quel point il perdait ses moyens devant Beth, si sexy et si douée, quand la sonnerie de son portable retentit. Elle prit l'appareil posé sur la table de nuit. Il y avait un message de Luke.

Est-ce que tu dors ?

Elle écrivit rapidement une réponse.

Manifestement, non.

Que fais-tu ?

Je regarde la série *Wannabes et Wranglers*. Je me sens bien.

Quelques secondes plus tard, nouveau texto.

J'en suis heureux. Moi aussi je regarde *Wannabes and Wranglers*.

Luke ? Regarder un reality-show ? Ça paraissait difficile à croire.

A cause de Beth, qui est si canon ?

J'avoue.

Puis, quelques secondes plus tard :

J'aime bien le concept aussi.

Que penses-tu de John ?

Il n'est vraiment pas doué !

Beth le déconcentre.

Il faut dire qu'elle sait s'y prendre avec un étalon.

Ah ! Ah ! Très drôle. Regarde, John a fini par seller correctement son cheval. Beth lui apprend à monter.

Ça devrait être naturel chez un homme.

La riposte fut immédiate.

Chez une femme aussi. Si l'étalon en vaut la peine.

L'image d'elle-même chevauchant Luke fusa dans son esprit. Il propulsait ses hanches en avant, allant à sa rencontre avec une passion qui pénétrait son corps et son âme et se répercutait dans son ventre en une succession de vagues brûlantes.

Je parle de monter un cheval, précisa-t-il.

A d'autres. Tu ne m'auras pas, Luke.

Je ne me suis jamais moqué de toi. Tu es prête à éteindre ?

Oui je vais dormir. Ne t'inquiète pas. Ça va.

Extinction des feux.

J'ai déjà vécu ça ce soir.

Très drôle. Réveille-moi si tu as besoin de quoi que ce soit, Audrey.

Une petite douzaine de besoins lui vinrent en tête.

Bonsoir, Luke.

Bonsoir, Audrey.

Elle s'endormit, le sourire aux lèvres.

A 7 heures, le lendemain matin, un nouveau texto de Luke l'accueillait.

Es-tu levée ?

Levée et habillée. Je vais bien.

Moins de cinq secondes plus tard, on frappait à sa porte. Elle alla ouvrir. Appuyé au chambranle, Luke l'examina de la tête aux pieds, et, sous son regard intéressé, elle regretta de n'avoir rien trouvé de mieux à mettre que son vieux jean et une chemise trop grande. Du moins avait-elle réussi à démêler ses cheveux et à les attacher en une queue-de-cheval bien nette.

Luke vint à elle, fraîchement rasé, fleurant l'eau de toilette, ses cheveux bouclant dans son col. Une mèche tombée sur son front lui chatouillait un sourcil. Elle soupira intérieurement. Il était si beau qu'elle serait volontiers tombée à genoux devant lui.

— Bonjour !

— Bonjour.

— Bien dormi ?

— Comme une souche.

— Pas d'étourdissement ?

— Aucun. Et je me sens en pleine forme.

L'expression de Luke s'assombrit.

— Fais-moi le plaisir de ne jamais recommencer. Bon, je suis venu t'annoncer que le petit déjeuner est prêt. Céréales et tartines grillées. A moins que…

— A moins que je prépare quelque chose de mieux ?

— Rien qu'à l'idée, je meurs de faim.

— Tu meurs toujours de faim ! Que dirais-tu d'œufs au bacon ?

— Si tu y ajoutes une demi-douzaine de crêpes, je suis partant.

— C'est d'accord, mais seulement à condition que tu reconnaisses avoir ouvert ma porte cette nuit pour m'épier.

Il croisa les bras et planta solidement ses pieds au sol.

— Je ne reconnaîtrai rien.

— Quel genre de céréales veux-tu ?

Luke se voûta légèrement et soupira.

— Tu as gagné. J'ai jeté un coup d'œil par l'entre-bâillement de la porte.

Le chantage à la nourriture marchait à tous les coups.

— J'étais plus tranquille sachant que la petite sœur de Casey dormait paisiblement.

Bon sang ! Quel âge devrait-elle avoir pour que Luke cesse de la considérer comme la petite sœur de son ami ?

Sur ces entrefaites, Jewel sauta à bas du lit, s'étira et se dirigea vers Luke. Elle se frotta contre sa jambe, faisant le dos rond et ronronnant bruyamment. Question séduction, cette chatte avait tout à lui apprendre.

Luke se pencha pour la gratter sous le cou.

— Il est peut-être temps que miss Jewel quitte cette chambre, fit-il remarquer.

— J'allais justement te demander si tu n'y voyais pas d'inconvénient.

— Pas de problème. Je suppose qu'elle est assez maligne pour éviter les ennuis.

— Elle n'a utilisé qu'une de ses neuf vies. Il lui en reste donc huit !

Au cours du petit déjeuner, Luke mentionna incidemment le nom de Kat, et elle en profita pour l'interroger à son sujet.

— C'est juste une amie, dit-il en haussant les épaules.

Après le repas, Luke lui fit faire le tour du propriétaire et lui expliqua ce qu'il attendait d'elle : soigner et faire prendre de l'exercice aux chevaux, s'assurer qu'ils recevaient correctement leurs rations et assister Ward Halliday, l'entraîneur en chef. Ils ne travailleraient pas avec Tribute aujourd'hui, ce qui lui convenait, car elle avait quelques achats à effectuer en ville quand elle en aurait terminé avec ses tâches.

Luke la laissa aux écuries en compagnie de Hunter, le fils de Ward, qui devait partir à la fin de l'été pour l'université. Le grand gaillard au sourire amical lui fit visiter les écuries et la présenta aux employés qu'ils croisèrent au cours de la journée, des hommes agréables et polis, qui respectaient les chevaux.

— Nous ne les montons pas tous les jours, expliqua Hunter, mais quand ils s'en vont, on en a gros sur le cœur. Mieux vaut ne pas vous y attacher. Les Slade se renseignent sur les acheteurs intéressés, et vous pouvez être sûre qu'ils partent pour de bonnes maisons.

Hunter étrillait une jument pendant que, juchée sur un tabouret, elle tressait la crinière d'une pur-sang.

— Je suis bénévole dans un refuge pour chevaux. Je sais combien c'est difficile de les voir partir.

Ils pansèrent les chevaux toute la matinée. Jewel l'avait suivie. Assise, très digne, sur une botte de paille, elle s'efforçait d'attraper les mouches qui virevoltaient au-dessus de sa tête, et il semblait que cet exercice physique lui suffise amplement. Ensuite, ils mirent au pré les chevaux qui n'étaient pas sortis la veille. Hunter lui montra les différents chemins à suivre et s'assura que les bêtes s'étaient bien dépensées avant d'en mettre d'autres à la place. Après quoi, il y eut une nouvelle séance de pansage. Au milieu de l'après-midi, ils avaient terminé.

Les vêtements d'Audrey lui collaient au corps, et une fine couche de poussière couvrait les endroits dénudés de sa peau. Sa bouche était sèche, elle avait des courbatures, mais elle n'avait jamais été aussi heureuse.

Elle se sentait dans son élément.

Son travail terminé, elle regagna en chantonnant la maison, Jewel dans les bras.

— Tu as fait du bon travail, lui dit-elle. Ces maudites mouches n'avaient pas une chance avec toi.

Après une douche rapide, elle fut prête à retrouver Sophia à la boutique de Sunset Lodge.

— Je ne peux pas porter des trucs pareils, Sophia !

Enroulés sur le bras d'Audrey, menaçant de l'étouffer, il y avait déjà deux pantalons, trois jeans de marque, quatre chemisiers, une élégante veste de cuir, et enfin un minuscule deux-pièces rouge cerise que jamais elle n'oserait porter en public.

— Ne dis pas de sottises, coupa Sophia, avisant un nouvel article sur une penderie. On n'a jamais trop de vêtements.

Et elle ajouta un jean clouté blanc à la pile qui oscillait dans ses bras.

— Ce sont des cadeaux de la part de Logan, Luke et moi, précisa-t-elle.

— Ils sont au courant ?

— Ils m'ont donné carte blanche, répondit Sophia en riant. Ils ne mettent jamais les pieds ici !

Elle comprenait aisément pourquoi. Dans cette boutique, on trouvait pêle-mêle des articles de mode, des vêtements pour dames, des bijoux déclinant le thème western de Sunset Ranch, et des chemises d'homme assez masculines pour n'importe quel cow-boy. Le tout disposé avec goût, dans l'intention d'attirer l'œil. Bref, l'endroit portait la marque de Sophia.

— C'est vraiment gentil, dit-elle, émue par tant de générosité.

— C'est un plaisir. Avec ça, tu vas en éblouir plus d'un.

— Sûr. Les chevaux vont apprécier !

Tout en souriant, Sophia poursuivait son travail de prospection. Qu'allait-elle bien pouvoir ajouter à sa garde-robe ?

— Je ne pensais pas aux chevaux, répliqua Sophia.

Elle lui prit la pile des bras pour l'emporter à la caisse.

— Je vais demander qu'on te les emballe. Ensuite, je t'emmènerai visiter les lieux.

— Merci, dit-elle, ne trouvant pas d'autres mots pour exprimer sa gratitude.

Sophia l'entraîna dans le vaste hall d'entrée où une immense cheminée de pierre accueillait les clients. Au plafond, des poutres, au sol, des pierres polies. Un confortable espace avec canapé et fauteuils où se détendre avait été installé près des vastes fenêtres, le tout décoré avec un goût exquis.

— Je ne me souviens pas de cet endroit, dit-elle. Je suis venue plusieurs fois au ranch autrefois, mais nous ne nous sommes jamais arrêtés à la loge. Le lieu est superbe. Il a gardé sa teinte rustique, mais rénovée. J'aime le mélange de l'ancien et du moderne.

— Ma mère dirigeait la loge quand j'étais enfant. Elle était fière de travailler ici.

— Je comprends pourquoi.

— Je suis heureuse d'être de retour. Une part de moi n'avait jamais quitté ces lieux.

Devant le regard chargé de nostalgie de Sophia, Audrey se sentit le courage de poser la question qui lui brûlait les lèvres. Tout en sachant que ça ne la regardait pas, elle n'arrivait pas à contenir sa curiosité quand il s'agissait les Slade, à commencer par Luke.

— Je crois que Logan n'en était pas satisfait au départ ?

— Ma venue ne l'enchantait pas, c'est le moins qu'on puisse dire ! Il m'en voulait d'avoir hérité de la moitié de la loge des Slade. Son père... Eh bien, Randall Slade a été plus que généreux envers moi. J'adorais vivre à Sunset Ranch, ce n'était un secret pour personne. J'ai grandi ici, mais la situation s'est compliquée pour ma mère et nous avons déménagé. C'est en revenant ici que j'ai dû me confronter à Logan, et à mes sentiments pour lui. Après nous être disputés comme des chiffonniers en niant notre attachement, nous avons fini par comprendre que nous étions faits l'un pour l'autre, et nous avons tiré un trait sur le passé. Pendant tout ce temps, Luke et moi sommes restés amis.

— Est-ce que vous n'avez jamais... enfin ?

Elle avait tellement envie de savoir. Avait-il existé un triangle amoureux entre les deux frères et Sophia ?

Cependant, celle-ci secoua la tête.

— Jamais. Nous ne nous sommes jamais considérés autrement que comme des amis.

C'était difficile à croire. Comment une femme aussi proche de Luke pourrait-elle ne pas tomber follement amoureuse de lui ?

Elles se rendirent dans la cuisine où Sophia lui présenta Constance, grand-mère du jeune Edward et cuisinière en chef. Son équipe et elle étaient occupées à préparer le dîner.

— J'ai rencontré votre petit-fils, dit-elle. C'est un charmant garçon.

— Merci. Je partage votre avis.

Le sourire qui accompagna ces paroles prouvait de

façon éloquente l'amour que Constance portait à son petit-fils.

Elle tendit à chacune un gâteau glacé au chocolat.

— Dites-moi ce que vous en pensez. Ils sont fourrés à la crème de moka.

Elle en goûta une bouchée.

— Délicieux ! s'exclama-t-elle, sincère.

Sophia approuva avec enthousiasme.

— C'est ce que j'espérais, se réjouit Constance.

Après avoir échangé encore quelques paroles, elles quittèrent la cuisine pour se rendre aux écuries.

— Ces chevaux sont réservés aux clients, expliqua Sophia. Hunter et Ward supervisent leur entretien, et nous organisons des randonnées, des promenades en charrette et donnons des leçons d'équitation. La plupart des gens qui séjournent ici désirent être en contact avec les chevaux, à quelque degré que ce soit.

Audrey fit la connaissance des chevaux qui n'étaient pas de sortie. Un petit mot doux, une tape amicale ou une caresse affectueuse lui permettaient d'établir un début de lien avec les animaux.

Elles retournèrent ensuite à la boutique. Quand Audrey eut pris livraison de ses achats, elle s'apprêtait à remercier encore une fois Sophia avant de prendre le chemin du ranch quand celle-ci dit :

— Logan et moi donnons une petite fête de fiançailles la semaine prochaine. Nous aimerions que tu te joignes à nous. Il n'y aura que la famille et les amis proches. Viens, s'il te plaît…

— Oh…, bien sûr, balbutia-t-elle. Je suis très touchée que vous m'invitiez.

— Je t'appellerai pour te préciser le lieu et l'heure,

Audrey allait se retirer quand Sophia la retint.

— Attends ! J'allais oublier. J'ai encore ceci pour toi.

Les yeux d'Audrey s'écarquillèrent quand elle découvrit ce que Sophia tenait à sa main.

— Tu… je ne peux pas… Qu'est-ce que je vais en faire ?

— N'est-ce pas joli ? demanda Sophia d'une voix suave.

— C'est joli, seulement je dors en T-shirt.

Les yeux de Sophia brillèrent d'amusement.

— Quand tu es seule, c'est bien. Mais si tu veux plaire à quelqu'un de spécial, il faut porter ceci.

Un déshabillé de dentelle noire, outrageusement décolleté et largement échancré sur les cuisses.

— Je n'ai personne de spécial.

— A d'autres ! Si tu crois que je n'ai pas remarqué la façon dont tu regardes Luke.

— Luke ?

Prise la main dans le sac, ma vieille !

— Luke et moi ne sommes… rien l'un pour l'autre, se défendit-elle néanmoins. Je veux dire… bien sûr, c'est l'ami de mon frère depuis une éternité, mais…

Mais quoi ? Elle n'était pas prête à dévoiler son secret, et encore moins à l'amie de Luke. Curieusement, Sophia n'insista pas, se contentant de placer le déshabillé qu'elle venait d'emballer dans ses bras.

Elle pria pour que Sophia soit particulièrement perspicace. Parce que sinon, cela signifiait que ses sentiments pour Luke se voyaient comme le nez au milieu de la figure.

— Quand il va te voir dans cette tenue, il va tomber à la renverse !

— Je n'ai pas l'intention de faire tomber à la renverse qui que ce soit ! riposta-t-elle.

Mais sa gorge s'était serrée parce que l'idée de faire

l'amour avec Luke dans ce déshabillé avait éveillé des images torrides.

Sophia haussa les épaules.

— Dans ce cas, une fille comme Kat Grady pourrait bien lui mettre le grappin dessus.

— Je… je ne sais pas, dit-elle, rembrunie. Je n'ai été debout que dix secondes en sa présence.

Sophia eut un petit sourire.

— Luke s'est fait un sang d'encre pour toi toute la soirée.

— Il se sent responsable de moi.

— Il t'aime bien.

— Il me considère comme une petite sœur.

— Un homme peut changer d'avis en un clin d'œil.

Sophia parlait d'expérience. Logan l'avait tout d'abord détestée. Seulement, le problème d'Audrey était à l'opposé du sien. Luke l'avait toujours beaucoup aimée, mais comment faire pour qu'il la voie sous un angle différent ?

— Qui est Kat, à propos ?

Sophia haussa une épaule.

— Je ne sais pas grand-chose d'elle. Elle s'est récemment installée à Silver Town, la ville voisine.

— Elle est jolie, dans le genre voyant.

— Luke la voit de temps à autre, mais rien de sérieux. Elle a un bébé.

— Ça m'étonne de Luke. Je croyais qu'il aimait les enfants.

— Il les aime. Il n'y a qu'à le voir avec Edward pour s'en convaincre. Mais il ne veut pas commencer une histoire vouée à l'échec. Le petit garçon de Kat pourrait en souffrir.

— Comment peut-il être certain qu'elle est vouée à l'échec ?

— Tu n'as qu'à le lui demander. Tout ce que je peux

te dire, c'est qu'il n'y voit pas une relation à long terme. Il prétend qu'il sait tout de suite si une histoire a de l'avenir et que, pour le moment, ça ne s'est pas produit. Il est toujours le premier à rompre.

Elle ne voulut pas s'appesantir sur ce qu'elle venait d'apprendre, parce que la mort d'un espoir était pire que pas d'espoir du tout. En même temps, n'était-ce pas l'espoir qui l'avait conduite à prendre la place que lui offrait Luke ? Et puis, Sophia qui connaissait Luke mieux que quiconque semblait l'encourager à tenter sa chance.

Pourtant, au fond d'elle-même, elle ne croyait pas que Luke la voie un jour autrement que comme une amie. Il existait entre eux une ligne qu'il ne franchirait jamais, comme il refusait de la franchir avec Kat Grady.

Sauf qu'ils avaient couché ensemble.

Audrey, tu es la reine des lâches.

C'était vrai. Elle était lâche.

Elle n'avait pas avoué à Luke qu'elle l'avait séduit avant de s'enfuir comme une adolescente effrayée. Elle n'avait pas eu le courage de lui dire la vérité en arrivant au ranch. Elle n'avait pas pu soutenir le regard confiant qu'il posait sur elle et lui avouer ce qu'elle avait fait, et pourquoi. Plusieurs occasions s'étaient présentées de mettre les choses au clair. Quand Luke l'avait incidemment embrassée, par exemple, ou bien, ce matin, quand il était venu voir si elle allait bien.

— Tu penses qu'une relation entre nous aurait de l'avenir ? demanda-t-elle.

Elle retint son souffle en attendant la réponse.

— C'est possible. Mais si tu ne tentes pas ta chance, tu ne le sauras jamais.

Bien sûr, en ne tentant rien, on n'échoue pas. Mais

on se prépare des années à se demander ce qui ce serait passé si...

— Merci pour le superbe déshabillé.

Et pour le conseil. Luke était célibataire, beau et aimable. Si elle n'y prenait pas garde, une autre Kat pourrait surgir et le lui souffler sous le nez. Elle fit le vœu silencieux de parler bientôt à Luke. Ses jours de lâcheté étaient comptés.

Sophia posa une main sur son bras. Et elle apprécia le réconfort et l'amitié qu'elle lui offrait.

— Ne me remercie pas, c'est un plaisir.

Et Sophia ajouta, une lueur coquine dans l'œil :

— Plaisir que, j'espère, Luke partagera un jour...

4

Luke observait Audrey à une courte distance de l'enclos de Tribute. Tant qu'elle restait du bon côté de la barrière, elle ne risquait rien.

— Il te voit, Luke, dit-elle. Recule un peu.

Il s'appuya à la porte de l'écurie. S'il reculait encore, il aurait le soleil dans les yeux et ne verrait plus rien.

— Je ne peux pas davantage, Audrey. Débrouille-toi ainsi.

Elle se tourna vers lui. Des mèches de cheveux dorés échappées de son chapeau de feutre noir venaient frisotter sur ses joues rougies par l'agacement.

— Tu ne m'aides vraiment pas, dit-elle, gardant un ton mesuré. Il se méfie. Pour le moment, c'est difficile pour lui de prendre en compte deux personnes.

Pour toute réponse, il croisa les bras.

Avançant les lèvres, elle souffla pour écarter les mèches de son visage, et, se retournant, lui offrit une vue imprenable sur son postérieur. Il sourit aux sequins qui dessinaient deux diamants sur les poches couvrant les fermes rondeurs de ses fesses. Elle avait marmonné, disant que les jeans de marque n'étaient pas pour elle, mais il trouvait qu'il lui allait bien, de même que le débardeur portant l'inscription en lettres rose vif : « Les cow-girls savent chevaucher ».

Il éprouva une drôle d'impression et fouilla sa mémoire

à la recherche de quelque chose, un souvenir vacillant, insaisissable. C'était curieux, mais à des moments comme celui-ci, alors qu'il regardait les jolies fesses d'Audrey, il ressentait une certaine perplexité.

Il avait eu la même impression l'autre jour, quand il l'avait par inadvertance embrassée sur les lèvres. Et il avait fouillé son esprit, cherchant la réponse à une question qu'il était incapable de formuler.

Etrange.

Audrey susurrait des petits mots apaisants à l'étalon. Sa voix prenait les intonations enjôleuses d'une sirène pour persuader Tribute de quitter le mur du fond et avancer vers elle. Et il lui semblait qu'il pourrait très bien tomber sous le sortilège. Le son calmait sa propre nervosité. Audrey était la patience et la constance mêmes. Elle donnait confiance. Mais il fallait du temps.

Elle espérait un signe d'encouragement de la part de l'étalon, ne serait-ce qu'un petit pas vers elle. Cependant, le cheval restait dans son coin, rivé au sol, inflexible. Ses sourds renâclements évoquaient le calme avant la tempête. Tribute avait réussi une fois à l'abuser. Il ne laisserait pas Audrey subir les conséquences du tempérament explosif du cheval.

— Il ne viendra pas à moi tant que tu resteras là, Luke, dit Audrey.

— Tu perds ton talent, Audrey.

Un pur mensonge.

— Tu n'es pas raisonnable. Va-t'en.

— J'y penserai demain. Nous devrions y aller maintenant.

— Toi, vas-y. Moi, je reste.

Luke s'approcha d'elle.

— Il n'est pas d'humeur aujourd'hui. Tu n'obtiendras rien de lui.

— Permets-moi d'en juger. Si tu pars, je promets de te rejoindre dans les cinq minutes.

Il secoua la tête.

— Cinq minutes, Luke, implora-t-elle.

Il réfléchit un instant. Avec le regard suppliant d'Audrey posé sur lui, il avait bien du mal à s'en tenir à sa résolution.

— Pas aujourd'hui. Inutile d'aller trop vite.

— Je ne ferai jamais de progrès avec lui si tu ne me laisses pas de marge de manœuvre.

— Pas au prix de ta sécurité.

— Les murs sont solides, non ? Et je n'ai pas l'intention de rentrer dans son box.

— Encore heureux !

Il sentait qu'il perdait son sang-froid. Habituellement, ses employés ne discutaient pas ses ordres. Il consulta sa montre.

— Bon sang ! Il faut que j'y aille. Je suis déjà en retard.

— Un rendez-vous galant ? s'exclama-t-elle, rouge d'indignation. C'est pour ça que tu m'empêches de faire mon travail ?

— Oui.

Pour tout dire, il n'était pas pressé de se rendre à ce rendez-vous. Mais Kat avait beaucoup insisté pour lui offrir à dîner. Un remerciement pour l'aide qu'il lui avait apportée en débarrassant de son vieux matériel d'écurie la petite maison de Matilda Applegate à Silver Springs. Kat y avait emménagé pour s'occuper de la vieille femme qui se remettait d'une crise cardiaque et lui avait confié la mission de mettre de l'ordre.

La première fois qu'il avait vu Kat, elle avait les bras encombrés de sacs de provisions, de couches, et un tout petit enfant suspendu devant elle dans un porte-bébé. Il lui avait proposé son aide, et ils avaient bavardé. Il avait appris que le père de l'enfant, un petit garçon nommé Connor, était un marine mort à l'étranger et que la tante de celui-ci, Matilda Applegate, restait la seule parente de Connor. Kat n'aimait pas évoquer son veuvage, et il n'avait pas insisté, supposant le sujet douloureux. Il aurait dû se montrer clair alors, parce qu'un chagrin d'amour était bien la dernière chose dont la jeune femme avait besoin. A présent, il devait prendre une décision. Kat était belle et gentille, mais il n'y avait pas d'étincelles entre eux.

Une image de la mystérieuse femme blonde, installée sur lui, passa devant ses yeux, le faisant frémir. Il aurait dû l'avoir oubliée à présent, pourtant les souvenirs de leur nuit ne cessaient de le hanter.

Un bruit de pas énergique le ramena au présent. Audrey quittait l'écurie dans le soleil de fin d'après-midi et passa près de lui comme s'il n'existait pas.

— Ne va pas t'emmêler les éperons, conseilla-t-il en lui emboîtant le pas.

— Occupe-toi plutôt de tes affaires, et amuse-toi bien ! riposta-t-elle.

Elle était agacée parce qu'elle avait l'impression qu'il ne la laissait pas faire son travail. Et, en un sens, il comprenait son irritation. Seulement, il devait la protéger. Pour le moment, inutile de chercher à la raisonner. Elle était trop remontée pour ça. Il éprouva soudain un frémissement de sympathie pour Casey. Il n'était pas facile d'être responsable de quelqu'un.

Elle eut juste le temps d'atteindre les toilettes pour vomir. Le malaise l'avait prise brutalement, en rentrant dans sa chambre. Elle se redressa, s'adossa au mur, haletante. Heureusement les spasmes de son estomac se calmèrent bientôt. Alors, se débarrassant de ses vêtements, elle entra dans la douche.

C'était étrange. Avec son estomac en béton — Casey disait qu'elle le tenait de leur père —, elle n'était guère sujette aux nausées normalement.

L'eau chaude agit comme un calmant sur ses nerfs irrités. Sa dispute avec Luke l'avait énervée. En refusant de lui accorder la confiance dont elle avait besoin, il la traitait en enfant. Il se montrait obstiné et autoritaire, exactement comme Casey, et, franchement, elle n'avait aucune envie d'échanger un garde-chiourme contre un autre.

Enfin, il lui avait porté l'estocade finale. Kat.

L'idée de Luke avec Kat Grady la rendait malade. C'était pour qu'il ne s'en aperçoive pas qu'elle avait quitté l'écurie comme une furie. Par chance, il n'avait pas insisté.

Son estomac ne la faisait plus souffrir, mais son cœur, c'était une autre affaire. Elle n'arrivait pas à contenir sa jalousie. C'était fou. Elle n'avait pas vu Luke depuis des années. Durant ce laps de temps, il avait probablement eu des centaines de petites amies.

Mais tu es ici maintenant. Ça se passe sous tes yeux.

Après la douche, pour se changer les idées, elle entreprit de déballer les paquets expédiés par Susanna, et la vue familière de ses affaires lui mit du baume au cœur. Jeans usagés, chemisiers, sous-vêtements de coton blanc qu'elle affectionnait, la photo encadrée de Susanna et elle au lycée, une autre de Casey et Luke, et elle toute jeune et toute petite au milieu. Puis elle tomba sur la seule photographie qu'elle possédait de ses parents, jaunie et déchirée sur les bords, qu'elle avait fait plastifier. En la regardant, elle éprouvait toujours le douloureux regret de ce qui lui avait été arraché si tôt :

une vraie famille. Elle serra le portrait contre son cœur et ferma les yeux. La blessure causée par leur perte ne s'était jamais complètement refermée.

Elle la déposa précautionneusement dans un tiroir de la commode et posa les deux autres dessus.

Susanna était une véritable amie. Elle avait su ce dont elle avait besoin.

Elle avait également envoyé le bol à eau de Jewel ainsi que son assiette, ses friandises pour chat et ses jouets.

Son estomac réclamant du repos, elle décida de sauter le dîner. Mais comme elle avait la bouche sèche, elle se rendit dans la cuisine. La maison était silencieuse et plongée dans une obscurité un peu inquiétante.

Dans la cuisine, elle alluma la lumière et se versa un verre de citronnade. Puis, tout en buvant, elle se dirigea vers la porte-fenêtre et regarda à l'extérieur. Une lune bien ronde et bien brillante se reflétait dans l'eau de la piscine dont le miroitement ressemblait à une invite.

— Pas ce soir…, murmura-t-elle.

Elle termina sa citronnade et regagna sa chambre. Après avoir passé son T-shirt, elle s'abandonna au confort du lit et caressa Jewel d'une main pendant que, de l'autre, elle actionnait la télécommande de la télévision. Voilà ce qu'était devenue sa vie : se coucher tôt avec son chat et regarder la télévision.

La sonnerie de son portable la tira de ces tristes pensées. Probablement un message de Susanna voulant savoir si elle avait bien réceptionné son paquet. Heureuse de la diversion, elle prit son téléphone.

Es-tu réveillée ?

Luke. Elle consulta le réveil. 21 h 30. Les battements de son cœur s'accélérèrent. Il n'avait pas traîné.

Oui. Dis donc, ton brûlant rendez-vous n'a pas fait long feu.

Il y eut une longue pause avant l'arrivée d'un nouveau texto.

Il n'avait rien de brûlant.

Tu as toute ma sympathie.

Ce n'était pas tout à fait exact. Son cœur exécutait un double salto arrière. Restait à savoir où se trouvait Luke.

Es-tu à la maison ?

Assis derrière. Nuit superbe.

Je sais.

Tu ne veux pas venir ?

Si, oh si !

Je suis encore en colère contre toi.

J'ai de la bière.

A la seule mention de l'alcool, son estomac se révulsa.

Est-ce que j'aurai droit à des excuses ?

Silence. Elle avait sans doute poussé le bouchon un peu trop loin. Elle avait très envie de voir Luke, mais pas au point d'en passer par toutes ses conditions. Elle devait camper sur ses positions. Elle était employée pour faire un travail, et Luke lui mettait des bâtons dans les roues.

Peut-être. J'ai envie de compagnie.

Le « peut-être » était prometteur, mais ce fut la dernière

phrase qui fit fondre sa colère et lui alla droit au cœur. Il avait besoin d'une amie. Après tout, il avait peut-être passé une mauvaise soirée. Comment aurait-elle pu lui refuser sa présence ?

Elle bondit hors du lit et, tout en s'habillant, tapota sur le clavier :

J'arrive.

Elle prit place dans un fauteuil, au bord de la piscine, et Luke s'installa près d'elle, sa bière à la main. Pendant un moment, ils demeurèrent silencieux, Luke semblait perdu dans ses pensées. C'était agréable de savoir qu'il se sentait suffisamment à l'aise avec elle pour ne pas se sentir obligé de parler.

Après un moment, il se mit à jouer avec la bouteille qu'il venait de vider, la faisant passer d'une main à l'autre.

— Désolé, commença-t-il, je trouve que j'ai été un peu dur avec toi.

Elle demeura parfaitement immobile, n'osant même pas respirer.

— Tu sais t'y prendre avec les chevaux, continua-t-il, et je dois te faire confiance. C'est que j'ai tellement l'habitude de me faire du souci pour toi. Et puis, Casey m'écorcherait vif s'il t'arrivait quelque chose. Tribute représente un cas déconcertant. Il ne se fie à personne, je l'ai découvert de la façon la plus cruelle, et je ne voudrais pas que la même erreur se répète avec toi.

— Je comprends ton inquiétude, mais s'il m'arrive un accident, ce ne sera pas ta faute. J'assume l'entière responsabilité de mes actes. Tu n'as pas à me protéger.

Il passa une main sur son front.

— Je suppose que tu as raison.

— Regrettes-tu de m'avoir engagée ?

Il lui lança un regard plein de remords.

— Non, bien sûr.

Mais elle n'en était pas si certaine.

— Alors, laisse-moi faire mon travail.

Il finit par hocher lentement la tête.

— D'accord. Mais je veux un rapport quotidien de tes progrès.

— En somme, tu veux continuer à me surveiller.

Il lui sourit.

— Tu es comme ma petite sœur.

— Je ne suis pas une enfant. Et je ne suis pas ta sœur.

La réplique avait été immédiate. Les paupières de Luke battirent.

— On dirait que je suis à côté de la plaque avec les femmes aujourd'hui.

En elle, la curiosité l'emporta sur le ressentiment. Et puisqu'il abordait le sujet…

— Des problèmes avec cette chère Kat ?

Il regardait les pâturages au loin.

— J'ai écourté notre rendez-vous.

Elle aurait volontiers sauté de joie, mais Luke paraissait si malheureux.

— Que s'est-il passé ?

Il haussa les épaules.

— Il n'y a jamais eu grand-chose entre nous. Mais ce soir, nous avons parlé, et j'ai jugé qu'il valait mieux trancher dans le vif. Ce n'est pas mon genre de feindre des sentiments que je n'éprouve pas. Elle est gentille et tout, mais il manque quelque chose entre nous, je n'arrive pas à saisir quoi. Et quand un enfant est impliqué dans une histoire, pas question de prendre les choses à la légère. Je crois qu'elle est surtout seule et désemparée.

— Comment a-t-elle pris ça ?

— Elle a dit qu'elle comprenait, mais j'ai l'impression d'être un salaud.

— Tu as bien agi, Luke.

— J'en suis persuadé. Je ne tiens pas à réitérer l'erreur de mes parents.

— Ils ne s'aimaient pas ?

— Si, à leur façon. Cependant, c'était à la base un mariage de raison. Et puis Logan est né, et ils se sont trouvés coincés. Mais mon père était insatisfait, et quand il a rencontré celle qui aurait pu le rendre heureux, il a dû renoncer à elle. Je crois qu'il a emporté son regret dans sa tombe.

Une bien triste histoire, se dit-elle. L'amour au rabais. Elle-même avait connu suffisamment de *demis* pour savoir qu'elle voulait un amour entier.

C'était la première fois que Luke se confiait à elle de façon aussi intime. Il était déprimé et avait besoin de sa compagnie.

En toute amitié.

Elle pouvait être une amie pour lui. Elle lui prit la main et ils restèrent ainsi, en paix dans le silence de la nuit.

— A propos, je te pardonne, dit-elle.

Luke sourit.

— Je ne me suis pas excusé.

— Si, simplement, tu ne le sais pas encore.

Aujourd'hui, elle avait fait à Luke la promesse solennelle de se montrer très prudente dans son travail avec Tribute. A cause d'un voyage d'affaires à Las Vegas, il serait absent toute la journée. Elle avait vu son regard inquiet quand il était parti. Lui accorder la liberté dont elle avait besoin l'angoissait. Il se sentait tellement responsable. Raison pour laquelle elle ne lui avait pas jeté la vérité au visage, la veille au soir. Le moment aurait été propice, mais d'apprendre qu'il avait couché avec elle l'aurait anéanti.

En se rendant aux écuries, elle croisa Hunter.

— Bonjour !

— Bonjour Audrey. Felicia, Starlight et Melody sont sortis. Veux-tu monter Belle et Buck pendant que je m'occupe des autres ?

Elle aimait bien Hunter. Il avait bon caractère, était franc et un peu timide. Durant leurs sorties, elle avait eu l'occasion d'apprendre à mieux le connaître. Leur amour des chevaux les réunissait. Ward Halliday dirigeant les écuries depuis plus de vingt ans, Hunter était pratiquement né à Sunset Ranch. Ward avait été un grand ami de Randall Slade et, de temps à autre, Hunter racontait une anecdote du passé. Les jeunes Slade n'avaient pas été des anges, et elle aimait l'entendre lui relater leurs facéties.

Après la promenade du matin, elle passa la majeure partie de sa journée à doucher et panser les chevaux. De temps en temps, elle rendait une petite visite à Tribute. C'est-à-dire qu'elle se laissait voir par lui. Elle voulait qu'il sache qu'elle était dans les parages et réapparaîtrait régulièrement. Elle voulait qu'il s'habitue à elle.

A part Luke, Ward était la seule personne autorisée à sortir l'étalon ou à entrer dans son enclos. Mais un jour prochain, elle aussi en aurait la permission, et elle le monterait.

Pour l'instant, chaque fois qu'elle s'apprêtait à le quitter, elle laissait par terre de menus présents : quelques morceaux de sucre, une poignée d'avoine, une carotte.

Elle sortait ensuite de l'écurie et allait coller son oreille à la porte. Après quelques instants, elle entendait le cheval avancer et engloutir les friandises.

En rentrant à la maison après sa journée de travail, elle avait le sentiment du devoir accompli. Elle chantonna sous la douche, changea de vêtements et laissa ses cheveux tomber librement, contrairement à d'habitude.

Quand elle avait appris que Luke serait absent pour la journée, Sophia l'avait invitée au cottage. A vrai dire, Audrey soupçonnait que Luke y était pour quelque chose. Peu importait d'ailleurs. Elle appréciait beaucoup la compagnie de Sophia et de Logan. Ils étaient la preuve vivante que le grand amour existait.

Le dîner fut très agréable. Logan fit griller des steaks au barbecue tandis que Sophia et elle préparaient une salade. Ensuite, Logan reçut un appel longue distance de son frère Justin, en mission en Afghanistan.

Sophia savait écouter, et elle ne jugeait jamais. Et, bientôt, Audrey se retrouva en train de lui raconter sa vie sur les routes à la suite de Casey. Elle lui parla aussi de son rêve de devenir vétérinaire et comment la blessure de son frère en avait différé la réalisation.

Elle quitta le cottage à 21 heures, après avoir remercié les Slade de l'excellente soirée. Le ciel était dépourvu d'étoiles, et l'air vibrait encore de la chaleur du jour. Un profond silence régnait au ranch ; on n'entendait même pas le hululement d'une chouette.

Jewel l'accueillit à la porte, se frottant contre sa jambe en ronronnant. Elle n'était pas seule au monde. Elle avait sa chatte. Malheureusement, même si elle aimait beaucoup l'animal, sa présence ne suffisait pas. Le spectacle de l'amour que se portaient Logan et Sophia l'avait laissée mélancolique.

C'était étrange. Tout en se réjouissant sincèrement de leur bonheur, la tristesse l'envahit en pénétrant dans la maison de l'homme qu'elle aimait. Elle avait envie de lui parler, de partager avec lui les quelques progrès réalisés avec Tribute. Plus que tout, elle désirait sa présence.

Il lui manquait.

Seule dans la grande maison vide, elle éprouva un profond sentiment de solitude. Inutile de songer à dormir tout de suite. Et elle était beaucoup trop anxieuse pour regarder une émission quelconque à la télévision. Il lui fallait un coup de pouce pour sortir de son marasme.

Une idée lui vint à l'esprit et elle sourit.

Se baigner toute nue dans la piscine était exclu.

Mais il y avait une autre possibilité…

En revenant de l'aéroport, il expédia un texto à Audrey. N'obtenant pas de réponse, il consulta sa montre. Il était 22 heures. Elle devait être au lit maintenant. Quand on se lève à l'aube pour travailler dans un ranch, on ne rechigne pas à se coucher, en général. Peut-être dormait-elle après sa soirée chez Logan et Sophia.

Elle avait forcément travaillé à développer ses relations avec Tribute. Il lui avait été pénible de lui permettre d'approcher l'étalon en son absence. Et, au cours de la journée, il avait connu des moments d'angoisse. Certes, Audrey savait s'y prendre avec les animaux, avec les chevaux, en particulier, malgré tout, il ne pouvait s'empêcher de prier le ciel pour que tout se soit bien passé.

L'image de l'étalon noir de jais se cabrant et le piétinant lui traversa l'esprit.

Avec un soupir, il franchit les portes du ranch. Il n'oublierait jamais l'atroce douleur quand les sabots l'avaient heurté. Par chance, il s'était roulé en position de sécurité et avait réussi à se dévier légèrement de la trajectoire. Ainsi, il n'avait pas reçu tout le poids de l'étalon. Heureusement, car sinon il ne serait probablement plus là pour y repenser.

Il sauta à bas du pick-up et se dirigea à grands pas vers la maison. Pas un bruit. Elle était vide, mis à part un petit brin de fille qui dormait dans sa chambre. Il se dirigea vers le salon pour se verser un doigt de bourbon, puis, son verre à la main, se rendit dans la cuisine en quête d'un petit en-cas. Sophia avait peut-être donné des restes à Audrey. On pouvait toujours rêver.

Un bruit distant, comme des éclaboussures, lui parvint alors par la fenêtre entrouverte, il fronça les sourcils. Scrutant l'obscurité, il vit la lune, réduite à un croissant, qui n'éclairait pas grand-chose, mais les spots de la piscine illuminaient une silhouette féminine. Sans faire de bruit, il ouvrit la porte et se glissa à l'extérieur.

A présent que ses yeux s'habituaient au changement de luminosité, il distinguait nettement une femme revêtue d'un deux-pièces rouge réduit au strict minimum. Comme elle lui tournait le dos, elle lui offrait une vue imprenable sur les rondeurs moulées à la perfection de ses fesses découvertes par le string. Et soudain, à la faveur d'une illumination, le voile se déchira, et la réalité le frappa brutalement. La femme mystérieuse du chalet de Casey...

Il connaissait ce corps.

Il y regarda à deux fois, espérant qu'il s'agissait d'un mauvais tour de son imagination. Mais les jambes minces et nerveuses, parfaitement galbées...

Il secoua la tête. Ce ne pouvait tout simplement pas être vrai.

Et pourtant. Rempli d'appréhension, il fit remonter son regard aux cheveux blonds flottant librement dans le dos de la créature tombée du ciel, et il frémit. Eux aussi, il les connaissait.

Ils lui avaient chatouillé le menton.

Ces jambes fabuleuses avaient enserré son corps.

Ces fesses parfaites avaient caressé ses cuisses.

Il courut presque au bord de la piscine.

Sentant sa présence, la baigneuse se retourna.

— Toi ! s'écria-t-il d'un ton incrédule.

Audrey avait dû croire à la présence d'un inconnu, car son visage exprimait la crainte quand elle se retourna. Mais, dès qu'elle le reconnut, la crainte se mua en remords.

Il l'avait prise la main dans le sac. Impossible de nier maintenant.

— Luke, je…

— C'était toi, depuis le début… la nuit au chalet.

Jusqu'à présent, il n'avait pas pris conscience que la petite fille d'autrefois s'était métamorphosée en femme. Mais à présent, placé devant sa semi-nudité, il ne pouvait plus rester aveugle. C'était une bombe, révélée par ce minuscule bout de chiffon.

Comme il n'y avait pas plus de tissu devant que derrière, ses seins débordaient du soutien-gorge. Elle était le rêve incarné de tout homme, une déesse sexy et intouchable.

Mais il l'avait touchée ! Il avait touché chaque centimètre carré de son corps.

Il avait l'impression d'avoir reçu un coup de matraque sur la tête. La colère d'avoir été trompé et un désir sans égal se disputaient en lui. Par quel mystère n'avait-il pas compris plus tôt ? Parce que les vêtements de travail d'Audrey dissimulaient un corps à faire damner un saint ? Ou bien parce que l'idée de faire l'amour avec Audrey était inconcevable. Ou encore parce qu'il avait enfoui le souvenir de la scène de séduction dans les replis les plus secrets de sa mémoire parce qu'il était impossible d'y mêler Audrey.

Les trois raisons valaient qu'on s'y attarde.

— Heureuse que tu t'en souviennes, répliqua-t-elle sur un ton de défi à fendre le cœur.

— Cette nuit-là, tu es venue dans ma chambre...

— La mienne, rectifia-t-elle.

— Tu es venue à moi sans la moindre hésitation.

Elle avait grimpé dans le lit avec les intentions les plus audacieuses, et Luke avait pris la personne qu'elle lui offrait : une femme qui ne craignait pas d'afficher ses désirs.

Audrey s'approcha, et le parfum « Suave et Perverse » parvint à ses narines. Des gouttes d'eau irisaient son corps, et la lumière des spots jouait sur sa peau nacrée. Il mourait d'envie de la toucher, de détacher son soutien-gorge et de prendre ses seins à pleines mains.

— Tu m'as demandé d'approcher, dit-elle.

— J'ignorais que c'était toi.

— Et moi, je croyais que tu savais.

Pour ce qu'il se rappelait, cette nuit-là, elle avait ébranlé son univers. Au matin, il s'était éveillé, assouvi, heureux, et prêt pour un deuxième round. Mais sa mystérieuse visiteuse s'était envolée et depuis son souvenir le hantait.

— C'était une erreur, dit-il. Cela n'aurait jamais dû se produire.

— Ce n'était pas du tout une erreur ! protesta-t-elle en soulevant crânement le menton. Ce n'était pas prévu, mais ce n'était pas une erreur !

— Ecoute-moi, Audrey. Je sais que tu étais sous le coup d'une rupture et que tu n'étais pas toi-même ce...

— Arrête de me traiter en enfant, Luke ! coupa-t-elle. Je savais exactement ce que je faisais en te rejoignant dans ton lit et en faisant l'amour avec toi !

Il ferma les yeux, prit une profonde inspiration. Entendre Audrey reconnaître qu'elle l'avait séduit l'excitait au plus haut point. Il n'en était pas fier, mais ne maîtrisait plus rien. Pendant des semaines, il avait creusé ses souvenirs. A présent, ils ne disparaîtraient pas.

Audrey, nue, le chevauchait dans l'obscurité, ses cheveux fouettant frénétiquement son visage, le parfum de ses lèvres et sa peau douce le rendant fou.

Elle le fixait, les yeux ronds, et devant son évidente fragilité il choisit ses mots avec précaution.

— Audrey…

— Te rends-tu compte de l'effet que ça peut produire quand quelqu'un ne se rappelle pas avoir couché avec toi ?

Sa gorge se serra, et il déglutit. Il se rappelait parfaitement l'acte, mais pas la femme qui l'avait accompli. Il savait toutefois que la précision ne la réconforterait pas.

Cette histoire l'étourdissait, et le rendait nerveux.

Il aurait dû lui en vouloir de ne pas lui avoir dit la vérité en arrivant au ranch, la réprimander pour avoir couché avec lui sans protection. Et pourquoi s'était-elle enfuie au petit matin, sans un mot ?

Mais il n'avait aucune envie de la gronder comme une enfant. Clairement, ce n'en était plus une. C'était devenu une évidence à la minute où il l'avait aperçue dans la piscine. Elle dissimulait tout simplement sa beauté sous des vêtements trop amples, de vieux chapeaux de paille et des queues-de-cheval juvéniles.

A présent, ses yeux s'étaient dessillés, ce qui n'arrangeait bien. Il se serait battu. Parce qu'Audrey l'attirait comme aucune autre. Elle était intouchable, bien sûr, mais il ne pouvait empêcher les souvenirs de leur nuit de danser la sarabande dans son esprit enfiévré.

La terrible vérité était qu'il n'oublierait jamais avoir fait l'amour avec la petite sœur de Casey, un être qu'il avait toujours cherché à protéger.

— J'étais assommé de médicaments, mais toi, dit-il en agitant un doigt dans sa direction, toi, tu aurais dû…

Il laissa toutefois retomber sa main, incapable de poursuivre. Il n'était ni son professeur ni son frère. Il était son… amant.

— J'aurais dû quoi ? demanda-t-elle d'une voix feutrée.

Du regard, il caressa le corps voluptueux d'Audrey. Le string écarlate semait le trouble en lui. Il était un homme avant toute chose, et Audrey le tuerait à petit feu.

— Rien, dit-il en secouant la tête.

Elle franchit la dernière marche de la piscine et prit pied sur la terre ferme. A présent, il n'y avait plus de barrière physique entre eux.

— Rien ?

Il ne répondit pas. Tout ce qu'il aurait pu dire aurait soit blessé Audrey, soit l'aurait mis, lui, en mauvaise posture.

— Je vais me coucher, annonça-t-il.

Un moyen radical de clore la discussion. Au matin, ils auraient les idées plus claires, et ils pourraient discuter sérieusement.

Il avait l'intention de faire demi-tour et de filer à la maison, mais ses jambes refusaient de bouger. Il était rivé au sol, à deux pas d'une ravissante jeune femme moulée dans un Bikini super sexy. Il fallait prendre du recul, fuir. Mais son cerveau s'était solidarisé de ses pieds, et rien ne bougea.

A part Audrey qui avança vers lui et s'arrêta à quelques centimètres, auréolée d'un halo de lumière dorée, grâce aux spots.

— Tu n'as aucune envie de partir, constata-t-elle, le regard tout alangui.

Lentement, elle porta les mains dans son dos et dégrafa le soutien-gorge, puis elle défit les liens qui le retenaient à son cou. Fasciné, il la regardait faire, incapable de prononcer un mot. Il ne pouvait lui dire d'arrêter, que tout ceci était fou. Elle était sa mystérieuse inconnue, celle avec qui il avait secrètement espéré réitérer leur brûlante expérience.

Il pouvait seulement la regarder, tout frémissant, tirer sur le haut qui tomba, révélant de magnifiques seins bien ronds, aux pointes roses et épanouies qui se dressaient vers le ciel.

Devant cette perfection, il se souvint les avoir soupesés dans ses mains, les avoir goûtés, et son sexe durcit.

— Je t'ai fui une fois, Luke. Je ne recommencerai pas deux fois la même erreur.

5

Sans être faible, Luke n'en était pas pour autant un saint. Comment résister à une pareille tentation ? Audrey était nue, à part le minuscule triangle en bas de son ventre. Un geste, et il retrouverait sa séduisante enchanteresse, et son fantasme deviendrait réalité.

Impulsivement, il tendit les bras et enlaça la taille mince d'Audrey. Une secousse lui suffit pour l'avoir contre lui, les seins collés à son torse, sa peau mouillée trempant sa chemise. Elle passa tout naturellement les bras à son cou, et il respira avec délice son parfum. Du pouce, il lui releva le menton et prit sa bouche. Un long gémissement s'échappa des lèvres d'Audrey auquel répondit une sourde plainte montée du plus profond de sa poitrine.

Il dévorait fiévreusement sa bouche, et elle répondait avec fougue à son baiser, se balançant contre lui sur un rythme qui le soumettait, pieds et poings liés, à sa volonté.

Il n'imaginait pas interrompre ce baiser. Le corps souple, enivrant, d'Audrey le consumait. Il le sentait tout prêt à l'accueillir et refoulait la petite voix qui lui interdisait de la posséder.

Tout en l'embrassant, il glissa une main dans ses cheveux, emmêlant ses doigts à leurs mèches soyeuses. La renversant en arrière, il abandonna ses lèvres pour déposer une pluie de baisers sur son menton, son cou, puis il mordilla la naissance de sa gorge. L'une de ses mains quitta les mèches blondes pour s'emparer d'un sein qu'il malaxa doucement, savourant sa douceur dans sa paume. Ensuite, du pouce, il agaça le mamelon, arrachant un gémissement de volupté à Audrey.

Son sexe en érection était douloureusement à l'étroit dans son jean.

— Tu es si belle, murmura-t-il.

Il frotta l'autre sein avec son menton, jouant avec la pointe avant de la saisir entre ses lèvres. Il titilla le bouton avec sa langue jusqu'à ce que la respiration d'Audrey se fasse laborieuse.

— Luke, gémit-elle.

Sa plainte lui fit perdre le peu de sang-froid qui lui restait. Il l'avait déjà eue, mais cette fois, c'était différent. Cette fois, tous deux savaient exactement de quoi il retournait.

Le prix à payer serait probablement élevé, mais il était dans le présent, et rien ne pourrait l'empêcher de reprendre sa mystérieuse enchanteresse comme il en avait tant de fois rêvé.

— D'ici peu, je serai incapable de m'arrêter, chérie.

— Mais il n'en est pas question, murmura-t-elle.

Elle referma les doigts sur ses cheveux et pesa sur sa tête pendant que ses lèvres la faisaient voluptueusement gémir. Lui-même sentait son sang battre puissamment dans ses veines.

Relevant la tête, il baisa sa bouche puis, l'empoignant par les fesses, la souleva. Il aimait ses réactions, spontanées et dépourvues de fausse pudeur. Elle noua les jambes à sa taille et il l'emporta jusqu'à un transat garni de coussins. Avec le contact de ses fesses fermes lui emplissant les mains, il faillit perdre le contrôle. Sans savoir comment, il parvint à se maîtriser et, ignorant les petites voix qui lui conseillaient la prudence, l'allongea sur le transat.

Elle leva sur lui des yeux tout embrumés de passion. A la lumière des spots, elle était merveilleuse à voir, et tout à lui.

— Retire ta chemise, Luke.

Sa prière et le spectacle qu'elle offrait, allongée sur les coussins, lui asséchèrent la bouche. De ses lèvres enflées à ses jambes longues et nerveuses, en passant par ses beaux seins et son sexe souligné d'un triangle cerise, son corps tout entier l'attendait.

— Je veux te toucher, dit-il.

En un tournemain, il s'était débarrassé de sa chemise, et, assis au bord de la chaise longue, il laissait Audrey promener les doigts sur son torse qui s'embrasait. Puis elle se redressa pour l'embrasser sur la bouche et sur toutes les parties de son corps qu'elle arrivait à atteindre.

Il n'en pouvait supporter davantage. L'embrassant tout en l'allongeant doucement sur les coussins, il fit ce qu'il imaginait depuis qu'il l'avait vue émerger de la piscine : il glissa un doigt sous l'élastique de sa culotte et la fit glisser le long de ses jambes.

Même nue, elle ne joua pas les effarouchées. Avec un sourire heureux, elle tenta de se redresser pour l'atteindre. Mais cette fois, c'était lui qui tenait les rênes. Cette fois, il s'occuperait de son plaisir.

Ils étaient seuls dans la nuit silencieuse. Les ranchs voisins se trouvaient à des kilomètres. Au gré de la brise, une bonne odeur de cheval et de cuir leur parvenait des écuries.

Il fit courir ses doigts sur la peau si douce de l'intérieur des cuisses jusqu'à ce qu'il atteigne son sexe. Elle souleva alors les hanches, et ferma les yeux, totalement abandonnée à son plaisir.

Il la caressa doucement, par petites touches.

— Tu aimes ?

Elle déglutit, hocha la tête.

— Oui.

— Je m'en doutais. Dis-moi que tu veux davantage.

— Je veux davantage, murmura-t-elle.

En souriant, il glissa deux doigts en elle et les fit aller et venir.

— Oh…, gémit-elle.

Les sons rauques qui émanaient de sa gorge le rendaient fou. Il s'allongea près d'elle et l'embrassa tout en maintenant la cadence de ses doigts. Elle se tordait de plaisir. Et, quand il accéléra le mouvement, la jouissance la foudroya, lui arrachant des cris.

Enveloppée dans la chemise de Luke, Audrey s'allongea sur le lit où il venait de la déposer avec un luxe de précautions. Aucune parole n'avait été prononcée en chemin. Ils s'étaient contentés de se regarder, les yeux dans les yeux, dans un tacite accord. Elle était plus heureuse qu'elle ne l'avait été de sa vie.

— Es-tu sûre de toi ? demanda Luke en la rejoignant sur le lit.

Elle hocha la tête, trop émue pour parler, et glissa les mains dans ses cheveux tandis qu'il l'embrassait dans le cou. Elle sentait le désir de Luke briser la contrainte qu'il s'était imposée durant le trajet du transat au lit. Celui-ci était grand, confortable, et, oh ! merveille des merveilles, elle le partagerait avec Luke.

Il prit son temps, l'embrassant doucement, caressant tendrement son corps, murmurant des mots doux à son oreille, l'évidence de son désir pressée contre son flanc.

Elle glissa une main sur son torse, éprouvant la tiédeur

de sa peau et la fermeté des muscles. Et elle soupira. Combien de fois n'avait-elle pas rêvé de pouvoir de nouveau caresser son corps et vibrer de plaisir avec lui ?

Elle l'aida à dégager la boucle de sa ceinture. Il se leva, les bottes volèrent et le jean fut rejeté prestement. Quand elle le regarda, complètement nu, son souffle se bloqua dans sa poitrine. Il avait repoussé ses cheveux en arrière, et des mèches blondes bouclaient sur ses épaules. Son torse était large et solide, et, quand elle baissa les yeux, elle fut brusquement ramenée des semaines en arrière, au plaisir fou qu'elle avait connu avec Luke.

— Approche, dit-elle, reprenant le mot qu'il avait murmuré au chalet.

Hâlé et puissant, il se tenait près du lit, tel un dieu grec.

Elle le regarda mettre en place un préservatif, puis la dévorer lentement des yeux. L'anticipation des moments à venir faisait naître des frissons de plaisir au creux de son ventre.

Il se pencha sur elle et écarta ses cuisses. Puis, il fut sur elle. Avec un soupir d'émerveillement, elle ouvrit grand les yeux. Elle ne voulait rien manquer. Elle voulait le voir prendre du plaisir comme il lui en avait donné. Lentement, il la pénétra, et elle ferma les yeux.

— Tu es si étroite, marmonna-t-il d'une voix rauque. C'est si bon.

Il bougea en elle, doucement, et elle suivit son rythme, le cœur débordant d'amour. Chaque fois qu'il replongeait, elle se tendait vers lui. Il la prit par les hanches et, la renversant en arrière, accéléra l'allure. Et quand il glissa son pouce au point de jonction de leurs deux corps, elle se sentit partir. Tout son être se concentra en ce point alors que Luke poussait un long râle de plaisir, et leurs cris se mêlèrent dans la nuit calme.

Ils demeurèrent un instant immobiles, vidés de leur

énergie. Puis, Luke se laissa enfin retomber près d'elle, et, sans la lâcher, la regarda redescendre sur terre.

Allongé sur le dos, il enlaça ses doigts aux siens et posa leurs mains jointes sur son torse.

— Ça va ? demanda-t-il, les yeux au plafond.

— Je suis parfaitement bien.

Il la dévora des yeux.

— Je suis d'accord avec toi. Tu es très bien.

Le compliment la fit sourire. Après toutes ces années où elle s'était desséchée d'amour pour Luke, elle pouvait enfin savourer des moments d'intimité et elle en éprouvait une bienheureuse allégresse.

Elle se trouvait exactement là où elle avait toujours désiré être.

— Tu n'as pas froid ?

Il avait saisi le drap, prêt à la recouvrir.

— Pas du tout.

Il laissa retomber le drap, lui embrassa l'épaule, et elle ressentit une vague de chaleur dans tout son corps. Elle n'aurait jamais froid près de Luke. Un cow-boy des temps modernes qui partageait ses goûts.

Il contemplait le plafond, soudain ailleurs, et elle vit son expression se rembrunir et sa mâchoire se crisper comme s'il souffrait. Il n'avait fallu qu'une minute pour que la métamorphose ait lieu. Il soupira longuement.

N'ayant aucune envie de subir un sermon, surtout maintenant, elle espéra que ce soudain revirement n'était que le fruit de son imagination. Elle voulait rester dans l'émerveillement de l'acte d'amour.

— Pourquoi as-tu fait ça, Audrey ?

Espoir déçu.

— Fait quoi ?

— Pourquoi es-tu venue me retrouver cette nuit-là au chalet ?

Parce que je t'aime depuis plus de dix ans.

Oserait-elle le lui dire ? Et s'il avait éprouvé les mêmes sentiments pour elle et venait juste de le découvrir ?

— J'ai suivi mon impulsion.

— C'était donc une vengeance. Tu as appris que ton petit ami te trompait et tu voulais lui rendre la monnaie de sa pièce.

— A vrai dire, découvrir qu'il me trompait m'a permis de comprendre que je perdais mon temps avec un type que je n'aimais pas.

— Eh bien, c'est grave, mais je comprends.

— Vraiment ?

Pour une révélation, c'en était une. D'habitude, quand une fille se livrait à l'introspection devant un homme, il se fermait. Mais Luke n'était pas comme les autres. Avec lui, on pouvait parler, et il savait se montrer compréhensif.

— Mais oui. Et je comprends aussi pourquoi tu t'es enfuie. Tu as pris conscience que tu avais commis une erreur de jugement et tu n'as pas voulu te confronter à moi au petit matin.

Elle remonta le drap sur sa poitrine et s'assit.

— Ce n'était pas une erreur de jugement, Luke. Et ce n'est pas pour cette raison que j'ai fui.

— Pourquoi alors ? A cause de Casey ? Tu craignais sa réaction ?

L'expression de Luke s'assombrit brusquement. Sans nul doute, il venait de se rappeler que Casey était son frère.

— Bon sang, Casey ! s'exclama-t-il en grimaçant. Ton frère t'a confiée à moi, et voilà que, par deux fois, je trahis sa confiance.

— C'est faux. Tu n'as trahi personne.

— Casey m'avait prévenu que tu étais vulnérable.

Et qu'est-ce que je trouve de mieux à faire ? Coucher avec toi.

— Je ne suis pas seulement la sœur de Casey, Luke ! Je suis aussi une femme adulte, capable de prendre ses propres décisions.

— Dès que je t'ai aperçue à la piscine, j'ai craqué. Tu sais ce que je suis ?

— Tu es un homme, et peut-être que tu m'apprécies un peu ?

Il grimaça de nouveau.

— Casey n'a aucun droit d'interférer dans cette histoire, insista-t-elle. Ni de te parler de mes problèmes personnels. D'ailleurs, je ne l'ai pas mis au courant de ma venue.

— Oui, à ce propos…

Luke bondit hors du lit et chercha son caleçon du regard. Quand il l'eut trouvé, il le passa, alluma une lampe de chevet, et la pièce se trouva soudain baignée d'une douce lumière. Il se tenait près du lit, les mains sur les hanches, toujours très séduisant, mais sa mâchoire s'était durcie.

— Si tu n'es pas venue pour la place, alors pourquoi ? Cette fois, je veux la vérité.

— Je t'ai toujours dit la vérité.

— J'ignorais que nous avions couché ensemble, Audrey. Tu as disparu en me laissant m'interroger sur l'identité de ma mystérieuse séductrice.

— Tu couches souvent avec des inconnues ?

Il eut un haut-le-corps, et la surprise se lut sur son visage. Elle avait renversé les rôles et cela lui déplaisait visiblement.

— Je croyais savoir de qui il s'agissait, évidemment.

— Evidemment. Qui ?

— Une jeune femme blonde que j'avais remarquée au cours de la soirée.

La jalousie lui mordit le cœur.

— Il semblerait que tu ne la connaissais pas très bien.

Il détourna la tête, évitant son regard.

— Je… n'étais pas dans mon état normal.

— Mais ce soir, tu l'étais ?

Il tourna vers elle un visage ravagé par le remords.

Je t'interdis de regretter ce qui s'est passé, Luke Slade.

Envisageant tous les scénarios, elle se demanda ce qui était pire. Que Luke ignore qu'il lui avait fait l'amour la première fois, ou qu'il regrette de l'avoir fait la deuxième ?

Quelle que soit la réponse, elle était perdante.

Il hocha la tête, l'air confus.

Elle aurait voulu, d'un coup de baguette magique, retourner dix minutes en arrière, quand la vie était si belle.

— Réponds à ma question, Audrey. Pourquoi es-tu venue ?

— Pour m'excuser de m'être enfuie comme une voleuse. Je m'en voulais. J'ignorais si tu étais en colère contre moi ou soulagé que j'aie disparu de ta vie. Je suis venue à Sunset Ranch pour discuter de cette nuit-là. Mais quand j'ai compris que tu ignorais que c'était moi qui étais venue te rejoindre dans ta chambre, j'ai été anéantie. C'est dur d'apprendre qu'un homme ne sait pas qu'il a couché avec toi. Surtout quand ça signifie tellement pour toi.

— Parce que ça signifie tellement… ?

Il ne termina pas sa phrase. Tout son être exprimait l'incrédulité. Puis il hocha la tête d'un air sombre.

— Ne te hasarde pas sur ce chemin, Audrey.

Sur ces mots, il enfila son jean, remonta la fermeture.

— Nous avons pris du bon temps cette nuit, ajouta-t-il essayant d'adoucir sa voix, comme s'il parlait à une enfant. Mais ne t'avise pas de te lancer dans des interprétations fumeuses. Si tu ne m'avais pas séduit, pour commencer, nous ne serions pas dans ce pétrin.

— Tu me reproches de t'avoir séduit après ce qui vient de se passer entre nous ?

Il secouait toujours la tête.

— Quand je t'ai vue dans la piscine, tout s'est mis en place. Et je n'ai pas pu résister à la tentation de revivre ce qui me hantait depuis que nous avions fait l'amour.

— Nous l'avons revécu. Et c'était encore mieux que la première fois.

Il poussa un gros soupir.

— Je regretterai éternellement ce qui vient de se passer.

Ces paroles lui firent l'effet d'un coup de poignard. Elle s'était de nouveau offerte à lui, cette fois, dans l'espoir de commencer une relation nouvelle, plus profonde. Mais Luke ne voyait pas les choses sous cet angle. Il était dans le « pétrin ». Arriverait-il un jour à voir la femme qu'elle était devenue au-delà de la petite fille, et cesserait-il de se sentir coupable d'avoir soi-disant trahi son ami ?

C'était injuste et douloureux.

Impossible de rester dans sa chambre après cet échange. Elle ne supporterait pas d'entendre Luke s'excuser encore d'avoir fait l'amour avec elle, ou exprimer ses regrets. Ce serait la goutte d'eau qui ferait déborder le vase.

Elle arracha le drap du lit et s'en enveloppa avant de se planter devant lui. Puis, rassemblant les lambeaux de son amour-propre blessé, elle dissimula sa souffrance.

— Tu n'as rien à regretter, Luke. C'est déjà oublié. C'était une erreur, comme tu dis. Un gros écart de conduite. Tu n'as pas besoin de me le répéter. J'ai compris.

Tête haute, elle gagna la porte. Au moment de sortir, elle se retourna et lâcha le drap qui voleta gracieusement à terre. Nue, elle sentit le regard de Luke parcourir son corps. Les secondes s'écoulèrent. Et elle lui tourna enfin le dos.

— A tout à l'heure, au petit déjeuner.

Les petits déjeuners des matins suivants se déroulèrent dans une ambiance plutôt morose. La plupart du temps, elle ne s'adressait à Luke que pour des sujets concernant le ranch. A présent complètement investie avec les chevaux, en particulier avec Tribute, elle s'était juré de ne pas s'enfuir sous prétexte que la situation était trop difficile et ne songeait plus à s'éloigner du ranch, ni de Luke.

Elle passait ses journées avec Hunter et Ward, et déjeunait parfois avec Sophia. Elle s'immergeait dans le travail, s'infligeant des tâches supplémentaires pour s'occuper l'esprit et ne pas sombrer dans le désespoir. Luke semblait fort peu se soucier que leur amitié aille à vau-l'eau. Il était probablement soulagé de ne plus avoir affaire à elle et de ne pas être obligé de feindre des sentiments qu'il n'éprouvait pas.

De son côté, c'était plus pénible. Bien qu'elle n'ait soufflé mot à quiconque de ce qui s'était passé entre eux, de temps à autre, Sophia amenait le nom de Luke dans la conversation. Audrey haussait alors une épaule ou répondait brièvement. Evidemment, sa réaction surprenait Sophia, mais elle se hâtait de changer habilement de sujet.

Les trois derniers après-midi, elle avait travaillé avec Tribute. Pas question pour elle de laisser ses sentiments personnels interférer avec le travail pour lequel elle avait été engagée. Luke venait observer ses progrès à distance, comme elle l'en avait prié. Mais son regard d'aigle était sur elle, et elle éprouvait du ressentiment de savoir que sa présence était uniquement motivée par la nécessité de s'assurer qu'elle ne se mettait pas en danger.

Il la protégeait toujours.

Une autre aurait sans doute apprécié l'attention. Etait-elle devenue folle ? Elle souffrait d'avoir perdu l'amitié de Luke, et pourtant, elle le voulait pour amant. Non, ce n'était pas exact. Elle voulait être davantage que sa maîtresse. Elle voulait une véritable relation avec lui. Elle aurait toutefois accepté avec bonheur d'autres nuits dans l'espoir qu'elles mènent à un rapport plus riche.

A présent, elle n'avait plus rien. Ni amitié ni amour.

Malgré tout, elle n'arrivait pas à se résoudre à quitter le ranch. Elle en avait assez de faire les choses à moitié. Elle avait un emploi à Sunset Ranch ; on comptait sur elle. Et le défi que représentait Tribute lui tenait à cœur. Bien sûr, laisser Luke et le ranch derrière elle aurait été plus facile. Elle n'aurait pas eu sous les yeux le constant rappel de ce qu'elle ne pouvait avoir. Mais en restant, elle aurait la satisfaction d'avoir accompli quelque chose au lieu de fuir à la première contrariété.

Les paroles blessantes de Luke résonnaient encore à ses oreilles. Et son cœur saignait toujours quand elle se rappelait sa dernière phrase.

« Je regretterai éternellement ce qui vient de se passer. »

Elle n'avait aucune envie d'être le dernier regret de quiconque. Rien que d'y penser, sa colère se raviva.

Mais la colère était impuissante à combattre son incessante fatigue. Elle se sentait toute molle, les bras et les jambes en coton. Elle en rejetait le blâme sur Luke. En ce moment, elle rejetait tout sur lui.

Ce soir-là, après sa journée de travail, elle rentra à

la maison, ôta ses vêtements poussiéreux et prit une douche. Le jet d'eau chaude apaisa son corps et son esprit et, quand elle s'enveloppa dans une serviette, elle se sentit en meilleure forme. Elle était prête pour une soirée devant la télévision, et une bonne nuit de sommeil.

Elle grimpa dans le lit et caressa affectueusement Jewel qui se mit à ronronner et frotta la tête contre sa jambe. Après quoi, elle lui offrit son ventre. Quand la chatte eut sa dose d'attention, elle se remit en boule. Audrey s'installa alors confortablement, prit la télécommande et alluma la télévision.

— Tu sais quoi ? C'est le soir de *Wannabes et Wranglers*.

C'était bien pratique d'avoir un chat, ça vous permettait de parler toute seule sans en avoir l'air.

John avait fait des progrès. A présent, il se tenait bien droit dans sa selle et avait plutôt belle allure. Mais il ne maîtrisait pas encore très bien la tenue des rênes... Aïe ! Non, effectivement. Le cheval partit au galop, le chapeau de John s'envola et le pauvre homme fit de son mieux pour rester en selle.

Son portable tinta, annonçant l'arrivée d'un SMS.

Jewel leva la tête.

— C'est un texto, lui dit-elle en consultant l'écran.

Un texto de Luke.

Tu regardes ?

Elle décida de répondre bien qu'elle n'ait pas envie d'avoir une conversation avec lui ce soir.

Oui.

John ferait mieux de raccrocher avant d'être sérieusement blessé.

John n'est peut-être pas un dégonflé.

C'était plus fort qu'elle, elle ne pouvait s'en empêcher, et tant pis si Luke lisait entre les lignes. D'une manière ou d'une autre, elle dirait ce qu'elle avait à dire.

Elle n'entendit plus parler de lui jusqu'à la fin du reality-show. Puis :

John s'est fait éliminer. Il a probablement sauvé sa peau.

Il avait du cran. Dommage que personne n'ait cru en lui. J'éteins. Bonne nuit, Luke.

Elle se renversa contre son oreiller. Elle avait marqué un point sans en ressentir de réelle satisfaction. Au contraire. Et penser à Luke juste avant de s'endormir, au risque de rêver de lui, était bien le dernier de ses souhaits.

Un coup léger fut frappé à sa porte quelques secondes après qu'elle eut fermé les yeux. Il ne pouvait s'agir que d'une seule personne.

Elle pouvait feindre le sommeil, il n'y aurait rien d'étrange à ça. Cependant, quand un deuxième coup fut frappé, avec un soupir, elle rejeta la couette. Pieds nus, dans son vieux T-shirt portant l'inscription : « Les chats et les femmes retombent toujours sur leurs pattes », elle alla ouvrir.

La vue de Luke, en jean et maillot découvrant ses épaules musclées, lui donna un coup au cœur. Une barbe d'un jour mangeait ses joues, et son haleine sentait le bourbon. Son regard se promena sur ses jambes avant de remonter jusqu'à son visage.

— Tu n'es pas de très bonne humeur ce soir, constata-t-il.

Ce n'était pas nouveau, mais c'était difficile de nourrir

une rancune tenace envers Luke, beau comme un dieu, debout au seuil de sa chambre.

— Désolée de te décevoir.

Les lèvres de Luke se pincèrent.

— Que veux-tu ? demanda-t-elle.

— Que tu ne discutes pas.

— A quel sujet ?

Bon sang, l'heure de son coucher était passée et il parlait par énigmes.

— Tu m'accompagneras à la fête de fiançailles de Sophia et Logan.

Un rire incrédule lui échappa.

— Sûrement pas !

— Je crains que si. Ils ont beaucoup insisté pour que tu viennes.

— Je peux y aller toute seule, merci.

— Ne fais pas l'enfant.

Elle se redressa, agacée, ce qui eut pour effet de faire ressortir ses seins. Le regard de Luke s'y aventura et une lueur de convoitise passa dans son regard.

— Je pense que nous avons déjà établi que je n'étais pas une enfant, répliqua-t-elle froidement.

Il leva les yeux sur sa chevelure en désordre, puis son regard tomba sur ses lèvres et se fit caressant. S'il choisissait de parler d'erreur ou de regrets à présent, elle lui claquerait la porte au nez.

— C'est établi, concéda-t-il. Mais cela paraîtrait suspect si nous arrivions séparément. Le restaurant de Logan, The Hideaway, est niché dans la montagne. La route est sinueuse et la conduite délicate. Il n'y a aucune raison pour que nous ne fassions pas le trajet ensemble.

— Trouve une excuse.

— J'y ai déjà réfléchi. Rien ne me paraît tenir debout.

Etant donné qu'elle était la première à chercher à

éviter sa compagnie, elle ne comprenait pas très bien pourquoi l'idée qu'il se soit creusé la cervelle pour ne pas l'emmener la blessait, mais c'était ainsi. Il n'avait pas plus envie de l'emmener qu'elle n'avait envie d'aller avec lui.

Se rendre avec Luke à la fête de son frère ressemblerait beaucoup à une sortie en couple. Et elle avait trop longtemps rêvé d'une telle sortie avec Luke.

— J'irai avec Hunter, décréta-t-elle.

— Hunter s'y rend avec ses parents, dans le pick-up de Ward. Il n'y a pas de place pour toi. Regarde les choses en face, Audrey. Tu n'as pas d'autre solution que de venir avec moi.

— Dans ce cas…, dit-elle sèchement.

Ils se regardèrent quelques secondes en silence.

— Tu sais, dit-il doucement, on n'est pas obligés d'avoir ce genre de relation.

Elle détourna la tête, le temps de se ressaisir, avant de le regarder droit dans les yeux.

— Que proposes-tu ?

Elle vit sa pomme d'Adam monter et descendre.

— Nous pourrions rester amis.

Le truc éculé pour s'éviter de culpabiliser. Une dizaine de raisons pour ne pas rester amie avec lui traversa son esprit.

— Désolée. Ce n'est pas possible.

— Comme tu voudras. Nous partirons à 17 heures, samedi.

— Je serai prête. Bonne nuit, Luke.

— Bonne nuit.

Son regard la balaya encore de la tête aux pieds, puis, avec un soupir, il tourna les talons.

Elle referma la porte, et ses épaules se voûtèrent tandis que la juste colère se déversait en elle. Les larmes montèrent à ses yeux, et elle regagna son lit, le cœur et l'esprit en déroute.

Cette nuit, elle ne rêverait pas de Luke, décida-t-elle en serrant sa chatte contre elle.

6

— Cette robe est faite pour vous, déclara Kat Grady.

La blonde platine sortit de derrière le comptoir de la boutique et sourit à Audrey.

— Je suis ravie de vous revoir, lui dit-elle.

— Moi de même, Kat.

Pour se donner une contenance, Audrey examina la robe qu'elle avait sortie d'une penderie. En entrant dans la boutique, elle avait été déconcertée de découvrir que Kat y travaillait. Et Sophia paraissait tout aussi surprise. Celle-ci avait insisté pour l'emmener à Silver Springs, petite ville située à une trentaine de kilomètres du ranch, afin d'y dénicher une robe convenable pour la fête de fiançailles. Seulement, il s'agissait d'une boutique de luxe, et elle n'avait pas vraiment les moyens de s'acheter de coûteux vêtements.

— Cette fois, je vous promets de rester debout, dit-elle à Kat.

Le regard de la jeune femme se fit compatissant.

— J'espère que vous êtes remise.

— Oui, merci. C'était un malaise passager. Tout va bien maintenant.

Pas tout à fait, en réalité. Ces derniers temps, elle était souvent fatiguée et éprouvait des accès de mélancolie.

— J'en suis heureuse. Que pensez-vous de la robe ?

Audrey tint à bout de bras la robe bleu saphir à la

taille empire soulignée d'une bande de tissu incrustée de perles argentées.

— Elle est jolie.

— Elle est parfaite pour toi, intervint Sophia. La couleur met en valeur ton teint clair et ta blondeur.

— Désirez-vous l'essayer ? demanda Kat.

— Je… euh, oui. Bien sûr.

— Par ici. Si vous n'aimez pas la coupe, nous avons d'autres modèles très élégants. Mais voyons d'abord comment vous va celui-ci.

Elle suivit Kat jusqu'à un vaste salon d'essayage comportant un miroir à trois pans. Kat s'apprêtait à la laisser seule quand un pleur d'enfant s'éleva.

— Oh ! veuillez m'excuser, dit-elle. C'est mon fils.

Et elle se hâta de se rendre dans la pièce voisine du salon d'essayage.

Audrey la regarda partir, notant combien le comportement de la jeune femme s'était modifié, passant d'une distance professionnelle, à une inquiétude de mère.

Elle se déshabilla, passa la robe et s'examina sous tous les angles dans le miroir. Le tissu s'entrecroisait sur sa poitrine et tombait en plis gracieux depuis le corsage jusqu'à ses pieds. Le style empire convenait à sa morphologie, et se voir dans une aussi jolie robe flattait son ego blessé. Sophia avait raison, le bleu saphir lui allait à merveille.

— Vendu, dit-elle au miroir.

Quand elle regagna l'espace boutique, Kat se tenait près du comptoir, berçant contre elle un bébé aux cheveux bruns.

— Désolée. Mon fils est un peu grognon. Il s'est réveillé trop tôt de sa sieste. D'habitude, il dort deux bonnes heures l'après-midi.

Le petit garçon s'accrochait à sa mère comme à une

bouée de sauvetage. Il avait des cheveux très noirs et des joues bien rondes, rouges à présent d'avoir pleuré.

— Il est beau, dit-elle. Quel âge a-t-il ?

Kat continuait de le bercer contre elle.

— Connor a neuf mois. Je vous prie de m'excuser. Je remplace juste pour la journée la propriétaire qui subit une intervention chirurgicale mineure. J'ai promis de tenir la boutique ouverte, à moins que Connor ne m'en empêche. Jusqu'ici, il a été plutôt sage.

Sophia sourit à l'enfant.

— Vous travaillez souvent ici ?

— J'aimerais bien, mais Connor a besoin de moi.

Le cœur d'Audrey s'émut. Kat n'était pas la bombe sexuelle qu'elle avait tout d'abord imaginée. Evidemment, sa coiffure apprêtée, ses lèvres rose vif et sa tenue tapageuse prêtaient à confusion. Mais l'apparence était trompeuse. Kat était profondément attachée à son enfant. Il suffisait de voir son sourire quand elle se penchait sur lui, d'entendre ses intonations pleines de fierté maternelle quand elle l'évoquait pour s'en persuader.

A présent, elle comprenait la réticence de Luke à s'engager dans une histoire avec Kat. Il fallait prendre en compte le bébé, et elle respecta Luke pour sa décision. Il avait le sens de l'honneur, et il ne ferait pas souffrir quelqu'un pour le simple assouvissement de ses besoins. Même si, en ce moment, elle était en froid avec lui, elle devait lui rendre cette justice.

Luke avait bien agi avec Kat.

Avec elle, c'était une autre histoire.

— Eh bien, nous n'allons pas vous retenir plus longtemps, dit-elle. Je vais prendre cette robe.

Sur le chemin du retour, Audrey fixait pensivement le pare-brise.

— Je suppose qu'on ne doit pas juger un livre à sa couverture, murmura-t-elle.

— Tu penses à Kat ?

— Je l'ai mal jugée.

— Je crois que moi aussi.

— Tout ce que j'ai vu, c'était une femme superbe, pomponnée de la tête aux pieds, suspendue au bras de Luke, et je l'ai immédiatement cataloguée bombe sexuelle dépourvue de cervelle.

— Ne sois pas si dure avec toi-même. Tu as laissé tes émotions prendre le dessus. C'est fréquent quand on est amoureux.

Elle se redressa sur son siège.

— Je ne suis pas amoureuse !

Même à ses propres oreilles, la protestation sonna faux. Et ses épaules s'affaissèrent tandis qu'elle admettait sa défaite.

— C'est donc si évident ?

— Probablement pas, sauf à mes yeux. Je reconnais les signes. Il n'y a pas si longtemps, j'étais comme toi, partagée entre l'amour et la haine. A certains moments, je méprisais même Logan.

— Luke est si gentil. Parfois, j'ai des remords de lui faire vivre des moments difficiles. Mais, bon sang, toute ma vie, les décisions m'ont échappé ! Et Luke continue de me traiter en enfant, il m'explique ce qui est bon pour moi et me repousse pour mon propre bien.

— Connaît-il tes sentiments ?

Elle secoua la tête.

— Je ne lui en ai jamais parlé. Mais nous avons… une ou deux fois…

Sophia détourna son regard de la route pour la dévisager.

— Comment ça, une ou deux fois ? Tu veux dire…

— Oui.

Elle était fatiguée de tout garder pour elle. Sophia était son amie, et elle lui faisait confiance. Et durant la fin du trajet elle lui expliqua sans détour ce qui s'était passé avec Luke ces dernières semaines. De temps en temps, Sophia posait des questions, et quand elles atteignirent le portail du Sunset Ranch, Sophia connaissait toute l'histoire.

— C'est une histoire incroyable, dit Sophia. Maintenant je commence à comprendre.

— C'est sûr. J'aurais dû dire à Luke que c'était moi, au chalet.

— Il aime la franchise.

— En apprenant la vérité, il était furieux, c'est sûr. Nous nous sommes même disputés à ce sujet. Tu crois que je devrais lui dire ce que j'éprouve ?

Sophia réfléchit quelques instants.

— Oui, mais seulement quand tu jugeras le moment propice.

— Comment le saurais-je ?

— Eh bien, s'il te parle d'abord, ce sera le bon moment, répondit Sophia en souriant.

— Comme si c'était possible !

— Ne sois pas si défaitiste. Luke pourrait te surprendre.

— Je l'aime depuis si longtemps, et maintenant que je vis sous son toit, je ne suis pas plus près d'obtenir ce que je veux que lorsque j'étais adolescente. Sauf que j'aurai de merveilleux souvenirs à emporter dans ma tombe.

Avec un regard complice, Sophia posa une main sur son bras.

— Je vais m'arrêter au cottage. Je voudrais te remettre quelque chose qui pourrait t'être utile. J'espère que tu ne m'en voudras pas de me mêler de ce qui ne me regarde pas.

— Ça m'étonnerait ! Tu as été bonne pour moi dès

le début, et j'apprécie ton amitié. Alors, qu'est-ce que c'est ? Un philtre d'amour ? La clé du cœur de Luke ?

Sophia secoua la tête.

— Rien de tout ça. Luke est également mon ami, et nous appartenons à la même famille maintenant. Rappelle-toi juste que je veux le meilleur pour vous deux. Et, de nouveau, j'espère ne pas dépasser les bornes.

— D'accord, je m'en souviendrai.

Sophia s'arrêta devant le cottage.

— Logan n'est pas là. J'en ai pour une minute.

Quand elle revint, un sachet blanc à la main, elle s'assit sur le siège du conducteur et le lui tendit.

— J'espère que ce sera… ce que tu voudras que ce soit.

Il y avait de la lumière dans ses yeux, et de la circonspection.

— Ouvre-le dans le secret de ta chambre, Audrey.

Un frisson lui courut dans le dos tandis qu'elle contemplait le sachet portant le logo d'une pharmacie posé sur ses genoux. Il contenait une boîte rectangulaire dont elle devina l'usage.

Jusque-là, elle s'était refusée à envisager une telle réalité. Bien sûr, les signes, ou, devrait-elle dire, les symptômes, étaient là, mais, lâche comme elle était, elle avait réussi à les ignorer. Et à présent, Sophia l'obligeait à regarder la vérité en face.

Elle leva les yeux vers son amie.

— Merci. Tu sais, j'espère que ce sera positif.

— C'est sûrement le cas, dit Sophia, confiante. Mais tu dois avoir une certitude.

Elle hocha la tête.

— Tu as raison, bien sûr, dit-elle en crispant la main sur le sachet. Et Luke a le droit de savoir la vérité, lui aussi.

Sophia glissa un bras autour de ses épaules.

— C'est pour toi que je m'inquiète, Audrey. Tu dois connaître la vérité, mais seulement quand tu seras prête.

Très émue, elle sentit les larmes monter à ses paupières. Et, l'espace d'un instant, elle ne trouva plus ses mots.

— Tu es… une vraie… amie, Sophia, réussit-elle enfin à balbutier.

Cette nuit-là, le test de grossesse posé sur l'étagère de la salle de bains, intact dans son sachet, elle se tourna et se retourna dans son lit. Elle n'était pas prête et se demandait si elle le serait jamais. Sa vie était devenue si compliquée. Il lui semblait qu'elle ne sortirait jamais de cet imbroglio.

Son agitation gênait tellement Jewel que, d'un air mécontent, la chatte sauta à bas du lit et se réfugia dans un fauteuil, près de la fenêtre.

— Désolée, Jewel. Tu peux avoir le lit. Je vais faire un tour.

Elle enfila un jean, glissa son T-shirt dans la ceinture, passa des chaussures et quitta la chambre. Il était minuit largement passé. Elle paierait le prix de son insomnie le lendemain, mais, pour le moment, elle avait besoin de marcher pour s'éclaircir les idées.

Sur la pointe des pieds, elle passa devant la porte de la chambre de Luke et gagna les écuries. Où irait-elle chercher du réconfort hormis là ? Elle s'arrêta dans celle qui abritait les animaux de prix représentant l'essentiel de l'activité du Sunset Ranch. Quelques chevaux éveillés fourrageaient dans leurs box. Elle leur chuchota des mots gentils et sourit au spectacle de ceux qui dormaient, couchés sur la paille, l'air si paisible.

Ils connaissaient une paix qui lui échappait cette nuit.

— Comment va, Rusty ? demanda-t-elle à un hongre
bai cerise. Toi non plus, tu n'arrives pas à dormir ?

Quand il posa sa tête sur la demi-porte du box, elle
tapota sa robe luisante et glissa les doigts dans sa crinière.
La texture rêche, l'odeur de paille et de crottin lui firent
chaud au cœur.

— La journée a été longue, n'est-ce pas ?

Elle frotta son visage contre celui du cheval et fut
récompensée par un affectueux coup de nez.

A mesure qu'elle passait devant les boxes, les chevaux
approchaient. Elle donna à chacun un peu de son attention,
sans toutefois retrouver sa sérénité. Elle se sentait encore
nerveuse, déboussolée. Dans l'obscurité, elle poursuivit
son chemin jusqu'à l'écurie vers laquelle elle se dirigeait
inconsciemment depuis le début.

— Tu provoques le destin, Audrey, murmura-t-elle.

Elle ne s'arrêta pourtant que lorsqu'elle se retrouva
devant l'étalon d'ébène au regard méfiant.

— Salut Tribute.

Les rayons du soleil jouant derrière ses paupières, elle
ouvrit les yeux. Le jour se levait. Elle n'avait dormi que
quelques heures, mais, si fatiguée soit-elle, elle frémit
d'excitation en repensant à sa visite nocturne à l'étalon.

Tribute ne serait pas un cas si difficile, après tout.
Dans la solitude de la nuit, avec l'obscurité qui les
environnait, elle avait accompli des progrès. Légers
peut-être, mais réels. Le cheval souffrait de sa solitude.
Elle pouvait comprendre, elle se trouvait dans le même
état d'esprit. Et, d'une étrange manière, un lien s'était
créé avec lui. Ils avaient parlé, enfin, elle avait parlé au
cheval qui avait patiemment écouté. Ils étaient deux
âmes esseulées. Tribute détestait être séparé de ses

congénères. Evidemment, son comportement ne lui attirait pas l'amitié de la population chevaline, mais comment apprendrait-il à s'entendre avec eux s'il ne s'y frottait pas ? Elle allait travailler avec lui en privé, la nuit, quand ils n'étaient que tous les deux.

Elle lui apprendrait la confiance.

Jewel gratta à la porte, impatiente de commencer sa journée. Elle aimait la vie sur le ranch, la liberté d'explorer la nature, d'agacer les animaux dans leur enclos et d'attraper des insectes.

— D'accord, je t'ouvre.

Elle repoussa la couette et s'assit. Aussitôt, la tête lui tourna, son estomac se souleva et elle éprouva une sensation de vertige. Elle n'allait tout de même pas s'évanouir une deuxième fois ?

Heureusement, il n'en fut rien. Elle se força à respirer calmement et ne se leva que quand elle se sentit mieux. A présent solide sur ses pieds, elle gagna la porte avec précaution, pour le cas où le malaise la reprendrait, et ouvrit à la chatte.

Quand elle fut certaine d'avoir récupéré, elle se doucha et s'habilla. Une journée de travail l'attendait. Au ranch, on ne connaissait pas de jour de repos. Même les weekends, il fallait s'occuper des chevaux.

Son chapeau sur la tête, elle se hâta le long du couloir. Pas encore très sûre de son estomac, elle décida de sauter le petit déjeuner et se dirigea tout droit vers les écuries. Elle devait sortir des chevaux, les panser, et elle avait promis à Ward de superviser la commande de nourriture pour s'assurer qu'il n'avait rien oublié.

Elle salua Boyd et Jimmy, deux employés qui s'affairaient dans le corral et pénétra dans les bâtiments. En découvrant Luke au milieu de l'allée, Jewel tout alanguie dans ses bras, elle s'arrêta net. Il la grattait sous le menton, et la chatte ronronnait comme une folle. On aurait même juré qu'elle souriait.

— Bonjour, dit Luke.

Bon sang ! Elle qui souhaitait l'éviter aujourd'hui.

— Bonjour, Luke.

— Tu as raté le petit déjeuner. Ellie avait préparé des œufs au bacon.

A la mention de la nourriture, son estomac se souleva. On lui avait pourtant dit que la gouvernante des Slade était une excellente cuisinière.

— Je n'avais pas faim, répliqua-t-elle.

Luke examina son vieux jean, sa chemise usagée et son chapeau de paille. Aujourd'hui, plutôt que de mettre les vêtements achetés à Sunset Lodge, elle avait privilégié le confort sur le style.

— Tu n'es pas obligée de travailler vingt-quatre heures sur vingt-quatre, sept jours sur sept, tu sais, Audrey.

— Je ne considère pas ça comme du travail. J'aime m'occuper des animaux. Et puis, que veux-tu que je fasse d'autre ?

Il la dévisagea, sa pomme d'Adam agitée d'un mouvement de va-et-vient. Quelques secondes s'écoulèrent, puis il soupira.

— Ce que les femmes font de leur temps libre, je suppose.

— Je ne suis pas les femmes.

Luke se pencha pour poser Jewel à terre. Quand il se redressa, son visage se trouvait à quelques centimètres du sien.

— Je sais, Audrey.

Elle retint son souffle. Etre si près de Luke compromettait son équilibre, et elle avait eu sa dose de vertige pour aujourd'hui.

— Je préfère la compagnie des chevaux à n'importe quoi, ajouta-t-elle.

— D'accord, répondit-il en hochant la tête. Mais j'ai donné quartier libre aux employés en l'honneur de la fête de fiançailles de Logan et Sophia.

Elle avait presque oublié cette fête, et la perspective ne l'enthousiasmait pas. Elle n'avait pas commencé ce jour de congé sur une note joyeuse.

— Tu ne m'as pas parlé dernièrement de ton travail avec Tribute, fit remarquer Luke.

— Inutile puisque tu es toujours là, en train de surveiller.

— D'où je suis, je ne vois rien, tu le sais très bien, Audrey.

— Il se laisse un peu amadouer, mais il se sent seul. Il lui faudrait de la compagnie.

— Tu veux dire une femelle ?

Audrey rougit. D'habitude, l'évocation des choses du sexe ne la rendait pas si pudique, mais entendre Luke y faire allusion la troublait.

— Le moment n'est pas encore venu. Je veux juste dire qu'il est isolé dans son enclos. Il faudrait lui donner plus de liberté. Il a besoin de contact avec les autres chevaux.

— Il essaierait de les dominer. Nos chevaux sont des bêtes de race, avec un caractère bien trempé. Ils trouvent néanmoins des terrains d'entente. Mais je craindrais les réactions de Tribute. Il a l'ego vraiment très chatouilleux.

— Il faudra pourtant bien lui faire confiance parfois.

— La confiance, c'est ton truc, n'est-ce pas ? répliqua Luke, lèvres pincées.

Jewel se frotta contre sa jambe et elle se pencha pour la prendre dans ses bras.

— Oui.

Malheureusement, ce n'était pas celui de Luke. En tout cas pas quand il s'agissait de Tribute ou d'elle. D'ailleurs, il ne se faisait guère confiance non plus. Luke Slade agissait toujours de manière honorable, mais il n'accordait pas assez sa confiance pour donner libre cours à ses sentiments. Il ne savait pas écouter son instinct.

— Je vais y réfléchir, marmonna-t-il.

Comme elle n'avait rien à ajouter, ils restèrent face à face dans un silence embarrassant. Elle le fixait. S'il voulait fuir, libre à lui, mais elle ne lui faciliterait pas la tâche.

Entre les fentes de ses paupières, les yeux de Luke apparaissaient, très bleus.

— Je suppose que je te vois ce soir. Vers 17 heures ?

Un enthousiasme aussi débordant n'était pas franchement flatteur. On aurait dit qu'il parlait d'aller à l'échafaud.

Incapable de contenir son irritation plus longtemps, elle le toisa.

— Je serai prête… je suppose.

Il haussa les sourcils, puis, sans ajouter un mot, fit demi-tour.

L'emmener à la fête représentait visiblement pour lui un devoir pesant. Elle en éprouva du chagrin et son amour-propre se révolta quand elle se rappela avoir cherché toutes les solutions possibles pour éviter ce rapprochement.

Elle aurait pu trouver une excuse pour ne pas y assister, mais Sophia serait déçue, et elle tenait trop à leur amitié pour lui infliger ça.

Elle était coincée. A dire vrai, elle n'avait pas tellement envie non plus de se retrouver avec Luke. C'était trop douloureux de sortir ensemble, en couple, mais seulement pour la forme, de savoir qu'ils partageaient des souvenirs éblouissants au lit, mais que Luke souhaitait faire comme s'ils n'avaient jamais existé, puisqu'il regrettait.

Eh bien, elle aussi ! Ces souvenirs la consumaient. Elle craignait d'avoir perdu quelque chose de précieux avec Luke, l'amitié sur laquelle elle avait toujours compté s'effilochait. Au plus profond de son âme, elle se trouvait confrontée à un fait brutal.

Elle ne pouvait plus être l'amie de Luke.

Et c'était d'une tristesse infinie.

Bon, du moins n'avait-il pas été obligé d'endosser un smoking, pensa Luke, tout en enfilant une veste noire sur son gilet. Il ajusta son chapeau sur sa tête, redressa sa cravate et jeta un coup d'œil au miroir.

Il était heureux pour son frère. Il avait trouvé Sophia et ils vivraient probablement heureux ensemble pour le restant de leur vie. Seule ombre à cette fête, il aurait préféré y assister sans Audrey Thomas à son bras.

Bon sang ! Il l'avait dans la peau !

Pendant des années, il n'avait vu en elle que la petite sœur qu'il n'avait jamais eue. Il la protégeait, intervenant quand Casey s'en prenait à elle, exigeant qu'elle obéisse à des règles trop strictes. Tandis que Casey assumait le rôle de père, Luke lui manifestait une affection fraternelle. A bien y réfléchir, c'était étrange que les femmes qui comptaient dans sa vie aient aussi été des amies intimes. Sophia, d'abord, et ensuite Audrey.

Comme il n'y avait jamais eu d'étincelles entre Sophia et lui, l'amitié n'était pas difficile à maintenir.

Mais avec Audrey ?

Il lui était pénible de la voir brusquement sous les traits d'une femme capable de le métamorphoser en adolescent victime de ses hormones et de lui faire oublier qui elle était et pourquoi il ne devait pas l'embrasser, ni lui faire l'amour.

Il grimaça.

Assez, Luke.

Il devait cesser de se rendre malade avec cette histoire. Après tout, elle n'était pas innocente. Elle l'avait séduit, puis s'était enfuie. Et depuis des semaines, elle vivait chez lui et lui mentait sur son compte. Par omission, soit, mais ce n'en était pas moins de la dissimulation.

Difficile de lui pardonner.

Ce fut dans cet état d'esprit qu'il alla frapper à sa porte.

Elle prit son temps pour ouvrir. Mais quand elle apparut dans son incroyable robe bleu saphir, il sentit fondre sa rancune.

— Bonsoir, Luke.

Il déglutit.

— Tu es superbe, Audrey.

C'était la vérité. Elle était plus jolie que jamais avec ses cheveux blonds encadrant son visage de petites mèches et tombant en cascades somptueuses dans son dos, et sa robe de déesse.

Elle sourit tout en l'invitant à entrer.

— Tu n'es pas mal non plus !

Elle glissa un sac incrusté de perles sous son bras.

— Je suis prête, déclara-t-elle.

Il fut heureux de se retrouver au volant de son pick-up. Là, au moins, il pouvait se concentrer sur sa conduite et oublier Audrey. Sauf qu'elle portait un parfum sensuel qui chatouillait directement ses instincts les plus primitifs. Des images de son corps dégoulinant d'eau émergeant de la piscine défilèrent dans sa tête. Ne surtout pas penser à son brillant à lèvres « Suave et Perverse ».

Mais, bien sûr, il ne comptait pas s'approcher suffisamment d'elle pour en respirer le parfum.

Ils roulèrent vers Tahoe, puis obliquèrent sur une pittoresque route qui grimpait dans la montagne. Luke ne s'était pas souvent rendu au Hideaway, le restaurant que Logan venait d'acquérir, installé dans le cadre romantique d'un château surplombant les hauteurs et jouissant d'une vue spectaculaire sur le lac Tahoe.

Quand ils s'arrêtèrent, les portières furent ouvertes par des valets en livrée. L'un aida Audrey à descendre, et ne put s'empêcher de lui jeter un regard admiratif. Mais qui aurait pu le lui reprocher ?

Une main au creux de ses reins, il la guida vers les marches d'un château au charme suranné. C'était l'unique contact qu'il envisageait d'avoir avec elle au cours de cette soirée.

Sur le perron, elle s'arrêta et se retourna. Le soleil se couchait sur les cimes géantes des pins à sucre, et, au loin, des éclats d'or bruni scintillaient à la surface du lac. Le Hideaway disposait d'une vue unique sur le plus beau site du Nevada.

— C'est magnifique, chuchota-t-elle, captivée par le spectacle.

— Je ne te contredirai pas, dit-il d'un ton léger.

Bien sûr, il faisait allusion à leurs dissensions des derniers temps. Il tenait à ce que, ce soir, Audrey passe un bon moment. Elle ne comptait pas ses heures de travail, et il la considérait toujours comme son amie, même si elle était très remontée contre lui.

Un peu d'apaisement dans leurs rapports ne ferait de mal à personne.

Il l'observa tandis qu'elle admirait la scène et quand elle eut son content, il l'accompagna à l'intérieur du restaurant. Un cri d'émerveillement s'échappa des lèvres d'Audrey. Il fallait dire que le spectacle en valait la peine. Des centaines de bougies illuminaient la salle, lui donnant une touche chaleureuse. Lys blancs, feuillage ornemental et pommes de pins décoraient les tables. De hautes bougies et une composition de gardénias ornaient la cheminée sculptée. A côté, un orchestre de trois musiciens avait pris place. Derrière un comptoir de bois sculpté, des barmans servaient des boissons et des serveurs offraient des amuse-gueules aux invités.

— Etonnant, dit Audrey.

En l'apercevant, deux jeunes employés du ranch lui adressèrent des signes auxquels elle répondit par un grand sourire.

— La fête bat son plein, constata-t-il.

Puis il repéra Logan et Sophia qui discutaient avec le traiteur.

— Allons les saluer, proposa-t-il.

Audrey le suivit à travers la foule. Logan et Sophia, qui avaient apparemment réglé leur problème, les accueillirent avec joie.

— Portons un toast, suggéra Luke.

Avec un sourire, il subtilisa un plateau supportant des coupes de champagne aux mains d'une serveuse et distribua les verres.

Il leva le sien.

— A mon frère, pour s'être enfin réveillé et rendu compte que Sophia et lui étaient faits l'un pour l'autre ! Ce que je savais depuis longtemps, pour ma part.

Il ponctua sa remarque d'un clin d'œil à Sophia.

— J'aurais dû me douter que tu remettrais cette histoire sur le tapis, lança Logan d'un ton enjoué. Mais enfin, quand tu as raison, tu as raison.

L'éclat de rire fut général.

— Rassure-toi, riposta Luke. Je te réserve un meilleur discours quand l'heure viendra. Ceci n'est qu'un échauffement.

— Je meurs d'impatience.

Ils trinquèrent et Sophia et Logan échangèrent un long regard tout en trempant leurs lèvres dans les coupes.

C'était un regard particulier, qui trahissait l'intimité du couple, expérience que lui n'avait jamais connue. Il y avait des années de ça, il était sorti meurtri d'une relation, et depuis, il se méfiait. Pourtant, ces derniers temps, les mauvais souvenirs avaient tendance à se diluer au point de disparaître. Il ne souffrait plus, mais il commençait à croire qu'il était immunisé contre l'amour. Quelque chose manquait dans sa vie. Il se montrait sans doute trop circonspect, analysant des choses qui auraient dû se passer tout naturellement.

Audrey portait la coupe à ses lèvres quand quelqu'un la bouscula par-derrière. Elle vacilla sur ses talons hauts, et la coupe, qui lui échappa des mains, alla se fracasser à terre alors qu'elle tendait les mains pour tenter de reprendre son équilibre. Instinctivement, il se jeta en avant pour la rattraper et quand elle tomba dans ses bras, on aurait dit une chorégraphie soigneusement étudiée.

Il la redressa. Le visage d'Audrey se retrouvant à quelques centimètres du sien, elle parut surprise. Et le parfum « Suave et Perverse » caressa ses sens.

— Est-ce que tu vas bien ? s'enquit-il.

Elle commença par hocher la tête, mais grimaça aussitôt de douleur.

— Je… je crois.

Il serra les poings et regarda par-dessus l'épaule d'Audrey les deux membres du personnel responsables de l'incident. Apparemment, ils ne s'étaient rendu compte de rien.

Il déposa un rapide baiser sur sa joue.

— Une seconde.

Il s'approcha des deux hommes.

— Savez-vous que vous venez de bousculer violemment mon amie ?

Devant leurs regards dépourvus d'expression, sa colère monta d'un cran. Ils déplaçaient des tables et parlaient fort, ignorant la présence des invités, et, comme il se rapprochait, il sentit leur haleine empestée d'alcool.

— Vous avez blessé cette jeune femme, dit-il en désignant Audrey. J'exige que vous vous excusiez !

Têtes baissées, les deux jeunes gens marmonnèrent de vagues excuses.

— Maintenant, allez faire votre travail, et prenez garde aux invités !

Quand il se retourna, Sophia tenait la main d'Audrey, très pâle. Logan s'approcha.

— Je vais leur parler, dit-il.

— Ils ont bu, expliqua Luke.

Logan consulta Sophia du regard, laquelle inclina la tête.

— Ils n'ont rien à faire ici dans cet état, s'insurgea Logan.

— As-tu encore mal ? demanda Luke à Audrey.

— Pas vraiment.

Il ne savait trop s'il devait la croire.

— Tu sais, ajouta-t-elle, je reçois des coups plus rudes des chevaux quand ils se montrent affectueux.

— Tu ne devrais pas les laisser faire, objecta-t-il.

Il sourit d'un air contraint en repensant au jeu stupide auquel elle se livrait avec les chevaux qui lui manifestaient leur affection en la poussant du nez jusqu'à la faire tomber par terre. Ce qui l'amusait beaucoup.

— Je ne vois pas où est le mal, riposta-t-elle.

— Je vais te chercher un autre verre, proposa-t-il, afin de clore la discussion.

— Non !

Elle regarda tour à tour Sophia et lui.

— Je veux dire, pas tout de suite, se hâta-t-elle d'ajouter. J'ai besoin d'air frais.

— Je vais t'accompagner.

— Inutile. Merci de m'avoir rattrapée. Mais je… je préfère être seule.

Une équipe se précipita pour nettoyer les dégâts tandis qu'à l'aide d'une serviette Sophia tapota le champagne répandu sur le cou et les épaules d'Audrey.

— Une chance, ta robe n'est pas tachée. Ç'aurait été vraiment dommage. Es-tu sûre que ça va ?

— Oui, je suis juste un peu secouée.

— Dans ce cas, intervint-il, laisse-moi t'aider à…

— Luke, je t'en prie, tu n'as pas à te sentir responsable de moi. Va t'amuser. Je vous rejoins dans quelques minutes. L'orchestre commence à jouer, danse avec Sophia pendant que Logan est occupé.

Sophia adressa un sourire entendu à Audrey.

— Oui, dit Sophia. Dansons.

Message reçu. Sans plus insister, il regarda Audrey jouer des coudes dans la foule pour gagner la porte.

— Ça va aller, le réconforta Sophia. Il faut que tu arrêtes de la traiter en bébé.

— Je ne la traite pas en bébé ! protesta-t-il alors qu'ils se dirigeaient vers la piste de danse.

— Non ? Alors, pourquoi sembles-tu si contrarié ?

— Elle a été blessée, tout de même.

— Ce n'est pas si grave. En tout cas, pas au point que le gentil Luke veuille arracher la tête des gars qui l'ont bousculée.

Paupières mi-closes, il dévisagea son amie.

— Qu'essaies-tu exactement de me dire ? Et rappelle-toi que nous sommes amis, alors pas de blague.

— Très bien. Mais je crains que tu n'apprécies pas.

Il regretta sa question. Sophia n'avait pas la réputation d'y aller par quatre chemins, et il ne se sentait pas tout à fait prêt pour affronter sa franchise.

— Audrey te plaît. Tu commences à comprendre qu'elle n'est plus une enfant et ça te fait tout drôle. Vous partagez les mêmes goûts, et elle est jolie. Mais à cause de ton amitié avec Casey et d'un sens du devoir que tu entretiens, caché quelque part dans un recoin, tu te contrains à garder tes distances avec elle. Seulement, c'est plus difficile que tu n'imaginais.

— Tu as raison.

Sophia parut très surprise.

— Tu es d'accord ?

— Je ne veux pas entendre ce genre de propos.

— Je m'en doutais. C'est donc très sensible ?

— Ecoute, Audrey est adulte, soit. Il n'empêche que Casey me tuerait si…

Il n'alla pas jusqu'au bout de sa pensée. Il avait déjà commis avec Audrey certains actes qui risquaient de provoquer chez Casey une attaque s'ils lui revenaient aux oreilles.

— Si quoi ? Tu ne vas quand même pas me faire croire que tu as peur de lui !

Maudite Sophia, si perspicace ! Il haussa les épaules en soupirant.

— En somme, maugréa-t-il, tu me reproches de refuser de lui faire du mal ?

Parce qu'il lui en ferait, inévitablement. Déjà, il avait laissé les choses aller trop loin entre eux. A un moment ou à un autre, quand il se rendrait compte que quelque chose d'essentiel manquait à leur relation, il la quitterait. C'était trop souvent arrivé. Il ne voulait pas de ça avec Audrey.

— Non, bien sûr, Luke. Je suis ton amie, et je vois que ça te tracasse.

Changeant de sujet, Sophia aborda celui de son prochain mariage, qui ne le passionnait guère. Heureusement, Logan survint à propos pour lui ravir sa fiancée.

Il alla au bar commander un bourbon sec. Il bavarda ensuite avec Hunter, Ward et des amis de Sunset Lodge, s'entretint avec le petit Edward et sa grand-mère, échangea des poignées de main avec des employés du ranch tout en gardant un œil vigilant sur Audrey. Elle l'avait ignoré toute la soirée, arpentant la piste de danse avec sept partenaires différents. Lorsqu'elle ne dansait pas, elle était le centre de l'attention d'un cercle de mâles qui semblaient suspendus à ses lèvres.

Quand le dîner fut servi, elle vint s'asseoir près de lui et ils échangèrent quelques mots.

— Tu t'amuses ? s'enquit-il.

— Beaucoup. C'est une fête très réussie. Je suis heureuse d'avoir été invitée.

Il examina l'assiette d'Audrey. Elle avait prélevé deux minuscules bouchées à sa côte de bœuf et picorait son soufflé aux carottes et ses pommes de terre.

— Tu ne manges rien !

— C'est que… je n'ai pas très faim ce soir.

— Vu les danses que tu enchaînes, j'aurais cru que ça t'ouvrirait l'appétit.

Elle baissa les yeux sur son assiette, prit sa fourchette.

— Si je devais compter sur toi pour danser, je ferais tapisserie.

Sur ces mots, elle se força à avaler une bouchée.

Luke la dévisagea.

— Tu veux dire que tu aurais voulu danser avec moi ?

Elle releva la tête d'un air de défi.

— Pas du tout !

Pourtant, son regard tenait un tout autre langage. Une chance que l'orchestre ait fait une pause, car il ne voulait pas la prendre dans ses bras, ce soir. Sophia avait raison, elle l'attirait. Beaucoup plus qu'il n'aurait voulu l'admettre.

Après le repas, elle s'excusa sous prétexte d'aller aux lavabos. Dix minutes plus tard, ne la voyant pas revenir, il partit à sa recherche et la trouva sur la terrasse, seule.

Il vint s'accouder près d'elle à la balustrade, son verre de bourbon à la main. Elle ne tourna pas la tête vers lui. Elle regardait les étoiles.

— Je vais rentrer, dit-elle après quelques minutes de silence. Dusty a offert de me raccompagner.

— Dusty peut aller au diable !

Elle se tourna brusquement vers lui.

— Tu n'as pas le droit de parler ainsi ! Il se montre poli, c'est tout.

Dusty avait dévoré Audrey des yeux toute la soirée, et ils avaient dansé ensemble à plusieurs reprises. Il travaillait pour Sophia à Sunset Lodge, et d'après ce que Luke en savait, c'était un type bien. Ce qui l'agaçait beaucoup. Il ferait mieux de la laisser rentrer avec Dusty, mais quelque chose se révoltait en lui à cette idée.

— Tu es venue avec moi, tu repartiras avec moi !

— La fête n'est pas terminée, je ne veux pas t'en priver. C'est une soirée importante pour Sophia et Logan.

— Pourquoi tiens-tu à partir si tôt ? Tu as envie d'être seule avec Dusty ?

Question malheureuse. Les joues d'Audrey s'embrasèrent, ses yeux lancèrent des flammes.

— Comment oses-tu me poser une question pareille ? siffla-t-elle.

— Parce qu'il a flirté avec toi toute la soirée.

— Comment le sais-tu ? Tu n'as même pas… Oh ! et puis, aucune importance !

Sur ces mots, Audrey fit demi-tour pour regagner la salle de réception. Au même instant, l'orchestre attaquant un slow, il la prit par le bras.

— Danse avec moi.

— Je n'ai pas besoin de ta pitié !

Décidément, elle avait du cran.

— Prends plutôt pitié de moi ! J'ai envie de danser avec toi.

Il n'attendit pas qu'elle le repousse. La prenant par la taille, il l'attira à lui. Encore un peu raide, elle plongea son regard dans le sien, mais il sentit qu'elle s'adoucissait.

Sa raison lui disait que c'était dangereux, mais il la fit taire. Toute la soirée, malgré sa résolution, il avait eu envie de prendre Audrey dans ses bras, de la toucher, de l'embrasser.

Et à présent, ils étaient seuls sous un ciel étoilé, avec les accords de musique et des rires étouffés qui leur parvenaient. L'air était frais. Les aiguilles des pins bruissaient dans la brise.

— Une danse, et je te ramène à la maison, chuchota-t-il à l'oreille d'Audrey.

Elle trembla quand il la serra contre lui, effleurant ses oreilles de ses lèvres, respirant le parfum de ses cheveux. Elle était délicate dans ses bras, même si elle n'était plus une petite fille, mais une jeune femme qui s'était épanouie sous ses yeux.

Ils allaient et venaient au rythme des lascifs accords. A un moment, Audrey noua les bras à son cou et posa la tête sur son épaule. Il y avait quelque chose de doux et de poignant dans ces instants où ils dansaient sous les étoiles, quelque chose qu'il aurait voulu ne voir jamais se terminer. Aussi, quand la musique s'arrêta, continuèrent-ils à danser, étroitement enlacés, jusqu'à ce que, peu à peu, leurs pieds cessent de se mouvoir. Ils se regardèrent dans les yeux, puis il lui souleva le menton et l'embrassa longuement, passionnément. Quand il mit fin au baiser, Audrey poussa un gémissement de protestation qui lui alla droit au cœur. Il ressentait le même arrachement, le même sentiment de perte. Il avait très envie de continuer à l'embrasser, mais pas ici, où, à chaque instant, son frère ou Sophia pouvaient les surprendre.

— Rentrons, dit-il, la voix tremblant de désir contenu.

Dans les yeux d'Audrey se lisait le reflet de son propre désir.

— Je suis prête.

Il lui prit la main.

Il se dirigeait tout droit vers des ennuis, mais rien ne pouvait lui être plus égal.

7

Sur le chemin du retour, assise près de Luke sur le siège du passager, Audrey frémissait d'anticipation à l'idée de la nuit à venir. Ils étaient à mi-parcours quand elle reçut un SMS.

— C'est Casey, dit-elle en examinant l'écran de son portable.

— Que veut-il ?

Il lui adressa un sourire qui la fit fondre et la rendit complètement stupide.

— « Je vais venir bientôt vous rendre visite, lut-elle. Je veux m'assurer que Luke prend bien soin de ma… euh, petite sœur. »

Consciente de l'impact que pourrait avoir la remarque sur Luke, elle prononça les derniers mots avec une sourde angoisse.

Et, en effet, le sourire de Luke s'effaça.

— Il plaisante, dit-elle doucement.

Mais il était trop tard. Luke s'était refermé sur lui-même. Lui aurait-elle jeté un seau d'eau glacée au visage que ce n'aurait pas été pire. Elle sentit que sa décision était prise, et qu'il ne tiendrait compte d'aucun argument allant en sens contraire. Quand ils arrivèrent à Sunset Ranch, il l'accompagna à la porte de sa chambre, visage fermé, maintien rigide.

— Si tu crois que c'est facile pour moi, tu te trompes, dit-il d'une voix contrainte.

Il la quitta pourtant.

Sa porte refermée, elle laissa s'exhaler sa rancœur. Bon sang, elle savait pourtant qu'il ne s'agissait pas d'une sortie entre amoureux ! Sauf que les dix dernières minutes, quand ils avaient dansé et s'étaient embrassés sur la terrasse, elle avait vu s'entrouvrir les portes d'un monde merveilleux et l'espoir avait jailli dans son cœur.

Jusqu'à ce que Luke décide de ce qui était mieux pour elle.

Elle se rendit à la salle de bains et examina son reflet dans le miroir. Elle y vit une jeune femme toute pâle, la mine désespérée. Elle se força à se redresser. C'était la dernière fois que Luke et son stupide entêtement lui dictaient sa conduite !

A ce moment précis, ses yeux tombèrent sur le test de grossesse toujours posé sur la tablette.

— Pas ce soir, murmura-t-elle.

Ce soir, elle n'avait aucune envie d'affronter la réalité. Tout de même, en prévision d'une éventuelle grossesse, elle n'avait pas avalé une goutte d'alcool de la soirée. Elle avait juste envisagé de boire une gorgée de champagne, mais le sort en avait décidé autrement. Peut-être un signe du destin ?

Elle était trop lasse pour s'appesantir sur le sujet. Abandonnant sa robe pour un jean, elle attacha ses cheveux et enfonça son chapeau sur sa tête. Puis elle prit la chatte dans ses bras, et, sur la pointe des pieds, longea le couloir. En passant devant la chambre de Luke, elle entendit un bruit d'eau qui coulait.

Une bonne douche glacée lui ferait le plus grand bien, pensa-t-elle méchamment.

Elle se dirigea vers les écuries. La chatte miaula faiblement tandis qu'elles approchaient du box de Tribute.

— Ne t'inquiète pas. Tiens-toi correctement, et tout ira bien, chuchota-t-elle.

Elle ouvrit la porte de l'enclos. Tribute dormait dans la paille, l'air doux et innocent.

— Bonsoir, le solitaire, chuchota-t-elle.

Il leva la tête.

— Je t'ai amené une amie.

La présence de Jewel eut un profond impact sur le cheval. Bien sûr, elle n'allait pas lâcher Jewel dans le box, les deux animaux étaient trop imprévisibles pour ça. Mais elle prodigua des paroles d'encouragement à Tribute jusqu'à ce qu'aiguillonné par la curiosité, l'étalon approche. Les deux animaux se regardèrent. Quand Jewel donna par jeu une tape sur le nez du cheval, celui-ci se contenta de cligner des paupières.

Les trois nuits suivantes, Jewel l'accompagna dans ses visites nocturnes. Elle attendait que le ranch soit endormi pour se glisser hors de la maison dans l'obscurité. Au niveau animal, Tribute commençait à créer des liens avec Jewel, si bien que, la quatrième nuit, Audrey posa la chatte sur le rebord de la partie inférieure de la porte. Elle s'y assit, souveraine, et observa le cheval. Et, comme les autres fois, Tribute vint la regarder de plus près. A chaque visite, elle notait que le cheval hésitait de moins en moins à s'approcher.

Un lien de confiance se tissait, et c'était un gros progrès. Durant la journée, elle venait sans la chatte et il s'intéressait à elle. A présent, il acceptait même des friandises de sa main. Mais si elle avançait avec succès dans son entreprise de mise en confiance de l'étalon, en revanche, il n'y avait pas le moindre progrès en vue dans ses relations avec Luke. Elle l'évitait autant que possible et se refusait à songer seulement à une éventuelle grossesse.

Cependant, le cinquième jour de cette même semaine, elle chuta lourdement d'une échelle et le choc se répercuta dans tout son corps. A ce moment, la peur l'envahit. Et si elle était enceinte et que l'enfant ait souffert ? Cet incident agit comme un déclic. Elle devait cesser de jouer les autruches. Si enfant il y avait, il fallait à tout prix le protéger.

Le soir, elle ouvrit la boîte contenant le test et lut attentivement les instructions.

Quelques minutes plus tard, sa vie bascula.

Elle allait être mère.

Et Luke, l'homme à qui elle n'avait pratiquement pas adressé la parole de toute la semaine, était le père de son enfant.

Frissonnante, elle posa une main sur son ventre tandis qu'une joie timide inondait son cœur. Elle n'aurait pas dû éprouver de surprise. Elle avait tous les symptômes de la grossesse. La fatigue, ses étourdissements, son évanouissement de l'autre jour, ses nausées. Et puis, évidemment, un retard de règles d'au moins une semaine.

— Seigneur…, murmura-t-elle.

Elle ferma les yeux, et des images de Luke à son époque rodéo apparurent. Comme dans un film, les images défilaient sous ses yeux. Luke lui adressant un grand sourire après avoir tenu neuf secondes sur un cheval indompté. Luke prenant sa défense quand Casey se montrait trop dur. Luke l'embrassant gentiment sur la joue, le jour de son anniversaire. Les images se succédèrent jusqu'à ce qu'elle chancelle. Elle alla alors s'allonger sur le lit, une main sur son ventre. A quoi bon lutter contre une fatigue naturelle ?

Elle se figea en entendant son portable la prévenir qu'elle avait reçu un message. Il provenait sans doute de Luke lui souhaitant une bonne nuit, mais elle ne répondrait pas. A quoi bon ? Mieux valait, comme les autres soirs, lui faire croire qu'elle dormait.

Elle était bouleversée. Un enfant qu'elle aimait déjà grandissait dans son ventre. Dommage que son père soit la dernière personne à qui elle ait envie de parler.

Le lendemain, au lieu de regagner la maison des Slade après le travail, Audrey prit la direction opposée. Un peu de marche l'aiderait à s'éclaircir les idées. Et plus que tout, elle avait besoin de parler à une amie. A pas déterminés, elle se dirigea vers le cottage de Sophia et Logan. Avec un peu de chance, elle trouverait Sophia seule et elles pourraient parler.

Mais quand elle frappa à la porte du cottage, ce fut le petit Edward qui apparut.

— Comment ça va, Edward ? lui demanda-t-elle.

— B-bien.

— Tu passes un bon été ?

Il hocha la tête.

— Je tr-travaille.

— Ah oui ?

— Je surveille Blackie et au-aujourd'hui j'arrose les plantes de S-sophia. J-j'ai aussi rentré son cou-courrier.

— C'est gentil. Si je comprends bien, Sophia n'est pas à la maison ?

— Non. M. Slade l'a emmenée f-faire un petit voyage. C'était une s-surprise, et il m'a d-demandé de m'occuper de la m-maison pour que Sophia ne s'inquiète pas. Il m-m'a donné la clé et tout. Ma grand-mère va b-bientôt venir me ch-chercher.

En apprenant l'absence de Sophia, elle ressentit une profonde déception, et le poids de son secret pesa plus lourdement sur ses épaules. Durant le trajet, elle avait réfléchi à ce qu'elle dirait à son amie, et quel soulagement ce serait de pouvoir se confier. Sans doute aurait-il suffi d'un regard à Sophia pour deviner la vérité. Mais que racontait-elle ? Sophia l'avait déjà devinée depuis longtemps ! C'était elle qui, reconnaissant ses symptômes, lui avait confié le test.

A présent, elle avait très envie du réconfort moral que son amie lui aurait apporté. Elle avait besoin de s'appuyer sur son épaule, besoin que quelqu'un lui démontre que sa vie n'était pas un échec total.

— Je suis sûre que tu fais du bon travail, dit-elle à Edward.

Les yeux du petit garçon s'illuminèrent, et elle se réjouit de constater que son encouragement lui faisait plaisir. Lui aussi avait eu une enfance difficile. Heureusement que sa grand-mère l'avait pris en charge. Et, à ce qu'elle avait entendu dire, son bégaiement s'atténuait de jour en jour.

— Sais-tu quand ils reviennent ?

— D-demain, je crois.

— Dans ce cas, je repasserai plus tard.

Elle regagna la maison, les jambes molles et l'estomac à l'envers. Pourtant son pire malaise n'était pas physique. Diverses émotions l'assiégeaient, et elle avait l'impression de n'être plus capable de les maîtriser.

Elle entra dans la maison à petits pas, espérant ainsi éviter Luke.

En passant devant le salon, quelque chose d'inhabituel attira toutefois son attention, et elle se retourna brusquement pour y regarder à deux fois.

— Salut, petite sœur.

La voix familière de son frère, et la vue de son visage si rude et si plein de tendresse à la fois firent déborder son cœur. Sa faiblesse oubliée, elle se précipita dans ses bras.

— Casey !

Bien sûr, il pouvait se montrer insupportable, mais c'était son grand frère, et sa présence l'emplissait de joie. Il la serra dans ses grands bras qui lui donnaient le sentiment d'être protégée.

— C'est bon de te voir, murmura-t-elle.

— Même chose pour moi, morveuse.

Il pouvait bien lui donner les pires sobriquets de la terre, ça lui était bien égal ! Elle se suspendit à son cou et, comme elle ne lui reprochait pas l'usage du surnom qui habituellement la rendait folle de rage, il l'écarta pour la dévisager avec curiosité.

— Que me vaut un tel accueil ?

Tu es mon grand frère, et j'ai besoin d'un ami.

— Comment ? Je n'ai plus le droit d'embrasser mon grand frère ?

Il poursuivit plus attentivement son examen, nota sa pâleur, puis son regard descendit. Elle tenta de se redresser et de cacher le tremblement de ses jambes. Cependant, les sourcils de Casey se froncèrent et l'inquiétude assombrit ses traits.

— Tu ne me sembles pas en grande forme, petite sœur. Que t'arrive-t-il ?

Ses émotions prirent le dessus et des larmes jaillirent.

— Oh ! Casey...

Elle tomba dans ses bras et donna libre cours à ses sanglots.

Il lui tapota maladroitement le dos, comme s'il ne savait pas comment apaiser cette version adulte de sa petite sœur.

— Pourquoi pleures-tu, mon cœur ?

Elle continua de sangloter, aussi surprise que lui par ce déluge de larmes. Elle ne savait trop quoi lui dire, ou comment.

— Es-tu… malade ? demanda Casey. Es-tu venue ici te cacher de moi ? Il faut me le dire Audrey. Tu me fais peur.

Elle secoua la tête. Son frère craignait pour sa vie. Il avait toujours veillé sur elle, et si elle n'appréciait pas forcément ses attentions, elle se rendait compte à présent à quel point c'était bon de pouvoir compter sur lui.

— Non, je ne suis pas malade. C'est juste que… je… je suis enceinte.

C'était la première fois qu'elle prononçait tout haut ces paroles, et elles résonnèrent bizarrement à ses oreilles. D'autant que la réaction de Casey, figé dans une immobilité de marbre, renforça sa conscience de la gravité de la situation.

— Je vais réduire ce Toby Watson en chair à pâté, dit-il enfin, mâchoires serrées.

— Ce n'est pas Toby le père, se hâta-t-elle de dire.

A ce moment, du coin de l'œil, elle surprit un mouvement à la porte du salon, et Luke, grand et mince, beau comme un dieu, pénétra dans la pièce.

Son regard se posa sur elle avec insistance.

— Tu vas avoir mon enfant ?

Elle se retourna.

— Luke…

Quant à Casey, il demeura un instant bouche bée, puis il pivota pour foudroyer Luke du regard.

— Tu demandes à ma sœur si elle porte ton enfant ?

Ayant focalisé toute son attention sur elle, Luke ignora Casey.

— Réponds-moi, Audrey !

Elle ouvrit la bouche, mais avant qu'elle ait pu proférer un son, le poing de Casey s'abattit sur le visage de Luke.

— Espèce de salaud !

8

Le coup surprit Luke qui bascula en arrière. Il reprit toutefois son équilibre et revint sur Casey, les poings serrés, avant de reculer au dernier moment.

— Viens donc ! dit Casey en agitant les poings dans une invitation au combat. Frappe-moi que je puisse t'expédier à l'autre bout de la planète !

Luke frotta sa joue tuméfiée.

— Laisse tomber, Casey. Je ne me battrai pas avec toi.

— C'est ce qu'on va voir ! hurla son frère, hors de lui.

Les larmes d'Audrey se tarirent. Elle avait provoqué un vrai gâchis et ne savait pas comment calmer le jeu. En tout cas, elle ne voulait pas que les deux hommes qu'elle aimait le plus au monde se battent au milieu du salon.

— Reste tranquille, Casey ! Tu n'es pas encore remis de ta chute.

— Ça va très bien ! Laisse-moi régler son compte à ce salaud.

— Je t'interdis de toucher à Luke !

— Qu'il essaie seulement ! lâcha celui-ci.

Tels des adolescents en furie, les deux hommes se mesurèrent du regard.

— Tu es une vraie ordure, Luke ! jeta Casey.

Et Luke qui refusait de se défendre à cause de son stupide sens de l'honneur !

— Non ! s'écria-t-elle. Luke n'est pas responsable. C'est moi.

Casey émit un reniflement de mépris.

— L'homme est toujours responsable, Audrey. Quoi que tu aies fait, il a fait pire. Et je doute que tu l'y aies forcé.

Oh ! mais si, d'une certaine manière. Elle l'avait séduit.

— Il ne savait même pas que…

— Pas de détails, s'il te plaît !

Luke vint s'interposer entre eux.

— Tu as raison, Casey. Je suis un salaud. J'ai trahi ta confiance.

— Luke ! s'exclama-t-elle, n'en croyant pas ses oreilles.

Evidemment, Luke étant ainsi fait, il cherchait à la protéger. Mais en vérité, il n'était pas en tort dans cette histoire et elle refusait de voir une vieille amitié se ternir à cause d'elle.

— Laisse-moi expliquer à Casey ce qui s'est passé ! intervint-elle. Tu vois, Casey, je venais…

Luke l'interrompit d'un geste de la main.

— Ne fais pas ça, Audrey. Casey ne veut pas de détails.

— Sûrement pas, renchérit l'intéressé.

Le regard de Luke s'adoucit en s'arrêtant sur elle.

— Est-ce que, oui ou non, tu portes mon enfant ?

Elle hocha la tête.

— Je n'ai pas encore consulté, mais le test de grossesse est positif. Et cela explique mes malaises.

Luke déglutit. Quant à Casey, il jura entre ses dents.

Quelques secondes s'écoulèrent, et les deux hommes déclarèrent d'une seule voix :

— Nous allons nous marier, dit Luke.

— Vous allez vous marier, dit Casey.

Ils se dévisagèrent sans aménité, mais hochèrent la tête pour marquer leur accord.

— Sûr que tu vas l'épouser, marmonna Casey à l'adresse de Luke.

— Tu as entendu ce que je viens de dire, non ?

— Dans ce cas, l'affaire est réglée.

Sur ces mots, ils se tournèrent vers elle. Deux hommes à l'expression butée, aux mâchoires crispées, qui n'avaient aucune idée du mal qu'ils lui faisaient. Incroyable ! Même si Casey l'aimait et se souciait de son bonheur, il était prêt à lui imposer une existence qu'elle n'aurait pas choisie ! Eh bien, il n'en était pas question. Elle ne le laisserait sûrement pas peser sur la décision la plus importante de sa vie.

Et Luke qui voulait l'épouser alors qu'il ne l'aimait pas ! Bien sûr, elle en avait rêvé de ce mariage ! Seulement, dans ses rêves, il l'aimait et voulait passer le restant de ses jours avec elle. La réalité était bien différente. Elle l'aimait trop pour accepter qu'il l'épouse uniquement par sens du devoir. Un mariage sans amour — du moins d'un côté — pour le bien de l'enfant ne rendrait personne heureux.

Elle eut une soudaine révélation : elle méritait mieux qu'un mariage de raison. Assez de demi-portions dans sa vie ! Elle avait eu une demi-famille, et avait grandi privée de l'amour d'un père et d'une mère. Elle avait eu une demi-vie scolaire également, traînant sur les circuits de rodéo à la remorque de Casey pendant que ses camarades s'amusaient ensemble et apprenaient à faire face à l'âge adulte. Et elle avait fait des demi-études puisqu'elles avaient été interrompues par l'accident de son frère.

Elle s'était sacrifiée pour l'aider à guérir comme il avait sacrifié sa vie personnelle pour l'élever. Ni l'un ni l'autre n'avait eu le choix.

Mais cette fois, elle avait le choix. Cette fois, elle était assez mûre pour revendiquer son droit à faire ce qu'elle voulait de sa vie. Cette fois, elle avait son mot à dire.

Elle ne voulait pas de Luke sans amour. Pas question évidemment de le priver de son enfant. Plus tard, ils réfléchiraient ensemble à la meilleure solution à adopter. Mais pour le moment, elle devait faire comprendre à ces deux êtres aussi butés l'un que l'autre que sa décision était irrévocable.

— Casey, dit-elle fermement, l'affaire — comme tu dis — n'est pas réglée. J'ai presque vingt-cinq ans, je t'aime, mais tu n'es pas mon gardien. C'est à moi de prendre les décisions concernant mon avenir.

Elle se tourna pour planter son regard dans celui de Luke.

— Tu te rends bien compte que ce n'était pas vraiment une demande en mariage. Mais de toute façon, ma réponse aurait été la même. Non, je ne t'épouserai pas.

De sa vie elle n'avait imaginé un jour refuser d'épouser Luke Slade.

Elle voyait les lèvres des deux hommes remuer, mais, cette fois, elle n'écouta pas. Sa décision était prise, et aucun argument ne l'en ferait changer.

— Je suis fatiguée, ajouta-t-elle. Je vais me coucher. Et je ne veux pas être dérangée.

Elle se redressa, souveraine — une leçon apprise de Jewel, et pointa l'index sur eux.

— Et ne vous avisez pas de vous quereller après mon départ. Vous êtes amis, bon sang ! Promettez-moi de vous conduire en adultes responsables.

Casey grommela un vague assentiment. Luke marmonna quelques paroles inaudibles.

— Très bien, j'ai votre promesse, lança-t-elle, leur jetant à tous deux un regard appuyé avant de quitter la pièce.

Tandis que la nuit étendait son obscurité sur le ranch, Luke et Casey s'assirent sur les marches du porche, une bouteille de bourbon à demi pleine entre eux.

L'envol d'un oiseau fit bruisser une branche. Des chevaux hennirent et, au loin, une chouette hulula. La terre leur souhaitait une bonne nuit, mais Luke n'était pas prêt à aller se coucher. Il restait la moitié de la bouteille à descendre.

— Je ne te pardonnerai jamais ce que tu as fait, marmonna Casey en avalant une lampée de whisky.

Après quoi, il tendit la main vers la bouteille pour remplir son verre.

— Je sais.

— C'est une gentille gosse, reprit Casey dont la voix rocailleuse s'éleva d'une octave. Va au diable, Luke Slade !

Etant donné le nombre de fois où Casey l'avait expédié en enfer, il aurait dû être déjà consumé.

— Tu étais tellement parfait, poursuivit Casey. Toujours là pour réparer mes bêtises, sachant toujours quelle était la bonne attitude à adopter. Pourquoi diable t'es-tu conduit ainsi avec ma sœur ? Qu'est-ce qui t'a pris de lui faire un enfant ?

Il avala une gorgée de whisky, contempla le liquide ambré au fond de son verre.

— Ce n'était pas intentionnel.

Une chose certaine. Il n'avait pas eu l'intention de toucher Audrey, encore moins de lui faire un enfant. Le concept de la paternité lui était totalement étranger. Et il avait bien du mal à se faire à l'idée qu'il allait avoir un enfant. Avec *Audrey*. Et comme son sens du devoir exigeait qu'il assume la conséquence de ses actes, il avait proposé de l'épouser. Mais en réalité, un mariage sans amour était le dernier de ses souhaits. Il avait toujours pensé vivre quelque chose de plus intense que ses parents. Et il avait attendu la pièce manquante du puzzle, l'étincelle qui ferait battre son cœur. Il l'attendait encore, mais l'arrivée du bébé changeait tout.

— J'aurais dû te mettre KO ! gronda Casey.

— Encore aurait-il fallu que tu le puisses !

— Un bon crochet du droit, et l'affaire aurait été dans le sac.

— Tu m'as frappé, pauvre type.

— Je ne le regrette pas.

— J'ai compris. Ça fait trois fois que tu me le répète !

— Première chose demain, je fais ma valise et je file. Avec ma petite sœur.

Sûrement pas. Il ne laisserait pas Casey harceler Audrey jusqu'à ce qu'elle accepte de partir. Elle était enceinte de *son* enfant, ils avaient des choses à régler. Il serra les poings.

— Tu peux partir quand tu veux, mais Audrey restera tant que nous ne nous serons pas mis d'accord, rétorqua-t-il d'un ton menaçant.

— Elle t'a dit qu'elle ne voulait pas t'épouser !

— Ce n'est pas une raison pour la tyranniser en l'obligeant à se plier à tes quatre volontés !

— Je ne la tyrannise pas !

— Tu la tyrannises depuis toujours ! Elle était trop jeune et trop dépendante pour te tenir tête. Mais tu ne voulais rien entendre quand il s'agissait d'elle. Ton radar a oublié de te prévenir ! Audrey n'est plus une enfant, mais une adulte en pleine possession de ses moyens, et capable de diriger sa vie comme elle l'entend. J'ai couché avec elle, soit. C'était une erreur de ma part, mais crois-moi si je te le dis, c'est elle qui avait pris la décision. Personne ne l'a forcée, ni influencée. Alors, tu penses peut-être que je suis un salaud, et peut-être en suis-je un, mais n'imagine pas un instant que je vais te laisser la persuader de rentrer avec toi !

Il se leva. La tête lui tournait, mais il connaissait ses limites et savait qu'il ne les avait pas atteintes. Il n'était pas assez alcoolisé pour ne pas voir la vérité. Il devait tenir bon.

Il pointa son doigt sous le nez de son ami.

— Tu vas laisser Audrey décider toute seule de la suite des événements !

Il se dirigea vers la porte. La main sur la poignée, il se retourna.

— Et je t'interdis de prendre le volant ce soir !

Casey vida son verre.

— Tu me prends pour qui ? maugréa-t-il. Je ne suis pas inconscient à ce point.

Il sourit, satisfait sans trop savoir pourquoi. Il avait sur les bras une future épouse qui ne voulait pas de lui, et un bébé à naître.

Au matin, Audrey entra dans la cuisine à l'heure habituelle. Luke buvait son café à la table, devant lui, une assiette était posée, intacte. Il leva vers elle des yeux injectés de sang. La meurtrissure de sa joue était bien visible sous l'œil droit, et elle se demanda ce qu'Ellie en avait pensé. A moins qu'elle ait préféré ne pas y faire allusion.

Luke avait trop bu la veille, ça se voyait à sa tête. Il avait pris la nouvelle de sa grossesse en homme, proposant de l'épouser, et puis il s'était soûlé pour oublier qu'elle l'avait repoussé.

— Ellie a préparé le petit déjeuner, dit-il.

Biscuits, œufs brouillés et bacon l'attendaient. Et elle

s'aperçut avec plaisir que les odeurs de nourriture ne lui donnaient plus la nausée. Ce matin, elle se sentait capable de manger un peu.

— Voulez-vous du café ? demanda Ellie, s'approchant de la table, un pot fumant à la main.

— Non, merci, Ellie. Je prendrai du jus de fruits. Quel menu appétissant !

Avec un hochement de tête, la gouvernante fit demi-tour. Quelques instants plus tard, un verre de jus d'orange apparaissait devant elle.

— Voilà. Et pour vous, Luke ?

— Je vais rester au café. Si vous avez terminé ici, j'aimerais parler à Audrey en privé.

— Naturellement, répondit Ellie.

Et, après avoir rempli la tasse de Luke, elle se retira.

Audrey grignota quelques tranches de bacon grillées, mangea la moitié d'un biscuit à la cannelle et aux noix de pécan. Et, constatant que son estomac ne protestait pas, elle considéra que c'était un bon début de matinée.

— Casey est parti ? s'enquit Luke.

— Je lui ai dit au revoir tout à l'heure.

— Il n'a pas essayé de t'emmener ?

— Nous avons parlé.

Ce matin, ils avaient eu une conversation adulte. Sans entrer dans les détails, elle lui avait expliqué ce qui s'était passé au chalet et en avait revendiqué la responsabilité. Refusant de blanchir totalement son ami, Casey n'avait pas tout avalé, mais il ne lui avait pas cherché querelle. Elle lui avait demandé de quitter le ranch et de la laisser terminer le travail pour lequel elle avait été engagée. Et même s'il n'avait aucune envie la laisser entre les mains de Luke, qui incarnait désormais le diable, il avait fini par acquiescer. Elle avait été très surprise quand il l'avait embrassée sur la joue, avant de s'en aller sans un mot de reproche.

— Et tu es restée.

— Ce n'est pas à Casey de décider de ma vie. Je crois avoir été claire hier.

Sentant que son estomac n'en accepterait pas davantage, elle repoussa son assiette.

— Tu m'as confié une tâche, ajouta-t-elle. J'ai l'intention de la mener à bien.

— Je suis heureux que tu sois restée.

Ces paroles firent naître en elle une bouffée d'espoir et de joie. Et elle dut se sermonner pour ramener la remarque à sa juste valeur. Luke parlait ainsi à cause de l'enfant, se rappela-t-elle. Il y avait peu, il regrettait sa présence à Sunset Ranch.

— J'ai l'intention de rester.

— Bon, alors, on est d'accord.

Luke pouvait se montrer si odieux parfois.

— C'est *ma* décision, Luke.

— Tu es bien susceptible.

— C'est normal pour une femme enceinte.

— Je m'en souviendrai. Tu es devenue experte en la matière ?

— Je me renseigne.

Sur internet, par exemple. On y trouvait une mine de renseignements. Certains, pourtant, un peu inquiétants. Et elle avait pris la décision de ne faire de recherches que sur des points précis et d'éviter les innombrables blogs mêlant grossesses et histoires cauchemardesques si elle ne voulait pas dire adieu au sommeil.

— J'ai pris rendez-vous chez un médecin.

— Un médecin local ?

— Oui.

Il parut soulagé.

— J'aimerais t'accompagner.

— Je l'avais envisagé. Si tu veux, nous irons ensemble. Le rendez-vous est fixé demain, en fin de matinée.

— Merci.

— Je n'ai pas l'intention de te tenir à l'écart du bébé, Luke.

Même si cette paternité lui tombait inopinément dessus, Luke était un homme bon, et il ferait un merveilleux père, elle n'en doutait pas un instant.

— Et pourtant, tu ne veux pas qu'on se marie.

Les larmes lui piquèrent les yeux. Combien de fois devrait-elle refuser de voir se réaliser ce rêve qu'elle caressait depuis toujours et qui était désormais à sa portée ?

— Ce… ce n'est pas possible.

— Mais pourquoi, Audrey ? Nous allons avoir un enfant. Il me semble que c'est à prendre en compte.

— Tu voudrais d'un mariage sans amour, comme celui de tes parents ?

— Ils ont élevé une famille. Ce n'était pas si terrible.

— Tu t'entends ?

A présent, elle avait bien du mal à retenir ses larmes. Comment se résigner à être la femme de Luke dans de telles conditions ?

— Tu te contenterais vraiment d'une existence qui serait juste « pas si terrible » ? reprit-elle.

Il la contempla, puis soupira.

— Nous aimerions tous les deux notre enfant.

Elle se leva et se pencha par-dessus la table. Sophia avait dit qu'elle saurait quand le moment serait venu de dire à Luke l'ultime vérité. Eh bien, ce moment était venu. C'était une décision difficile, mais elle devait le faire car Luke minait peu à peu sa résolution. Elle commençait à penser qu'il serait facile, en effet, de l'épouser, de vivre dans sa grande maison, de le voir tous les jours, d'élever leur enfant ensemble et de rester amis, comme ils l'avaient toujours été.

Seulement, en acceptant une vie au rabais, elle salirait son rêve. Avec Luke, elle voulait tout ou rien.

— Tu ne m'aimes pas, Luke.

Surpris par sa franchise, il se leva et lui fit face de l'autre côté de la table. Elle s'en réjouit, car ainsi elle pouvait lui assener la vérité en le regardant dans les yeux.

— Mais tu vois, moi, je t'aime. Et depuis dix ans. Il ne s'agit pas d'un simple béguin d'adolescence, ou de fascination pour l'ami de mon grand frère. Je t'aime depuis très longtemps, très fort, et je n'en peux plus de dissimuler mon amour. Tu es le seul que j'aie jamais voulu. Je n'ai rien prévu de ce qui arrive. Je n'ai pas cherché à tomber enceinte, bien sûr. Mais ce soir, au chalet, quand je suis entrée dans la chambre et que je t'ai vu, je me suis rendu compte que si je faisais demi-tour, je perdais probablement la seule chance que j'aurais jamais de te montrer combien tu comptais pour moi.

« Ne t'es-tu pas demandé pourquoi j'avais grimpé dans ton lit ? Tu imagines sans doute que j'ai couché avec tous les hommes qui y ont dormi, mais ce serait me prendre pour une fille facile. N'as-tu jamais envisagé que je puisse éprouver des sentiments pour toi ? Sûrement pas puisque tu ne m'as jamais considérée autrement que comme une amie. Je t'aime de tout mon cœur, Luke. Et je porte ton enfant.

Elle posa une main sur son ventre où grandissait une nouvelle vie et les larmes inondèrent ses joues.

— Lui et moi, nous ne voulons pas de demi-mesure, tu comprends ? Nous te voulons à cent pour cent.

Elle le vit déglutir.

— Audrey…

— Je ne te séparerai p-pas de ton enfant, Luke, reprit-elle, bégayant dans son émotion. J'aurais tant voulu que tu m'aimes, mais comme ce n'est pas le cas, je ne t'épouserai pas. J'espère qu'à présent tu comprends pourquoi. Bon, maintenant, j'ai du travail. A plus tard.

Elle s'essuya les yeux d'un revers de la manche et se dirigea vers la porte.

— Audrey, attends !

En entendant le ton de prière de Luke, elle s'arrêta, ferma les yeux très fort et attendit qu'il dise ce qu'elle désirait tant entendre.

Mais comme il n'ajoutait rien, elle se retourna.

— J'attends, Luke. Depuis dix ans.

Et, sur ces mots, elle quitta la pièce.

9

Après avoir annulé ses réunions du matin, Luke enfila jean et T-shirt, mit un chapeau et se rendit aux écuries. Il y trouva Ward qui sellait un andalou gris pommelé, appelé à quitter le ranch trois jours plus tard. Il avait été vendu à un Français qui souhaitait acquérir un cheval doté d'un bon caractère pour sa fille âgée de douze ans.

Luke examina le cheval qu'il admirait depuis longtemps.

— Je le sortirais volontiers ce matin.

Ward lui adressa un regard perplexe.

— Eh bien, pourquoi pas ? Si tu souhaites de la compagnie, je peux prendre un arabe.

Normal que Ward pose la question. D'ordinaire, il montait rarement les chevaux qu'il avait l'intention de vendre. Il possédait sa propre jument, une baie nerveuse, mais néanmoins douce, nommée Nutmeg.

— Pas cette fois, Ward. Je te remercie. Je veux juste lui dire au revoir, tu comprends.

Ward tapota affectueusement l'encolure de l'animal.

— Je comprends. Il va me manquer. Il a du tempérament, mais c'est une crème avec les enfants. Quand Edward vient lui rendre visite, il faut voir la douceur dont il fait preuve avec lui. Cette petite fille a bien de la chance.

Luke hocha la tête. Puis il se mit en selle et s'éloigna

sans un mot. Il n'était pas d'humeur à bavarder. Il avait essayé la veille au soir, en envoyant un texto à Audrey.

Je voudrais juste m'assurer que tu vas bien.

Sa petite bombe l'avait laissé totalement désemparé. Mais il devait accorder à Audrey le temps et l'espace dont elle avait besoin. Le destin leur avait joué un drôle de tour, et maintenant l'avenir d'un innocent était en jeu.

Ne t'inquiète pas pour moi. Je vais me coucher.

Bon, message reçu. Elle ne désirait pas parler.

Apparemment, une bombe ne suffisant pas, ce matin, Audrey avait lâché la deuxième. Et il ne savait pas encore ce qui l'avait le plus choqué. A présent, non seulement, il devait penser à l'enfant à naître, mais, en plus, l'aveu d'Audrey hantait ses pensées.

Il partit dans la chaleur de l'été. Puis il abaissa son chapeau sur ses yeux, émit un claquement de langue, et l'andalou prit le galop. Ses longues enjambées dévoraient le terrain, et le chapeau de Luke faillit être emporté par le vent de la course.

Il avait pensé que, lorsqu'il aurait laissé la maison loin derrière lui, ses idées s'éclairciraient, et que tout deviendrait limpide.

Mais aucune solution n'apparut comme par magie.

En réalité, une seule pensée tournait en boucle dans son esprit.

Audrey l'aimait.

Et lui, l'imbécile, n'avait rien vu venir !

Sa touchante confession de ce matin le laissait confondu. Et, incapable de réaction, il avait blessé Audrey dans ses sentiments. Le plus triste était qu'il continuerait à lui faire du mal parce qu'il ne les partageait pas.

Il trotta le long d'un chemin menant à un verger de pommiers. Il y arrêta Caliber et mit pied à terre. Ses bottes heurtèrent le sol avec une lourdeur qui faisait écho à celle de son cœur. Après avoir attaché le cheval à l'ombre d'un arbre, il contempla le domaine des Slade.

Pourquoi n'avait-il jamais aimé de femme ?

Le cheval renâcla. Il l'examina un instant, désolé de voir partir un aussi bel animal. Tous, des hommes à tout faire aux palefreniers et aux dresseurs, avaient remarqué le caractère aimable du hongre.

Quant à Audrey, elle l'appelait « mon chéri ». Ce qui était beaucoup, beaucoup, plus qu'elle ne lui avait accordé ces derniers temps.

Il déglutit. Et soudain, il vit clair. On aurait dit que ses yeux s'étaient dessillés, et ce qu'il découvrait n'avait pas de quoi le réjouir.

Il avait un gros défaut.

Enfin, il en avait plusieurs, mais celui-là était de taille. Il repensa à un événement survenu quand il avait six ans. Il avait eu le coup de foudre pour un joli poulain né sur le ranch, qu'on avait appelé Smoke. Et il ne vivait plus que pour l'amour de ce poulain. Son père avait essayé de le mettre en garde : appartenant à une lignée de champions, Smoke serait vendu. Mais Luke devait se rassurer, Randall Slade veillerait qu'il parte pour une bonne maison. Luke avait feint de comprendre sans pour autant se détacher de l'animal. Au fond de son jeune cœur, il n'avait jamais cru que Smoke quitterait vraiment le ranch.

Et puis, six mois, plus tard, son cœur s'était brisé en voyant Smoke monter dans un van. Il se rappelait avoir couru derrière le van de toute la force de ses petites jambes en sanglotant et en appelant le cheval. Son père avait observé la scène, et son regard plein de tristesse disait : « Désolé, fils, mais je t'avais prévenu. »

Durant un mois entier, il avait pleuré le soir dans son lit. C'était probablement l'une des leçons les plus difficiles à accepter pour un enfant de six ans. Mais il avait compris ce qu'était la souffrance.

Ensuite, il avait admiré les chevaux du ranch de loin. Enfant, il les nourrissait, les montait si nécessaire, les pansait, nettoyait leur box, toutes tâches qu'exigeait de lui son inflexible père. Mais il s'interdisait de s'attacher à aucun. Il avait compris les dures réalités de la vie sur un ranch. C'était le moyen d'existence de sa famille. Ces superbes bais et palominos, ces étalons d'ébène, finiraient par partir. Ils seraient vendus, et il ne les reverrait jamais.

Et l'histoire s'était perpétuée quand, adulte, il avait repris la direction du ranch.

Seule exception : Tribute. Sans qu'il sache comment ni pourquoi, l'étalon avait réussi à se frayer un chemin dans son cœur. Il avait essayé de l'amadouer avec patience et persévérance parce qu'il se sentait un lien avec le fougueux animal.

Il revint au présent, et les idées les plus folles, les plus confuses, se bousculèrent dans sa tête.

Tu es un lâche, Luke.

Un lâche de la pire espèce.

Et, peu à peu, du magma confus de ses pensées, quelques vérités émergèrent.

Il craignait de souffrir. Il avait toujours évité de créer des liens durables pour se protéger de futures souffrances. Pour être désagréable, la constatation n'en était pas moins vraie.

C'était toujours lui qui rompait. Des images jaillirent dans son esprit de femmes auxquelles il n'avait pas laissé la moindre chance. Son attitude évasive, et sa volonté de mettre un terme à une relation dès que les choses se compliquaient, ou semblaient devenir trop sérieuses lui apparurent clairement.

Et il avait le même comportement avec Audrey. D'autant qu'elle était venue à lui avec un handicap majeur : elle était la sœur de Casey. Cependant, de toutes les femmes qu'il avait connues, elle était la seule avec qui il pouvait envisager d'avoir un enfant et un avenir commun. C'était plutôt bon signe, non ? Il aimait beaucoup Audrey. C'était une véritable amie. Et elle était jolie, belle même. Comme lui, elle aimait la terre et la vie du ranch. Franchement, l'idée de vivre avec elle n'était « pas si terrible ».

Il jura. Quoi d'étonnant à ce qu'Audrey le repousse ? Sa façon de présenter les choses n'avait rien d'enthousiasmant.

Il se remit en selle et regagna le ranch au petit trot. Arrivé aux écuries, il décida de panser lui-même Caliber. Il le doucha, le brossa, vérifia ses membres et lui cura les sabots. Ensuite, il lui donna sa ration d'avoine, non sans y ajouter quelques morceaux de sucre. Ce comportement pour le moins inhabituel lui attira les regards curieux des employés, et il surprit aussi une ou deux fois le regard d'Audrey posé sur lui.

Elle quitta la maison juste après minuit, Jewel sur les talons. Son travail avec Tribute payait. Il semblait voir en Jewel une égale et une sorte d'amie. A vrai dire, il n'avait guère le choix, la chatte étant le seul animal à qui il puisse s'intéresser. Restait à espérer que le caractère de Tribute s'adoucisse et qu'il se mette à leur faire confiance. C'était son objectif : obtenir la confiance du cheval.

Elle rentra discrètement dans l'écurie et ouvrit la partie supérieure de la porte du box. Avec grâce, Jewel s'installa sur le rebord et attendit son nouvel ami. Dès que Tribute l'aperçut, il vint vers elle et approcha son nez du sien.

— C'est bien, mon garçon, dit Audrey d'un ton encourageant. Viens plus près. Tu n'as rien à craindre de nous.

Le regard de l'étalon se posa un instant sur elle avant de se reporter sur la chatte.

Tout doucement, elle fouilla sa poche et en sortit une demi-douzaine de morceaux de sucre qu'elle présenta au cheval sur sa paume.

— C'est une friandise pour toi, garçon.

Tribute étira son encolure vers sa main et avança les lèvres pour s'emparer des sucres. Un petit soupir lui échappa. Encore un pas en avant.

— Tu te sens seul, n'est-ce pas ? Eh bien, nous sommes là maintenant.

C'était peut-être un effet de son imagination, mais il lui semblait que la méfiance de Tribute fondait. Elle tenait tellement à ce que l'étalon reconnaisse qu'il n'avait rien à craindre d'elle.

Ses progrès apaisaient un peu son chagrin. Du moins, se sentait-elle nécessaire et attendue.

Le lendemain matin, elle se prépara pour son premier rendez-vous avec l'obstétricienne qui la suivrait le temps de son séjour à Sunset Ranch.

Elle trouva Luke assis à la table de la cuisine. En la voyant, son regard s'éclaira.

— Bonjour, dit-il.

— Bonjour.

— As-tu bien dormi ?

Peut-être avait-elle mauvaise mine, étant donné qu'elle avait passé une bonne partie de la nuit avec Tribute. Les siestes de l'après-midi n'étaient pas de trop pour récupérer, et elle se débrouillait pour s'en ménager de temps à autre.

— Oui, je te remercie.

Le parfum acidulé de son après-rasage parvint jusqu'à elle. Luke sentait toujours si bon.

Ils mangèrent en silence, conscients de la présence d'Ellie. A part à Casey, Sophia et Luke, elle n'avait parlé à personne de sa grossesse, et elle préférait garder la nouvelle secrète encore un peu de temps.

Quand Ellie se retira, il leva les yeux.

— Je me suis libéré pour la matinée, dit-il. Je tiens à ce que tu saches que tu n'es pas seule.

Les larmes lui montèrent aux yeux. C'étaient de belles paroles, pourtant elles lui firent mal.

— Je sais. Tu es beaucoup trop correct pour m'abandonner.

Il se redressa sur sa chaise comme si elle l'avait insulté.

— Je n'agirai jamais ainsi ! N'oublie pas que je t'ai proposé de m'épouser.

Elle détourna la tête. Il ne comprenait décidément pas.

Plus tard dans la matinée, après avoir roulé jusque Silver Springs, ils se retrouvèrent dans le cabinet du Dr Amanda Ayers. Après examen, la gynécologue confirma la grossesse. Sur quoi, elle leur expliqua à quoi s'attendre au cours des mois suivants et leur remit une liste de recommandations. Ce fut à ce moment que la réalité de son état s'implanta réellement en elle.

— Je suppose que maintenant il n'y a plus moyen de contourner l'obstacle, murmura-t-elle comme ils sortaient du cabinet.

Luke sourit.

— Le seul moyen à ma connaissance, c'est d'attendre neuf mois.

La joie emplit son cœur. Luke prenait sa part des responsabilités. Il avait participé à la conversation avec le Dr Ayers et, à présent, il semblait s'habituer à l'idée de devenir père. Elle n'irait pas jusqu'à dire qu'il en était heureux, mais enfin, c'était mieux que rien. Pour sa part, il demeurait beaucoup d'incertitudes. Si elle décidait de retourner à Reno, l'enfant aurait deux foyers, et des parents séparés. Mais elle décida de ne pas y penser pour l'instant et de profiter du présent et de la bonne humeur de Luke.

— En réalité, c'est sept mois et une semaine, mon cher.

Luke rit en lui ouvrant sa portière.

— Je suis nul en maths. Pardonne-moi.

Elle se glissa sur le siège et boucla sa ceinture.

— Avec un peu de chance, le bébé aura mon cerveau, dit-elle.

— Tant qu'il a mon physique avantageux…

Avec un clin œil, il referma sa portière, coupant court à toute protestation.

Sur le chemin du retour, Luke lui prit la main. Et la chaleur issue du point de contact se diffusa dans tout son corps. Avait-il la moindre idée de l'effet qu'il produisait sur elle ? Etait-ce une tentative délibérée pour l'amadouer et la faire changer d'avis au sujet du mariage ?

A un moment, il se tourna vers elle et la regarda dans les yeux. Et, durant un instant véritablement magique, elle lut dans les siens une émotion nouvelle. Elle ne rêvait pas. Désormais, il existait entre eux une connexion, si fragile soit-elle, et l'espoir renaquit dans son cœur.

Durant une dizaine de minutes, il se concentra sur

sa conduite, puis tourna de nouveau vers elle un regard caressant.

— J'ai drôlement faim. Pas toi ? Je connais un petit restaurant pas loin d'ici. Je suis sûr qu'il te plairait.

Son appétit pour la nourriture et Luke étant de retour, sa décision fut prise en un instant.

— J'aimerais l'essayer.

Il quitta bientôt l'autoroute pour s'arrêter un peu plus loin, devant le Chipmunk Café.

Il l'aida à descendre de voiture et lui tint la main tandis qu'ils se dirigeaient vers le chalet qui abritait le restaurant. C'était un lieu étrange. Tables et bancs imitaient des constructions en rondins, et des noix géantes, des branchages et de la verdure décoraient les murs. Dans un coin aménagé pour les enfants, des petits rampaient dans des terriers souterrains et s'asseyaient sur de minuscules tabourets pour prendre leurs repas. D'autres aires de jeux étaient disséminées dans la grande salle, et les enfants couraient de l'une à l'autre, leurs petits visages illuminés de plaisir.

— J'espère que tu aimes les fruits à coque et les graines, dit Luke, parce qu'il y en a dans tous les plats. Mon préféré, c'est le hamburger roulé dans des cacahuètes écrasées.

Le sourire d'Audrey s'élargit. Elle aimait déjà l'endroit.

— Depuis combien de temps viens-tu ici ?

— Depuis que je suis gosse. Pas assez souvent pour mon goût, à l'époque. C'était la fête quand mes parents acceptaient de m'y emmener. Papa détestait le bruit, et maman était allergique aux fruits à coque.

— Pas de chance !

Ils s'installèrent à une table. Audrey commanda une salade de poulet aux noix confites, et Luke, son hamburger favori.

Durant tout le repas, Luke ne cessa de parler du bébé et de ce qu'il ferait avec lui. Son enthousiasme était communicatif, et ils tombèrent d'accord sur le fait que, quand il serait en âge, ils lui feraient découvrir le Chipmunk Café.

La bonne humeur de Luke se maintint durant tout le repas et le voyage de retour. Aujourd'hui, il était vraiment différent. Il n'hésitait pas à la toucher, glissant une main dans son dos pour la guider, ou lui prenant la main. Pourtant, elle ne se faisait pas trop d'illusion. C'était la perspective d'avoir un enfant qui le rendait aussi communicatif. Elle n'avait rien à voir dedans et ferait mieux de s'en convaincre.

Quand ils rentrèrent dans la maison, elle se dirigeait vers sa chambre quand il la prit par le poignet.

— Merci de m'avoir permis de t'accompagner, dit-il.

Et puis, au lieu de la lâcher, il l'attira à lui.

— Ta présence était importante, répondit-elle. Tu es le père.

Il parut touché et inclina la tête.

— Et merci pour le Chipmunk Café, murmura-t-elle, le cœur battant de plus en plus vite.

— J'ai apprécié.

— Moi aussi. C'est vraiment un endroit génial pour les enfants.

— Pour certains adultes aussi ! répliqua-t-il avec un sourire qui renforça son charme juvénile.

— Eh bien, euh… je vais me changer. J'ai du tra…

Luke regardait ses lèvres. Puis il sourit et pencha la tête. Elle ne recula pas. Même si c'était déraisonnable, elle désirait qu'il l'embrasse. Et, à la seconde où les lèvres de Luke rencontrèrent les siennes, les signaux d'alarme s'éteignirent dans sa tête. Une petite plainte s'échappa de sa gorge, et Luke prit possession de sa bouche d'une manière terriblement excitante.

Elle referma ses bras sur son cou. D'une main, il emprisonna sa nuque, et il la serra avec emportement contre lui. Le baiser dura, dura.

Finalement, il la lâcha au bord de l'asphyxie.

Sous l'impact de l'impétueux baiser, elle sentait ses lèvres la piquer. Elle le contempla, toute frissonnante.

— Qu'est-ce que… ça signifie ?

Il fronça les sourcils.

— J'aimerais bien le savoir, mon cœur.

— Bonne nouvelle, annonça Logan, en pénétrant dans le bureau de Sunset Lodge, interrompant ainsi la conversation de Sophia et Luke. Justin assistera à notre mariage !

Luke s'en réjouit. Leur frère était absent depuis trop longtemps ; tout le monde se languissait de lui à Sunset Ranch.

— Tu pourrais frapper, fit-il observer.

— Pourquoi diable frapperais-je à la porte de ma fiancée ? Je ne pensais pas te trouver ici, occupé à lui faire perdre son temps.

Luke surprit le sourire de Sophia à Logan. Ils étaient heureux au point que ça en devenait ridicule.

— C'était ma meilleure amie avant d'être ta fiancée !

— C'est du passé, ça, mon vieux. Ecoute, la perspective de la venue de notre petit frère m'excite trop pour que tu arrives à m'agacer.

— Tu veux dire, de ce petit frère capable de nous mettre la pâtée à tous les deux sans problème ?

— Celui-là même. Evite seulement qu'il sache que tu l'admets.

— Je ne suis pas fou !

Logan alla donner un baiser à Sophia, assise derrière son bureau.

— On dirait que c'est une bonne nouvelle pour les trois frères Slade, dit-elle.

Elle lui jeta un bref coup d'œil.

— Luke était justement en train de me parler de quelque chose d'important.

Il était installé dans un confortable fauteuil de cuir, jambes étendues, un bras posé sur le dossier du siège, et il jouait machinalement avec un stylo à bille.

— Ah oui ?

Logan vint s'asseoir près de lui.

— Il s'agit de notre mariage, de l'arrivée de Justin, ou quoi ?

— Audrey et moi, nous allons avoir un enfant.

Logan demeura quelques instants bouche bée. Comment lui reprocher sa stupéfaction ? Par un accord tacite, Audrey avait toujours été domaine interdit.

— Audrey et toi ? répéta enfin Logan. Mince ! Casey est au courant ?

L'ayant examiné plus attentivement, il reprit :

— Oh ! je crois que oui, si j'en juge par l'état de ta joue !

— C'est exact. La nouvelle ne l'a pas franchement réjoui, mais elle ne le concerne pas. C'est entre Audrey et moi. Je lui ai demandé de m'épouser.

Un sourire fendit le visage de Logan, et il lui tendit la main.

— Mes félicitations !

Luke ne fit pas un geste pour lui rendre la pareille.

— Elle a refusé, conclut-il.

La main de Logan retomba.

— Mais pourquoi ? Elle est folle de toi, ça crève les yeux !

— Logan, fit Sophia, d'un ton de doux reproche. C'est plus compliqué que ça.

— En quoi ?

— Tu serais surpris, dit Luke.

Sans rentrer dans les détails intimes, il résuma rapidement la situation. Logan pouvait être très pénible, mais aujourd'hui il se montra attentif. Le fait que Sophia et son frère l'écoutent et lui apportent leur soutien lui remonta le moral.

— Il faut lui laisser du temps, dit Logan. Tu ne peux pas abandonner l'idée alors que l'avenir d'un enfant est en jeu.

— Pas trop de temps quand même, intervint Sophia. Les femmes ont besoin d'être rassurées.

— Ne perds pas de vue ton objectif et tiens bon, insista encore Logan.

S'étant montré d'une persévérance à toute épreuve pour séduire Sophia, il maîtrisait parfaitement le sujet.

— Sois sincère, conseilla Sophia.

— Compris, acquiesça Luke.

Après tout, obtenir qu'Audrey accepte de l'épouser n'était peut-être pas du domaine de l'impossible. Et cela valait la peine de s'accrocher.

Au risque de lui faire encore plus de mal ?

Parce qu'au bout du compte, il serait incapable de lui mentir et de lui dire ce qu'elle voulait entendre. Ce serait cruel. Et d'ailleurs, elle n'y croirait pas.

Sophia contourna le bureau pour venir le serrer affectueusement dans ses bras. A défaut de le féliciter pour son mariage, Logan le congratula pour le bébé. Et Luke quitta la loge, reconnaissant à son frère et à son amie de lui avoir donné leur avis. Un sentiment de soulagement s'empara de lui à l'idée que sa famille connaissait désormais la situation.

Tout au long de la journée, il pensa à Audrey. Il y avait quelque chose de beau et de sexy dans le fait qu'une femme porte votre enfant. L'idée de sa paternité s'était implantée au plus profond de lui, lui arrachant de temps à autre des sourires béats et modifiant sa vision d'Audrey.

Plus tard, ce soir-là, assis sur son lit, il réfléchit à ce que signifiait poursuivre son objectif, être sincère et rassurer Audrey. Il n'était pas certain d'accomplir ce dernier exploit, mais il pouvait toujours essayer de mettre en pratique les deux premiers conseils. De toute façon, il devait tenter quelque chose.

Il s'empara de son portable en priant le ciel pour qu'Audrey n'ignore pas son message comme les autres fois.

Tu dors ?

La réponse ne se fit pas attendre.

Non. Je devrais, mais je ne suis pas fatiguée.

Pas fatigué non plus. Je n'arrête pas de penser à aujourd'hui.

La rencontre avec la gynéco et la certitude qu'on va devenir parents ?

Ça aussi. Mais je pensais à ce qui s'est passé après.

Le Chipmunk Café ?

Quand on s'est embrassés, Audrey.

Quelques minutes s'écoulèrent avant qu'il ne reçoive une réponse.

C'était très agréable, Luke.

Il ne fallait pas laisser s'éteindre la conversation. Il était si heureux qu'elle lui ait répondu.

L'autre jour, j'ai acheté : « A quoi s'attendre quand on va devenir père ».

Tu l'as lu ?

Pas encore. Tu veux y jeter un œil avec moi ?

Maintenant ?

Oui.

Tu me demandes de te rejoindre dans ta chambre pour lire un manuel de puériculture ?

Des voix résonnèrent dans sa tête. *Sois sincère. Poursuis ton objectif.*

A vrai dire, ce serait la deuxième possibilité. Qu'en penses-tu, mon cœur ?

Elle avait froid, voilà pourquoi elle frissonnait. Elle tremblait de toutes les parties de son corps dénudées par le déshabillé de dentelle noire. Toutefois, d'une seconde à l'autre, l'atmosphère allait singulièrement se réchauffer. Enfin, elle l'espérait. Levant la main, elle frappa à la porte de Luke.

Quelques minutes plus tôt, de surprise, elle avait failli lâcher son portable en déchiffrant son message. Mais ensuite, son côté rebelle, passionné, un peu sadique, lui avait conseillé d'enfiler la tenue coquine, d'aller frapper à sa porte, et, faisant taire sa raison, de passer avec lui une dernière et mémorable nuit.

Alors elle avait suivi son instinct.

Et maintenant, elle attendait, glacée d'appréhension, comme un enfant à son premier film d'horreur.

Elle entendit le bruit de ses pas derrière la porte. Et soudain, sa crânerie l'abandonna.

La porte s'ouvrit sur Luke, en jean, torse et pieds nus. Quand il l'aperçut, son regard devint incandescent, et il détailla chaque centimètre carré de son corps. Puis un sourire sensuel étira le coin de ses lèvres, le rendant encore plus beau.

Dire qu'elle allait avoir un enfant avec ce demi-dieu…

L'idée lui réchauffa le cœur. Elle l'aimerait jusqu'à la fin des temps.

— Je suis venue, euh…

— Lire ?

Elle allait acquiescer de la tête, mais Luke fut plus rapide. D'un geste il l'attira dans la chambre et la plaqua contre le mur.

— Certains prétendent que lire est surfait, murmura-t-il.

Il la prit par les épaules, glissa ses index sous les bretelles qui maintenaient le déshabillé en place.

— Mais je ne suis pas d'accord, murmura-t-il. On peut beaucoup apprendre de l'écrit.

Il fit tout doucement glisser les bretelles le long de ses épaules. Et ses seins jaillirent, libres de toute entrave.

— Certains livres sont captivants.

Il embrassa ses épaules, les mordilla. Sous ses caresses, elle avait la sensation de s'embraser.

— Parfois, on ne peut pas s'en détacher.

Tout en prenant ses lèvres, il saisit ses seins à pleines mains. Quand un grognement de plaisir s'échappa de la gorge de Luke, elle fut certaine d'avoir pris la bonne décision en venant à lui.

Il passa les bras d'Audrey à son cou sans cesser de l'embrasser.

— Tu es belle, Audrey.

— Toi aussi.

Le silence de la grande maison vide les environnait. C'était terrible. Elle aimait Luke, il ne l'aimait pas. Elle aurait tellement voulu qu'il ne s'agisse pas seulement de sexe entre eux.

— Je ne sais pas ce que je fais là, murmura-t-elle.

— Je suis heureux que tu aies décidé de venir, chérie.

Il semblait sincère. Et elle décida momentanément de se contenter de cet aveu.

La soulevant dans ses bras, il l'emporta à son lit. Quand elle fut allongée, il la contempla avec tendresse tout en entreprenant de la déshabiller. Ses doigts la frôlèrent doucement tandis qu'il faisait glisser le vêtement sur ses hanches et ses jambes.

— Ce déshabillé est très excitant, susurra-t-il.

C'était Sophia qu'il aurait dû remercier. Mais elle garda l'information pour elle et se contenta de sourire.

Quand elle fut nue, il s'allongea près d'elle.

— Le médecin a bien précisé que faire l'amour ne nuirait pas au bébé ? demanda-t-il.

Elle hocha la tête. Dans le cabinet de la gynécologue, elle avait rougi en l'entendant prononcer ces paroles.

— J'ai envie de toi, Audrey, dit-il en prenant son visage dans ses mains pour l'embrasser.

Cette fois, il n'aurait pas de remords. Il ne pourrait pas invoquer son maudit sens de l'honneur puisque c'était lui qui l'avait invitée dans sa chambre.

— Au cas où tu ne l'aurais pas remarqué, Luke, je suis nue sur ton lit. Ça doit bien vouloir dire quelque chose.

Il s'allongea sur elle. Cela paraissait si juste, et si bon. Faire l'amour avec Luke fut meilleur que jamais.

Et quand, plus tard, alors qu'ils gisaient, bras et jambes entrelacés, et qu'il l'embrassa pour lui souhaiter une bonne nuit, elle soupira intérieurement, regrettant que Luke n'ait pas murmuré à son oreille qu'on voudrait que certains livres ne se terminent jamais...

10

Elle s'éveilla dans un lit vide. Enfin, pas entièrement vide. Sur l'oreiller voisin, elle découvrit une branche de lavande. Elle la porta à ses narines. Le parfum puissant et suave à la fois embaumait la chambre. Puis elle ramassa le mot qu'il avait laissé près de la fleur.

« Désolé de devoir te laisser. J'ai un rendez-vous matinal à Carson City. A ce soir au dîner.

Luke. »

Son cœur se serra. Elle aurait tant voulu que Luke lui déclare son amour. La veille, elle avait ignoré les signaux d'alarme que lui envoyait son cerveau, et, aujourd'hui, elle en payait le prix.

Rien n'avait changé.

Elle s'assit au bord du lit, ses pieds nus prenant contact avec le parquet. Impulsivement, elle se retourna pour caresser les draps de doux coton égyptien où Luke lui avait fait l'amour, et un soupir de nostalgie lui échappa. Tout lui revenait, les baisers brûlants de Luke, ses caresses sensuelles, leurs corps unis dans une totale symbiose. Et elle se délecta de l'envoûtant souvenir.

Durant la matinée, elle emmena trois chevaux en promenade à travers la campagne vallonnée. Ensuite, elle les doucha et les pansa minutieusement. Dans l'après-midi, Ward entra dans la sellerie pendant qu'elle rangeait son matériel.

— Bonjour, Audrey.

— Bonjour, Ward. Comment allez-vous ?

Elle nota que son expression habituellement joviale était tout assombrie.

— Bien.

— Vraiment ? Vous n'en avez pas l'air.

Il haussa une épaule.

— Mon garçon doit finalement partir suivre les cours d'une université du Texas. Et, une fois qu'il sera là-bas, il ne sera plus question qu'il revienne fréquemment.

— C'est bien triste. Quand part-il ?

— Ce soir, par un vol de nuit. Ma femme lui prépare un repas d'adieu.

— Alors, que faites-vous ici ?

— Eh bien, je finis ma journée de travail.

— Ward, répliqua-t-elle en secouant la tête, votre place est auprès de votre famille. Je me charge des quelques tâches qu'il reste à faire.

— J'apprécie votre proposition, mais…

— Je vous en prie, permettez que je vous rende ce service. Rentrez et profitez de ces derniers moments avec Hunter. Il est probablement surexcité et nerveux. Vous saurez le calmer.

Ward souleva le bord de son chapeau et lui adressa un regard penaud.

— Et qui va me calmer, moi ?

— Votre femme.

Il eut un petit rire.

— Allez, insista-t-elle. Je ferai la dernière tournée d'inspection.

— Merci, Audrey. Nous nous arrêterons en partant pour que Hunter puisse vous dire au revoir à tous.

— Je l'espère bien !

Elle accompagna Ward hors de l'écurie et le regarda monter dans son pick-up et disparaître au bout de l'allée. Jewel vint se frotter contre sa jambe.

— Que veux-tu, Jewel ?

La chatte miaula.

— Comme d'habitude, si je comprends bien.

Elle termina ses tâches, puis se rendit à l'autre écurie pour sa visite quotidienne à Tribute. Elle se réjouissait de constater que l'étalon tissait un vrai lien avec elle. Quand elle ouvrait la porte supérieure de son box, il approchait sans plus faire de manières.

Selon un rite bien établi, Jewel s'installa sur le rebord de la porte. Mais soudain, elle miaula sur un ton interrogatif. Audrey examina l'enclos. Il était vide.

Dans sa hâte à convaincre Ward de rentrer chez lui, elle avait oublié Tribute, et lui aussi, apparemment. Elle ressortit et fouilla du regard les alentours. Elle distingua alors l'étalon à l'autre extrémité du corral, sous l'ombre d'un chêne.

— Te voilà donc, lança-t-elle d'un ton amical.

En l'apercevant, Tribute hennit. De deux choses l'une : ou il lui compliquait la tâche, ou, au contraire, il la lui facilitait.

— Viens, mon garçon, dit-elle. Il faut que je t'installe pour la nuit.

Le cheval ne bougea pas. Apparemment, ce soir, il tenait à son surnom de Tribulation.

— J'ai l'impression que notre ami veut que j'aille le chercher, déclara-t-elle à la chatte.

Le cheval hennit doucement tout en ébauchant quelques pas. Audrey sourit.

— Décidément, c'est bien ça.

Elle savait avoir gagné sa confiance. Il était prêt. Ces

derniers jours, elle avait accompli d'immenses progrès avec lui, grâce à Jewel, il fallait le reconnaître.

Elle ne perdit pas de temps. C'était l'occasion de justifier ses feuilles de paie. Ward parti, personne n'était assez proche de l'étalon pour le manipuler. Mais elle était certaine de pouvoir le faire.

Tribute coopérerait. Elle en était persuadée.

Il fit un nouveau pas vers elle, puis s'arrêta et l'observa.

— C'est moi qui vais t'emmener, Tribute.

Elle retourna chercher un licol à l'écurie, ainsi que des morceaux de sucre. Puis, à pas mesurés, gardant l'œil sur l'étalon, elle approcha, les sucres dans une main, le licol dans l'autre.

Dans la lumière du soleil, il paraissait tout à fait amical. Quand elle fut à sa hauteur, elle lui tendit les sucres. Il allongea l'encolure et les goba. A gestes mesurés, elle glissa le licol sur sa tête et l'ajusta. Tribute se tenait parfaitement tranquille si bien qu'elle put accrocher sans difficulté la longe à l'anneau du licol.

Ceci fait, elle lui tapota l'encolure.

— C'est bien, mon garçon. Maintenant, nous allons rentrer.

En prenant son temps, elle le guida vers la sortie tout en lui prodiguant des paroles d'encouragement.

A mi-chemin cependant, elle aperçut une silhouette familière près de la barrière.

— Audrey, qu'est-ce que tu fabriques ?

Luke avait parlé calmement, pour ne pas effrayer le cheval, mais sa colère était néanmoins perceptible.

Refusant de se laisser distraire, elle ne quitta pas le cheval des yeux.

— J'ai beaucoup progressé avec Tribute, dit-elle. Il est prêt.

— Sors immédiatement de là, dit-il d'un ton menaçant.

— Tu me paies pour faire un travail, répliqua-t-elle d'une voix très douce. Et tout se passe très bien.

— Tu es virée. Je refuse que…

A ce moment, sortie de nulle part, une flèche orange fila vers eux, poursuivie par le border collie qui aboyait furieusement. Avec un juron, Luke sauta par-dessus la barrière au moment où l'étalon rejetait brusquement la tête en arrière, imprimant une secousse sur la longe. Audrey tint bon du mieux qu'elle put, mais Tribute était plus fort qu'elle. Beaucoup plus fort. La longe lui échappa des mains et elle atterrit sur les fesses.

Comme dans une scène en accéléré, la chatte et le chien passèrent dans un éclair, et, avec un hennissement qui dut retentir aux quatre coins du comté, l'étalon se cabra, ses antérieurs s'agitant à deux mètres cinquante au-dessus du sol. Pétrifiée, Audrey le vit chercher son équilibre sur ses membres arrière comme s'il cherchait à éviter de retomber sur elle.

— Attention ! hurla Luke en se précipitant vers elle.

Il se jeta à genoux et se coucha sur elle pour lui faire un bouclier de son corps. L'espace d'un instant, elle crut que tout allait bien se terminer. Mais les sabots de l'étalon atteignirent Luke, et elle en ressentit le choc dans son propre corps.

Luke poussa un hurlement de douleur, puis, retomba, sur elle, inerte.

— Luke ! Luke !

— Ne le bougez pas ! cria un employé attiré par le remue-ménage.

— Nous appelons de l'aide ! dit un autre.

Elle demeura immobile sous le poids de Luke, priant de toutes ses forces pour qu'il soit en vie.

*
* *

Les larmes d'Audrey inondaient ses joues tandis qu'elle défaisait ses bagages sous le regard de Jewel. Elles étaient de retour chez elles, à Reno.

Elle se haïssait, haïssait la souffrance qu'elle avait causée à Luke. Bien que tous se soient efforcés de la convaincre de rester, elle avait décidé de quitter le ranch. Comment affronter Luke après ce qui s'était passé ? Elle avait déjà bien du mal à se regarder dans la glace.

Elle avait failli causer sa mort en refusant de tenir compte de ses avertissements. Elle désirait tellement prouver à Luke qu'il se trompait au sujet de Tribute.

Mais c'était elle qui avait tort sur toute la ligne.

De nouvelles larmes jaillirent de ses yeux. Sachant que ce n'était pas bon pour le bébé de pleurer ainsi, elle essaya de se maîtriser. C'était difficile et, si ce n'avait été pour son enfant, elle n'aurait pas mérité de répit.

Elle ne méritait rien du tout.

Pauvre Jewel ! Même la chatte se rendait compte que quelque chose clochait, et elle examinait son environnement avec consternation. Rien ne semblait plus présenter d'attrait à ses yeux. La vie à Sunset Ranch avait représenté une thérapie pour elle. Là-bas, elle avait oublié son angoisse d'abandon.

Quant à elle, si elle n'avait pas été enceinte, elle aurait pleuré à s'en rendre malade. Mais il n'était pas question qu'elle s'apitoie sur son sort. C'était Luke la victime.

Il ne se sortait pas trop mal du terrible accident. Et, bien qu'il ait passé toute une semaine à l'hôpital, les médecins avaient affirmé qu'il ne souffrirait pas de séquelles.

Il avait eu de la chance, avaient-ils dit. Sa veste de cuir avait amorti l'impact des sabots de Tribute. Il avait néanmoins reçu un coup derrière la tête qui lui avait causé une commotion cérébrale.

Dès qu'elle avait su que Luke se remettrait, elle avait quitté le ranch. Cela n'avait pas été facile, mais sa culpabilité et ses remords l'avaient convaincue qu'elle ne devait pas rester. Ça ne ferait qu'aggraver la situation. Elle avait déjà causé tant de mal à Luke. Elle serait sans doute la dernière personne qu'il souhaiterait voir en se réveillant à l'hôpital. Bien sûr, à un moment ou à un autre, elle aurait affaire à lui, pour l'enfant. Elle ne lui dénierait aucun droit sur lui. Simplement, elle refusait de lui empoisonner la vie par sa présence. Il avait tant de reproches à lui adresser.

Sans doute ne lui pardonnerait-il jamais.

Elle ne le lui reprocherait pas. Elle-même s'en voulait terriblement.

Elle serra très fort les paupières pour éviter un nouvel afflux de larmes. Elle vouerait à Luke une reconnaissance éternelle pour avoir cherché à protéger la petite vie nichée dans son corps. Le bébé était indemne. Mais si Luke ne s'était pas interposé, qui savait ce qui serait arrivé ?

Sur ces entrefaites, le téléphone sonna. Elle consulta l'écran et vit qu'il s'agissait de Casey. Véritable mère poule, celui-ci l'appelait quotidiennement depuis qu'il avait eu connaissance son état. Elle ne décrocha pas. Le répondeur se mit en route et la voix de son frère s'éleva.

— Si tu es là, réponds, s'il te plaît. Il faut que je te parle. Je t'en prie.

Depuis quand son frère utilisait-il le ton de la prière ?

Elle sortit un mouchoir en papier d'une boîte et s'essuya les yeux avant de prendre la communication.

— Salut.

— Tu as une voix d'enterrement, constata Casey.

— Je t'aime aussi.

— Comment vas-tu, petite sœur ? demanda-t-il d'un ton anxieux.

— Comme je n'ai encore mis la vie de personne en danger, je suppose que c'est un bon jour.

— Audrey !

— Désolée, Casey. Mais Luke a failli mourir à cause de moi.

— Ce n'est pas ta faute, Audrey ! Le cheval a été affolé par le remue-ménage autour de lui. S'il ne passait pas son temps entre quatre murs, il ne se mettrait pas dans tous ses états parce qu'un chien poursuit un chat !

— Maintenant, tu reproches à Luke d'enfermer un animal qui l'a piétiné ?

— Je dis que personne n'est responsable ! C'est un regrettable accident.

— Luke m'avait mise en garde, Casey. Et je ne l'ai pas écouté. Je n'en ai fait qu'à ma tête, et je n'ose même pas penser à ce qui aurait pu arriver.

En frissonnant, elle posa une main sur son ventre où, cette semaine, était apparu un léger renflement.

— Et pour le remercier de vous avoir protégés, l'enfant et toi, tu l'abandonnes ?

— Il m'a chassée.

Casey poussa un soupir agacé.

— C'était pour te faire sortir du corral !

— Je prendrai plus tard des dispositions avec Luke concernant le bébé. Il sait que je ne l'écarterai pas de sa vie. Il sait…

— Que tu ne l'épouseras pas. Ça, oui, il le sait.

— Il ne m'aime pas, Casey. Quel genre d'union ça aurait donné ?

S'il l'avait aimée, il le lui aurait dit après leur dernière nuit. Mais ce n'était pas le style de Luke de mentir pour obtenir ce qu'il voulait. Il était trop honnête pour ça. Malgré toute sa tristesse, elle devait se faire une raison : leur enfant n'aurait pas une vie rêvée entre un père et une mère qui s'aimeraient dans une atmosphère harmonieuse. Il serait ballotté d'un foyer à un autre.

— Tu dois retourner au Sunset Ranch, dit Casey. Luke mérite mieux que ça. Tous les deux, vous méritez mieux.

— C'est drôle. La dernière fois que je t'ai entendu parler de Luke, tu voulais le réduire en charpie.

— Je pense qu'il a eu son compte. Et ton départ l'a achevé.

Son cœur se serra douloureusement.

— C'est un coup bas, Casey, murmura-t-elle.

— C'est la vérité.

Elle demeura quelques secondes silencieuse. Avait-elle commis une erreur en quittant le ranch aussi abruptement ? Casey le pensait. Et Jewel, qui tournait comme une âme en peine, aussi.

— La vérité, répliqua-t-elle enfin, c'est qu'il est content d'être débarrassé de moi. Je ne lui ai causé que des ennuis.

— Ce que tu peux être têtue ! grommela Casey entre ses dents.

— Il faut croire que je tiens de toi.

— Réfléchis à ce que je t'ai dit, et retourne au Sunset Ranch.

L'idée d'affronter Luke lui paraissait insurmontable tant elle était dévorée par la culpabilité. Sachant qu'elle était la cause de ses souffrances, voir Luke entouré de bandages, immobilisé sur son lit, était au-dessus de ses forces. Pure lâcheté, elle en convenait. Mais, dans le fond de son cœur, elle savait aussi qu'elle lui épargnait bien des tourments en disparaissant. Il pourrait ainsi récupérer en oubliant l'existence de ce poison de petite sœur de Casey.

*
* *

Il était déterminé à se lever et à descendre à la salle à manger. Logan et Sophia avaient été conviés à dîner, et Ellie lui avait préparé son menu préféré. Non qu'il ait beaucoup d'appétit, mais après cinq jours passés à l'hôpital et trois autres dans son lit, il jugeait qu'il était temps de réagir. D'autant que, jour après jour, il constatait des progrès dans sa mobilité.

Du moins ne souffrait-il pas de fractures cette fois. Il respirait bien, et ses maux de tête avaient disparu. Dans l'histoire, c'était son amour-propre qui avait le plus pâti.

Non seulement Audrey l'avait fui après leur première nuit au chalet, mais elle lui avait ensuite menti par omission, puis elle lui avait désobéi à propos de Tribute. Et enfin, elle avait de nouveau pris le large. Un profond sentiment de vide l'envahit, et il fut surpris de constater qu'il n'éprouvait pas que de la colère.

Il s'assit au bord du lit, où, un pied après l'autre, il enfila tout doucement son jean, ménageant ses muscles endoloris.

Il se leva. Bon, ce n'était pas si terrible. Ensuite, il glissa sans trop de difficulté ses bras dans les manches d'une chemise et la boutonna. Mais quand il baissa les yeux sur ses bottes, l'effort lui parut surhumain, et il décida de descendre pieds nus.

Il longea le couloir jusque dans le salon où, sur une table, trônait un vase contenant un bouquet de tournesols d'un jaune éclatant.

Près du vase, une carte disait :

« Je n'espère pas que tu me pardonnes un jour. Je t'aime. Audrey. »

Elle lui avait envoyé ces fleurs le lendemain de son

hospitalisation. Il avait espéré qu'elles étaient mortes depuis longtemps et qu'il n'aurait pas sous les yeux le rappel de la vitesse avec laquelle la situation avait échappé à leur contrôle. Mais les tournesols avaient survécu, et ils ne semblaient pas avoir l'intention de faner de sitôt.

Il se sentait à peu près dans le même état d'esprit.

— Le voilà, dit Logan en le voyant entrer dans la salle à manger.

Sophia et lui s'approchèrent. Sophia l'embrassa sur la joue, Craignant de lui faire du mal, Logan lui donna une tape discrète sur l'épaule.

— Désolé d'être en retard, s'excusa Luke.

— Juste à l'heure, mon vieux !

— Tu sembles plutôt en forme, constata en souriant Sophia.

Certes, il avait accompli des progrès depuis le jour de l'accident.

— Ça sent drôlement bon, dit-il. Rôti à la cocotte et pommes de terre sautées ?

— Exact, acquiesça son frère.

Sophia et Logan prirent place à table tandis que, adossé au mur, il regardait le paysage par la baie vitrée.

— C'est bon d'être debout, habillé, et de pouvoir à peu près se déplacer librement, constata-t-il.

— Je suis heureux de te voir comme ça, frangin.

Il regarda encore quelques instants par la fenêtre avant de venir s'asseoir à son tour, avec précaution.

— Tu as parlé avec Ward ? s'enquit-il.

L'homme se sentait responsable de l'accident, disant qu'il n'aurait jamais dû quitter son poste. En conséquence de quoi, deux jours plus tôt, il avait remis sa démission.

— Oui. A nous deux, je crois que nous l'avons convaincu qu'il n'y était pour rien. Je n'imagine pas accepter sa démission, et je le lui ai dit. J'attends toujours ta décision au sujet de Tribute. Si tu veux, je peux t'en débarrasser pour trois fois rien.

Luke réfléchit quelques instants. Pour le moment, il hésitait. Certes, l'étalon était source d'ennuis, mais il revenait de loin. Et il y avait quelque chose chez ce cheval qui lui donnait envie de persévérer.

— C'est un danger, insista Logan.

— Je ne te contredirai pas sur ce point. Mais le travail d'Audrey a donné des résultats.

Il détestait l'admettre, pourtant c'était ainsi. Et ce jour-là, s'il avait voulu à tout prix faire sortir Audrey du corral, il avait aussi été impressionné de voir comment le cheval réagissait avec elle. En très peu de temps, elle avait réussi à gagner sa confiance. Bref, avec tous les ennuis que Tribute lui avait causés, il aurait dû s'en débarrasser, mais il n'arrivait pas à s'y résoudre.

— Tu envisages de le garder ? demanda Sophia.

Logan lui jeta un regard dégoûté.

— Ce maudit animal t'a expédié deux fois à l'hôpital.

— Je sais, je sais, marmonna-t-il en hochant la tête. Mais pour le moment, j'ai d'autres sujets de préoccupation. Auriez-vous oublié que j'allais être père ?

— As-tu parlé avec Audrey ? demanda Sophia.

— Non. Juste à Casey. D'après lui, elle va bien.

— Tu sais, reprit-elle avec chaleur, quand nous étions à l'hôpital en attendant que tu te remettes de ta commotion, tu as crié son nom.

— Vraiment ?

Il se rappelait s'être réveillé dans une sorte de brume et que ses premiers mots avaient été pour s'enquérir d'Audrey. Il se rappelait aussi son soulagement en apprenant qu'elle était indemne. Chose étrange, émergeant à peine de l'inconscience, il ne s'était pas souvenu de l'existence du bébé. Son inquiétude était allée à Audrey, et à elle seule.

Logan et Sophia se regardèrent.

— Tu l'as bien appelée une douzaine de fois, l'informa Logan.

— Dès qu'elle a su que tu te remettrais sans séquelles, elle s'est excusée et a quitté l'hôpital, continua doucement Sophia. Elle n'était plus elle-même. Je crois que je n'ai jamais vu quelqu'un verser autant de larmes. Elle se sent responsable et s'en veut terriblement. Elle tient beaucoup à toi, tu sais.

Avec étonnement, il se rendait compte qu'il n'était pas vraiment fâché contre elle alors qu'elle avait délibérément enfreint ses ordres et s'était mise en danger. Tout ce qu'il voulait, c'était la revoir. S'assurer qu'elle allait bien. Mais elle avait encore fui.

— Un homme qui vient de subir une commotion cérébrale n'a pas le nom d'une femme sur les lèvres sans raison, fit remarquer Logan.

Un point pour son frère.

A ce moment, Ellie entra, portant un plat de rôti et de pommes de terre. Et la délicieuse odeur stimula son appétit défaillant.

— J'espère que ça vous redonnera des forces, dit-elle en lui tapotant affectueusement l'épaule.

— Je sens que je vais faire honneur à votre plat, Ellie, répondit-il en se servant copieusement.

Rien ne pouvait faire davantage plaisir à la cuisinière que de le voir apprécier sa cuisine, et elle quitta la pièce, un sourire satisfait aux lèvres.

Pendant le repas, il s'efforça de se montrer agréable. Il était heureux de la présence de Sophia et Logan, mais il ne pouvait se débarrasser d'un amer sentiment de vide. A présent qu'il commençait à aller mieux, il prenait conscience d'un terrible malaise. Et il savait maintenant de quoi il s'agissait.

Ce soir-là, assis dans son lit, il prit son portable et envoya un message à la seule personne susceptible d'apaiser son cœur.

Comment vas-tu ?

La réponse ne se fit pas attendre.

Bien. Et toi ?

Ça va. Et le bébé ?

En bonne santé. Je commence à avoir un peu de ventre.

L'émotion lui noua la gorge. Si seulement il avait pu la voir.

Que fais-tu ?

Je me prépare à aller au lit.

Il sourit, submergé par une vague de chaleur.

Que portes-tu ?

La question était audacieuse et il savait qu'il jouait avec le feu.

Luke, tu te sens bien ?

Réponds à ma question et je me sentirai encore mieux.

Dans ce cas... Je porte mon vieux T-shirt.

Celui qui proclame : « Les cow-girls le font avec leurs bottes » ?

Oui.

Tu portes des bottes ?

Bien sûr que non. Je vais au lit, Luke. Désolée !

Excuses acceptées.

Tu n'es donc pas fâché contre moi ?

Il choisit la sincérité.

Plus que tu ne saurais l'imaginer.

Il y eut une longue pause.

Que puis-je faire ? Je m'en veux tellement.

Mets tes bottes. Celles en cuir fauve qui te montent aux genoux.

Pourquoi ?

Tu le demandes vraiment ?

Nouvelle pause.

D'accord, je les ai passées. Et maintenant ?

Elle lui manquait. Elle lui manquait tant. Elle l'aimait et il avait repoussé son amour.

Maintenant, je vais t'imaginer blottie contre moi avec tes bottes. Dors bien, mon cœur.

L'échange terminé, il se laissa aller contre son oreiller et éteignit la lumière. Fermant les yeux, il imagina Audrey près de lui dans son lit, près de lui au ranch, près de lui pour élever leur enfant. Il imagina Audrey près de lui pour toujours.

Quelque chose avait toujours cloché dans ses relations

féminines. Il ne s'était jamais permis de se lier profondément. Les pièces du puzzle ne s'adaptaient jamais bien.

A présent, il savait ce qui manquait.

Elle.

Audrey manquait dans sa vie.

Il l'aimait.

La révélation fut comme un coup de tonnerre. Une puissante émotion envahit tout son être. Il avait toujours eu de l'affection pour Audrey, mais l'intense sentiment de manque et de vide qu'il éprouvait maintenant était nouveau. C'était peut-être ce qui le surprenait le plus. Ses sentiments pour elle étaient bien réels, et il n'avait aucune envie de les fuir. Avec ou sans enfant, il voulait un avenir avec Audrey. Ce grand amour jouant jusqu'à aujourd'hui les grands absents, il l'accueillait maintenant de tout cœur.

Aux petites heures du jour, enfin en paix avec ses émotions, il sombra dans le sommeil le plus réparateur qu'il ait connu depuis longtemps.

Elle attendait avec impatience les messages que Luke s'était mis à lui envoyer ces derniers temps. Ils donnaient un sens à ses journées. Toutefois, elle ne se faisait pas d'illusion. Luke serait toujours Luke, c'est-à-dire qu'il veillait sur elle, s'assurait que tout allait bien pour l'enfant. Bientôt, forcément, il allait aborder le problème de la garde. Comment allaient-ils s'organiser ?

Une telle confusion régnait dans son esprit, et ses émotions étaient tellement à vif qu'elle décida d'aller passer quelques jours dans le chalet de son frère, espérant que ce petit séjour l'aiderait à s'éclaircir les idées. Il y avait tant de variables dans sa vie maintenant. Joie à l'idée d'avoir un enfant, mais chagrin d'avoir perdu

Luke. Indécision sur son avenir. Elle allait devoir repousser d'une année la reprise de ses études. On lui avait proposé un emploi d'assistante dans une clinique vétérinaire, mais elle hésitait encore à s'engager. Toutes ces questions la laissaient anxieuse.

Elle partit donc pour la côte nord du lac Tahoe, Jewel près d'elle, dans sa cage de transport. La fraîcheur piquante de l'air embaumé de l'odeur de résine annonçait l'automne. Sous le soleil matinal, le lac miroitait de reflets indigo et le paysage prenait des tons dorés.

Casey lui réserva un accueil chaleureux. Il se posait beaucoup de questions au sujet de l'enfant, et ses notions plutôt élémentaires de la grossesse l'amusèrent. Sans être experte en la matière, elle était pratiquement sûre que la forme du ventre ne renseignait en rien sur le sexe de l'enfant à venir, et qu'il était inutile de boire quotidiennement les quatre litres de lait entreposés dans le réfrigérateur pour pourvoir à ses besoins en calcium.

— Enfin, Casey, je ne reste que deux jours ! Tu as là de quoi abreuver une colonie de vacances.

— Je voulais être sûr que tu ne manquerais de rien.

Touchée par sa gentillesse, elle l'embrassa. Ils passèrent l'après-midi à flâner sur la terrasse, installés dans de confortables transats, et à observer les amateurs de bains de soleil qui tenaient à capter les derniers rayons de la saison.

— Bientôt, la neige recouvrira les sommets, dit-elle.

— Elle ne viendra jamais assez tôt pour les skieurs.

Il lui jeta un regard hésitant.

— J'ai réservé à Emeralds, pour ce soir. Nous n'avons toujours pas fêté le futur bébé. Tu serais d'accord ?

Elle posa une main sur celle de son frère.

— Tu es adorable, Casey. Oui, bien sûr, je suis d'accord ! Merci d'être… de ne pas…

— Je fais des efforts, chérie. Tu seras toujours ma petite sœur, et je serai toujours là pour toi, mais j'ai compris que tu étais une adulte, maintenant. Tu n'as plus besoin de moi.

— J'ai besoin de toi, Casey ! Mais pas que tu interviennes dans ma vie. Je suis capable de prendre seule les décisions me concernant.

Il hocha la tête et son regard se perdit sur le lac.

Ils dînèrent dans un restaurant jouissant d'une vue spectaculaire sur Emerald Bay. La nourriture était délicieuse, et la présence de son frère la réconforta au-delà de toute espérance.

Au retour, elle se sentait épuisée. Après avoir affectueusement embrassé Casey, elle alla se préparer pour la nuit. Certaines personnes trouvaient leur réconfort dans la nourriture, et elle, elle aimait se prélasser dans de vieux vêtements. A son goût, rien ne valait la douceur du coton usagé sur sa peau.

Elle s'était à peine blottie dans son lit que son portable l'avertit de l'arrivée d'un message.

Comment vas-tu ?

Bien. Et toi ?

Bien. Mais maintenant que je te parle, ça va encore mieux.

Les battements de son cœur s'accélèrent. De plus en plus souvent, Luke lui glissait des petits mots gentils, comme celui-ci. Ou bien faisait des allusions qui appelaient une invitation de sa part. Mais elle n'osait pas se lancer, de peur d'être déçue. Elle n'aurait pas supporté un nouveau rejet. Et puis, elle se sentait toujours coupable d'avoir été la cause de ses blessures.

Je suis heureuse que tu te sentes mieux.

Tu es au lit ?

Oui.

En T-shirt ?

Oui.

Et ?

Il dit : « Les cow-girls font la fête dans le paddock ».

Voilà une fête à laquelle j'aimerais assister.

Pitié ! Elle se mordit la lèvre.

Je n'aime pas faire la fête.

Il y a quelques mois, j'aurais pu croire le contraire.

Tu es toujours fâché contre moi ?

Parce que tu m'as séduit et abandonné ? Que tu m'as ensuite joué la comédie ? Que tu as désobéi à mes ordres ?

L'étincelle d'espoir née dans son cœur s'éteignit brusquement.

Je suppose que j'ai ma réponse.

Tu sais, je suis capable de me laisser attendrir.

On ne le dirait pas.

Est-ce que tu m'aimes encore ?

Elle n'arrivait pas à croire qu'il lui demande une chose pareille. Comme si on cessait d'aimer du jour au lendemain ! Sa question prouvait que Luke ne connaissait rien à l'amour, et qu'il la connaissait bien mal. Elle l'aimait depuis dix ans. Elle n'allait pas l'oublier juste parce que les choses n'évoluaient pas comme elle le désirait ! En réalité, elle l'aimait encore plus qu'avant parce qu'il les avait protégés au péril de sa vie, son enfant et elle.

Quelle importance ?

Puisque tu ne m'aimes pas.

Je considère donc qu'il s'agit d'un acquiescement.
Ecoute bien. On va frapper à ta porte dans une seconde.

Comment ? Affolée, elle jeta un coup d'œil à sa porte avant de se rappeler qu'elle était au chalet.

Je ne suis pas chez moi.

Je sais.

A ce moment, la porte s'ouvrit et Luke entra, son portable à la main.
Elle fit un tel bond qu'elle se cogna contre la tête de lit.
— Luke !
— Je t'avais prévenue.
— Tu… tu n'as pas frappé.
— Tu es sûre ?
En souriant, il avança dans la pièce.
— Mais dis-moi, si je me souviens bien, tu n'as pas frappé quand tu es entrée dans cette chambre, l'autre soir, pour troubler mon sommeil ?
— Que… qu'est-ce que tu fais là ?
Casey, évidemment. Cela sentait à des kilomètres sa conception toute personnelle de la non-intervention.
Mais Luke lui avait tellement manqué ! Son sourire dévastateur, la lumière de son regard lui avaient manqué. Elle rejeta la couette et allait bondir du lit quand le

regard de Luke la cloua sur place. Il s'assit près d'elle, et son odeur de cuir et d'épices affola ses sens.

Jewel s'éveilla et vint se frotter contre la jambe de Luke. Il se pencha pour la gratter derrière les oreilles, provoquant de bruyants ronronnements dont le bruit se répercuta dans toute la pièce.

— C'est Casey qui a tout manigancé, dit-elle. Je vais le…

— Casey n'y est pour rien. Je lui ai juste demandé la permission de venir. C'est mon idée, Audrey.

Son regard fit le tour de la pièce avant de revenir se poser sur elle.

— C'est ici que notre enfant a été conçu.

— Je… je sais.

Elle nageait en pleine confusion. Il était tard et elle était fatiguée. Impossible dans ces conditions d'avoir les idées claires. S'il désirait discuter droits de garde et de visite, elle en serait bien incapable.

— Ecoute, Luke, ce soir, je ne suis pas en état de réfléchir. Ne pourrait-on remettre la discussion à demain ?

Il secoua la tête.

— Pour que tu me files entre les doigts ? N'y compte surtout pas. C'est tout ce que tu sais faire avec moi : fuir.

— C'est juste que…

— Je t'aime, Audrey.

— Q-que… comment ?

— Je t'aime. Je veux vivre avec toi et je ne partirai pas sans t'en avoir convaincue.

Comment osait-il ? Il ne l'aimait pas. Elle lui avait fait des choses horribles. Bon sang, elle avait failli causer sa mort !

— C'est le bébé que tu aimes.

— C'est vrai, je l'aime. Il fait partie de toi, chérie. Mais écoute, si je ne t'aimais pas, pourquoi est-ce que je te pardonnerais tout ce que tu m'as fait ? Pourquoi t'aurais-je appelée du fond de mon inconscience ? Oui, je l'ai fait ; on me l'a raconté. Et dès que j'ai repris conscience, c'est encore toi que j'ai réclamée. Et tu n'étais pas là. C'était horrible. Plus douloureux que mes blessures.

— Luke, je m'en veux tellement ! J'ai détesté te quitter, mais je pensais être la dernière personne que tu souhaiterais voir à ton réveil.

— Tu es partie sans me dire au revoir.

Chacune des paroles de Luke aiguisait un peu plus ses remords.

Il lui prit les mains et les serra doucement. Le geste l'émut et raviva son espoir. Ensuite, il la regarda dans les yeux.

— Je ne t'ai jamais menti, Audrey. Tu le sais, je crois. Je t'ai demandé de m'épouser, mais je ne t'ai pas parlé d'amour. A l'époque, je ne le savais pas. Mais aujourd'hui, je sais que je t'aime.

Son espoir monta d'un cran.

— Mais, pourquoi maintenant ?

Il regarda par la fenêtre, réfléchissant visiblement à l'explication.

— C'est que je croyais être incapable d'aimer, ou de me laisser aller à entretenir des relations profondes, autres qu'amicales, avec une femme. Cette façon de voir vient de mon enfance et de mon amour pour un cheval qui m'a été enlevé quand j'étais très jeune. Et puis, d'être le témoin de l'union dépourvue d'amour de mes parents n'a pas arrangé les choses. J'imagine que je me suis retranché derrière mes défenses sans laisser personne approcher. Jusqu'à l'arrivée de Tribute.

— Tribute ? Je ne comprends pas.

— Pour une raison que j'ignore, je me suis attaché à

ce cheval. Même après tous les ennuis qu'il m'a causés, il semble que je n'arrive pas à me séparer de lui. Je vois en lui, et je sais qu'il sera mien un jour. Ne le prends pas en mauvaise part, mais c'est exactement ce que je ressens pour toi. Tribute et toi, vous avez beaucoup en commun.

Les sourcils d'Audrey se froncèrent tandis qu'elle essayait de donner un sens aux propos de Luke.

— Après la perte de ce poulain, autrefois, poursuivit Luke, je ne me suis plus jamais attaché à un animal du ranch. Cela me faisait trop peur. Je restais affectivement en retrait, et quand j'avais l'impression d'éprouver plus de sentiments que je n'aurais dû selon moi, je reculais de crainte de souffrir. Et puis, tout récemment, j'ai compris que j'agissais de la même façon avec les femmes. Jusqu'à ce que tu reviennes dans ma vie. C'est comme ça que je sais que je t'aime, Audrey. Je n'imagine pas te perdre.

— Tu m'as virée !

— C'était du flan. Je ne savais pas comment t'éloigner de Tribute. Je t'aimais, mais je ne le savais pas.

Son cœur était sur le point d'exploser. Malgré tout, elle éprouva le besoin de le provoquer.

— Tu m'aimes parce que je te rappelle un cheval ?

L'expression de Luke se fit grave, elle sentit que l'instant était pour lui décisif.

— Tu me comprends, n'est-ce pas ?

Il y avait un tel désir de partage dans sa voix. Elle hocha la tête.

— Je crois.

— Au début, je pensais avoir juste une attirance physique pour toi, et qu'elle passerait. Mais elle ne passait pas. Je n'arrivais pas à te rayer de ma vie comme je l'avais fait avec les autres, parce que, malgré tous les soucis que tu m'as apportés, je ne pouvais pas renoncer à toi. Quand j'ai appris que tu étais enceinte, j'ai proposé qu'on se marie, parce que c'était la chose à faire, et tu as eu raison de refuser. Je le comprends maintenant. Mais quand je gisais sur mon lit d'hôpital et que j'imaginais l'avenir sans toi, j'ai cru mourir. Je ne veux plus jamais ressentir ce vide affreux ! Je ne peux pas vivre sans toi, Audrey. A mes yeux, tu es parfaite telle que tu es.

— Oh ! Luke…

Ses yeux s'emplirent de larmes. En souriant, il porta ses mains à ses lèvres et les baisa.

— Tu es merveilleuse, belle, intelligente, sexy. Bourrée de talent et drôle. Ce n'est pas du bébé qu'il s'agit, Audrey, je te le jure. Je t'aime, toi, pour ce que tu es.

A présent, ce n'était plus l'espoir qui gonflait son cœur, mais le bonheur.

— Je t'aime, Luke.

Il sourit.

— Je commençais à m'inquiéter.

Luke ? S'inquiéter de son amour pour lui ? Aucun risque ! Elle avait toutefois un dernier aveu à lui faire. Elle prit sa respiration, se jurant de devenir la femme de ses rêves si seulement il lui pardonnait cette dernière incartade.

— Euh, j'ai encore quelque chose à t'avouer, qui va peut-être te mettre en colère…

Il plissa les paupières, redoutant visiblement ce qu'elle avait à lui révéler.

— Vas-y.

— Ce n'est pas vraiment un mensonge, juste une omission. Alors que tu t'obstinais à m'interdire de m'approcher de Tribute, j'allais lui rendre visite dans ton dos, toutes les nuits.

Les mâchoires de Luke se crispèrent et elle vit une veine battre à sa tempe.

— Tu veux dire que, quand je dormais, tu te rendais à l'écurie en secret ? demanda-t-il, s'efforçant de garder son calme.

— Oui. Avec Jewel. Tribute s'était entiché d'elle et cela m'a aidé à créer un lien avec lui.

Il demeura quelques secondes silencieux.

— Tu es fâché ? finit-elle par demander.

— Ça dépend. Est-ce que tu vas m'épouser, oui ou non ?

— Fichue demande en mariage, Luke Slade !

— Ne me pousse pas à bout, mon chou. D'imaginer tout ce qui pourrait t'arriver loin de moi me rend malade.

Elle se rappela alors ses seize ans, quand Luke l'avait tirée de ce mauvais pas avec Judd Calhoon. Il avait passé un marché avec elle. A présent, elle devait honorer sa part.

— Luke, je te promets solennellement de ne rien tenter d'inconscient ou de dangereux quand nous serons mariés.

— Alors, tu veux bien m'épouser ?

Un grand sourire illumina le visage de Luke et il ne fut plus question de ce qu'elle lui avait caché.

Avec un soulagement immense, elle passa ses bras au cou de Luke, et les mots jaillirent de ses lèvres.

— Oui, bien sûr que je veux t'épouser, Luke ! Je t'aime tellement. Et notre enfant va avoir un père merveilleux.

Luke posa une main sur son ventre qui commençait à s'arrondir.

— Nous allons former une belle famille, murmura-t-il, tout ému.

— J'en suis sûre.

Ses rêves devenaient finalement réalité ! Elle flottait sur un petit nuage.

Il se pencha sur elle et l'embrassa avec une tendresse

passionnée qui ne laissait pas le moindre doute sur son amour.

— Tu m'as manqué, tu sais.

Puis son regard tomba sur sa poitrine, et il la serra dans ses bras.

— Je veux faire la fête avec ma cow-girl !

— Moi aussi, mais… Casey… ?

— Il est parti. Il a dit qu'il ferait mieux de me laisser la voie libre s'il voulait que je fasse de toi une honnête femme.

Elle éclata de rire. Elle ignorait qu'on puisse être si heureux.

Il l'allongea alors sur le lit et s'étendit près d'elle. Son cœur battait à tout rompre dans l'attente de ce qui allait suivre.

— Je te dois une scène de séduction, dit-il d'une voix rauque. En général, les rendus ne valent rien, mais cette fois, je vais m'arranger pour qu'il nous envoie directement au paradis. Accroche-toi au montant du lit, trésor ! Nous partons pour un long et torride voyage.

Elle ferma les yeux.

Elle aimait Luke Slade, elle aimait tout de lui.

Et son demi-dieu, son prince charmant, son bon Samaritain, réunis dans une même enveloppe, lui offrirent une nuit d'amour dont le souvenir resterait gravé dans sa mémoire jusqu'à la fin des temps.

Vous avez aimé l'univers de Charlene Sands ? Retrouvez le Sunset Ranch prochainement dans votre collection Passions *!*

OLIVIA MILES

L'héritière de Noël

éditions ⬡ HARLEQUIN

Titre original : 'TWAS THE WEEK BEFORE CHRISTMAS

Traduction française de ANDREE JARDAT

1

— On dirait qu'une tempête de neige s'annonce.

— Oui, c'est ce qu'a prévu la météo, répondit distraitement Holly.

Sourcils froncés, elle passa en revue la liste des réservations, puis jeta un coup d'œil à l'horloge ancienne héritée de son grand-père qui se trouvait au bas de l'escalier. Il manquait un client, et la cuisine allait fermer ses portes dans un quart d'heure. Tant pis ! Elle pourrait toujours demander au chef de mettre de côté un sandwich au poulet et une part de tarte aux pommes qu'elle monterait au retardataire une fois qu'il se serait présenté à la réception. A White Barn Inn, le service était une chose sérieuse. Et les clients ne semblaient pas s'en plaindre, à en juger par le nombre de fidèles qui revenaient année après année.

— Il devrait tomber entre sept et dix centimètres, poursuivit Abby Webster qui faisait office de bras droit et de gouvernante. Mais le pire est attendu pour demain soir.

Holly regarda par la haute porte vitrée de l'entrée. La neige tombait en gros flocons réguliers et recouvrait déjà la pelouse séparant la vieille demeure de la route principale. Inutile de demander à l'homme à tout faire de dégager l'allée ; en moins d'une demi-heure, la neige l'aurait de nouveau recouverte.

— Nous attendons encore un client, annonça Holly
à son amie.

Après avoir quitté Boston cinq ans plus tôt pour
transformer en auberge la vaste demeure familiale que
lui avait léguée sa grand-mère, Holly avait renoué avec
ses souvenirs d'enfance en même temps qu'avec sa
meilleure amie de l'époque. Après s'être perdu de vue
durant de longues années, les deux femmes avaient repris
leur relation là où elles l'avaient interrompue, devenant
même plus proches que par le passé.

— Veux-tu que je reste pour l'accueillir ? proposa
Abby sans grand enthousiasme.

— Non. Va vite retrouver ton beau mari. En plus,
je ne voudrais pas te voir prendre le volant la nuit par
un temps pareil.

Réprimant un bâillement, Abby alla décrocher sa parka
du portemanteau, à côté du bureau de la réception. Elle
vissa sur sa tête un bonnet en tricot crème et enroula
autour de son cou une écharpe assortie.

— Ne te couche pas trop tard.

— Bonne nuit, dit Holly en resserrant son cardigan
sur elle pour se protéger de la bouffée d'air glacial qui
s'était engouffrée par la porte entrouverte.

L'air froid fit vaciller les flammes hautes qui brûlaient
dans la cheminée du salon. Holly passa entre les canapés
et les fauteuils, s'arrêtant ici et là pour tapoter des coussins, replier un plaid et ajouter des bûches prises dans
la pile de bois près de l'âtre.

Elle vérifia de nouveau l'heure à sa montre. Plus
que dix minutes, puis Stephen, le chef, délaisserait ses
fourneaux pour rentrer chez lui, pressé de retrouver la
chaleur de son foyer. Dans la salle à manger, quatre
couples attablés s'attardaient à savourer leurs desserts
et les dernières gorgées de leur verre de vin.

Elle traversa la salle en silence et regagna la cuisine où les bruits de casseroles contrastaient avec la quiétude qu'offraient les autres pièces de la vieille demeure.

— Nous avons un retardataire, annonça-t-elle en chipant sur un plateau un sablé dans lequel elle mordit à belles dents.

— Holly ! la rabroua Stephen d'un ton faussement sévère. Ceux-ci sont réservés aux clients. Tu le sais bien !

— Tu me connais, rétorqua Holly en riant. Je ne peux pas résister. Et puis, j'en profite, j'ai décidé de commencer la gym en janvier.

— Bien sûr, répliqua Stephen avec un sourire indulgent.

Pour l'entendre lui tenir le même discours depuis quatre ans et demi, il savait que ce n'étaient que des paroles en l'air. Diriger cette auberge était devenu toute sa vie, et elle y mettait tant d'énergie qu'il ne lui restait guère de temps à consacrer à autre chose, ou à *quelqu'un*, comme il aimait à le souligner pour la taquiner.

— Cela ne te dérangerait pas de préparer un plateau-repas avant de partir ? Un sandwich au poulet et une part de tarte aux pommes feront l'affaire.

— Tu es sûre que cette personne va venir ce soir ? Avec le temps qu'il fait…

Néanmoins, il prit dans un panier sur le comptoir une miche de pain au levain dans laquelle il découpa deux tranches généreuses.

— Je ne peux pas l'affirmer, mais s'il arrive et qu'il est fatigué, il appréciera sans doute ce petit encas.

Elle examina le plateau de biscuits, puis porta son choix sur un noisettes-amandes qu'elle croqua en lançant un regard furtif à Stephen.

— Je lui ai réservé la chambre verte.

— Ah ! dit Stephen, tandis qu'il ajoutait aux rondelles de tomate une fine tranche de fromage.

Chaque chambre portait un nom de couleur, la « verte » étant la plus confortable, avec son lit king size, une douche hammam et un balcon. Holly avait choisi cette couleur à cause des érables tout proches qui, le printemps venu, effleuraient de leur feuillage les vitres de cette chambre située au deuxième étage.

— Je ferais mieux d'aller voir s'il est arrivé, dit-elle en se frottant les mains pour ôter les miettes de biscuit. Et merci encore pour le plateau.

— De rien, répondit Stephen. A demain.

Elle retourna dans l'entrée, admirant avec une joie enfantine les guirlandes lumineuses qui, autour des fenêtres, se détachaient comme des étoiles. A gauche de l'immense sapin de Noël se tenait un homme qui, le dos légèrement courbé, s'essuyait les pieds sur le paillasson. Ses cheveux châtains légèrement ondulés étaient mouillés et son manteau en cachemire recouvert d'une fine pellicule blanche.

— Bienvenue à White Barn Inn ! s'exclama-t-elle d'un ton enjoué, alors que le spectacle de la neige qui s'égouttait sur le parquet en merisier la contrariait profondément.

Plantant là son client, elle fonça chercher derrière le bureau de réception un chiffon qu'elle vint passer sur la petite flaque qui s'était formée aux pieds du visiteur.

— J'ai bien peur d'avoir sali votre sol, dit celui-ci en guise d'excuse.

— Ce n'est rien, rétorqua Holly en continuant d'éponger. Juste un peu d'eau, il n'y a pas de quoi en faire un drame. Voilà.

Satisfaite, elle leva enfin les yeux sur le retardataire et eut la surprise de se retrouver face à un homme extrêmement séduisant.

— Encore désolé, insista l'homme d'un air contrit.

Elle prit quelques secondes pour reprendre contenance, puis elle répliqua d'une voix qu'elle voulait neutre :

— Heureuse de vous voir arriver sain et sauf. Les routes peuvent être dangereuses par ici si on n'a pas l'habitude.

L'homme passa une main dans ses cheveux mouillés, puis la suivit jusqu'à la réception.

— Croyez-le ou non, mais avant de devenir le citadin que je suis, j'ai vécu à la campagne.

— Moi, c'est le contraire. Je suis née et j'ai vécu à Boston avant de venir m'installer ici, à Maple Woods, il y a cinq ans maintenant. Pourtant, je ne me suis toujours pas habituée à conduire sur la neige, surtout la nuit.

— Au fait, je m'appelle Max. Max Hamilton. Je vous ai réservé une chambre pour deux nuits. Mais vous devez certainement être au courant.

Elle prit la main qu'il lui tendait, s'alarmant de la sentir aussi gelée dans la sienne.

— En effet, répondit-elle, consciente de l'intimité subtile qui s'établissait entre eux.

— Je m'appelle Holly. Holly Tate.

— Ravie de vous rencontrer, Holly Tate.

Elle soupira, puis fouilla d'une main tremblante le tiroir où se trouvaient les clés. Elle finit par lui tendre celle qui ouvrait la chambre verte tout en lui donnant les informations relatives à l'établissement. Elle s'entendait parler comme à travers un filtre, tant ses pensées étaient éloignées de ce qu'elle disait.

Il y avait bien longtemps qu'elle n'avait pas eu le plaisir de se retrouver en compagnie d'un homme aussi séduisant que Max Hamilton, et elle en était toute retournée. Il devait avoir dans les trente ans et devait être célibataire, à en juger par son annulaire gauche dépourvu d'alliance. Il était aussi très beau.

— L'heure d'enregistrement est largement dépassée, n'est-ce pas ? J'espère qu'on ne vous a pas demandé de rester à cause de moi.

Elle se sentit fondre devant tant de sollicitude.

— Ne vous inquiétez pas pour ça. En fait, je suis la propriétaire des lieux.

Quelque chose dans le comportement de Max changea. En une fraction de seconde, un voile vint assombrir le bleu de ses yeux. Elle n'en fut pas surprise. C'était une réaction à laquelle elle était habituée : personne ne s'attendait à trouver une jeune femme de son âge assumer de telles responsabilités.

— Cela vous surprend, n'est-ce pas ? demanda-t-elle en contournant le bureau.

Les lèvres de Max s'étirèrent en un sourire irrésistible.

— Oui, je l'avoue, concéda-t-il.

Max ne savait que penser. Etre propriétaire d'un hôtel, dans un coin aussi reculé… Quel drôle de métier pour une femme aussi jeune ! Il aurait plutôt imaginé un couple de retraités que ce petit bout de femme sexy.

Il allait devoir repenser sa stratégie.

— Ainsi donc, c'est vous qui possédez tout cela ? demanda-t-il dans un geste de la main qui englobait l'entrée et, au-delà, les chambres.

Manifestement, une grande attention avait été portée au mobilier ainsi qu'à la décoration. La demeure de style colonial, avec ses bardeaux blancs et ses larges stores gris bleutés, était vaste et cossue. En remontant l'allée principale, il n'avait pas manqué de remarquer les couronnes de Noël suspendues à chaque fenêtre par un large ruban de velours rouge, ainsi que les guirlandes lumineuses accrochées à tous les auvents. Il se demanda si la porte d'entrée, couleur pourpre, avait été repeinte pour l'occasion. Probablement, décida-t-il.

— C'est exact, répondit Holly. Enfin, presque. Ma famille loue ces terres depuis trois générations maintenant, mais j'ai mis de l'argent de côté afin de les acheter lorsque le bail touchera à sa fin.

Il haussa les sourcils, sceptique.

— J'imagine que cela doit coûter beaucoup d'argent.

— Pas dans une petite ville comme celle-ci. Ces terres appartiennent aux Miller depuis le début du siècle dernier, mais ils ont toujours vécu en ville. Les propriétaires actuels, Georges et Lucy, n'en ont pas vraiment l'utilité, aussi sommes-nous arrivés à un arrangement qui convient à tout le monde.

— Donc, vous aviez raison de me répondre que tout ceci vous appartenait.

— Pas encore, rectifia-t-elle. Le bail était d'une durée de quatre-vingt-dix-neuf ans. C'était le cadeau de Noël de mon arrière-grand-père à mon arrière-grand-mère. Il expire la semaine prochaine.

— Et ensuite ?

— Ensuite, nous conclurons la vente, répondit-elle fièrement.

Il se balança d'un pied sur l'autre, incapable de se réjouir pour elle.

— Mais je manque à tous mes devoirs, ajouta-t-elle. Je bavarde, alors que vous devez avoir envie d'aller vous reposer après un aussi long trajet.

Elle se pencha pour prendre sa valise, mais, d'une main posée sur son bras, il la retint.

— Je suis peut-être votre client, mais cela n'empêche pas la galanterie.

Les joues de Holly s'empourprèrent légèrement.

— Dans ce cas, suivez-moi, je vais vous conduire

à votre chambre, répondit-elle en s'obligeant à ne pas croiser son regard.

Il lui emboîta le pas dans l'escalier tortueux, incapable de résister au plaisir de contempler ses courbes harmonieuses qu'accentuait encore sa taille fine. A chacun de ses pas, ses cheveux châtain clair se balançaient joliment entre ses épaules fines. Il laissa son regard s'attarder sur ses longues jambes fuselées, tandis qu'elle montait sans bruit les marches moquettées de rouge, pour ne pas déranger les autres clients, déjà retirés dans leur chambre.

— Nous voici arrivés, dit-elle en le regardant.

Il remarqua alors la couleur noisette piquetée d'ambre de ses grands yeux qu'ourlait une frange de cils épais.

— Vous aviez vraiment l'intention de monter ces deux étages en portant ma valise ? demanda-t-il en esquissant un sourire en coin.

Elle ne répondit pas, se contentant de replacer négligemment derrière son oreille une mèche de cheveux qui lui chatouillait le visage. Elle lui apparut soudain si pure, si candide, que, l'espace d'un bref instant, il se demanda si le projet qu'il avait en tête était une bonne idée.

Max était promoteur, et ses associés et lui avaient des vues sur Maple Woods, lieu qu'ils avaient jugé idéal pour y implanter le nouveau centre commercial haut de gamme qui figurait sur la liste de leurs projets prioritaires. La densité de population, ainsi que la localisation, entre Boston et New York, constituaient les autres atouts du site. Pour en arriver à cette certitude, il avait sillonné la région à trois reprises au cours des deux derniers mois. Les douze hectares sur lesquels était bâti White Barn Inn avaient fait la différence.

Il était venu à Maple Woods muni des plans d'architecte et des bilans financiers afin de faire au propriétaire une offre qui se voulait imbattable. Il pensait alors devoir traiter avec un couple de retraités qui ne laisserait pas passer l'occasion de vivre confortablement jusqu'à la fin de ses jours.

Indéniablement, il avait fait fausse route.

La propriétaire était cette superbe créature, gaie et enjouée, et il avait le pressentiment qu'elle allait lui donner du fil à retordre. Cependant, rien ne laissait présager que ce M. Miller serait hostile à l'offre que ses associés et lui pourraient lui faire, de même qu'il voyait mal Holly capable de renchérir sur son offre.

Pensif, il laissa sa valise contre un large fauteuil près d'une fenêtre. Il balaya du regard la pièce joliment meublée, songeant que Holly avait investi beaucoup de temps et d'argent dans cette vieille demeure. Cependant, si cet hôtel de charme lui permettait de vivre, il ne la rendrait jamais riche. Elle le savait, ce qui signifiait qu'elle était très attachée à cet endroit et qu'elle se battrait pour le garder.

« A moins que je ne la fasse changer d'avis », se dit-il avec un certain cynisme.

Holly se sentait nerveuse. Troublée par le charme et le regard pénétrant de Max, elle ne savait trop quel sujet aborder. Elle aborda donc le seul qu'elle maîtrisait parfaitement : son hôtel.

— Je suis désolée, mais le service est terminé. Néanmoins, ne vous voyant pas arriver, j'ai demandé au chef de vous préparer un sandwich au poulet. Vous verrez, vous ne serez pas déçu. Il est vraiment délicieux, préparé à base de produits locaux et de pain fabriqué par nos soins. Et si vous aimez les desserts, j'ai fait mettre de côté une part de tarte aux pommes. Si vous voulez prendre le temps de vous installer, je peux vous monter le plateau moi-même. A moins que vous n'ayez envie d'autre chose ? D'un thé ou d'un chocolat chaud, peut-être ? Ou alors, d'un verre de vin ?

Max esquissa un sourire. Ce flot de paroles ininter-rompu semblait l'amuser beaucoup. Evidemment, il ne pouvait pas deviner qu'elle était un peu troublée de se retrouver face à un client ayant peu ou prou le même âge qu'elle, alors que la grande majorité de sa clientèle était composée de couples mariés, venus de grandes villes pour s'offrir une parenthèse romantique.

Seule avec lui dans cette chambre, elle se mit à regarder fixement le grand lit qu'elle avait choisi de placer entre deux fenêtres drapées de lourdes tentures. La couette blanche et duveteuse assortie à deux oreillers en plumes rebondis invitait, au mieux, à la paresse. Elle imagina Max se glisser nu entre les draps et elle, blottie contre lui. La journée avait été longue, mais elle ne le regrettait pas ! Max était une si belle surprise dans sa petite vie bien rangée.

— Très beau lit.

Au son de sa voix grave, elle détourna prestement la tête, le cœur battant. Elle chercha quelque chose à dire, mais y renonça, consciente du sourire ironique qu'il affichait ouvertement.

— En fait, je prendrais volontiers un verre de vin, finit-il par dire, la délivrant de son embarras. M'autorisez-vous à dîner en bas ou dois-je prendre mon repas dans ma chambre ?

Il lui fallut quelques secondes pour se ressaisir. Elle éclata de rire face à Max qui, toujours engoncé dans son manteau, gardait rivé sur elle un regard ironique, comme un enfant qui se moquerait de sa maîtresse d'école.

Elle devait admettre qu'elle l'avait bien cherché !

Certaine qu'une telle opportunité ne se représenterait pas de sitôt, elle décréta que sa journée de travail était terminée et décida de passer sa soirée autrement qu'avec un bon livre. Et quel meilleur moyen de changer ses habitudes que de la passer avec cet étranger au sourire ravageur ?

— Je vous autorise à quitter votre chambre si vous me promettez de bien vous conduire, répondit-elle, consciente d'entrer dans son jeu.

Il lui adressa un sourire carnassier tandis que son regard se faisait enjôleur.

— Et si je me conduis mal ?

L'esprit en ébullition, consciente qu'elle jouait avec le feu, elle chercha un moyen de revenir à un sujet plus neutre.

— Dans ce cas, vous irez vous coucher le ventre vide, rétorqua-t-elle plus sérieusement.

— Je ne me couche *jamais* le ventre vide, déclara-t-il en la défiant du regard.

Il ôta son manteau et alla le poser sur le bras d'un fauteuil, son pull en maille fine révélant un torse et des bras tout en muscles.

— Allons-y, ajouta-t-il en se dirigeant vers la porte, j'ai hâte de goûter à cette merveille que vous m'avez si bien vantée.

Ils descendirent l'escalier l'un derrière l'autre. Elle était trop heureuse d'échapper à son regard pénétrant. Que lui arrivait-il donc ? Elle, la femme d'affaires avisée, fière de sa réussite et qui prêchait le professionnalisme à tout-va, voilà qu'elle se mettait à flirter avec l'un de ses clients ! Elle en eut presque honte.

Elle inspira profondément, bien décidée à ne plus céder à l'attirance que cet homme exerçait sur elle. Pourtant, alors qu'elle venait de poser le pied sur la dernière marche et qu'elle se tournait vers lui, elle sentit son cœur s'emballer de nouveau.

— Je vais dans la cuisine, annonça-t-elle avec raideur. Si vous voulez bien aller vous installer dans le salon, près du feu, je n'en ai pas pour longtemps.

Elle tourna les talons et traversa le vestibule. Le salon serait déserté, elle le savait. Parfois, un des hôtes s'attardait pour lire un magazine ou siroter un verre de vin, mais pas ce soir. Ce soir, elle allait se retrouver en tête à tête avec le beau Max.

« Holly et Max », se prit-elle à rêver. Cela sonnait plutôt bien.

Elle chassa aussitôt cette idée de son esprit. Max était un client qui avait payé pour son hébergement, pas pour un rendez-vous galant.

— Je préfère venir vous donner un coup de main, si cela ne vous dérange pas, déclara Max en la rejoignant. Je suis resté assis pendant des heures et je suis ravi de pouvoir me dégourdir les jambes.

Un frisson d'excitation la parcourut, tandis qu'ils franchissaient le seuil de la cuisine. Il n'allait pas la lâcher aussi facilement, mais ce n'était pas pour lui déplaire.

— Quelle est donc la raison qui vous amène à Maple Woods ? s'enquit-elle en le regardant par-dessus son épaule.

Sa carrure imposante se détachait de façon singulière dans l'embrasure de la porte et révélait une virilité à laquelle elle n'était pas insensible. Par ailleurs, c'était la première fois qu'elle se retrouvait dans cette pièce avec un autre homme que Stephen, qui était pour elle comme le frère qu'elle n'avait jamais eu.

— Oh… les affaires, répondit-il vaguement.

Les affaires ? A Maple Woods, un 19 décembre ? Son visage se rembrunit. Personne ne venait dans ce coin reculé pour affaires, qui plus est la semaine précédant Noël. Il devait s'agir d'affaires personnelles, supposa-t-elle. Max devait avoir quelqu'un à voir en ville pendant les vacances.

Elle prit dans le réfrigérateur le sandwich que Stephen avait préparé et plaça l'assiette sur un plateau. Puis elle alla couper une large part dans le reste de tarte.

— Pensez-vous que ce sera suffisant ? demanda-t-elle par-dessus son épaule.

— Largement, répondit Max en se rapprochant d'elle. Que puis-je faire pour vous aider ?

Un peu nerveuse, elle haussa les épaules.

— Rien, merci.

— Il n'est pas question que je reste là à vous regarder faire, répliqua-t-il fermement. Je vous ai empêchée d'aller vous coucher, le moins que je puisse faire est de vous donner un coup de main. Dites-moi où se trouve le vin.

Elle apprécia l'assurance dont il faisait preuve, de même que sa capacité à prendre les choses en main. Jusque-là, elle n'avait laissé à aucun de ses clients le privilège de franchir cette porte. Mais il avait raison. Il était tard, et personne n'en saurait rien. Sans compter que la situation l'amusait assez.

— Le casier à bouteilles se trouve dans le cellier, derrière cette porte. Quant aux verres, ils sont dans le placard au-dessus de l'évier.

Dans le cellier, Max examina avec attention chaque étiquette. Après une courte délibération, il saisit une bouteille puis alla chercher deux verres.

— Vous voudrez bien vous joindre à moi ? lui demanda-t-il.

Elle hésita quelques secondes. Max était son client. Un client certes très beau, mais qui la payait pour séjourner chez elle. Elle ferait mieux de trouver n'importe quelle excuse pour se retirer. Mais comment résister à son sourire engageant ?

En lui rendant son sourire, elle s'empara du plateau.

— Pourquoi pas ?

Max mordit dans son sandwich. Holly n'avait pas menti, se dit-il. Le sandwich était parfait, comme tout ce qui se trouvait ici, semblait-il.

— Dites-m'en un peu plus sur cet hôtel, demanda-t-il. Comment en êtes-vous arrivée à le diriger ?

— En fait, c'était la maison de ma grand-mère, répondit Holly tout en piquant un bout de tarte du bout de sa fourchette. J'en ai hérité à sa mort, il y a cinq ans. Mais elle était beaucoup trop grande pour moi, et n'étant pas propriétaire des terres sur lesquelles elle se trouve, je ne pouvais pas la vendre. A cette époque, je m'occupais de l'événementiel dans un hôtel de Boston, et j'ai tout de suite pensé que je pourrais la transformer en hôtel.

Max opina, mémorisant cette information. Avec un peu de chance, elle souhaiterait un jour ou l'autre renouer avec la vie urbaine, plus adaptée à une jeune femme comme elle. Qu'est-ce qu'une petite bourgade comme Maple Woods pourrait bien lui apporter à long terme ? Elle ne semblait pas avoir d'autres revenus que ceux que lui rapportait White Barn Inn. Seules deux raisons pouvaient expliquer qu'elle s'accrochait à cette maison : soit elle n'avait pas le choix, soit elle adorait son métier.

Il l'écouta parler, remarquant la façon dont ses lèvres pleines et sensuelles esquissaient un sourire fier alors qu'elle énumérait toutes les rénovations apportées à son héritage pour obtenir le label de maison d'hôtes. Elle parlait avec les mains, passionnée, enthousiaste, et malgré la boule de culpabilité qui lui nouait le ventre, il ne put réprimer un sourire face à tant d'enthousiasme.

Assis face à elle, il pouvait la détailler à loisir. Dieu qu'elle était jolie ! Elle était extrêmement attirante. Ses grands yeux pétillaient de vie alors qu'elle lui exposait dans les moindres détails les nombreuses transformations qu'elle avait fait subir à ce qui n'avait été qu'une vieille bicoque.

— Je dois vous ennuyer avec toutes mes histoires, finit-elle par dire dans un sourire d'excuse.

— Pas du tout. C'est si rare de nos jours de voir quelqu'un d'aussi impliqué et passionné que vous.

Elle rougit sous le compliment et remua sur son siège. Il était temps de prendre congé.

Il se leva, et elle l'imita, commençant à rassembler les couverts sur le plateau.

— Laissez-moi faire, lui intima-t-il d'une voix douce.

Elle repoussa sa main qu'il tendait déjà vers la table basse.

— Ne vous inquiétez pas pour ça. Je passe devant la cuisine pour gagner ma chambre.

Sa chambre ? La réalité le rattrapa dans toute sa brutalité. Il n'y avait jamais pensé, mais bien sûr, elle habitait ici. Cette maison n'était pas que son lieu de travail ; c'était également son lieu de vie.

Avant de faire quelque chose qu'il ne manquerait pas de regretter, il prit sa main dans la sienne et la pressa légèrement.

— Bonne nuit, Holly.

— Bonne nuit, Max.

A regret, il relâcha ses doigts longs et fins. Puis il quitta la pièce, traversa l'entrée et grimpa les marches quatre à quatre, sans se risquer à se retourner une seule fois.

En bas, une jolie jeune femme terminait de ranger.

Elle devait être impatiente d'aller se reposer avant d'attaquer une autre journée d'un métier difficile mais qu'elle semblait adorer.

Elle était loin d'imaginer qu'à compter du 25 décembre, il serait le seul propriétaire des lieux, et que la semaine suivante, White Barn Inn n'existerait plus que dans ses souvenirs.

2

Le lendemain matin, dès 8 heures, la salle à manger bourdonnait de discussions animées. Rien de tel qu'une bonne tempête de neige pour exciter les esprits les plus calmes.

Holly tira nerveusement sur son pull en cachemire et parcourut encore une fois la salle du regard. C'était stupide, elle en convenait ; néanmoins, elle était nerveuse à l'idée de voir Max franchir le seuil de la pièce. Il allait arriver d'une minute à l'autre, et cette seule idée la troublait considérablement. Jamais encore elle n'avait mis autant de temps à décider de sa tenue ni ne s'était présentée dès le matin aussi maquillée.

« Tu es ridicule, ma pauvre fille », se sermonna-t-elle, sans toutefois pouvoir s'empêcher de penser à Max, à son sourire irrésistible, à son regard magnétique.

— Miss Tate…

Elle tourna la tête vers l'occupante de la chambre bleue.

— Que puis-je faire pour vous, madame Adler ? s'enquit-elle, souriante.

— Savez-vous comment va évoluer cette tempête de neige, très chère ?

Evelyn Adler était l'une de ses clientes préférées. Son mari et elle venaient deux fois par an, en hiver et en été, et Evelyn demandait toujours la chambre bleue, sous le prétexte que cette couleur accentuait le bleu de ses yeux.

Bien que quelque peu excentrique, elle était appréciée des autres membres du personnel. Dans l'esprit de Holly, ce couple était indissociable de cette période de fêtes.

— D'après les informations régionales, il devrait tomber soixante centimètres cette nuit, l'informa-t-elle.

— Seigneur...

Une ride soucieuse se creusa sur le front d'Evelyn tandis qu'elle regardait par la fenêtre, comme pour trouver une confirmation aux propos de Holly. La neige tombait en flocons épais sur la couche déjà importante qui s'était accumulée durant la nuit.

Holly ressentit une pointe d'inquiétude à l'idée des conséquences néfastes que ces mauvaises conditions climatiques pourraient avoir sur sa clientèle. Elle fit de son mieux pour dissimuler son anxiété et se força à afficher un sourire confiant.

— J'espère que cela ne va pas vous empêcher de profiter des animations prévues pour la journée. Au programme : patinage sur le lac gelé, feu de camp avec guimauve grillée, sans oublier votre activité préférée : la balade en traîneau.

— Cette idée de balade en traîneau me plaît beaucoup, déclara Evelyn Adler qui avait retrouvé son sourire.

— Parfait. Rendez-vous dans l'entrée à 9 heures, et surtout, couvrez-vous bien.

Mais Evelyn Adler ne l'entendait plus. Elle avait les yeux rivés sur un point qui semblait la captiver au plus haut point.

— Ma chère, dit-elle en serrant ses doigts grêles autour du poignet de Holly, qui est cet homme ?

Holly se retourna et aperçut Max qui, enfin descendu de sa chambre, se servait au buffet. Son cœur se mit à battre la chamade.

— C'est l'un de nos clients, répondit-elle d'un ton qu'elle voulait désinvolte.

— Je ne l'ai jamais remarqué avant, murmura Evelyn Adler qui paraissait envoûtée par cette apparition.

— C'est parce qu'il est arrivé tard hier soir.

Une lueur de curiosité passa dans le regard de la vieille dame.

— Il est venu seul ?

Comprenant son allusion, Holly eut un petit gloussement en même temps qu'elle faisait un signe de la main à Max.

— N'allez pas vous faire des idées, madame Adler, dit-elle tout en souriant à son hôte.

Evelyn Adler écarquilla les yeux, feignant l'innocence.

— Je dis juste que s'il est seul… et que vous aussi… eh bien, l'équation n'est pas difficile à résoudre.

Holly éclata de rire, attirant de nouveau sur elles l'attention de Max. Elle baissa la voix pour clore cette conversation embarrassante.

— Bon appétit, madame Adler. Et rappelez-vous : 9 heures dans l'entrée pour la balade en traîneau.

La vieille dame s'éloigna à contrecœur sans pouvoir dissimuler sa déception. Incapable de résister, elle continua à lancer des coups d'œil furtifs en direction de Max chaque fois qu'elle allait se servir, sous le regard impatient de son mari qui, par-dessus ses lunettes de lecture, avait deviné les plans qu'elle échafaudait déjà.

De nouveau seule, Holly fit mine d'ignorer les gesticulations peu discrètes qu'Evelyn Adler accompagnait de mouvements de tête non moins éloquents en direction de Max. Ce n'est que lorsque son mari leva sur elle un regard excédé qu'elle daigna enfin s'intéresser à ce qu'elle avait dans son assiette plutôt qu'à ce qui se passait dans la salle.

Holly inspira profondément pour se donner le courage d'aller saluer Max de vive voix. Il n'y avait pas là de quoi être intimidée. Max était un client comme les autres, et elle se devait de le traiter en tant que tel. Il n'était pas différent de… de… d'Evelyn Adler elle-même !

— Bonjour, dit-elle d'une voix plus douce que d'habitude tandis qu'elle s'approchait de lui en souriant.

— Bonjour, répondit-il.

Sa voix, grave et chaude, se voulait proche, comme si Max cherchait à lui faire comprendre qu'ils partageaient un secret.

— Magnifique buffet, la complimenta-t-il.

Elle haussa les épaules avec une désinvolture un peu feinte.

— Oh ! c'est normal. Il faut bien faire plaisir aux clients.

Le buffet disposé sur la grande table de ferme mettait l'eau à la bouche. Des paniers de viennoiseries aux œufs brouillés en passant par les confitures maison et le café dégageant un délicieux arôme, rien ne manquait.

— Vous avez un chef d'exception, commenta Max tandis qu'il ajoutait un scone à son assiette déjà bien pleine.

— En fait, c'est moi qui prépare les petits déjeuners, lâcha-t-elle d'un trait.

Consciente du regard pénétrant de Max sur elle, elle sentit ses joues s'empourprer.

— C'est vous qui avez fait tout ça ? demanda-t-il d'un ton à la fois incrédule et admiratif.

— Je suis une lève-tôt, répondit-elle comme si cela suffisait à expliquer ses talents culinaires. De plus, j'adore cuisiner, et c'est le seul moment de la journée où je peux me livrer à cette passion, car ensuite, c'est Stephen qui prend le relais.

Une lueur d'intérêt s'alluma dans le regard de Max, tandis qu'il regardait avec plus d'attention le buffet.

— J'avoue que je suis impressionné.

Ce compliment la toucha d'autant plus qu'il venait d'un célibataire. Pour elle, cuisiner était une évidence.

— Où voulez-vous vous installer ? demanda-t-elle tout en vérifiant du regard s'il restait une table libre près de la fenêtre.

Elle vit alors Evelyn Adler lui adresser un petit sourire satisfait.

— Cette table devrait vous convenir, reprit-elle en prenant soin de lui indiquer celle qui était la plus éloignée d'Evelyn.

Max s'y installa tandis qu'elle remplissait sa tasse d'un café fumant et odorant.

— Si cela vous intéresse, sachez que des activités sont prévues, aujourd'hui.

Il leva les yeux sur elle et demanda d'un ton lourd de sous-entendus :

— Quel genre d'activités ?

De nouveau, l'allusion la fit rougir. Max jouait avec elle, voulait tester ses réactions, comme le font les garçons à l'école élémentaire. Et ce n'était pas pour lui déplaire, elle devait bien l'admettre.

— Vous trouverez tous les détails sur le tableau d'affichage qui se trouve dans l'entrée, précisa-t-elle avant d'ajouter, réticente à le quitter déjà : peut-être à plus tard.

— Pourquoi pas ? répondit-il avec un sourire en coin.

A quoi diable jouait-il donc ? Max piqua un morceau d'omelette du bout de sa fourchette et le mâcha, songeur. « Peut-être à plus tard. » « Pourquoi pas ? » Compte tenu des circonstances, qu'est-ce qui lui prenait de flirter avec Holly comme il le faisait ?

Perdu dans ses pensées, il goûta un morceau de scone et soupira d'aise. C'était tout simplement délicieux. Comme il aurait voulu détester cet endroit ! Mais comment aurait-il pu ? Du linge de lit fin et douillet au choix des savonnettes délicatement parfumées en passant par les repas gastronomiques et la ravissante propriétaire des lieux, tout, absolument tout à White Barn Inn était parfait !

Il prit une nouvelle bouchée de scone qu'il avala avec une gorgée de café. Son regard croisa celui d'une femme entre deux âges qui lui souriait. Ne sachant trop comment réagir, il esquissa un petit sourire en retour. Etonné, il la vit alors lui adresser un clin d'œil complice et lui faire un signe discret du bout des doigts.

Bien qu'amusé, il se garda bien de rentrer dans ce jeu. Il détourna légèrement la tête pour s'intéresser aux autres personnes qui se trouvaient dans la salle. Contre toute attente, il se surprit à apprécier les chants de Noël que diffusait la chaîne stéréo.

Que lui arrivait-il ? D'habitude, il haïssait les fêtes et tout ce qui s'y rapportait. Lui qui ne supportait ni les guirlandes lumineuses ni l'odeur des sapins, voilà qu'il se sentait presque heureux.

Décidément, quelque chose ne tournait pas rond ici !

Se retrouver en dehors de son élément l'empêchait de réfléchir de façon claire. C'était aussi simple que cela. Sans compter qu'il n'avait pas pris de vacances depuis trop longtemps. Eprouvé par une trop grande fatigue, il se laissait porter par cette ambiance chaleureuse et conviviale. Mais il avait une mission à remplir, et l'heure n'était pas à la bagatelle. Aussi, plus tôt il repartirait de cet endroit pour renouer avec sa vie de citadin new-yorkais, mieux ce serait. Ne cherchait-il pas plutôt à s'en convaincre ? se demanda-t-il. Il n'était pas dupe.

S'efforçant de chasser ses pensées, il parcourut d'un œil distrait la rubrique fait divers du quotidien local. Celui-ci était bien différent des journaux qu'il avait l'habitude de lire, la polémique la plus importante portant sur la reconstruction de la bibliothèque, partiellement endommagée lors d'un incendie qui s'était déclaré quelques mois plus tôt. Pourtant, son pouls s'accéléra lorsqu'il comprit l'avantage qu'il pourrait tirer d'une telle information.

Il tenait là l'argument de poids dont il avait besoin pour faire pencher la balance en sa faveur.

Son petit déjeuner terminé, il plia le journal qu'il coinça sous son bras et remonta dans sa chambre. Il était encore tôt, mais il n'était pas homme à rester sans rien faire. Il allait se rendre au village pour s'imprégner un peu de l'ambiance. Ensuite, il se rendrait chez le maire pour lui présenter son projet.

Soudain, il se prit à douter. Même fort de cette nouvelle information, la partie était loin d'être gagnée. Holly était une facette du problème, mais pas la seule. Et s'il n'arrivait pas à convaincre les différentes parties, il pourrait tirer un trait définitif sur son projet. Le travail d'une année serait réduit à néant. Il devrait repartir de zéro, couvrir de nouveau des centaines de kilomètres entre le Connecticut et le Massachusetts pour en arriver à la conclusion qu'il connaissait déjà : les terres sur lesquelles était situé le White Barn Inn ne représentaient pas seulement l'endroit idéal pour son futur centre commercial, c'était *le seul* envisageable. Ce serait Maple Woods ou rien, et rien ne lui convenait pas.

Déterminé, il troqua son jean contre un costume cravate puis, dossier en main, s'engagea dans l'escalier.

Lorsqu'il ouvrit la porte d'entrée, l'air glacial lui mordit le visage. Il remonta le col de son pardessus. Il allait devoir acheter un manteau adapté à ce climat polaire, ainsi qu'une écharpe et une paire de gants s'il ne voulait pas attraper la mort.

— L'allée n'a pas encore été déblayée, l'informa Holly qui se tenait derrière lui, frissonnante de froid.

Il parut contrarié.

— Ah !

— Hank vient juste de s'y mettre, expliqua-t-elle. Il n'a pas pu arriver plus tôt.

Il referma la porte, agacé.

— Combien de temps lui faudra-t-il ? s'enquit-il avec une pointe d'impatience.

— Vous êtes si pressé de sortir ?

— Excusez-moi, je n'aurais pas dû vous parler sur ce ton, mais j'ai une affaire importante à traiter en ville.

Elle le fixa d'un air circonspect.

— Ne vous inquiétez pas. Hank n'en a pas pour longtemps. Mais vous savez, je doute que vous trouviez grand monde en ville à cette heure matinale et par un temps pareil. Nous ne sommes pas à New York.

Il consulta sa montre. Elle avait raison, il avait bien le temps.

— En attendant, si vous voulez aller vous asseoir près du feu, dans le salon, je pourrais vous apporter une tasse de chocolat chaud.

Il accepta volontiers. Ce n'était pas bien difficile avec cette délicieuse odeur de cannelle qui flottait dans l'air et la douce chaleur qui se dégageait de la maison tout entière.

— Pourrais-je avoir un café, plutôt ? demanda-t-il en lui souriant.

— Avec de la crème ?

— Et du sucre. Merci.

Elle lui rendit son sourire en lui tapotant le bras d'une façon qui se voulait rassurante. Comme un enfant docile, il retira son manteau et alla s'asseoir dans l'un des fauteuils club face à la cheminée. Il sélectionna les pages financières de son dossier et entreprit de les étudier encore une fois.

— Vous ne mentiez donc pas en disant que vous étiez ici pour affaires, déclara Holly quelques minutes plus tard tandis qu'elle plaçait devant lui, sur la table basse, une tasse de café fumant.

— Ce n'est pas bien, je sais, rétorqua-t-il en refermant vivement son dossier. Mais j'ai trop de travail en attente à New York. Et puis, je ne suis pas du genre à ne rien faire.

— On ne vous a donc jamais appris à vous détendre ?

Il leva la main dans un geste de reddition.

— Je plaide coupable, déclara-t-il en souriant.

Elle le fixa.

— Nous sommes à cinq jours de Noël. J'aurais pensé que les affaires tourneraient au ralenti.

— Il n'y a pas de période idéale pour traiter des affaires. En tout cas, c'est ainsi que je vois les choses.

Il versa une goutte de crème dans son café, puis, du menton, il pointa l'entrée où les clients s'étaient rassemblés.

— J'imagine que c'est la même chose pour vous.

— C'est vrai, mais moi, je ne peux pas faire autrement.

Il soupira profondément et se passa la main sur la nuque. Ce genre de discours était bien la preuve, s'il en fallait, que les choses seraient beaucoup plus difficiles que prévues.

Il la regarda se mêler aux clients de l'hôtel avec une aisance déconcertante. Elle était aussi attirante que la veille avec ses cheveux lâchés et son chandail qui semblait si doux qu'il donnait envie de le caresser. Une femme aussi belle que Holly, avec autant de qualités, devait avoir pléthore de prétendants. La veille, si elle avait volontiers parlé de sa vie professionnelle, elle n'avait, en revanche, fait aucune mention de sa vie privée. Il allait essayer de savoir si elle avait un homme dans sa vie.

Elle était exactement le genre de femme avec qui il aurait pu envisager de se marier. Mais voilà, ce n'était pas à l'ordre du jour. Pour lui, le mariage était nécessairement voué à l'échec. Même si, parfois, il se surprenait à fantasmer, il parvenait toujours à la même conclusion : le mariage n'était pas fait pour lui. Certains souvenirs étaient encore trop douloureux, et les faits parlaient d'eux-mêmes.

Holly ne serait donc jamais sa femme, mais il était curieux de mieux la connaître. Et qui sait si elle ne finirait pas par renoncer à White Barn Inn pour retourner vivre en ville ?

— Zut !

Heureusement, encore une fois, elle était arrivée à temps pour limiter les dégâts !

Saisissant une manique, Holly poussa du brûleur l'énorme casserole en acier inoxydable qui contenait le chocolat chaud destiné à ses hôtes. A l'aide d'une louche, elle commença ensuite à remplir du liquide bouillant la douzaine de Thermos roses alignés sur le comptoir. L'arôme du chocolat noir fraîchement fondu qui se mêlait à celle de la crème épaisse était un vrai régal pour les sens.

En dépit d'années de pratique, elle continuait à se laisser distraire par ses hôtes, allant jusqu'à oublier ce qu'elle avait sur le feu. Aujourd'hui, cet hôte n'était autre que Max Hamilton.

Elle prit un bocal rempli de guimauve sur une étagère et risqua un coup d'œil au-dehors. La neige tombait toujours de façon régulière, ce qui n'était pas fait pour la rassurer. Elle avait entendu plusieurs de ses clients s'inquiéter de la tempête imminente et des mauvaises conditions routières. Deux autres, attendus en fin de matinée, avaient annulé leur réservation. Avec toute l'énergie qu'elle avait déployée pour préparer au mieux cette période de fêtes, elle regretterait amèrement de ne pouvoir récolter le fruit de ses efforts.

Sans compter que la perspective de passer Noël seule dans sa maison l'oppressait. Elle ne le supporterait pas.

— Bonjour, bonjour !

Abby déboula dans la pièce, les joues rouges et l'œil brillant.

— Bonjour, Abby, répondit Holly que la bonne humeur de son amie ragaillardit instantanément.

Si tout le monde désertait le navire, elle aurait toutefois la possibilité de passer ces fêtes chez Abby et son mari, Peter. Pourtant, et même si cette perspective la réconfortait, elle commençait à se lasser d'être seule, de voir filer les années à toute allure et d'en être toujours au même point. Tout ce qu'elle voulait, c'était fonder une famille. Etait-ce trop demander ?

Se noyer dans le travail était la meilleure façon qu'elle avait trouvée pour ne pas se laisser submerger par d'hypothétiques regrets. Mais, même si elle l'aimait, cette période de l'année ravivait invariablement des souvenirs douloureux.

— Holly ?

Holly prit le temps de placer un marshmallow dans chaque Thermos avant de reporter son attention sur son amie qui l'observait, penchée en avant, les deux coudes appuyés sur le comptoir.

— Oui ?

— Qui est ce type ?

Elle avait prononcé ce dernier mot les yeux brillant d'une curiosité mal contenue.

— C'est notre invité VIP.

— Chambre verte ?

— Oui.

Holly soupira. Toutes, sans exception, tombaient sous le charme irrésistible de Max.

— Que sais-tu de lui ? demanda Abby en vissant le couvercle des Thermos.

— Merci. En fait, pas grand-chose, même si nous avons pas mal discuté hier soir. Il est très sympa.

— Holly !

Abby esquissa un petit pas de danse avant de reprendre :

— Combien de temps pensais-tu me cacher une chose pareille ?

— Te cacher quoi ? répliqua Holly tout en se maudissant de n'avoir pas su se taire. C'est un client comme un autre qui doit repartir demain. Il est sympa, c'est tout.

— Non, ce n'est pas tout ! insista Abby. Et d'ailleurs, on ne dit pas d'un homme pareil qu'il est « sympa ».

— Ah oui ? Et quel terme devrais-je employer, selon toi ?

— Canon, élégant, irrésistible... et j'en passe.

Holly étouffa un petit rire et secoua la tête.

— Allez, viens, dit-elle en prenant le panier en osier dans lequel Abby avait placé les Thermos. Je te rappelle que certains de nos hôtes sont impatients d'aller faire un tour en traîneau et que je ne peux pas les laisser partir avec du chocolat froid.

Abby sur les talons, elle poussa la porte battante de la

cuisine, traversa la salle à manger, et gagna l'entrée où ses hôtes l'attendaient, chaudement emmitouflés dans leurs tenues de ski. Evelyn Adler, pour sa part, s'était enveloppée d'un épais manteau de lainage garni d'un col en fourrure assorti à sa toque.

Holly déposa son panier sur une console voisine, puis chercha du regard le palefrenier en charge du petit groupe. Elle finit par le voir qui s'affairait à équiper son attelage.

— Vous nous accompagnez ? s'enquit Evelyn venue près d'elle.

— J'adorerais, mais j'ai trop à faire.

Evelyn fit un geste en direction de Max.

— Même s'il décidait de venir ?

Holly sentit ses joues s'empourprer, mais répondit d'un ton qu'elle espérait impassible :

— Je ne pense pas que ce soit dans ses projets, mais même si…

Mais Evelyn ne lui laissa pas l'occasion de terminer sa phrase. Lorsqu'elle avait une idée en tête, il était difficile de la faire changer d'avis. Elle alla se percher sur un tabouret proche du fauteuil où se trouvait toujours Max. Elle ôta sa toque et tapota délicatement du bout des doigts ses cheveux gris retenus en un chignon impeccable, placé bas sur la nuque.

Le regard de Holly glissa sur M. Adler qui, à deux pas, observait le manège de sa femme d'un air consterné. Redoutant le pire, elle s'approcha du siège de Max et écouta Evelyn engager la conversation.

— Je ne crois pas que nous ayons été présentés, minauda cette dernière en tendant à Max ses doigts fins et noueux. Je suis Evelyn Adler, et voici mon mari, Nelson.

— Max Hamilton. Enchanté, madame Adler. Monsieur Adler, ajouta Max en se tournant vers le vieil homme.

— Je vous en prie, appelez-moi Evelyn, dit Evelyn, la bouche en cœur.

Holly la regardait faire, médusée. Depuis qu'elle la connaissait, elle ne l'avait jamais vue faire preuve d'une si grande amabilité.

— Evelyn, répéta Max qui ne pouvait cacher son amusement.

— Est-ce la première fois que vous venez à White Barn Inn ? s'enquit Evelyn.

— Oui.

Holly se sentit fondre de tendresse devant les trésors de patience que déployait Max. Néanmoins, elle se méfiait d'Evelyn qui, au fil de ses séjours, semblait prendre de plus en plus de libertés et ne se cachait même plus pour interférer dans sa vie privée.

— Madame Adl…, commença-t-elle.

Evelyn l'interrompit d'un geste de la main tout en lui adressant un regard distrait. Agacée, Holly s'appliqua à ranger une pile de magazines pourtant bien en ordre et tendit l'oreille pour ne pas perdre une miette des propos d'Evelyn.

— Ainsi, vous êtes venu seul. J'imagine qu'un bel homme comme vous doit avoir une fiancée qui l'attend quelque part.

Holly attendit la réponse, le cœur battant.

— Pas vraiment, l'entendit-elle rétorquer.

— Quel dommage ! dit Evelyn d'un ton faussement plaintif tout en lançant à Holly un regard entendu.

Holly fit mine d'ignorer son petit jeu. Max était-il aveugle au point de ne pas se rendre compte qu'il était tombé dans les mains d'une redoutable manipulatrice ? Elle en doutait fort.

Cherchant désespérément un prétexte pour tirer Max des griffes d'Evelyn, elle fut soulagée d'entendre les traîneaux arriver dans l'allée.

— Les traîneaux sont là ! annonça-t-elle.

Mais l'intérêt d'Evelyn pour Max ne faiblit pas pour autant.

— Que diriez-vous de vous joindre à notre groupe ? lui suggéra-t-elle. Mon mari et moi ne ratons jamais cette sortie. C'est si… romantique.

Cette fois, elle allait trop loin ! Tâter le terrain était une chose, mais pousser le bouchon comme elle le faisait en était une autre que Holly ne saurait tolérer.

— Max, intervint-elle, Hank a presque fini de déblayer l'allée, et comme je sais que vous êtes pressé d'aller en ville…

— Voyons, mademoiselle Tate, la reprit Evelyn d'une voix sirupeuse, M. Hamilton a peut-être envie de faire d'abord cette balade en traîneau.

— Mademoiselle Tate ? répéta Max dans un sourire complice.

— Bien sûr, répondit Evelyn à la place de Holly. Pourquoi ? Comment l'appelez-vous ?

— Holly.

— Ah, je vois, dit-elle.

Holly leva les yeux au ciel, exaspérée. Si elle n'avait pas tant d'affection pour Evelyn, elle l'aurait volontiers étranglée !

— Malheureusement, je ne vais pas pouvoir me joindre à vous, Evelyn, dit Max.

Il reposa sa tasse vide sur la table avant de préciser :

— J'ai un rendez-vous en ville que je ne peux me permettre de rater.

Evelyn se ratatina dans son manteau, lèvres pincées, dépitée.

— Dommage, murmura-t-elle.

— Allons, viens maintenant, lui enjoignit son mari.

D'un geste tendre, il replaça la toque en fourrure sur la tête de son épouse et la guida vers l'entrée, une main dans son dos.

— Je suis désolée, dit Holly après s'être assurée que le couple ne pouvait pas l'entendre.

— Il n'y a pas de mal. Ils sont touchants tous les deux.

— C'est vrai. Par certains côtés, Evelyn me rappelle ma grand-mère.

L'espace d'un bref instant, un voile nostalgique passa dans son regard.

— Vous êtes certain que vous ne voulez pas faire cette balade ? demanda-t-elle.

— Non, vraiment. A l'heure qu'il est, je devrais même déjà être en ville.

Elle opina, s'efforçant de cacher sa déception.

Lorsqu'il se leva pour boutonner son manteau, elle réalisa qu'il n'avait pas vraiment la tenue appropriée pour affronter le froid polaire qui régnait au-dehors.

— Main Street se trouve bien à quelques kilomètres à l'ouest, n'est-ce pas ?

— Exact.

Elle regarda sa cravate et son manteau élégant. Que venait faire Max ici ? se demanda-t-elle une nouvelle fois, intriguée. Car, à l'exception d'une banque, d'un avocat, d'un médecin et de quelques boutiques sans grand intérêt pour un homme tel que lui, elle ne voyait vraiment pas quelles sortes d'affaires il pouvait bien vouloir traiter dans cette artère de la ville. A moins qu'il soit intéressé par la réfection de la bibliothèque. Peut-être, décida-t-elle.

— Le déjeuner est servi à midi ?

— Oui, confirma-t-elle avec l'impression qu'il rechignait à partir.

Cela ne la dérangeait pas, bien au contraire. Max n'avait pas encore quitté les lieux que, déjà, il lui manquait. Si elle n'y prenait garde, elle pourrait bien s'habituer à le voir déambuler dans les couloirs de cette vieille demeure.

— Alors, je serai de retour à midi, dit-il sans la quitter des yeux.

— Soyez prudent. Les routes sont glissantes.

— A plus tard, *mademoiselle Tate*, déclara-t-il avec un sourire ironique.

3

Si la rue qui longeait White Barn Inn avait été dégagée, il n'en allait pas de même pour la route principale qui menait au village. Entre les essuie-glaces qui peinaient à balayer la neige qui s'accumulait sur le pare-brise et les congères qui s'étaient formées durant la nuit, Max dut faire preuve de la plus grande vigilance. Une raison supplémentaire, se dit-il, de préférer la vie en ville.

Il avait un peu trop tendance à l'oublier depuis qu'il avait franchi la porte de cet hôtel, et il entendait bien se ressaisir.

Lorsqu'il s'engagea enfin sur Main Street, il eut l'impression de pénétrer tout droit dans le monde de l'illustrateur Norman Rockwell. Guirlandes, nœuds en velours pourpres, couronnes de houx, toitures disparaissant sous une épaisse couche de neige, rien ne manquait à ce tableau idyllique. Mais lui continuerait à faire de la résistance et à ne pas se laisser prendre au piège, il s'en fit la promesse.

Il gara son véhicule à l'adresse qu'il avait notée, puis sortit chercher un ticket de parcmètre. Il paya le maximum. On ne savait jamais. Il espérait convaincre rapidement le maire, mais s'il fallait y passer la journée, il n'hésiterait pas. Il n'avait aucune intention de quitter Maple Woods sans être parvenu à ses fins.

Comme partout, le pays était en crise et le commerce

s'en ressentait. Aujourd'hui, les gens préféraient faire leurs achats en ligne, depuis chez eux, à n'importe quelle heure du jour ou de la nuit, ravis de recevoir leur colis chez eux, comme un cadeau qu'ils se faisaient, quarante-huit heures plus tard. La compétition était rude, mais il n'avait pas le choix. Trop d'hommes, de temps et d'énergie avaient déjà été investis dans ce projet. De grandes enseignes déjà présentes dans son portefeuille d'actions n'hésiteraient pas à se retirer de ses centres commerciaux déficitaires et n'investiraient certainement pas dans un projet futur qu'ils jugeraient par trop aléatoire.

Hamilton Properties avaient vu trois de leurs concurrents déposer le bilan. Le quatrième, en revanche, dont l'activité était toujours florissante, leur avait fait plus d'une fois une offre de rachat. Mais Max n'était pas prêt à lâcher son affaire. Il ne céderait pas sans s'être battu jusqu'au bout. Cette entreprise, c'est lui qui l'avait créée à l'âge de vingt-deux ans, seul, en partant de rien. Au fil des années, elle avait connu des hauts et des bas, et si elle n'était pas au mieux depuis quelque temps, il n'était pas disposé à jeter l'éponge. Pas encore.

— Max Hamilton, pour M. Pearson, dit-il d'un ton assuré à la femme qui officiait au bureau d'accueil.

— Asseyez-vous, répondit celle-ci. M. Pearson est en communication, mais il ne devrait pas en avoir pour longtemps.

Elle lui sourit tout en détaillant avec une curiosité non dissimulée sa chemise et sa cravate de marque, manifestement trop habillés pour l'endroit.

— Vous n'êtes pas d'ici. Je me trompe ?

— C'est si évident ?

— C'est parce que les habitants de Maple Woods ne s'habillent pas vraiment comme ça. Surtout en semaine.

Ceci dit, ajouta-t-elle en fine connaisseuse, vous portez très bien le costume. J'ai toujours aimé les hommes en costume.

Max opina distraitement, préférant s'intéresser au sapin miniature qui trônait sur son bureau. Elle avait accroché de minuscules décorations à ses branches en plastique. Un bonhomme de neige en relief agrémentait son pull en laine, une radio placée sur un angle de son bureau diffusait en sourdine des chants de Noël, et des décalcomanies étaient collées sur chacun des tiroirs de son meuble de rangement.

« Visiblement, Holly n'est pas la seule à aimer Noël », songea-t-il, amusé.

Il se passa une main dans les cheveux et s'éloigna de quelques pas du bureau. Il était temps qu'il rentre à New York.

Il alla s'asseoir sur l'un des sièges en cuir alignés le long du mur et prit un magazine sur une table basse. Il le feuilleta distraitement, levant de temps en temps les yeux sur la secrétaire qui, tout en fredonnant, croquait dans un biscuit d'une main et de l'autre maniait la souris de son ordinateur.

— Oh ! je suis désolée ! dit-elle lorsqu'elle sentit le regard de Max sur elle. Vous en voulez un ?

Max déclina l'offre avec un sourire.

— Non, merci.

— Vous êtes sûr ? Ils sont délicieux ! Vous pouvez me croire, c'est moi qui les ai faits.

— C'est gentil, mais non, merci.

Il reporta son attention sur son magazine, avec le sentiment désagréable de ne pas être à sa place. Il n'aurait jamais dû mettre ce costume. Il allait contrarier le maire qui ne verrait en lui qu'un opportuniste conquérant, capable du pire pour sa commune.

Il regarda de nouveau la réceptionniste en train de mordre dans un autre biscuit.

— Puis-je vous poser une question ? demanda-t-il.

Elle rougit de plaisir, flattée qu'un si bel homme fasse appel à elle.

— Bien sûr ! dit-elle en déglutissant.

— Vous pensez que je devrais retirer la cravate ?

Elle lui répondit, la bouche en cœur :

— Assurément.

Le bureau du maire était sobre, dépourvu de toute décoration inutile. Max s'assit sur le siège qu'on lui indiqua et accepta la tasse de café qu'on lui proposa. M. Pearson se révéla un homme affable à la poignée de main ferme qui l'accueillit avec un sourire chaleureux. Max se sentit tout de suite à l'aise. Il l'était d'autant plus qu'il n'était pas un gros bonnet de la finance venu semer la zizanie dans la paisible petite bourgade de ce maire cordial, mais plutôt pour y servir ses intérêts. L'ouverture d'un centre commercial haut de gamme était une opportunité où chacun trouverait son compte.

— A première vue, votre projet me paraît séduisant, déclara M. Pearson après avoir jeté un coup d'œil au dossier que lui avait remis Max. Ce centre commercial se démarque singulièrement de ceux que nous avons l'habitude de fréquenter.

— Nous avons fait de notre mieux pour qu'il s'intègre parfaitement à votre environnement. Nous avons demandé à nos architectes de tenir compte de l'architecture locale, de façon à ce que le bâtiment se fonde dans l'ensemble.

Le maire considéra les plans un long moment en silence, puis poussa un profond soupir.

— J'avoue que je suis intrigué, finit-il par dire. Mais

il ne m'appartient pas de prendre la décision. C'est au conseil d'aménagement du territoire qu'il incombe d'accepter votre projet ou de le rejeter.

— Je comprends. Il y a de nombreux paramètres à prendre en considération.

— En effet, le premier étant Georges Miller. Cette terre appartient à sa famille depuis la nuit des temps, et s'il refuse de la vendre, je n'aurai pas mon mot à dire.

« Il vendra », se dit Max avant de s'adresser tout haut à son interlocuteur :

— J'ai prévu d'aller lui parler dès que possible, mais je voulais d'abord m'entretenir avec vous.

— Croyez bien que j'apprécie une telle attention ; néanmoins, je vous demanderai de rester discret tant que les choses n'auront pas avancé de façon significative. Comme vous avez pu le constater, Maple Woods est une petite ville, et ses habitants ne verraient pas d'un bon œil d'importants changements dans leur style de vie.

— Vous avez ma parole, promit Max.

M. Pearson posa ses coudes sur son bureau et croisa les mains.

— Je vais être franc avec vous, monsieur Hamilton. Nous manquons des fonds nécessaires à la réouverture de notre bibliothèque qui, malheureusement, a dû fermer ses portes suite à un incendie. Cette bibliothèque signifie beaucoup pour notre petite ville ; c'est non seulement un lieu de culture, mais également un lieu de rencontres.

— Je comprends, acquiesça Max.

— Les gens ne comprennent pas pourquoi nous n'avons pas lancé les travaux de réfection, mais ce n'est pas si simple. Et comme vous pouvez l'imaginer, cela n'augure rien de bon pour moi et pour ma réélection.

Un regain d'intérêt s'alluma dans l'œil de Max.

— En effet, votre position n'est pas facile.

— Des années d'exercice m'ont appris qu'on ne peut pas plaire à tout le monde. Si je prévois de privilégier la restauration de la bibliothèque, certains ne manqueront pas de me reprocher de ne pas utiliser l'argent ailleurs, dans des projets qu'ils jugeront prioritaires.

— D'où l'intérêt de la création de ce centre commercial, rebondit aussitôt Max. Rien qu'avec les taxes, vous pourriez faire face à toutes les dépenses de la municipalité.

— C'est bien ce qui m'a décidé à vous recevoir. Il me faudrait un ou deux jours pour étudier ce projet de plus près et tenter ainsi de convaincre l'aménagement territorial de son utilité. Mais je vous le répète, je ne leur en toucherai pas un mot tant que Georges Miller n'aura pas pris sa décision.

— Je crains que vous n'ayez pas bien conscience de l'urgence de la chose, monsieur Pearson. Il se trouve que Georges Miller a prévu de transférer l'acte de propriété sur White Barn Inn, et que ce transfert prendra effet à partir du 25 décembre.

— Ah ! s'exclama le maire.

— Je peux me tromper, mais, à mon avis, la propriétaire de White Barn Inn n'est pas vraiment disposée à vendre. Aussi, il serait préférable que l'affaire soit bouclée avant Noël, si possible.

— Vous avez bien conscience que Noël est dans cinq jours ?

— J'en ai pleinement conscience. Mais croyez bien que si je l'avais su, je serais intervenu avant.

— Et cela vous arrive-t-il souvent de traiter des affaires pendant les périodes de fêtes ?

— Pour moi, c'est une période comme une autre, répondit Max, honnête.

— J'imagine que c'est la raison pour laquelle vous

sortez la grande artillerie, dit le maire avec une certaine ironie.

Max, nerveux, croisa les jambes. Il revit Holly s'affairer parmi ses clients, leur donner le meilleur d'elle-même afin qu'ils se sentent bien dans sa jolie maison.

— Un projet de cette envergure renflouerait nos caisses, c'est certain, mais il changerait également la dynamique de notre petite ville. Je terminerai donc sur ces mots : allez-y doucement.

Max opina en silence, conscient de l'enjeu. Il suivit le maire qui s'était levé et avait gagné la porte.

— Tenez-moi au courant lorsque vous aurez parlé à Georges Miller, dit-il en tendant la main à Max. Nous pourrons alors essayer de faire avancer les choses. Pour l'heure, je ne peux pas vous être d'une grande utilité.

Max opina de la tête une nouvelle fois. Il était déçu. Il attendait beaucoup plus de cette entrevue. Et même s'il avait le soutien du maire, restait encore à convaincre Georges Miller et, en cas de refus, Holly elle-même.

— Ah, une dernière chose, dit le maire alors que Max s'apprêtait à franchir le seuil.

— Oui ? dit Max en se retournant.

— Joyeux Noël, dit le maire en souriant.

Les magasins de Main Street étaient encore ouverts lorsque Max sortit du bureau du maire. Les gens se pressaient dans les boutiques pour y effectuer des achats de dernière minute, désireux de rentrer chez eux pour échapper à la tourmente de neige qui se préparait.

Il contempla plusieurs vitrines soigneusement décorées pour la circonstance. Si son projet voyait le jour, ces petits commerces auraient la plus grande difficulté à survivre. Comment pourraient-ils lutter contre de grandes enseignes nationales et une concurrence des prix déloyale ?

Il laissa échapper un soupir et s'arrêta devant la librairie. A Maple Woods, il n'y avait aucun moyen d'échapper à la débauche de décorations, et la librairie ne faisait pas exception à la règle. Sans même s'en rendre compte, il esquissa un petit sourire en repensant à Holly. Il avait fréquenté de nombreuses femmes à New York, mais il n'en avait encore jamais rencontré comme elle, si enthousiaste et pleine de vie. Mais pour être honnête, il n'était jamais resté assez longtemps avec l'une de ses conquêtes pour passer les fêtes de Noël accompagné.

Tout à ses pensées, il alla déposer son dossier dans le coffre de sa voiture, puis, après avoir vérifié que la durée de stationnement n'était pas dépassée, il décida d'aller effectuer quelques achats de première nécessité.

Il poussa en premier la porte d'un magasin de sport où il sélectionna des chaussettes en laine, une écharpe, un bonnet et une paire de bottes fourrées. S'il devait tirer une seule conclusion de sa rencontre avec le maire, c'était que son séjour à Maple Woods risquait de se prolonger. Alors, autant s'équiper en conséquence ! Lui qui s'était imaginé boucler en un rien de temps ce qu'il considérait comme une simple formalité, il devait reconnaître qu'il s'était lourdement trompé ! En termes d'affaires, les complications n'étaient jamais les bienvenues. Et s'il ajoutait Holly, les complications venaient empiéter sur sa vie privée.

Il alla prendre sur une étagère trois pulls auxquels il ajouta un pantalon en velours côtelé et, après une brève hésitation, une parka prise sur un portant.

— Pouvez-vous m'indiquer un endroit où aller boire un café ? demanda-t-il à l'employé tandis qu'il réglait ses achats.

Le jeune homme, surpris, arqua les sourcils.

— Vous n'êtes pas d'ici, vous !

Max haussa les épaules.

— Alors ? Vous connaissez un endroit sympa ?

— Il n'y a pas grand-chose dans ce bled, rétorqua l'adolescent avec une pointe de dédain. Un bar, une pizzeria et un restaurant, c'est tout.

— Moi, je veux juste prendre un café, répéta Max, imperturbable.

— Allez chez Lucy.

Devant tant de mauvaise volonté, Max se sentit perdre patience.

— Je ne connais pas Lucy.

— C'est le nom du café-restaurant du coin.

L'adolescent secoua la tête et laissa échapper un profond soupir.

— Décidément, vous n'êtes vraiment pas d'ici.

Quelque chose chez ce gamin revêche trouva en lui une résonnance. Lui aussi avait connu cette frustration d'être obligé de vivre à la campagne quand il n'aspirait qu'à vivre dans une grande ville.

— Et où se trouve ce café-restaurant ? demanda-t-il, radouci.

Le jeune homme pointa le menton en direction de la fenêtre.

— De l'autre côté de la rue, dit-il.

— Merci.

Max remit son portefeuille dans sa poche et s'apprêta à partir, son sac plein à craquer sous le bras.

— Dites à Lucy que c'est Bobby Miller qui vous envoie. Elle s'occupera bien de vous.

Max se raidit au nom de Miller. Miller, comme Georges Miller ? Après une courte hésitation, il hocha la tête et sortit du magasin, se maudissant de ne pas avoir eu la présence d'esprit de garder la parka sur lui.

Le cœur de Holly se mit à battre la chamade lorsqu'elle vit Max pousser la porte du café. Elle laissa sa phrase en suspens pour l'observer alors qu'il restait immobile dans l'entrée, un peu hésitant.

— Qui est-ce ? s'enquit Lucy Miller à qui le trouble de Holly n'avait pas échappé.

— Un de mes clients, répondit Holly qui feignit l'indifférence.

— On dirait que tu lui fais grande impression, nota Lucy en le regardant s'avancer vers Holly sans la quitter des yeux.

— Salut, dit Max tandis qu'il s'installait sur le tabouret voisin de celui de Holly.

— Salut, répliqua Holly d'un ton faussement détaché. En voilà une surprise !

— J'ai profité du fait d'être en ville pour faire quelques achats, et j'ai eu envie de boire un café avant de rentrer à l'auberge, expliqua-t-il.

Lucy prit sur une étagère une tasse en céramique qu'elle plaça devant Max.

— A quelle heure est votre… rendez-vous d'affaires ? s'enquit Holly.

— Il est terminé.

Le cœur de Holly se serra. Son rendez-vous bouclé, le beau Max Hamilton allait repartir aussi vite qu'il était arrivé, et elle n'entendrait plus jamais parler de lui. Evidemment, elle savait bien qu'il n'avait réservé que pour deux nuits, mais bêtement, elle s'était imaginé que quelque chose, elle ignorait quoi au juste, allait le retenir à Maple Woods un peu plus longtemps. Quelle idiote ! Max avait une vie à New York, et elle n'en faisait pas partie.

Elle se força à sourire, même si le cœur n'y était pas.

— Et alors ? Il s'est bien passé ?

Max afficha un visage impassible.

— Nous verrons, éluda-t-il.

Ne sachant trop quoi ajouter, elle fixa le fond de sa tasse. Elle n'était pas du genre à forcer les gens à parler s'ils n'en avaient pas envie. S'il avait voulu lui faire part de ses impressions, il aurait pu le faire. Pourtant, son attitude évasive, bien loin de la confiance qui régnait entre les habitants de Maple Woods, l'agaçait.

Max était là pour lui rappeler tout ce qu'elle avait fui en quittant Boston. A aucun moment, elle n'avait regretté son choix. Après le décès de ses parents, la ville était devenue trop grande pour elle. Trop impersonnelle. En venant s'installer définitivement ici, elle avait su ce que signifiait de vivre entourée de la chaleur des gens qui vous aimaient vraiment et s'inquiétaient pour vous.

— J'ai cru que vous seriez retenue toute la journée à White Barn Inn, fit-il remarquer.

— Croyez-le ou non, mais il m'arrive de sortir, rétorqua-t-elle en souriant. Dans ces moments-là, c'est Abby qui prend le relais.

— Qui est Abby ?

— C'est mon bras droit, en quelque sorte. Mais c'est surtout mon amie.

Max l'écoutait parler, comme suspendu à ses lèvres. Cela faisait si longtemps qu'un homme ne lui avait pas prêté une telle attention ! Depuis Brandon, en fait. Mais, bien que méfiante, elle ne pouvait imaginer Max aussi fourbe que l'avait été son dernier petit ami.

— Voici tes tartes, ma belle, dit Lucy en plaçant une pile de boîtes en carton devant Holly.

Holly en entrouvrit une pour jeter un coup d'œil à l'intérieur.

— Mmm ! dit-elle avec un air gourmand. Pommes-framboises, ma préférée.

— N'oublie pas qu'elles sont pour tes clients, reprit Lucy dans un sourire. Vous aimez les tartes ? ajouta-t-elle à l'adresse de Max.

— En tout cas, j'ai aimé celle que j'ai mangée hier soir.

— C'est Lucy qui est en charge des pâtisseries de White Barn Inn, expliqua Holly. Je passe les chercher tous les matins.

— C'est grâce à Holly que mon affaire tourne toujours, expliqua Lucy à son tour.

— C'est difficile à croire quand on voit le monde qui se presse ici.

— C'est que vous n'avez pas idée du nombre d'habitués qui s'installent là pendant des heures en ne consommant qu'un café. Comme M. Hawkins que vous pouvez voir là-bas.

Elle pointa du menton un client âgé qui lisait son journal, assis au bout du comptoir. Depuis que sa femme était morte dix ans auparavant, il n'y avait pas un jour où le pauvre homme ne venait prendre place sur ce même tabouret. A croire qu'il ne pouvait supporter de rester seul chez lui.

— Je n'y avais jamais pensé, dit Max. Au fait, je prendrais bien une part de tarte.

Holly lui adressa un sourire reconnaissant. Pourquoi fallait-il que ce Max Hamilton, bien sous tous rapports, vive à Boston et pas à Maple Woods ? songea-t-elle, pleine de regrets.

Lucy désigna le tableau accroché au mur qui se trouvait derrière elle.

— Je peux vous proposer citrouille-pommes-poires.

— Je vais plutôt faire confiance à Holly et prendre une pommes-framboises.

Les deux femmes échangèrent un regard complice.

— Bonne réponse, commenta Lucy.

Elle sortit une tarte de la grille du four et la posa sur le comptoir.

— Il va falloir que nous en mettions une autre en route, souligna Emily Porter de derrière le bar. Il n'y en aura pas assez pour la clientèle du soir.

Holly sourit à son amie, autre figure familière de l'endroit.

— Je m'en occuperai après le coup de feu, décida Emily.

Remarquant Max pour la première fois, elle posa un regard interrogateur sur Holly avant de disparaître dans sa cuisine.

— Lorsque j'étais étudiant, dit Max, j'avais trouvé un petit boulot de serveur dans un restaurant.

— C'est vrai ? Moi aussi !

— Tu ne m'en as jamais parlé, dit Lucy. Combien de temps as-tu joué les serveuses ?

— Cinq heures, avoua Holly pour qui ce souvenir restait cauchemardesque.

— Cinq heures ! s'esclaffa Max, amusé.

Elle secoua la tête et ferma les yeux, comme pour chasser de son esprit cette horrible parenthèse de sa vie.

— C'était affreux. A cette époque, comme beaucoup d'étudiants, il me fallait travailler pour arrondir mes fins de mois, et je n'avais pas trop le choix. Le patron a eu beau me montrer comment utiliser la machine à expresso, je n'ai jamais réussi à faire des crèmes présentables.

— Il est vrai que c'est délicat, commenta Lucy, compréhensive.

— Ne me dites pas qu'ils vous ont virée parce

que vous ne saviez pas préparer de café mousseux ? s'indigna Max.

— Non. Mais ce jour-là, ils manquaient de personnel, et le patron, acharné de golf, ne tenait pas à rater sa partie quotidienne.

— Je vois le tableau d'ici…, dit Max, une lueur amusée dans les yeux.

Elle lui donna une petite tape sur le bras, mais le regretta aussitôt. Max était un client, et elle ne pouvait se permettre une telle familiarité avec lui. D'un sourire, il l'encouragea à poursuivre.

— Bref, reprit-elle. J'étais seule, à l'exception du cuisinier, et je devais faire face à tout : installer les clients, prendre leurs commandes, les servir, encaisser, nettoyer les tables et j'en passe… Je n'étais pas à la hauteur, et les clients ne se sont pas privés de me le faire savoir. L'un d'eux m'a laissé cinq cents de pourboire.

Max se couvrit la bouche de la main et écarquilla les yeux avant d'éclater d'un rire sonore. Lucy, elle, secoua la tête, consternée.

— Cinq cents ? répéta Max lorsqu'il se fut calmé.

Elle confirma d'un hochement de tête. Elle n'avait jamais été aussi mortifiée de honte. Mais avec le recul, elle devait bien reconnaître que c'était drôle.

— Excusez-moi. Vraiment. Je n'aurais pas dû rire comme je l'ai fait. Mais cinq cents ? s'étonna-t-il encore avant de partir d'un nouvel éclat de rire. Et moi qui croyais que vous étiez parfaite ! ajouta-t-il en s'essuyant les yeux. Maintenant, au moins, je vous connais un défaut. Vous êtes une piètre serveuse.

Elle sentit ses joues s'empourprer. Ainsi donc, il la pensait parfaite ?

— J'imagine que vous, en revanche, vous étiez un bon serveur, dit Lucy.

Max haussa les épaules en même temps qu'il esquissait un sourire empreint d'humilité.

— En tout cas, je m'en sortais mieux que Holly. Mais j'essaie juste d'être honnête. Pendant que vous, Holly, vous ne pouviez vous payer qu'une sucette, moi je pouvais payer mon loyer.

Bonne joueuse, Holly rit à son tour. Cependant, elle pressentit derrière les mots de Max qu'il était issu d'un milieu aisé.

— Travailler dans la restauration n'est pas facile, commenta Lucy. Il faut faire cette expérience pour s'en rendre compte.

Elle tendit à Max sa part de tarte et posa une fourchette sur un set en papier qu'elle avait placé devant lui.

— C'est souvent éreintant, poursuivit-elle. Mais je ne m'en plains pas, j'adore mon métier et je n'en changerais pour rien au monde.

Max acquiesça d'un sourire.

— Au fait, je ne me suis pas présenté. Je m'appelle Max.

— Et moi, Lucy. Lucy Miller.

Holly sentit Max se figer sur son tabouret. Elle lui jeta un regard en biais.

— Je crois que je viens de faire la connaissance de votre fils, dit-il. C'est Bobby, n'est-ce pas ? Et il travaille dans le magasin de sports, juste en face ?

— C'est exact. C'est bien mon fils.

— Pardonnez-moi si je suis indiscret, mais pourquoi ne travaille-t-il pas ici, avec vous, plutôt que dans ce magasin ?

— Parce qu'ici, c'est trop dur, répondit Lucy d'un ton où perçait une pointe d'amertume. En fait, c'est son père qui lui a trouvé ce boulot. Je n'ai pas à me plaindre, parce qu'au moins il ne traîne pas dans les rues, mais j'avoue que je préférerais que ma famille vienne aider ici. Surtout que je dois payer un extra les week-ends.

Holly secoua la tête et poussa un profond soupir. Lucy se confiait souvent à elle, évoquant les problèmes que lui posait son fils. Bobby n'était pas un mauvais garçon ; il rêvait juste d'horizons nouveaux.

— Les jeunes sont ainsi aujourd'hui, le défendit-elle.

D'un geste nerveux, Lucy resserra les liens de son tablier.

— Qui sait ? Il finira bien par grandir, et alors peut-être reprendra-t-il les rênes. En tout cas, je l'espère.

Elle laissa Holly et Max pour aller installer un client qui venait d'entrer.

— Il faut que j'y aille, annonça Holly à regret.

Elle crut voir un voile de déception passer sur le visage de Max. Pourquoi ne pas rester un peu plus longtemps après tout ? Mais d'un autre côté, pourquoi chercher à créer des liens avec un homme qui serait sorti de sa vie dès le lendemain ?

— Vous avez vraiment l'intention de m'abandonner comme un malheureux ? insista-t-il. Allez, laissez-moi le plaisir de vous offrir un café.

Elle hésita quelques secondes.

— Je ne sais pas. Abby a peut-être besoin de moi.

— Dans ce cas, je ne vous retiens pas plus. Mais à une condition.

Elle sentit son pouls s'accélérer. Elle resserra son écharpe autour de son cou et empila soigneusement ses cartons l'un sur l'autre.

— Je vous écoute.

— Nous remettons à une autre fois ?

Pas une seconde elle n'envisagea de refuser.

4

De retour à l'auberge, Holly reprit sa routine, aidant au service, essayant de répondre à la moindre demande de ses clients. Elle repéra Max qui, comme il l'avait promis, était rentré déjeuner. Il occupait la même table qu'au petit déjeuner et, tout comme le matin, Evelyn Adler ne le lâchait pas des yeux. Manifestement, l'intérêt qu'elle lui portait n'avait pas faibli au fil des heures.

Holly avait espéré pouvoir discuter un peu avec lui, mais des appels incessants l'en avaient empêchée. De futurs clients s'inquiétaient des conditions climatiques, un autre avait annulé sa réservation. Lorsqu'elle avait regagné la salle à manger, Max avait quitté sa table.

Un sourire fleurit machinalement sur ses lèvres tandis qu'elle s'affairait à ranger du linge propre dans un placard. Elle repensait à sa rencontre inopinée avec Max, chez Lucy. Sa présence là-bas avait dérangé ses petites habitudes, en bien. Mais désormais, elle ne pourrait s'empêcher de jeter un coup d'œil vers la porte dans l'attente d'y voir se découper la silhouette de Max.

Quel dommage qu'il doive repartir si vite ! Et encore, s'il n'avançait pas son départ en raison des mauvaises prévisions météorologiques.

La voix d'Abby qui l'appelait depuis le rez-de-chaussée la tira de ses rêveries.

— Je suis en haut ! Je range le linge.

Elle remarqua tout de suite le visage contrarié de son amie.

— Les Dempsey ont décidé de partir plus tôt, annonça cette dernière.

Holly soupira tandis qu'une boule d'anxiété se formait dans son ventre.

— Il fallait s'y attendre.

C'était exactement ce qu'elle redoutait. La neige qui tombait sans discontinuer n'était pas faite pour rassurer les gens. Elle passerait Noël seule. Cette perspective lui était si insupportable qu'elle l'écarta vivement de son esprit.

— La tempête va peut-être se calmer, dit Abby d'une voix douce, alors qu'elle n'en pensait pas un mot.

Holly n'avait jamais su cacher ses émotions, et cette fois encore, elle n'essaya même pas. C'était sa maison. La maison familiale. Un endroit si plein de souvenirs qu'elle s'était fait la promesse de toujours faire en sorte qu'elle vibre de vie. Forte de cette promesse, elle ne pouvait se résoudre à accepter l'idée que, cette année, elle y serait seule. C'était arrivé une fois, et elle s'était juré de ne plus le revivre.

— J'en doute, répliqua-t-elle, la gorge nouée.

Elle plia machinalement une serviette de toilette qu'elle plaça sur le haut de la pile. A quoi bon ? se demanda-t-elle, si tout le monde désertait l'endroit. Une fois de plus, s'imaginer seule dans sa maison, ce soir même, l'emplissait d'appréhension. Elle avait beau adorer Abby, elle ne voulait pas passer Noël chez elle. Elle voulait le passer ici, chez elle, à White Barn Inn, dans cette maison qu'elle avait décidé de partager avec d'autres.

Elle était censée passer les fêtes parmi ses hôtes, avec juste assez de monde pour la distraire et juste assez de travail pour la tenir occupée, loin des souvenirs douloureux que cette période ramenait inévitablement à la surface. Sans parler de Max qui lui rappelait sans cesse ce à côté de quoi elle allait passer. Pour la première fois, elle regretta de l'avoir rencontré.

— Qui d'autre ? demanda-t-elle, soupçonnant que la liste ne s'arrêtait pas là.

Son amie lui répondit par un soupir.

— Qui d'autre ? répéta-t-elle plus fermement.

— Les Ferguson.

— Et… ?

La panique l'envahit. Ses mains se mirent à trembler légèrement tandis qu'elle tirait une autre serviette du panier à linge.

— Les Brown hésitent.

Elle opina.

— Ils hésitent, répéta-t-elle dans un murmure. C'est tout ?

— Oui, répondit Abby. Du moins, pour le moment.

— Tu as raison, dit-elle avec une pointe d'amertume. Pour le moment.

— Ça va aller, Holly, affirma Abby d'un ton qu'elle voulait réconfortant. Peter et moi te recevrons avec plaisir, tu le sais bien. Tu pourras même passer la nuit chez nous si tu veux. Ça peut être drôle.

— Tu baisses les bras facilement, on dirait, commenta Holly d'un air pincé.

— Allez, Holly. Tu sais bien que ce n'est pas vrai. Je voulais simplement que tu saches que tu n'es pas seule.

— Je sais. Excuse-moi. Mais c'est dur pour moi en ce moment, tu comprends ?

Les larmes se mirent à couler sur ses joues sans qu'elle puisse les retenir.

— Je comprends parfaitement. Ce n'est pas juste.

Elle s'essuya les joues du revers de la main. Il fallait

qu'elle se ressaisisse avant d'aller retrouver ses hôtes ou, du moins, ceux qui restaient.

— Je sais qu'ils te manquent, continua Abby. Particulièrement en cette période de l'année.

Elle renifla bruyamment et redressa les épaules.

— Je suis ridicule, dit-elle en laissant échapper un petit rire forcé.

— Non, tu n'es pas ridicule.

Elle secoua la tête. Après tout, elle pouvait bien se montrer bienveillante envers elle-même. Le lendemain de Noël, cela ferait six ans que ses parents l'avaient quittée.

Max plongea sous la couette douillette et mit son ordinateur portable sous tension. Il parcourut rapidement ses e-mails. Comme prévu, les affaires tournaient au ralenti, à croire que tout le monde avait mieux à faire. Tout le monde sauf lui.

Il n'arrivait pas à se souvenir de la dernière fois où il avait fêté Noël. Pour lui, ces fêtes n'étaient qu'un prétexte pour se retrouver entre amis. Rien de plus. Tous les 25 décembre, alors que chacun ripaillait en famille, lui faisait le choix de travailler, de faire un jogging ou d'aller au cinéma. Comme s'il s'agissait d'un jour normal. Pourtant, malgré les efforts déployés pour ne pas différencier des autres ce jour férié, il ne pouvait s'empêcher de penser à ce qu'il ratait. Pour les autres, Noël était l'occasion de se construire de nouveaux souvenirs. Pour lui, c'était le rappel douloureux de ce qu'il n'avait pas. Aussi, lorsque cette journée était enfin passée, il ressentait un profond soulagement à l'idée qu'il ne revivrait pas ces angoisses pendant une année entière.

Après s'être penché plus attentivement sur ses e-mails, il fit des recherches sur l'incendie de la bibliothèque.

Il y apprit simplement que la cause n'avait jamais été vraiment déterminée, mais qu'il s'agissait probablement d'un acte de vandalisme. Cet acte était d'autant plus condamnable qu'il s'agissait d'un bâtiment historique, don d'une des plus vieilles familles de la ville. Le coût de la rénovation était exorbitant pour une municipalité de cette taille, et les mécènes susceptibles de financer le projet semblaient ne pas s'y intéresser.

Max leva le nez de son article, songeur. Il comprenait la position du maire. Si ce centre commercial voyait le jour, l'économie de la petite ville serait dynamisée et la restauration de la bibliothèque pourrait de nouveau être envisagée.

Le maire avait été clair : il le soutiendrait dans son projet auprès de l'aménagement du territoire. Restait à convaincre Georges Miller.

Un sentiment de culpabilité l'étreignit lorsqu'il repensa à l'amitié qui liait Holly et Lucy Miller. Si Holly avait fait mention de Georges la veille, il n'avait pas pensé qu'ils pouvaient se connaître personnellement, ce qui constituait un sérieux obstacle. Si les Miller acceptaient son offre, Holly ne leur pardonnerait jamais.

Il se frotta le front, cherchant à dissiper les prémices d'une violente migraine. Mettre en place ce projet allait s'avérer plus difficile qu'il l'avait cru. Il avait toujours la solution de renoncer. Il pourrait rentrer à New York et se mettre en quête d'un autre site, ce qui lui ferait perdre son temps. Sans compter les nuits blanches qu'il passerait à tenter de trouver des solutions susceptibles de sauver son entreprise de la faillite.

Tout ça pour quoi ? Pour une femme rencontrée la veille ? Aussi attirante soit Holly, il ne pouvait pas tout ficher en l'air sur un coup de tête. Impossible. Il n'était pas allé aussi loin pour capituler si près du but.

La solution idéale serait de tout avoir : son centre commercial et Holly.

De petits coups discrets frappés à sa porte le tirèrent brusquement de ses pensées. Il referma son ordinateur et fourra à la hâte ses papiers sous son oreiller. Puis il lissa ses cheveux du bout des doigts et se dirigea vers la porte, s'attendant à trouver Holly sur le seuil.

Il ouvrit la porte et découvrit Evelyn Adler, si petite et si menue qu'il dut baisser les yeux sur elle.

— Hello, jeune homme, dit-elle d'une voix enjouée.

— Evelyn. En quoi puis-je vous aider ?

La vieille dame laissa échapper un petit soupir, puis entra sans même attendre d'y avoir été invitée.

— Nelson fait la sieste, expliqua-t-elle. Il dort toujours après un bon repas. Je suis descendue pour discuter avec quelqu'un, mais comme je n'ai trouvé personne, j'ai pensé à venir vous voir.

Amusé, il la vit s'installer dans un fauteuil près de la cheminée. Elle balaya la pièce du regard, sans chercher à cacher sa curiosité. Jugeant plus simple de se prêter au jeu, il referma la porte derrière lui et alla s'asseoir face à elle.

— Combien de temps les siestes de votre mari durent-elles ? s'enquit-il.

— Cela dépend. Entre une et quatre heures.

Il haussa les sourcils, inquiet. Evelyn Adler avait beau être une charmante vieille dame, il n'en restait pas moins qu'il n'avait pas beaucoup de temps devant lui et qu'il n'était pas venu à Maple Woods pour avoir une vie sociale.

Dans un geste délicat, Evelyn tapota son chignon du bout des doigts.

— Comme je vous le disais, reprit-elle, Nelson dort

toujours après un bon repas, et il faut dire qu'ici, en termes de gastronomie, nous sommes gâtés, n'est-ce pas ?

— Heu… oh oui, oui. Le chef est excellent.

— Nous vivons à Providence, précisa Evelyn. Eh bien, vous ne le croirez pas, mais aucun des nombreux restaurants de la ville ne peut rivaliser avec la cuisine qu'offre White Barn Inn. Sans compter que Mlle Tate a un sens de l'hospitalité hors du commun.

— J'imagine que ce n'est pas la première fois que vous venez ici. Je me trompe ?

— Oh non ! s'exclama la vieille dame dans un large sourire qui mit en avant le rouge criard dont elle s'était maquillé les lèvres. Nous venons ici depuis l'ouverture. Ce sera notre quatrième Noël.

— Vraiment ?

Voilà qui était intéressant. Evelyn devait bien connaître Holly en dépit du fait qu'elle l'appelait par son nom de famille.

— La première fois que nous sommes venus ici, continua Evelyn, nous avons tellement aimé que nous sommes revenus en hiver. Et depuis, nous venons une fois en été, pour la cueillette des myrtilles, voyez-vous, elles sont tellement délicieuses, et une fois en hiver, pour Noël.

— Vous n'avez pas envie de le fêter chez vous ? s'enquit Max qui trouvait curieux pour des gens âgés de s'éloigner durant cette période.

Mais il était bien mal placé pour juger, lui qui ne célébrait jamais rien !

Evelyn baissa les yeux sur ses mains fines et osseuses, qu'elle tenait sagement posées sur sa jupe.

— Quelle importance pour nous, ici ou ailleurs ? finit-elle par dire. Nous avons perdu presque tous nos amis et nous n'avons pas eu la chance d'avoir d'enfants.

— Je suis désolé pour vous. Vraiment.

— Oh ! ne le soyez pas. Nous avons de la chance par ailleurs. Après notre séjour ici, nous avons pris l'habitude de nous envoler pour Palm Beach où nous passons le reste de l'hiver. Nous ne pourrions sans doute pas vivre de la même façon si nous avions eu des enfants et des petits-enfants.

Touché, il lui adressa un sourire empli de sollicitude.

— Je suppose que vous avez raison.

— Et puis, nous sommes si bien reçus ici ! Mlle Tate a vraiment le don de créer une ambiance de fête. Elle est un peu la fille que j'aurais aimé avoir. Quel dommage que je n'ai pas un fils à lui présenter !

Les talents d'entremetteuse d'Evelyn étaient loin d'être subtils, mais ils avaient le mérite de le divertir, et il hocha la tête.

— Votre mère a-t-elle eu la chance d'avoir aussi une fille ?

La question, inattendue, le prit de court autant qu'elle l'embarrassa.

— Non. Je suis fils unique.

— Je parie que votre mère doit être impatiente d'être grand-mère.

Elle le regarda alors droit dans les yeux, comme si elle s'attendait à ce qu'il lui confesse une paternité imminente.

— Sans doute, répondit-il alors qu'il y avait bien long-temps qu'il n'avait plus la moindre idée de ce qu'espérait sa mère, ni même si elle pensait encore à lui.

Il se frotta le menton, songeur. Avait-elle réalisé ses rêves ? Des rêves pour lesquels elle n'avait pas hésité à sacrifier son unique enfant.

Il se força à sourire, chassant le souvenir de cette mère qu'il jugeait indigne.

— Allez-vous passer les fêtes avec vos parents ? insista

Evelyn qui était bien loin d'imaginer que ses questions éveillaient en lui des souvenirs douloureux.

— Non, répondit-il en essayant d'ignorer la boule qui venait de se former au creux de sa gorge. Ils sont partis.

En répondant ainsi, il ne disait pas vraiment la vérité, mais il ne mentait pas non plus. Ses parents étaient partis depuis longtemps. Où ? Il n'en avait pas la moindre idée. Ils avaient disparu physiquement, mais, même avant cela, ils cherchaient toujours à s'échapper d'une façon ou d'une autre. Son père dans l'alcool, et sa mère... Sa mère nourrissait de plus grandes ambitions que de s'occuper d'un enfant non désiré.

— Dans ce cas, pourquoi ne passeriez-vous pas Noël avec nous tous, ici ? suggéra Evelyn que cette perspective réjouissait au plus haut point. Nelson et moi adorerions ! Et Holly aussi, j'en suis sûre. Enfin, je veux dire Mlle Tate.

Elle marqua une brève pause avant d'ajouter :

— Elle est charmante, n'est-ce pas ?

Max se mordit l'intérieur des joues pour ne pas rire. Il fallait toujours qu'elle trouve un moyen de caser Holly dans la discussion !

— En fait, reprit la vieille dame sans attendre de réponse, elle est bien plus que charmante. Elle est belle.

Si Max se garda bien de le dire, il était d'accord avec Evelyn. Depuis ses yeux noisette piquetés de vert à sa chevelure soyeuse en passant par sa bouche pulpeuse et sensuelle, en effet, Holly était belle. Elle possédait une beauté intérieure aussi bien qu'extérieure qui ne pouvait laisser indifférent.

— C'est vrai, finit-il par lâcher laconiquement.

Evelyn crut qu'elle pouvait se raccrocher à ces deux petits mots.

— Alors, c'est dit ? Vous restez avec nous ?

— Malheureusement, je dois impérativement être de retour à New York avant Noël.

Evelyn esquissa une moue indignée.

— Mais pour quoi faire ?

— Pour travailler.

— Mais personne ne travaille ce jour-là !

— Et Holly ? pointa-t-il.

— Elle, c'est différent.

— Vraiment ? En quoi est-ce différent ?

— Holly adore ce qu'elle fait.

— Moi aussi, répliqua-t-il.

Evelyn poussa un soupir exaspéré. Mais derrière l'irritation manifeste, il comprit que le jeu l'amusait.

— Pour Holly, c'est différent, insista-t-elle, parce qu'elle travaille tout en restant chez elle. Et encore, elle ne considère pas comme un véritable travail le fait de recevoir des gens. C'est… c'est une invitation à partager cette fête avec elle.

Max répondit à Evelyn par un silence. Elle avait raison. Holly remplissait sa maison vide d'étrangers.

Mais où était donc sa vraie famille ?

— Et encore deux de moins.

Holly plaça la clé de la chambre orange dans le tiroir et fit un signe de la main aux Brown lorsqu'ils passèrent devant le bureau de réception pour gagner la sortie. Les Dempsey et les Ferguson déjà partis, il ne restait plus que les Adler, les Connelly et Max. Soit cinq personnes.

Abby se tourna vers elle.

— Je peux faire quelque chose ? demanda-t-elle.

Avant de répondre, Holly consulta l'heure à l'horloge de l'entrée.

— Stephen a-t-il lancé les préparatifs du dîner ?

— Je peux aller voir.

— Merci. Tiens-le au courant du nombre de défections.

Cette tempête lui coûtait non seulement de la compagnie, mais aussi de l'argent. Avec la vente du terrain qui se profilait, elle ne pouvait se permettre de perdre le moindre sou. Malheureusement, toutes les réservations prévues pour le début de l'année avaient été annulées, et elle avait dû rembourser intégralement le montant des réservations.

Bien sûr, elle avait mis de côté l'argent nécessaire à l'achat des terres de Georges Miller, mais le supplément lui aurait permis de passer tranquillement la période calme d'après les fêtes. Comme elle se réjouissait de devenir, dans cinq jours, l'unique propriétaire d'un domaine qu'on ne pourrait plus lui reprendre ! A presque trente ans, elle avait besoin de sécurité.

— Holly…

Holly sut ce que Dana Conelly allait dire avant même qu'elle ouvre la bouche.

— Je crains que nous ne devions partir plus tôt que prévu.

Holly afficha un sourire bravache. La neige continuait de tomber, et il allait bientôt faire nuit. Elle pouvait tenter le coup.

— Vous ne voulez pas partir demain matin plutôt ?

— Mon mari et moi pensons qu'il vaut mieux partir le plus vite possible avant que les routes soient totalement impraticables. Si nous partons maintenant, nous serons chez nous dans deux heures.

Elle dut lire la déception dans le regard de Holly, car elle ajouta d'une voix douce :

— Je suis désolée, Holly, mais si nous partons demain matin, qui sait ce qui nous attend ?

Holly hocha la tête. Elle n'avait pas le droit de se sentir

trahie. Ces gens étaient ses clients, ils ne lui devaient rien et, s'ils souhaitaient avancer leur départ, ils n'avaient même pas à se justifier.

Une nouvelle fois, elle ressentit de façon cruelle le vide de son existence, qu'elle tentait de combler avec les clients de son auberge. En aucun cas, elle ne devait compter sur eux, car à l'exception de rares fidèles comme les Adler, ils ne faisaient que passer dans sa vie. Et Max n'était pas différent, songea-t-elle, le cœur serré.

— Je comprends, dit-elle avec un sourire forcé. Cette tempête est imprévisible, et je m'en voudrais que vous ne passiez pas ces fêtes en famille.

— Ce n'est pas le problème, répondit Dana.

— Vraiment ? répondit Holly, sincèrement étonnée.

— Cette année, nous passons Noël dans la famille de mon mari, précisa Dana d'un ton éloquent.

— Cela ne semble guère vous réjouir.

— Ce n'est rien de le dire. Personnellement, je préférerais rester bloquée ici pendant une semaine. Malheureusement…

— Les responsabilités l'emportent ? termina Holly avec un sourire complice.

Dana se pencha sur le bureau pour lui confier sur un ton de conspiratrice :

— Non seulement elles l'emportent, mais elles n'en finissent jamais.

Holly éclata d'un rire qui lui fit du bien.

— Voici votre note. Je ne vous ai pas facturé le week-end, bien sûr.

— Je tiens à vous le régler, Holly. Il est bien stipulé que tout séjour annulé trois jours avant doit être payé.

— Oh, vous savez, ce n'est pas comme si je ratais une réservation.

— D'autres personnes s'en vont ?

— Voyez par vous-même, dit Holly en pointant la fenêtre.

Dana regarda les couples qui, dehors, se préparaient à partir.

— Le bon côté, c'est que la charge de travail sera moins importante, commenta-t-elle. Après tout, c'est Noël pour vous aussi.

« Si seulement vous saviez », songea Holly en regardant Dana s'éloigner en compagnie de son mari.

Elle devait prévenir Stephen qu'il y aurait un désistement supplémentaire. Elle gagna la cuisine où le chef et Abby épluchaient des carottes.

Sur un plateau du comptoir, elle prit un biscuit en forme d'étoile dans lequel elle croqua sans complexe, feignant d'ignorer le regard faussement réprobateur de Stephen.

— Les Connely partent, lâcha-t-elle.

Abby en laissa tomber son couteau de surprise.

— Qu'est-ce qu'on fait ?

— Franchement, je n'en sais rien. Evelyn et Nelson sont toujours là. Ainsi que Max.

Le seul fait de prononcer son nom lui donna l'envie d'être plus proche de lui. Elle revit, le cœur battant, son visage séduisant dans lequel perçait son regard bleu azur.

Stephen finit de tailler les carottes en dés réguliers, puis alla chercher des oignons qu'il coupa en deux et qu'il éminça d'une main experte avant de les ajouter aux morceaux de viande qui grésillaient dans une marmite en fonte.

— Il va en rester. J'en ai fait pour une vingtaine de personnes, commenta-t-il. Ceci dit, avant que j'aille plus loin, vous devriez vous assurer que les personnes restantes ne vont pas non plus se défiler.

— Stephen ! le rabroua Abby.

— Il a raison, approuva Holly. Je vais voir si les Adler et heu… Max n'ont pas changé d'avis.

— D'accord, dit Abby d'un ton résigné.

Avec plus de bravade qu'elle en ressentait, elle gagna l'entrée où elle vit, le cœur battant, les Adler qui semblaient l'attendre.

— Mademoiselle Tate ! appela Evelyn aussitôt qu'elle la vit.

— Oui, madame Adler ? demanda Holly qui connaissait d'avance la réponse.

— Je suis vraiment désolée, ma chère, j'ai bien peur que nous ne soyons obligés d'avancer notre départ. Vous savez pourtant à quel point Nelson et moi aimons passer Noël à White Barn Inn. Mais nous devons aller en Floride deux jours après, et si nous restons bloqués ici…

Incapable de parler, elle acquiesça d'un hochement de tête.

— Je suis tellement navrée, mademoiselle Tate ! Je sais bien que ce soir nous devions procéder à l'illumination du sapin. J'avais même acheté un chapeau spécial pour l'occasion. Un rouge, avec de la fausse fourrure blanche.

Evelyn marqua une pause, en proie à ses propres émotions.

— L'idée de partir d'ici…, dit-elle avec un geste qui englobait le sapin, les chaussettes accrochées au manteau de la cheminée, les couronnes de gui et les guirlandes qui ornaient chacune des fenêtres.

Holly sentit qu'elle devait réconforter Mme Adler. Dans un geste qui se voulait chaleureux, elle pressa dans la sienne sa main frêle et veinée de bleu.

— L'année prochaine, nous nous retrouverons tous ici, madame Adler.

— Vous êtes certaine que ça ira ?

Elle afficha un sourire forcé.

— Certaine.

Evelyn scruta le visage de Holly jusqu'à ce que se dissipe la crainte qu'elle y lisait. Puis elle dégagea sa main légèrement tremblante et se tourna vers son mari.

— C'est plus raisonnable ainsi, ma chérie, lui dit-il gentiment.

— Votre mari a raison, approuva Holly même si elle avait envie de les supplier de rester. Vous savoir chez vous en toute sécurité est tout ce qui compte, madame Adler. Faites-le pour moi.

Encore réticente, Evelyn se mordit la lèvre et essuya d'un geste délicat les larmes qui perlaient à ses yeux.

— D'autres personnes ont décidé de partir ? demanda-t-elle.

Elle s'apprêtait à répondre lorsque son attention fut attirée par Max qui venait de faire son apparition. Son visage s'éclaira instantanément.

— Bonjour de nouveau, jeune homme ! dit Evelyn en battant des mains comme une gamine.

Holly se retint de ne pas rire d'un tel accueil, même si la perspective de voir Max lui annoncer son départ lui donnait la nausée. Car les chances de croiser un jour, à White Barn Inn, un homme aussi séduisant que lui étaient quasi inexistantes, pour ne pas dire nulles.

— Max et moi avons eu une discussion très intéressante tout à l'heure, déclara Evelyn, rayonnante.

Holly, qui pressentait le pire, fronça les sourcils.

— Vraiment ?

— Oui, répondit Max dans un sourire amusé. Evelyn m'a fait l'honneur de passer me voir cet après-midi.

Le pressentiment de Holly s'accentua. Elle préféra ne rien savoir de cette conversation.

— Nous venons d'annoncer à Mlle Tate que, malheureusement, nous devons avancer notre départ, expliqua la vieille dame. Avez-vous l'intention de partir, vous aussi ?

Holly retint sa respiration, suspendue aux lèvres de Max.

— En fait, je crois que je vais rester, annonça-t-il.

Holly crut défaillir de joie. Max restait !

— Quelle bonne nouvelle ! s'exclama Evelyn en lançant un regard éloquent à Holly.

Holly se mordit les joues pour ne pas laisser éclater sa joie. Le fait qu'il semble partager un secret avec Evelyn ne l'ennuyait même pas. Au contraire, cela renforçait le lien qui existait déjà entre eux deux.

— J'étais descendu pour voir si je pouvais prolonger ma réservation, précisa Max.

Elle n'en croyait pas ses oreilles. Pour quelle raison avait-il décidé de rester plus longtemps, elle ne cherche-rait pas à le savoir.

— Bien sûr, répondit-elle en prenant un ton profes-sionnel. Jusqu'à quand souhaitez-vous prolonger votre séjour ?

— Jusqu'à Noël.

Holly en pâlit de surprise. Cela faisait cinq nuits supplémentaires.

— Jusqu'à Noël ?

— Si c'est possible, bien entendu. Je peux céder ma chambre si elle était déjà réservée.

Holly s'éclaircit la gorge, le regard fixé sur Evelyn qui avait bien du mal à cacher sa joie, ses mains jointes sur sa poitrine dans un geste théâtral.

— Non, non, s'empressa-t-elle de répondre. Votre chambre est libre. En fait, toutes les chambres le sont.

Max la regarda, médusé.

— Toutes ?

— Nous ne sommes pas les seuls à partir, répondit

Evelyn à la place de Holly. Il semble que vous allez passer ces fêtes en tête à tête, seuls dans cette grande maison !

Max posa sur Holly un regard interrogateur qu'elle ne se sentit pas le courage de soutenir. Le cœur battant, elle s'imagina seule avec lui. Comment allait-il vivre cette situation ?

— Je suppose que le dîner a été annulé, dit-il. C'est l'occasion de tenir la promesse que vous m'avez faite chez Lucy. Vous pourriez me montrer Maple Woods by night.

— Mais, les routes ! s'inquiéta Evelyn.

En guise de réponse, Max haussa les épaules dans un geste désinvolte.

— La tempête annoncée n'est toujours pas là. A l'heure où elle atteindra White Barn Inn, nous serons couchés, en sécurité, depuis un bon moment. Holly, qu'en pensez-vous ?

Le regard de Holly passa de Max à Evelyn, qui jubilait intérieurement.

— J'en serais ravie.

Rassurée, Evelyn soupira, satisfaite.

— Nous devrions y aller, dit-elle à son mari.

— Evelyn, ce fut un plaisir de vous rencontrer, dit Max en la prenant dans ses bras.

Evelyn se dégagea en gloussant comme une collégienne, les joues roses de plaisir.

— Soyez prudents, conseilla Holly. Et joyeux Noël !

Elle serra la vieille dame contre son cœur, ne la lâchant que lorsque Nelson lui cria depuis le seuil que la voiture était prête.

— Amusez-vous bien, minauda Evelyn.

Ce fut au tour de Holly de rougir. Car elle avait bien l'intention d'en profiter.

5

Holly retourna dans la cuisine, un sourire béat aux lèvres et avec l'impression de flotter sur un nuage. Bien qu'attristée par le départ des Adler, elle ne pouvait nier que la perspective de se retrouver seule, cinq jours et cinq nuits en compagnie de Max, la galvanisait.

— Le dîner est annulé ! annonça-t-elle gaiement dès qu'elle eut franchi le seuil.

Stephen et Abby s'immobilisèrent, aussi inquiets que perplexes par le ton joyeux de leur amie.

— Les Adler s'en vont ? avança prudemment Abby.

— Ils sont déjà partis, rétorqua Holly en haussant les épaules.

Comme à son habitude, elle fonça droit sur le plateau aux biscuits, mais cette fois elle s'arrêta net dans son élan. Elle s'apprêtait à passer plusieurs jours avec le plus bel homme qu'elle ait jamais rencontré, alors ce n'était pas le moment de se bourrer de sucreries. C'était le moment de se gâter autrement.

« Ressaisis-toi, Holly. Max n'est qu'un client comme les autres », se sermonna-t-elle. Pourquoi avait-elle tant de mal à se le mettre en tête ?

— Les Adler sont déjà partis ? répéta Abby. Alors, pourquoi souris-tu comme cela ? ajouta-t-elle lorsque Holly le lui eut confirmé.

— Je souris, moi ?

Stephen secoua la tête et entreprit de tout ranger tandis qu'Abby s'approchait, inquiète, de son amie.

— Holly, je me fais du souci pour toi.

Holly lui sourit en silence, et ce ne fut que lorsqu'elles se retrouvèrent seule dans sa chambre qu'elle s'expliqua.

— Max m'a invitée à dîner ce soir, annonça-t-elle triomphalement. Et tu sais quoi ? Il a prolongé son séjour de cinq jours.

— Il va rester ici presque une semaine entière ?

Abby se laissa tomber sur le lit et, médusée, fixa le plafond.

— Tu as bien entendu.

Holly approcha son visage du miroir de sa coiffeuse et appliqua une noisette généreuse de crème sur les cernes qui soulignaient ses yeux. Ses traits étaient tirés par les événements de la journée, mais il n'y avait rien qu'un peu de cosmétique ne puisse effacer.

— Il sera là à Noël, précisa-t-elle.

— Vraiment ?

— C'est ce qu'il a dit, en tout cas.

Une vague d'allégresse la submergea. Tant de choses pouvaient se passer en cinq jours !

Abby roula sur le côté et replia les jambes, prenant appui sur un coude.

— Pourquoi a-t-il changé d'avis ? s'enquit-elle.

Holly contempla le reflet d'Abby dans le miroir. Elle aussi s'était posé la question. La présence de Max dans ce coin reculé du pays restait bien mystérieuse.

— Il a dit qu'il était là pour affaires. C'est tout ce que je sais.

— Pour affaires ? pouffa Abby. A Maple Woods ? En pleine période de fêtes ?

Holly fronça les sourcils et réfléchit un bref instant aux interrogations de son amie.

— Je suis d'accord, c'est bizarre, concéda-t-elle.

— Bizarre ? Le mot est faible ! Il n'a rien dit d'autre, tu es sûre ?

— Oui.

Abby se redressa.

— Après tout, quelle importance ? dit-elle après avoir rejoint Holly près du miroir. D'ailleurs, tu en sauras sans doute plus, ce soir, pendant ton rendez-vous.

Le cœur de Holly se mit à battre plus fort. S'agissait-il vraiment d'un rendez-vous ? La vie de Max était à New York. Il souhaitait simplement trouver en elle une compagnie agréable durant son bref séjour loin de chez lui. Séduisant comme il l'était, il ne devait certainement pas attendre après une Holly Tate pour occuper ses soirées ! Une Holly Tate qui n'avait rien d'exceptionnel, n'était pas glamour et n'avait pas d'argent. Une fille tout ce qu'il y avait de plus ordinaire, quoi !

Elle ferait mieux de se ressaisir et d'arrêter ces rêveries romantiques qui ne pourraient que la décevoir. D'ailleurs, ne s'était-elle pas fait la promesse de ne plus sortir avec un homme qui n'aurait pas les mêmes priorités qu'elle ? Après tout, comment savoir si un Max Hamilton était vraiment différent d'un Brandon ? En dépit de son attitude amicale à son égard, il semblait plus intéressé par les affaires qu'il avait à traiter que par la perspective de passer Noël à White Barn Inn.

La voix d'Abby la ramena brusquement sur terre.

— Pourquoi fronces-tu les sourcils, comme ça ?

— Quoi ? Oh ! je… je ne fronçais pas les sourcils, répondit-elle en appliquant une touche de gloss sur ses lèvres.

— Ne me dis pas que tu pensais à Brandon ?

Holly n'osa pas avouer la vérité, mais comment ne pas penser parfois à Brandon et au mal qu'il lui avait fait en rompant avec elle au moment où elle avait le plus besoin de lui ? Elle n'osait pas confier à son amie que la perspective de sortir avec Max l'excitait et la terrifiait à la fois. Il y avait si longtemps qu'elle n'était sortie avec personne, et ce rendez-vous était si éloigné de sa routine habituelle qu'elle en perdait tous ses repères.

— Je ne pensais pas à Brandon, finit-elle par dire d'un ton ferme.

— Parfait. Parce que, pour l'heure, la seule chose dont tu dois te préoccuper, c'est la tenue que tu vas porter pour ton rendez-vous.

— Ce n'est pas un rendez-vous, protesta mollement Holly.

— Qu'est-ce que c'est, alors ?

Elle réfléchit quelques secondes.

— Simplement de l'amitié.

— De l'amitié ! gloussa Abby. Un homme comme Max n'a pas besoin d'amitié.

— De quoi a-t-il besoin, selon toi ?

— Je crois que tu connais la réponse aussi bien que moi. Crois-moi, lorsqu'un homme tourne comme ça autour d'une femme, ce n'est pas parce qu'il est en quête d'amitié.

Elle se mordit la lèvre et considéra quelques instants le point de vue d'Abby. Si seulement elle avait raison ! Elle se regarda dans le miroir et sourit à son reflet. Il y avait bien longtemps qu'elle ne s'était sentie aussi vivante et aussi nerveuse. Pourtant, elle fut saisie de panique à l'idée de ce qu'elle allait bien pouvoir lui dire. De quoi serait-elle capable de parler à l'exception de White Barn Inn et de ce qui avait trait ?

— Tu fronces de nouveau les sourcils, remarqua Abby.

Elle adressa à son amie un franc sourire.

— Là, c'est mieux ?

— Tu te sens nerveuse ?

— Un peu.

— C'est parfait. C'est bon signe.

— Il y a si longtemps que...

— ... que tu n'as pas pris de bon temps ?

Elle se contenta de hausser les épaules et décida d'ajouter un peu de blush sur ses joues. A bien y réfléchir, en effet, il y avait bien longtemps qu'elle n'avait pas pris un peu de bon temps, à moins que tricoter au coin du feu, se rendre à un club de lecture ou aller au cinéma remplissent cette fonction.

— C'est dommage qu'il habite aussi loin, déplora-t-elle.

— Et alors ? Quelle importance ? Un type canon t'a invitée à sortir avec lui ce soir, Holly. Quand cela t'est-il arrivé la dernière fois ?

Elle ne prit pas la peine de répondre. Abby connaissait la réponse aussi bien qu'elle.

— Prends les choses comme elles se présentent, Holly ! Fais-toi belle, sors et amuse-toi. Et, avec un peu de chance, le rendez-vous se poursuivra jusqu'au matin, ajouta Abby avec un sourire malicieux.

Elle brandit son pinceau devant son amie, faussement menaçante.

— Arrête un peu, lui enjoignit-elle en riant.

— Quoi ? Ne me dis pas que tu n'y as pas pensé.

Elle secoua vigoureusement la tête.

— Je ne veux pas d'une aventure d'un soir, Abby. Tu sais bien ce que je recherche.

— Je le sais, oui. Je voulais juste te dire... ne te ferme pas à un peu de bonheur. Depuis que tu es ici, tu as passé toutes tes nuits seule.

Abby retourna s'allonger sur le lit et fit courir ses doigts sur le tissu satiné de l'édredon.

— Ce lit a-t-il jamais connu autre chose qu'un pyjama en flanelle et un roman à l'eau de rose ?

L'image était si drôle que Holly éclata de rire. Abby venait de marquer un point. Mais cela ne signifiait pas pour autant qu'elle avait envie de risquer son cœur une nouvelle fois.

Max attendait dans l'entrée lorsque Holly fit son apparition, à l'heure convenue. Il avait passé un jean noir assorti d'un pull en cachemire, portait sur le bras une lourde parka et une écharpe, et tenait à la main un chapeau.

Holly baissa les yeux vers ce qu'elle portait, heureuse qu'Abby l'ait guidée dans son choix. Envolés la jupe noire sévère et les mocassins à talons ! A la place, elle avait opté pour un jean slim coincé dans une paire de bottes en cuir et un pull à encolure en V. La tenue parfaite pour une sortie entre amis. Le regard appréciateur de Max fut éloquent. Elle lui sourit timidement. Cet homme lui plaisait comme aucun autre avant.

— Vous avez fait des frais, à ce que je vois.

— J'ai acheté tout ceci en ville aujourd'hui.

— Ah oui ! Au magasin où travaille Bobby Miller. Un jeune homme intéressant, ce Bobby.

Max enfila son manteau et en remonta la fermeture Eclair.

— J'ai réussi à percer un peu la carapace, mais ça n'a pas été sans mal, admit-il. J'étais comme lui au même âge.

— Vraiment ? dit Holly qui ne s'attendait pas à une telle comparaison.

Elle ne pouvait imaginer deux personnes plus dissemblables que Max et le fils Miller. Max était, selon les termes d'Abby, canon, séduisant, chaleureux. Bobby était juste… désagréable. Elle ne pouvait s'imaginer Max se comportant comme lui.

Elle le laissa lui ouvrir la porte et sortit la première dans le froid glacial.

Max fronça soudain les sourcils et souleva une mèche de cheveux de Holly, qu'il laissa retomber sur son manteau.

— Comment ? Vous n'avez pas pris de chapeau ? Allons, allons, mademoiselle Tate, ce n'est pas très raisonnable.

Holly, pour qui un bonnet aurait pu paraître trop décontracté, réalisa son erreur.

— J'ai oublié, mentit-elle. Mais ça va.

— Vous êtes sûre ?

— Certaine.

Elle s'installa sur le siège passager de la voiture de Max, ravie de se laisser prendre en charge pour une fois.

— Racontez-moi un peu votre discussion avec Bobby, dit-elle une fois que Max se fut engagé sur la route. J'avoue que je ne vois aucune similitude entre vous.

— Qu'est-ce que vous croyez ? Moi aussi, je traîne mes boulets, comme tout le monde.

Il marqua une courte pause pour mettre les essuie-glaces en marche.

— Trêve de plaisanterie. Je ne connais pas Bobby, bien sûr, mais j'ai cru comprendre qu'il étouffait un peu à Maple Woods. Il attend peut-être plus de la vie que de moisir dans ce trou perdu.

— Je vous remercie, dit Holly d'un ton pincé.

Max réalisa trop tard tout ce que ses paroles pouvaient avoir de méprisant.

— Oh ! excusez-moi. Ce n'est pas ce que j'ai voulu dire.

— Laissez tomber. J'ai compris ce que vous vouliez dire.

D'autant qu'il avait raison. Maple Woods avait peu à offrir. En tout cas, certainement pas ce que l'on pouvait trouver dans une grande ville. Et si Max trouvait des similitudes entre Bobby et lui lorsqu'il était adolescent, cela voulait dire que Maple Woods ne correspondrait jamais à ses attentes.

Déçue, elle préféra aborder un autre sujet de conversation.

— Il y a l'illumination du sapin sur la place, nous pouvons y aller si vous voulez. C'est la tradition, chaque vendredi soir qui précède Noël.

Max accueillit sa proposition par un long silence. Elle remua sur son siège, mal à l'aise. Si Max l'avait invitée à sortir, ce n'était certainement pas pour aller assister à l'éclairage d'un sapin dont il n'avait rien à faire. Regrettant son offre, elle se mordit l'intérieur de la joue et tenta d'ignorer la pointe qui lui vrillait le cœur.

Enfin, la voix chaude et grave de Max vint rompre le silence pesant qui emplissait l'habitacle.

— Je dois reconnaître que je n'ai jamais rencontré quelqu'un d'aussi attachée aux traditions.

— Je ne sais pas si je dois le prendre comme un compliment. Est-ce une si mauvaise chose ?

— A vrai dire…

— Vous ne fêtez donc jamais Noël ?

— Pas si je peux l'éviter, admit-il sans chercher à tricher.

Elle sentit une boule se former au creux de son ventre. Si ne pas célébrer Noël était une chose, le rejeter délibérément en était une autre qu'elle ne comprenait pas. Elle brûlait de lui en demander la raison, mais finalement elle préféra y renoncer. La soirée s'annonçait déjà assez mal comme cela.

Elle se réfugia dans un profond silence et se renfonça dans son siège pour regarder défiler les arbres recouverts de neige. Quand il s'engagea dans Main Street, elle retrouva le sourire.

Toute la rue étincelait des illuminations multicolores qui décoraient chaque réverbère, chaque vitrine, chaque store de magasin. Le trottoir était jalonné de rennes, de traîneaux, de bonshommes de neige, bref de tout ce qui avait pour thème Noël. Le spectacle était si magique que tous les automobilistes ralentissaient pour en profiter.

Elle contemplait le spectacle avec une joie d'enfant, et il esquissa un sourire amusé.

— Excusez-moi, dit-elle rougissante. Vous devez avoir raison. Je suis plus attachée aux traditions que d'autres.

— Vous êtes pardonnée. Et puis, je dois dire que vous êtes trop mignonne.

Une fois de plus, elle ne sut pas quoi répliquer. Toute sa capacité à parler s'était envolée d'un coup. Heureusement, il ne semblait pas être conscient de l'effet qu'il produisait sur elle, car il gara sa voiture et arrêta le moteur sans faire le moindre commentaire.

Mignonne. Il la trouvait mignonne. Elle se repassa ce mot en boucle, juste pour s'en délecter. Elle sortit de la voiture, regrettant de ne pas rester plus longtemps seule avec lui dans l'intimité de l'habitacle. Elle en avait la certitude à présent. Elle ne voulait partager cette soirée avec personne d'autre que lui ; ne voulait concentrer toute son attention que sur lui et sur rien d'autre. Des soirées pareilles, elle n'en connaîtrait pas souvent, peut-être même plus jamais, alors elle était bien déterminée à ce que celle-ci reste à jamais gravée dans sa mémoire.

Peut-être même, un jour lointain, en parlerait-elle à

ses petits-enfants. Elle s'empressa de chasser de son esprit cette pensée absurde. En extrapolant ainsi, elle ne faisait que se faire du mal.

— Alors ? Nous allons le voir, ce sapin ? proposa Max.

— Oh... non, ce n'est pas la peine.

— Hé ! Je suis nouveau ici, et vous étiez censée me montrer toutes les attractions de la ville, protesta-t-il d'un ton taquin.

— Je croyais que cela ne vous intéressait pas.

— Je n'ai jamais dit une chose pareille.

Il ne l'avait pas dit ouvertement, mais il n'avait pas manifesté à proprement parler de véritable enthousiasme.

— C'est vrai, vous ne l'avez pas dit, mais ce n'est pas non plus une obligation. Je n'en mourrais pas si je n'y vais pas cette année, vous savez.

Pour toute réponse, il bifurqua en direction de la place.

— Vous fuyez vraiment toutes les traditions familiales ? persista-t-elle.

Il remonta frileusement le col de sa parka en évitant de croiser son regard.

— Pas toutes, non, répondit-il de façon évasive.

Jugeant qu'il n'avait pas répondu à sa question, elle insista.

— Donc, vous avez décrété que vous ne célébreriez pas Noël. Que faites-vous ce jour-là ?

— Je travaille.

Elle aurait dû s'en douter. Quelle autre raison aurait-il eu de venir ici pendant la période des fêtes ? Elle avait affaire à un bourreau de travail, tout comme l'était Brandon. Le genre d'homme qui privilégiait sa réussite professionnelle plutôt que sa vie privée et qui ne s'embarrassait pas d'une petite amie attitrée. Le genre qui détestait les complications.

Plus elle prenait en compte la réalité, plus elle se

sentait oppressée. Et déprimée. Ce ne serait pas elle qui le changerait. Elle avait essayé une fois avec Brandon, et bien mal lui en avait pris.

Tout comme lui, Max n'hésiterait pas à lui briser le cœur sans un battement de cils.

Ils avancèrent côte à côte, en silence, mains fourrées dans leurs poches et mentons enfouis dans leurs écharpes, puis ils se fondirent dans la foule qui s'était rassemblée au pied d'un immense sapin. Une chorale d'enfants attendait le signal de leur professeur de musique pour lancer les premières notes d'un chant de Noël.

— Magnifique, ton sapin, cette année, Holly ! cria une voix.

— Pourquoi cet homme dit-il que c'est votre sapin ? s'enquit Max, sceptique.

— Parce qu'il provient des terres de White Barn Inn. C'est le moins que je puisse faire.

— Et le propriétaire ? Il est d'accord ?

— C'est étonnant que vous vous souveniez de ça.

Max lui adressa un de ses sourires renversants dont il avait le secret et qui lui faisait oublier tout le reste.

— On m'a appris que lorsqu'une jolie fille parle, on doit être attentif à ce qu'elle dit, éluda-t-il dans le but de noyer le poisson.

Le compliment la fit rougir, et elle fixa le bout de ses bottes. Elle accueillit avec soulagement le chœur des enfants qui s'élevait. Un frisson parcourut la foule lorsque leurs voix pures et cristallines montèrent dans les aigus. Au troisième couplet, l'arbre prit vie, et les guirlandes lumineuses éclairèrent les mines réjouies des spectateurs.

Max se pencha à son oreille.

— Vous avez froid ?

Le souffle tiède de sa bouche, si près de son visage, lui

envoya une onde électrique dans tout le corps. Frissonnante de désir, elle aspira l'air froid pour se ressaisir.

Se méprenant sur les tremblements qui l'agitaient, il l'enveloppa de ses bras.

— C'est mieux ainsi ?

Elle parvint à peine à esquisser un hochement de tête. La proximité de Max suscitait en elle un désir qu'elle n'avait pas éprouvé depuis bien longtemps. Même à travers l'épais tissu de sa parka, elle sentait son corps musclé contre le sien. Pour la première fois, elle s'autorisa à imaginer ce que pourraient être leurs corps nus et enchevêtrés. Elle se plut à laisser son imagination débridée l'emporter loin, très loin, même si elle savait qu'elle ne franchirait jamais le pas. A quoi bon ? Elle ne pourrait qu'en sortir meurtrie. Max allait bientôt repartir, et il s'était montré on ne peut plus clair quant à ses priorités. Pour l'heure, elle ne pouvait que s'autoriser à profiter de l'instant.

Lorsque les voix et les applaudissements se turent, la foule commença à se disperser. Certains se dirigèrent vers Chez Lucy, d'autres prirent la direction de la pizzeria, tous désireux de prolonger la soirée. Max laissa retomber son bras et tourna la tête vers elle.

— Je ne sais pas vous, mais moi, je meurs de faim. Si nous y allions ?

Il l'invita à passer son bras sous le sien, et ce simple contact suffit à enflammer son corps d'un désir intense.

Elle eut beau chercher à se raisonner, à se dire qu'elle le connaissait à peine, qu'il n'était là que pour une très courte durée, qu'il ne pensait qu'à son travail, qu'il était un célibataire endurci, rien n'y fit.

Elle comprit à cette seconde même qu'elle s'engageait sur la mauvaise pente.

*
* *

Holly se glissa sur la banquette, face à Max, et retira son écharpe. Il la regarda se contorsionner à demi pour placer son manteau sur son dossier. Son regard glissa sur sa taille fine, puis sur ses seins qui pointaient sous la maille de son pull.

Avec Holly si près de lui, il se sentait plus vivant qu'il l'avait jamais été. La chaleur de son corps, les effluves de son parfum fleuri, si féminin, tout en elle lui donnait l'envie irrépressible de caresser du bout des doigts sa main fine qui tenait la carte.

— Afin que les choses soient claires, vous êtes mon invitée, annonça-t-il d'entrée. J'insiste, ajouta-t-il pour couper court à toute protestation.

Elle leva sur lui ses grands yeux de biche.

— Merci, dit-elle presque timidement.

— Que me recommandez-vous ? poursuivit-il tout en parcourant la carte des yeux.

Tourte au poulet, hamburgers, fish and chips... l'endroit semblait privilégier la cuisine traditionnelle.

— J'avoue que je n'ai pas souvent dîné ici, répondit-elle sous le regard sceptique de Max.

— Vraiment ?

Il se pencha un peu en avant pour mieux scruter son joli visage. Sa bouche pleine et ourlée, recouverte d'un léger gloss teinté de rose, éveilla en lui un désir intense qui ne fit que s'accroître lorsqu'il plongea dans son regard. Il avala une gorgée d'eau froide pour tenter de dissiper l'onde de chaleur qui le submergeait. Il avait envie de cette femme. Une envie folle qu'il lui fallait refouler, car compte tenu des circonstances, elle lui était interdite. Mais si la raison l'admettait, son corps, lui, s'y refusait.

— Je ne sors pas souvent le soir, précisa-t-elle. Mon

travail me prend tellement de temps ! Nous servons à dîner tous les soirs, et pour moi ma place est là-bas, près de mes hôtes.

Alors qu'il soutenait son regard dans l'espoir de deviner ce qui se cachait derrière cette réponse, il crut voir une ombre passer sur son visage.

— Voyons un peu la carte des vins. Vous partagerez bien une bouteille avec moi ?

Le visage de Holly s'éclaira d'une joie enfantine.

— Volontiers.

— Rouge ou blanc ?

— Rouge pour l'hiver, blanc pour l'été, récita-t-elle, toute joyeuse.

— Alors, allons-y pour le rouge.

La serveuse qu'il avait vue le matin vint à leur table, un sourire aux lèvres.

— En voilà une surprise ! dit-elle.

— Salut Emily. Justement, je disais à Max que je ne sors pas souvent le soir.

— Pas assez, en tout cas. C'est qu'il faut se lever de bonne heure pour l'arracher à son travail !

Max la vit rougir légèrement.

— Je m'appelle Max, se présenta-t-il. Je vous ai aperçue ce matin, mais nous ne nous sommes pas présentés.

Emily lui adressa un sourire chaleureux.

— Je m'appelle Emily. Emily Porter. Alors, qu'est-ce que je vous sers ?

Une fois leurs commandes passées, il reporta son attention sur Holly. Il fallait qu'il aille de l'avant, qu'il continue à lui parler, sans quoi elle devinerait aisément les pensées torrides qui l'agitaient. Pour la première fois, il sentait poindre un intérêt sincère pour une femme, ce qui n'était pas dans ses habitudes. Il y avait quelque chose dans sa voix, dans son sourire, qui le touchait infiniment.

— J'ai été désolé de voir partir Evelyn, confia-t-il. Je commençais à m'habituer à la voir déambuler dans les parages.

— J'ai craint qu'elle vous fasse fuir.

— Oh ! il m'en faut plus que ça !

Elle baissa les yeux encore une fois, ses longs cils effleurant ses joues roses. Il n'avait pas remarqué qu'elle pouvait être timide à ce point, et cette vulnérabilité donna à l'homme qu'il était l'envie de la prendre dans ses bras et de la protéger.

Quelle ironie du sort, pensa-t-il, amer, alors que la seule personne au monde dont elle devait se protéger était Max Hamilton lui-même !

— Elle est toujours comme ça ? demanda-t-il.

— Envahissante, vous voulez dire ?

Il eut un petit rire en revoyant la vieille dame l'abreuver de commérages sur les gens qu'elle avait eu l'occasion de rencontrer au cours de ses différents séjours à White Barn Inn.

— Oui. Et encore, je ne sais pas si le terme est bien choisi. Ce qui est sûr, c'est qu'elle est unique en son genre.

— Je crois qu'elle a eu le béguin pour vous, murmura Holly sur le mode de la confidence.

Ce fut au tour de Max de rougir. Il éclata de rire pour cacher son embarras.

— Elle est vraiment exceptionnelle.

— Je me souviens d'une fois où elle soupçonnait une autre de mes clientes d'avoir des vues sur Nelson.

— Non ! Vous plaisantez ?

— Pas du tout. Elle était persuadée que cette femme flirtait avec son mari. Tellement persuadée même, qu'elle l'a pourchassée avec un seau jusque dans le carré aux myrtilles.

— Et Nelson ? Comment a-t-il réagi ?

Elle fit un geste vague de la main.

— Il est resté là à regarder, immobile, médusé.

Max secoua la tête, désolé d'avoir raté un tel spectacle.

— Quel énergumène, cette Mme Adler !

Lorsque Emily eut apporté le vin, il remplit leurs verres et en but une gorgée, se régalant des anecdotes que lui racontait Holly. Plus elle parlait, plus il était captivé. C'était une femme fascinante qui avait le don de mettre les gens à l'aise. Il n'y avait rien d'étonnant à ce que ses clients se sentent si bien chez elle. Il émanait d'elle, ainsi que de sa maison, des ondes positives, et l'espace d'une infime seconde il osa se projeter dans son monde.

Sans trop savoir comment un tel miracle était possible, il eut le sentiment qu'il s'y plairait bien.

Il réprima l'envie de lui demander si elle avait déjà songé à retourner vivre en ville. Ce n'était pas le bon moment. Et puis, si elle lui opposait un non franc et clair, il n'aurait d'alternative que d'accepter la réalité.

Ce dîner serait alors le dernier, et les chances qu'il nourrissait de mieux la connaître lui échapperaient à jamais. Aussi préféra-t-il rester sur un terrain plus neutre. Et puis, ne lui restait-il pas encore cinq jours ? Tant de choses pouvaient se produire dans un laps de temps aussi court.

La salle lui parut différente de celle qu'il avait découverte le matin. Les lumières étaient tamisées et les tables éclairées par des bougies multicolores. Il esquissa un sourire mélancolique en voyant un train électrique en marche.

— Je me rappelle avoir demandé un train comme celui-ci, une année.

— Et alors ? Vous l'avez eu ?

— Non.

Une ride se creusa sur le front de Holly qui ne s'attendait pas à une telle réponse.

— Oh... c'est triste.

Il haussa les épaules et regarda en silence le train passer une nouvelle fois devant eux.

— L'Express du pôle Nord, dit-il après avoir déchiffré l'étiquette.

Elle le regardait pensivement, attristée par son histoire.

— Vous l'avez eu, l'année d'après ?

— L'année d'après, c'était trop tard, répondit-il regrettant d'avoir évoqué cet aspect intime de sa vie.

— Pourquoi cela ?

— Parce que je ne croyais plus au Père Noël.

Soucieux de passer à autre chose, il ajouta :

— J'espère que cela ne pose pas de problème que je sois là pour Noël.

— En fait, j'en suis ravie.

Il se fit soudain horreur. Il ne savait trop si la culpabilité l'emportait sur l'excitation, ou s'il éprouvait un mélange des deux.

— Ma présence ne va rien changer à vos plans ?

Elle coinça une mèche de cheveux derrière son oreille puis effleura d'un doigt le bord de son verre.

— J'ai tendance à compter sur mes hôtes pour me tenir compagnie. Vous passez vraiment le jour de Noël à travailler ?

— C'est bien ce que vous faites, et cela ne vous étonne pas.

— Touchée.

— Je me fiche de travailler ce jour-là. Et puis, je trouve tout cela un peu surfait.

Elle afficha une moue critique.

— Vous avez peut-être raison, dit-elle néanmoins.

Il la soupçonna de ne pas en penser un traître mot. La joie enfantine qu'elle manifestait à tout bout de champ en était une preuve. Elle était trop entière, et donc incapable de cacher ses sentiments. Mais c'était quelque chose qui lui plaisait, cette faculté de rester soi-même en toute occasion.

— Vous ne cherchez même pas à vous retrouver avec vos amis, ce jour-là ? insista-t-elle.

— Non, vraiment, ce n'est pas mon truc.

Elle s'apprêtait à répliquer lorsque son attention fut attirée par un homme qui s'approchait de leur table.

— Georges ! s'exclama-t-elle, toute souriante.

— Quelle surprise de te trouver ici ! Mais tu m'en vois ravi. J'espère que je ne vous dérange pas.

Une fois encore, elle ne put s'empêcher de rougir.

— Je ne pense pas que vous vous connaissiez, dit-elle. Voici Max Hamilton, un de mes hôtes. Max, je vous présente Georges Miller. Lucy et lui sont les propriétaires de ce restaurant.

Max se raidit, tandis qu'il tendait la main à Georges.

— Ravi de vous rencontrer, dit-il. J'ai fait la connaissance de votre femme et de votre fils ce matin.

— Max est déjà un grand amateur des tartes de Lucy, précisa Holly.

— C'est la deuxième fois que je viens ici, et pourtant je ne suis arrivé qu'hier soir, expliqua Max d'un ton qu'il voulait enjoué.

— Autant dire que vous êtes un habitué, décréta Georges dans un sourire bienveillant.

Max se sentit soudain dans la peau de l'hypocrite et du fourbe qu'il était. Mais comment faire autrement ?

— On peut dire ça, en effet.

— Combien de temps allez-vous rester parmi nous ?

De l'autre côté de la table, elle se suspendit à ses lèvres, le cœur battant.

— Jusqu'à Noël.

— Vous avez de la famille par ici ?

— Non.

Durant un court instant, Georges fixa sur Max un regard étonné.

— N'hésitez pas à nous appeler si vous avez besoin de quoi que ce soit. Nous aimons que nos clients soient satisfaits.

— Comme Holly, commenta Max.

— Ce doit être propre aux gens d'ici.

Georges regarda en direction de la porte qui venait de s'ouvrir sur deux nouveaux arrivants qu'il salua d'un geste de la main.

— Je vous laisse, je vais les installer. J'ai été ravi de vous rencontrer, Max. J'espère que nous aurons l'occasion de nous revoir avant votre départ.

— Je n'en doute pas, dit Max avant d'ajouter à l'adresse de Holly : nous y allons ? J'aimerais bien faire un petit tour de ville avant que la tempête se déchaîne.

Elle acquiesça et se leva pour enfiler son manteau.

— Un autre verre de vin, et vous auriez dû me porter jusqu'à la voiture.

— Serait-ce si terrible ?

— Si je n'étais pas certaine du contraire, je pourrais croire que vous flirtez avec moi, Max Hamilton.

Max remarqua la façon dont ses yeux brillaient d'un éclat particulier.

— Qui sait ? murmura-t-il comme pour lui-même.

Elle se pinça les lèvres, mais il vit qu'elle était flattée. Après tout, il voyait peut-être des complications là où il n'y en avait pas. Holly était jeune, libre et coincée à Maple Woods ; cela ne signifiait pas pour autant qu'elle n'était pas capable de changer de vie. Elle avait tout de même déjà vécu dans une grande ville.

— Vous allez de temps en temps à Boston ? demanda-t-il en lui tenant la porte ouverte.

Elle enroula son écharpe autour de son cou et le précéda dans l'air froid de la nuit.

— Pas vraiment. Mon métier me prend trop de temps, et je prendrais le risque de voir mon chiffre d'affaires chuter si je m'absentais.

— Ce ne doit pas être facile pour vous, hasarda Max.

— C'est la vie ! Elle exige parfois des sacrifices.

Max se demanda si ses mots pouvaient avoir un autre sens que celui qu'elle avait voulu leur donner. Certes, elle aimait sa maison et son métier, mais à quel prix ? Il connaissait bien le problème des gens qui sacrifiaient trop à une seule cause. Ils finissaient par le regretter et par devenir aigris. Comme sa mère.

En silence, ils firent le tour de la place, puis marchèrent encore un peu jusqu'à ce que la neige se mette à tomber plus drue et plus collante.

— Nous devrions rentrer, suggéra Holly en scrutant le ciel couleur de plomb.

Il ressentit une pointe de déception. Tandis qu'ils laissaient derrière eux les lumières de la ville et que White Barn Inn apparaissait au loin, il imagina les bulldozers entrer en action et tout raser sur leur passage. Si, à peine quelques semaines plus tôt, l'idée de voir naître de ces terres le centre commercial de ses rêves l'enthousiasmait, aujourd'hui cette perspective lui laissait un goût amer dans la bouche.

Faire fi du passé s'avérait toujours difficile, il en avait fait l'expérience très jeune. Mais c'était la seule chose qui fasse avancer. Ce pourrait être pour Holly l'opportunité dont elle avait besoin pour démarrer une nouvelle vie, pour s'occuper un peu d'elle plutôt que des autres.

— J'ai passé une très bonne soirée, affirma Holly tandis qu'ils franchissaient la porte d'entrée.

Le vestibule était faiblement éclairé, la cheminée éteinte. Il n'y avait pas le moindre bruit. Toutes les conditions étaient réunies pour que l'attention de Max ne soit pas détournée de la femme sublime qui se tenait à son côté.

— C'est agréable de sortir dîner de temps en temps, non ?

Elle lui répondit par un sourire reconnaissant.

— Vous avez raison. Je devrais le faire plus souvent.

Il resta immobile, hésitant, attiré par sa bouche sensuelle, par son regard ardent, par la conscience aiguë qu'il avait du fait qu'il n'y avait personne d'autre qu'eux dans la maison.

— Je monte, finit-il par dire, la voix rauque et basse. Je dois vérifier mes e-mails.

Puis, dans un geste spontané, il posa une main sur son bras et se pencha vers elle pour effleurer sa joue de sa bouche. Sa peau était douce et veloutée sous ses lèvres, son parfum envoûtant. Tout en lui lui hurlait de l'embrasser. Pourtant, il recula.

Pas ce soir. Pas tant qu'il n'aurait pas vu Georges Miller.

Il lui resterait alors quatre jours. Autant dire une éternité.

6

— Bonjour, dit Max d'une voix encore éraillée de sommeil.

Le cœur de Holly se mit à battre la chamade alors qu'elle se tournait vers lui et que son regard se fixait sur ses joues ombrées d'une barbe naissante. Elle avait eu beau s'attendre à le voir arriver à tout instant dans la cuisine — c'était l'heure du petit déjeuner —, elle ne pouvait s'empêcher d'être nerveuse.

Max se tenait dans l'embrasure de la porte, ses bras musclés croisés sur son large torse. Sans qu'elle puisse s'en empêcher, ses cheveux mouillés l'amenèrent à l'imaginer nu sous la douche. Elle laissa échapper un petit soupir tout en contemplant l'objet de son désir derrière le voile de ses longs cils recourbés.

La nuit avait été longue, émaillée de trop courts instants d'un sommeil agité.

— Salut, répliqua-t-elle d'un ton qu'elle voulait dégagé.

Aujourd'hui, elle devait se ressaisir. Elle le devait absolument.

Cet homme auquel tout l'opposait n'était vraiment pas fait pour elle, mais elle était prompte à l'oublier aussitôt qu'elle posait les yeux sur lui.

Hypnotisée, elle le regarda s'avancer dans la pièce baignée de soleil. Lorsqu'il la croisa pour aller à la machine à café et que leurs corps se frôlèrent, tout son corps vibra d'un désir contenu.

Malgré ses bonnes résolutions, comment pourrait-elle lutter ?

Toute la nuit, le visage de Max était venu hanter ses pensées. Elle avait revu sa bouche se poser sur sa joue, sa main s'attarder sur son bras, ses yeux plonger dans les siens.

Jamais son lit ne lui avait paru aussi grand ni aussi vide.

Si elle ignorait encore si leur rendez-vous allait connaître une suite, elle était sûre d'une chose : il lui faudrait du temps pour effacer Max de sa mémoire et revenir à l'affreuse réalité : dans quatre jours, Max repartirait, et elle se retrouverait face à sa solitude.

A peine deux jours plus tôt, elle était si heureuse de la vie qu'elle menait ! Une vie pleine, qui la comblait. Et voilà qu'aujourd'hui elle en était réduite à souffrir de ce qui lui manquait. Elle avait toujours voulu connaître la douceur d'un foyer à elle, même si elle ne s'en plaignait jamais. Elle avait compensé ce manque affectif en se constituant sa propre famille. Les personnalités très différentes qu'elle accueillait à White Barn Inn faisaient de cette vieille demeure le foyer chaleureux auquel elle aspirait tant. Mais cela, c'était avant l'arrivée de Max, qui, au lieu de lui réchauffer le cœur, ne faisait que lui faire prendre un peu plus conscience de sa solitude.

Elle se mordit la lèvre. Après tout, New York ne se trouvait qu'à deux heures d'ici et…

Non ! Une idée pareille était impensable ! C'était à Maple Woods qu'elle se sentait chez elle. Elle y avait découvert un sens de la communauté hors du commun. Un sens d'appartenance, aussi, de confort, de sécurité. Ici, elle avait sa place, elle trouvait un sens à sa vie. Elle ne pourrait jamais laisser tout cela derrière elle.

Et puis, Max l'avait lui-même souligné, une vie à
Maple Woods ne lui conviendrait pas. Sans compter que
ce n'était là qu'un des nombreux points qui les opposait.

Elle cassa des œufs dans un bol, cherchant à se
concentrer sur ce qu'elle faisait, seul moyen de ne pas
approcher Max et de faire avec lui ce qu'ils s'interdi-
saient de faire.

Bien loin d'imaginer les pensées qui l'agitaient, il
s'appuya contre le comptoir, tout près d'elle, et but une
gorgée de café.

— Délicieux, dit-il. Quel est donc votre secret ?

— Une pointe de cannelle.

— Bonne idée.

— Merci.

Elle ajouta des brins de romarin aux pommes de
terre qui grésillaient dans la poêle, trop heureuse de
fixer son attention ailleurs que sur cet homme dont la
seule proximité attisait un désir jusque-là inconnu d'elle.

— On dirait que la neige a cessé de tomber, dit-il.

Elle regarda par la fenêtre. Soixante centimètres à
peine recouvraient le sol, bien loin du mètre et quelques
annoncé la veille. Elle n'allait pas s'en plaindre, car si
le spectre de la tourmente de l'année avait fait fuir ses
clients, cela lui avait permis de rester seule avec Max.
Elle n'aurait pu mieux faire si elle avait voulu prémé-
diter la chose. Quelle ironie du sort que ce qui l'avait
dévastée vingt-quatre heures plus tôt la faisait aujourd'hui
doucement sourire ! A croire que le destin s'amusait.

— Ils se sont montrés alarmistes, comme d'habitude.
A mon avis, les routes seront dégagées dans moins de
deux heures.

— Tant mieux, dit Max, les yeux fixés sur l'allée
recouverte d'un épais tapis immaculé.

— Dois-je comprendre que vous allez avancer votre départ ?

Elle crut que son cœur allait s'arrêter de battre tant elle avait peur de le perdre. Sa réponse serait éloquente. Elle lui apprendrait s'il restait à cause du temps, pour affaires ou... pour elle.

— Vous êtes donc si pressée de vous débarrasser de moi ? demanda-t-il d'un ton taquin.

Il restait ! Elle lui tourna le dos pour lui dissimuler la joie que son visage ne manquerait pas de trahir.

— J'espère que vous aimez les omelettes, dit-elle d'un ton faussement désinvolte.

— Oui, mais ne prenez pas la peine de cuisiner pour moi.

— Mais si, je n'oublie pas que vous êtes mon hôte.

— Holly...

Sa voix était basse, sensuelle. Il pencha légèrement la tête et riva son regard au sien.

— J'ai donné congé à Stephen jusqu'à la fin de la semaine, annonça-t-elle. Il faudra donc vous contenter de ma cuisine.

— Au vu de ce que je connais déjà, je ne m'en plains pas.

— Allez vous installer, lui enjoignit-elle, de plus en plus nerveuse sous son regard insistant. Je viendrai vous apporter votre plateau dès que ce sera prêt.

— Vous resterez déjeuner avec moi, n'est-ce pas ?

— Bien sûr. J'en ai pour dix petites minutes.

Elle garda les yeux baissés sur sa poêle jusqu'à ce qu'il quitte la pièce. Une fois seule, elle laissa échapper un profond soupir de soulagement. Elle se sentit emportée dans un tourbillon de joie qui lui fit tourner la tête.

L'effet que cet homme produisait sur elle était aussi irrationnel que ridicule. Elle alla au robinet remplir un verre d'eau fraîche qu'elle but d'un trait. Puis elle s'essuya la bouche d'un revers de main et inspira un grand coup pour calmer les battements désordonnés de son cœur.

Honnêtement, était-ce pour en arriver là qu'elle avait passé tant d'années terrée dans cette maison ? Quant à sa réaction aussitôt qu'elle était en sa présence ! A croire qu'elle vivait dans un couvent !

Cette comparaison amena un sourire amusé sur ses lèvres. N'était-ce pas le cas, si l'on considérait qu'elle n'avait fréquenté aucun homme depuis son départ de Boston ?

Elle attendit de se sentir moins nerveuse pour aller retrouver Max dans la salle à manger. A sa grande surprise, il ne s'y trouvait pas. Elle déposa le lourd plateau sur la table la plus proche et gagna l'entrée. Il téléphonait, confortablement installé dans un fauteuil club. Dès qu'il la vit, il mit fin à sa conversation.

— Vous n'auriez pas dû vous croire obligé de raccrocher, dit-elle, remarquant sa précipitation. J'aurais pu attendre.

Il balaya son inquiétude d'un geste de la main.

— Rien qui ne puisse attendre, rétorqua-t-il d'un ton évasif.

— Dans ce cas, nous pouvons aller prendre notre petit déjeuner.

Lorsqu'il se leva, elle ne put s'empêcher d'admirer sa silhouette athlétique.

— Hmm, ça sent bon.

— Merci, dit Holly, qui, une fois dans la salle à manger, entreprit de disposer les couverts sur la table. Vous avez des projets pour aujourd'hui ?

Elle regretta aussitôt ses paroles qui pouvaient passer pour une invitation à passer la journée avec lui.

— J'ai une affaire à traiter en ville, ce matin.

— Moi aussi, je dois me rendre en ville. Tous les week-ends de décembre, il y a un marché de Noël sur la place, et j'ai l'habitude d'y tenir un stand.

Il pointa sa fourchette dans sa direction.

— Vous voyez ? Vous aussi, vous travaillez, même lorsque vous n'avez pas de clients.

— C'est différent, plaida-t-elle. C'est ma façon de participer. Dites-moi franchement, cette ambiance festive ne vous manque vraiment pas ?

Il prit le temps de couper son omelette avant de répondre :

— Noël ne signifie rien pour moi. Rien de positif, en tout cas.

Elle fronça les sourcils, navrée par sa réponse, à des milliers de lieues de ce qu'elle-même éprouvait.

— Je suis désolée pour vous.

Il haussa les épaules et tendit la main vers sa tasse de café.

— Vous n'avez pas à l'être. Ce n'est pas comme si j'avais l'impression de passer à côté de quelque chose d'important, puisque je m'en fiche.

Pour appuyer son affirmation, il la regarda droit dans les yeux et soutint son regard quelques secondes.

— D'ailleurs, ajouta-t-il, c'est une fête dédiée aux enfants et aux familles. Moi, je n'ai ni l'un ni l'autre.

« Nous sommes dans le même cas, alors », songea-t-elle avec mélancolie.

— Avez-vous déjà envisagé de lever le pied pour… disons… prendre le temps de fonder une famille ? osa-t-elle demander.

Il mordit dans son toast et le mâcha consciencieusement.

— J'essaie de ne pas souhaiter ce que je ne peux pas avoir, finit-il par dire.

Ce qu'il ne *pouvait* ou ne *voulait* pas avoir ? se

demanda-t-elle. Là était la question. Mais peu importait la réponse. Max venait de confirmer que sa vie tournait autour de ses affaires et qu'il ne comptait pas changer ses priorités.

De vieilles blessures se rouvrirent. Elle se revit rentrer chez elle après son dernier dîner avec Brandon. Un dîner au cours duquel elle avait pensé qu'il allait s'engager. Pour l'occasion, elle s'était acheté une belle robe et avait même fait les frais d'une manucure. Ce soir-là, elle avait à peine pu manger tant elle se sentait transportée de bonheur. Comment allait-il s'y prendre ? Quelle bague avait-il choisi ? Qu'allait-elle lui dire ?

Malheureusement, Brandon n'avait pas du tout l'intention de se déclarer ce soir-là. Ni un autre soir, d'ailleurs. Et au lieu d'entendre ce à quoi elle s'était attendue, il lui avait annoncé qu'il était muté à Los Angeles. Il ne lui avait pas proposé de le suivre.

A aucun moment, il n'avait pris en considération le fait qu'elle avait besoin de lui, qu'elle n'avait perdu ses parents que six mois plus tôt, qu'elle lui avait consacré deux ans de sa vie. Elle s'était alors demandé ce qu'elle avait bien pu faire pour qu'il l'abandonne ainsi sans l'ombre d'un remords. Puis, après avoir culpabilisé quelque temps, elle en était arrivée à la conclusion qu'elle s'était trompée. Sa seule faute avait été de faire le mauvais choix. Lorsqu'elle repensait aux allers et retours qu'elle avait effectués entre Maple Woods et Boston, au détriment du temps qu'elle aurait pu passer avec sa grand-mère, elle éprouvait une impression de gâchis qu'elle n'avait pas l'intention de reproduire.

Peu à peu, la vie avait repris le dessus. Elle avait accepté quelques rendez-vous sans importance, mais les opportunités à Maple Woods étaient si rares — et si décevantes — qu'elle avait fini par renoncer et se concentrer uniquement sur son travail. Puis Max était arrivé, réveillant en elle l'envie de fonder une famille, de voir sa maison se remplir d'amour, de rires et de nouveaux souvenirs.

Enfant unique, orpheline, elle n'aspirait qu'à une chose : partager sa vie avec un homme qui l'aimerait autant qu'elle l'aimerait.

Etait-ce donc trop demander ?

Georges Miller vivait dans une petite maison située derrière le restaurant. Il y avait fixé rendez-vous à Max par souci de discrétion. Max avait été très bref durant leur discussion téléphonique, ne lui révélant que le fait qu'il était promoteur, ce qui l'avait laissé sur sa faim.

Il dégageait son allée enneigée lorsque la voiture de Max ralentit pour se garer à sa hauteur.

— Venez, dit-il en posant sa pelle contre l'un des murs de la véranda. Nous serons tranquilles, Lucy est au restaurant et Bobby est sorti avec des amis. Mais je n'ai pas trop de temps à vous consacrer, je dois aller retrouver Lucy dans une demi-heure.

Max tapa ses bottes l'une contre l'autre pour les débarrasser de la neige, puis suivit Georges dans l'entrée.

— Bobby a quitté l'école ? demanda-t-il.

— Non, mais il est en vacances. Quelle époque bénie que celle des études, non ?

Max acquiesça, alors qu'il n'en pensait pas un mot. Lorsqu'il était enfant, l'école n'était pour lui qu'un moyen d'échapper à l'ambiance pesante qui régnait chez lui. Pire, en grandissant, ses gentils petits camarades de classe s'étaient métamorphosés en juges impitoyables. Le rejet dont il avait été l'objet, ainsi que la compassion dont avaient fait preuve ses professeurs à son égard, tout cela lui avait fait horreur.

Personne n'ignorait les beuveries de son père, les virées au bar du coin, les bagarres, les promesses d'ivrogne. Ceux qui vivaient assez près de chez eux avaient été témoins des portes qui claquaient, du bruit des verres fracassés contre les murs et des descentes de police au beau milieu de la nuit.

Cette ambiance lui avait valu la compassion du corps enseignant, mais il n'en avait eu que faire. Il détestait inspirer la pitié. Depuis, il s'était fermé, bien résolu à ne plus jamais susciter de tels sentiments.

— En fait, j'adorais l'école, finit-il par dire.

Car malgré les brimades et la compassion, qu'il exécrait, il avait fini par comprendre que seules les études lui ouvriraient les portes d'un monde meilleur. Il avait décroché les meilleurs diplômes et avait gravi les échelons de la réussite, ce qui lui avait permis d'être fier de l'homme qu'il était devenu. Pourtant, aujourd'hui, dans cette maison modeste qui lui rappelait celle de son enfance, il se sentait déprimé et vulnérable, bien loin de l'homme d'affaires intransigeant qu'il était d'ordinaire.

— En quelle classe est Bobby ? demanda-t-il pour revenir à la conversation.

— Il doit passer le bac cette année, répondit Georges en prenant le manteau de Max pour l'accrocher dans un placard.

— Il envisage d'aller à l'université ?

— Nous verrons s'il décroche une bourse. Il n'est pas mauvais en foot.

Il s'installa dans un fauteuil et invita Max à faire de même.

— Ainsi donc, vous logez à White Barn Inn ?

— En effet. Très belle demeure.

— Il faut dire que Holly mène bien sa barque. Quel amour, cette jeune femme !

Max esquissa une moue qui se voulait affirmative. Manifestement, Holly faisait l'unanimité !

— Je suppose que vous la connaissez bien ?

— Ma femme et elle sont des amies proches. C'est Lucy qui lui fait ses tartes.

— Votre femme est très douée.

Georges se rengorgea de fierté.

— Je peux dire que j'ai beaucoup de chance, en effet.

A voir l'exiguïté de la pièce chichement meublée, Max comprit que ce qui ne suffirait pas à son bonheur suffisait amplement à celui de cet homme simple. Ce qui lui parut de mauvais augure. Les Miller semblaient se contenter de peu, ils étaient les amis de Holly. Pour quelle raison accepteraient-ils l'offre qu'il s'apprêtait à leur faire ?

— Lucy a-t-elle déjà pensé à vivre de ses tartes ?

— Elle rêve d'ouvrir une petite pâtisserie, mais pour le moment, elle n'a ni le temps ni l'argent nécessaires pour se pencher de plus près sur ce projet. Elle a bien économisé un peu, mais c'est loin d'être suffisant.

— Vous pourriez la remplacer au restaurant de façon à lui libérer du temps pour une autre activité, suggéra Max.

— Une autre activité signifierait un loyer supplémentaire, rétorqua Georges. Quant à Bobby, il est bien trop occupé à traîner avec ses copains pour relever ses manches et venir donner un coup de main à sa mère.

Une petite lueur d'espoir commença à percer dans l'esprit de Max, mais il jugea plus judicieux d'attendre encore avant d'intervenir.

— Lucy pense que ce serait bénéfique à Bobby de l'éloigner un peu de Maple Woods, mais je n'en suis pas aussi certain. Je pense qu'il a besoin de prendre un peu de plomb dans la tête. Puis viendra le jour où il se réjouira de prendre le relais. Il pourrait alors agrandir le restaurant, qui sait ?

Max se taisait toujours, réfléchissant au meilleur moyen d'aborder le sujet avec un homme aussi attaché à ses racines que l'était Georges Miller.

— Mais assez parlé de moi ! conclut Georges. Vous vouliez me rencontrer, et j'avoue que je suis curieux de connaître la raison de ce rendez-vous. En quoi puis-je vous aider ?

Max inspira profondément. Son avenir allait se jouer dans les prochaines minutes. Si Georges Miller déclinait sa proposition, il pourrait dire définitivement adieu à ses beaux projets, mais aussi à Holly. Car il ne faisait pas l'ombre d'un doute que la nouvelle se répandrait comme une traînée de poudre, lui laissant à peine le temps de faire ses valises et de disparaître à jamais.

— Ma société, Hamilton Properties, est une société qui compte sur le marché de l'immobilier, commença-t-il prudemment. Nous possédons vingt-six centres commerciaux dans tout le pays.

— Impressionnant, commenta Georges.

— Je vais aller droit au but, Georges. Cela fait quelque temps maintenant que j'ai dans l'idée d'implanter un centre commercial entre Boston et New York. Toutes nos études de marché sont arrivées à la même conclusion, à savoir que les terres qui vous appartiennent seraient l'endroit idéal pour un projet de cette envergure.

Georges fixa Max, les yeux écarquillés de surprise.

— Mes terres ? Vous voulez dire… White Barn Inn ?

— Oui, répondit Max avec fermeté.

Abasourdi, Georges se renfonça dans son siège, incapable de prononcer un mot tant la surprise était totale.

— Je ne sais pas quoi dire, finit-il par articuler avec peine.

— Je comprends votre étonnement, mais j'ai su que vous étiez propriétaires il n'y a que deux jours à peine.

— Vous ignorez sans doute que je me suis engagé à les vendre à Holly ?

Max sentit un goût amer lui emplir la bouche, mais il devait aller au bout de sa mission.

— Non, je le savais. J'imagine d'ailleurs que c'est la raison pour laquelle vous n'avez jamais mis ces terres en vente. Mais vous devez bien vous douter qu'elles valent beaucoup d'argent.

Georges arqua ses épais sourcils, mal à l'aise.

— Holly est notre amie. Sa famille loue ces terres depuis plusieurs générations. Ce n'est pas comme si nous pouvions en disposer comme bon nous semble.

— Et pourtant, c'est bien le cas, Georges.

Le visage de Georges s'assombrit, tandis que sa voix se faisait plus hésitante.

— J'ai… j'ai passé cet arrangement avec elle il y a plusieurs années maintenant. Je suis censé transférer l'acte de propriété à son nom le jour de Noël. Je… je suis désolé, mais je crains qu'il soit trop tard.

Max se pencha pour prendre dans la serviette en cuir qu'il avait posée à ses pieds l'offre qu'il avait pris soin d'établir avant sa venue. Il la tendit à Georges.

— J'apprécierais beaucoup que vous jetiez un coup d'œil à ceci avant de prendre votre décision. D'après ce que vous dites, il n'y a entre Holly et vous qu'un engagement verbal, n'est-ce pas ?

— C'est vrai, mais il est stipulé dans le bail que, à expiration dudit bail, le locataire, en l'occurrence Holly, doit être prioritaire en cas de mise en vente. Nous sommes à moins d'une semaine de la fin du bail.

Georges poussa un profond soupir avant de parcourir le document du regard. La somme était si exorbitante qu'il blêmit.

— C'est une offre tout à fait honnête, dit Max qui, d'après ses calculs, proposait une somme largement supérieure à celle proposée par Holly.

— Et Holly ? demanda Georges lorsqu'il fut de nouveau capable de parler.

Mal à l'aise, Max remua dans son siège et s'éclaircit la gorge.

— Du moment que nous faisons affaire avant la fin du bail, je ne vois pas où est le problème, répondit-il d'une voix qu'il voulait ferme. Nous avons la loi pour nous.

— Et la maison ? Qu'en faites-vous ? insista Georges.

Max tenta d'ignorer la boule qui venait de se former au creux de son ventre.

— J'ai bien peur que nous ayons à la raser. De même que les écuries et les vergers. Un projet de cette envergure nécessite un maximum de place. Nous parlons là d'un centre commercial et de son parking.

— Mais pourquoi vouloir à tout prix ces terres-là ? J'imagine que...

Max secoua la tête.

— Non, le coupa-t-il. Croyez-moi. Nous avons passé un temps fou à localiser l'endroit idéal. Il nous a fallu tenir compte de nombreux paramètres, comme la superficie du terrain, la proximité d'autres centres, la facilité d'accès, la moyenne d'âge et de revenus de la population environnante. Nous avons également dû étudier le comportement des consommateurs, et j'en passe.

— Et tout cela vous a conduit à Maple Woods ? demanda Georges, sceptique.

— Oui, répondit Max sans l'ombre d'une hésitation.

La seule façon de développer un centre florissant était de chasser Holly de ses terres. Il n'y en avait pas d'autres.

Georges eut un long sifflement.

— J'imagine que vous comprenez dans quelle situation je me trouve, Max, finit-il par dire. Holly est l'une des meilleures amies de Lucy, et moi-même, je l'aime beaucoup. Tout le monde l'aime. Et cet hôtel, amené à être rasé...

— J'aimerais pouvoir vous dire que nous allons la sauver, mais ce serait vous mentir. Placée comme elle l'est, au beau milieu du domaine, il est impossible de la conserver.

A mesure qu'il parlait et que ses mots prenaient tout leur sens, il se sentait rongé par la culpabilité. Il ne mentait pas en affirmant qu'il aurait aimé que les choses soient différentes. Mais il ne pouvait agir autrement. Il allait détruire White Barn Inn et implanter à la place un centre commercial qui lui rapporterait beaucoup d'argent.

— Pensez-vous que la municipalité approuverait un tel projet ?

— C'est une bonne question, Georges. J'ai parlé au maire, hier. Il m'a dit que la décision vous appartenait. Si vous acceptez de me vendre vos terres, ma proposition devra passer par la commission d'urbanisme. C'est elle qui donnera son feu vert ou pas.

— Qui est au courant à part le maire et moi ?

— Personne, et j'aimerais autant que cela reste encore entre nous, répondit Max qui ne pouvait chasser Holly de son esprit. Le maire ne veut pas rendre la chose publique pour le moment, par crainte de diviser la population. Si vous vous décidez à me céder vos terres, je lui passerai un coup de fil et c'est lui qui enclenchera le processus.

Georges resta sans voix, dépassé par la cascade de responsabilités qui pesait sur ses épaules.

— Au cas où la commission d'urbanisme décidait de voter contre mon projet, une clause stipule que j'aurai la possibilité de casser la vente, tint à préciser Max.

Georges baissa de nouveau les yeux sur le document qu'il avait entre les mains.

— Il faut que j'en parle à Lucy, dit-il en guise de conclusion.

— Je comprends parfaitement. Mais n'oubliez pas que le temps presse, et que si vous acceptez mon offre, il me faudra finaliser le projet afin de le présenter à l'urbanisme, ce qui nous laisse quatre jours.

— Vous aurez ma réponse aussitôt que possible, lui assura Georges en se levant de son siège.

— Merci de m'avoir accordé un peu de votre précieux temps. Si nous pouvions laisser Holly en dehors de tout cela pour le moment, j'apprécierais énormément. Il est inutile de l'inquiéter avant d'avoir une réponse positive.

— Je suis d'accord, dit Georges avant de tendre sa parka à Max. Vous êtes bien sûr qu'il n'y a aucun moyen de conserver la maison ? En construisant le centre derrière, peut-être ?

Max secoua la tête.

— Impossible. Les plans sont déjà conçus, et il n'y a pas la place. Je peux vous les montrer si vous voulez, ils sont dans ma voiture.

Georges balaya sa proposition d'un revers impuissant de la main.

— Inutile, je vous fais confiance.

Max se sentit soudain suffoquer. Sa parka était trop chaude, le plafond était trop bas, la pièce trop étroite. Il avait besoin d'air. Il fallait qu'il sorte et qu'il cesse de penser à Holly.

Holly. Elle aussi avait confiance en lui. Et que faisait-il ? Il la trahissait. Si au moins il pouvait la convaincre qu'elle devait quitter Maple Woods et vivre la vie qui convenait à une jeune femme de son âge ! Cela arrangerait sa conscience, à défaut d'autre chose.

— Nous restons en contact, dit Georges tandis qu'il précédait Max dans l'allée.

Max s'engouffra dans sa voiture, désireux de quitter les lieux avant que quelqu'un repère sa plaque d'immatriculation. Alors que ses mains agrippaient le volant, il réalisa qu'elles tremblaient. L'ampleur de ce qu'il venait de faire prenait toute son importance. Il se sentait nager dans la plus grande confusion et éprouvait le sentiment d'avoir perdu le contrôle. Lui qui, jusque-là, évitait d'avoir des états d'âme, voilà qu'il avait perdu tous ses repères. Il avait toujours vécu de façon à se préserver. Et puis… et puis, il avait rencontré Holly.

Il avait fait sa proposition. A présent, son destin était entre les mains de Georges Miller, et il n'y avait plus moyen de reculer.

7

En milieu de matinée ce jour-là, le marché de Noël battait son plein, et une foule animée y déambulait, cornets de marrons grillés et gobelets de chocolat chaud à la main. On aurait dit que toute la ville s'était donné rendez-vous sur la place, indifférente à l'épaisse couche de neige qui s'était accumulée au cours des dernières vingt-quatre heures.

Holly avait installé son stand juste à côté de celui de Lucy, qui, pour la circonstance, avait passé la nuit à confectionner ses fameuses tartes. Le samedi précédant Noël était le plus couru, et l'occasion pour Holly d'écouler les confitures maison dont la préparation l'avait tenue éveillée jusqu'à une heure avancée de la nuit pendant plusieurs semaines. Elle avait appris que s'occuper était la meilleure façon d'échapper à la solitude, cette solitude, qui, parfois, s'immisçait insidieusement en elle lorsque ses hôtes la quittaient et qu'elle restait seule dans sa maison, trop grande pour elle.

— Où est Georges ? s'enquit-elle tout en sortant des pots d'un carton.

— A la maison, répondit Lucy. Il avait de la comptabilité à faire, ce matin. Mais je doute qu'on le voie beaucoup. En mon absence, c'est lui qui doit gérer le restaurant.

— Je comprends, dit Holly après avoir allumé une

lampe à infrarouge qu'elle avait pris la précaution d'emporter. Nous avons de la chance, il fait soleil.

— Tu parles d'une tempête ! ironisa Lucy. Tous tes clients sont-ils partis par crainte du mauvais temps annoncé ?

— Tous sauf un.

Lucy jeta un regard en biais à son amie.

— Ne me dis pas que c'est cet homme qui est venu hier boire un café ! Celui qui aime mes tartes.

Les joues de Holly s'empourprèrent malgré l'air glacial.

— Si, c'est lui.

Lucy eut un sifflement admiratif.

— Noël arrive en avance, pour toi cette année !

Holly baissa les yeux tout en esquissant un sourire ravi.

— Ce n'est pas ce que tu crois.

— Vraiment ? demanda Lucy d'un ton peu convaincu. Il ne te plaît pas ?

« Comment pourrait-il ne pas me plaire ? », aurait voulu rétorquer Holly. Evidemment qu'il lui plaisait ! Malheureusement, trop de paramètres entraient en ligne de compte.

— Il vit à New York, finit-elle par dire.

— Et alors ?

— Et alors, c'est à deux heures de route d'ici.

— Ce n'est pas une excuse. Aujourd'hui, les gens n'hésitent plus à bouger.

Elle s'interrompit pour disposer une tarte aux pommes sur un plateau.

— Il préfère vivre en ville, continua Holly.

— Tu as grandi à Boston. N'as-tu jamais envisagé de renouer avec ce genre de vie ?

Elle fit la moue. Il était impensable qu'elle quitte un jour Maple Woods !

— Il n'a pas envie des mêmes choses que moi, plaida-t-elle encore.

— C'est bête. Pour ce que j'ai pu en voir, tu sembles bien lui plaire.

Le cœur de Holly fit un bond dans sa poitrine.

— Vraiment ? dit-elle d'un ton faussement dégagé.

Elle repensa à ce qui s'était passé entre eux la veille. Elle brûlait de poser des questions, mais elle se retint. Mieux valait ne pas se montrer trop intéressée.

— Ah ! Je savais bien qu'il te plaisait, exulta Lucy à qui le trouble de Holly n'avait pas échappé.

— Bien sûr qu'il lui plaît ! renchérit Abby qui venait d'arriver.

Elle tendit à Holly un gobelet rempli de chocolat chaud et lui demanda, les yeux brillant de curiosité :

— Alors ? Comment s'est passée la nuit ?

— De quoi parles-tu ? s'enquit Lucy avec un regain d'intérêt.

— Notre petite Holly avait un rencard, annonça Abby avec fierté.

— Quoi ? s'indigna Lucy d'une voix aiguë. Et tu ne m'en as pas parlé ? Holly, nous sommes ici depuis plus d'une heure. Quand comptais-tu me mettre au courant ?

Holly poussa un long soupir en croisant le regard triomphant d'Abby. Si elle n'avait pas abordé le sujet avec Lucy, c'est parce qu'elle-même ne voulait plus y penser ; elle refusait de se laisser aller à des rêves qui ne se réaliseraient pas.

— Je ne voulais pas en faire tout un plat, dit-elle en haussant les épaules.

— Pourtant, il y a de quoi, affirma Abby.

Holly but une gorgée de son breuvage pour se donner bonne contenance.

— J'ai raté un épisode ? s'enquit Lucy, un peu vexée

d'avoir été tenue à l'écart d'une information aussi importante. J'ai rencontré cet homme, Holly. Tu devrais exulter de joie ! Alors, pourquoi manifestes-tu aussi peu d'enthousiasme ?

Holly baissa les yeux sur son gobelet.

— Je ne veux pas tomber amoureuse de lui, finit-elle par avouer. Il doit partir dans quelques jours, et je n'ai pas envie de n'être pour lui qu'une aventure sans lendemain.

— Qu'est-ce qui te fait penser cela ? renchérit Lucy.

Elle chercha à se rappeler les mots exacts de Max, mais ses tentatives furent brouillées par la vision de son sourire irrésistible et de son regard pénétrant sur elle.

— Il a dit que son travail lui prenait tout son temps. En fait, il… il est comme Brandon.

— Holly, la gronda gentiment Lucy. Max n'est pas Brandon. Rien ne te dit qu'il se comporterait comme lui. Ce sont deux hommes différents, les circonstances également sont différentes. Max ne mérite pas que tu le juges d'après ton expérience malheureuse avec Brandon.

Le cœur de Holly se serra.

— Tu as raison. Mais donne-moi une bonne raison pour laquelle notre histoire pourrait marcher. Max est un bourreau de travail, c'est lui-même qui me l'a dit ! La perspective de vivre dans une petite ville comme Maple Woods le rebute, il vit trop loin d'ici et, ah, j'allais oublier, il déteste Noël.

Lucy et Abby s'échangèrent un regard catastrophé.

— Il déteste Noël ?

Holly acquiesça d'un hochement de tête, satisfaite de leur prouver qu'elle avait bel et bien raison. Max n'était pas l'homme qu'il lui fallait, et elle serait bien folle de s'amouracher de lui.

Incapable de se faire une raison, Lucy chercha à comprendre.

— Il ne *fête* pas Noël ou il le *déteste* vraiment ?

— Il déteste ça ! cria presque Holly. Il dit que ce n'est pas son truc.

— Mais qui peut détester Noël ? demanda à son tour Abby, effondrée.

— Exactement ! approuva Holly qui, pourtant, se souvenait de chacune des paroles de Max.

Noël lui rappelait des mauvais souvenirs. Un sentiment qu'elle-même ne connaissait que trop bien.

Elle n'oublierait jamais le premier Noël passé sans ses parents. Cela avait commencé par l'intolérable perspective d'être seule, puis la souffrance que générait une telle perte, et enfin, le soulagement du lendemain. Elle s'était alors juré de ne plus revivre un tel cauchemar. Elle serra les mâchoires. Grâce à sa seule volonté, elle était parvenue à faire de cette période de fêtes une période joyeuse qui la tenait éloignée de pensées trop douloureuses. Et elle entendait bien ne rien changer à ce bonheur précaire.

Elle laissa échapper un profond soupir et se mit à empiler ses bocaux de façon à former une pyramide.

— Quoi ? demanda-t-elle, consciente du regard réprobateur dont elle était l'objet.

— Tout le monde se fiche bien du fait qu'il déteste Noël ou pas, dit Lucy la première. Un homme comme Max peut se permettre de détester tout ce qu'il veut.

Abby éclata d'un rire joyeux.

— Sérieusement, Holly ! dit-elle à son tour. Tes excuses ne tiennent pas la route. Tu as bien le droit d'en pincer pour un homme, non ?

— Je sais bien, répondit Holly, tout étourdie par l'intérêt que lui manifestaient ses amies.

L'idée de reconnaître qu'elle n'était pas loin de tomber amoureuse du beau Max Hamilton la mettait dans une position inconfortable. Elle avait mis des années à se créer un environnement paisible et rassurant, et elle ne se sentait pas prête à tout remettre en question. D'ailleurs, elle ne savait trop pourquoi, depuis l'arrivée de Max dans sa vie, elle avait l'impression d'un danger imminent.

— Tu es certaine de savoir ? insista Lucy qui n'avait pas l'intention d'abandonner aussi facilement. A voir la tête que tu fais, on ne dirait pas.

— Et si je ne le revoyais jamais ? formula Holly tout haut.

Admettre ce qu'elle ressentait vraiment lui ôtait un poids. Elle était si lasse d'aimer des gens qui finissaient par partir sans avoir la moindre conscience du mal qu'ils lui faisaient.

— J'ai quelques années de plus que toi, ma belle, dit Lucy d'un ton grave. Alors, laisse-moi te donner un conseil : quand un homme est assez moche pour disparaître de la vie d'une femme sans qu'elle l'ait senti venir, c'est qu'il ne méritait même pas de la rencontrer.

Emue, Holly esquissa un petit sourire de gratitude.

— J'ai beaucoup de chance d'avoir une amie comme toi, dit-elle.

— Ne t'avise pas de l'oublier.

— Quand on parle du loup…, murmura Abby, le regard fixé sur Max, qui, un peu plus loin, s'arrêtait de stand en stand.

Le cœur de Holly se mit à battre la chamade. A quoi bon se voiler la face ? Elle était déjà profondément éprise de lui.

Elle le suivit des yeux jusqu'à ce qu'il disparaisse derrière l'immense sapin qui trônait au milieu de la place. Elle était si absorbée qu'elle entendit à peine la petite fille toute vêtue de rose qui lui demandait un pot de confiture.

— C'est cinq dollars, dit-elle distraitement, trop occupée à tenter de repérer la haute silhouette de Max parmi la foule qui se faisait plus dense.

— J'en ai que quatre, dit la petite fille.

Holly scruta le moindre recoin de la place qui aurait pu échapper à sa vigilance. En vain. Max n'était plus là. Peut-être même était-il reparti sans chercher à la voir.

— Ça ira, finit-elle par dire en tendant à la fillette son pot de confiture.

— Si vous menez vos affaires de cette façon, je vous prédis une bonne faillite.

Elle sursauta au son de sa voix, en même temps que ses mains se mettaient à trembler.

— Désolé de vous avoir fait peur.

Elle prit quelques secondes avant de se retourner et de le saluer d'un ton faussement désinvolte.

— Quelle bonne surprise !

— J'ai pensé qu'il fallait absolument que je vienne vérifier par moi-même si ce marché valait vraiment d'en faire toute une histoire.

Tout en balayant la place du regard, il prit dans le cornet qu'il tenait à la main un marron grillé qu'il porta à sa bouche.

Elle en profita pour scruter son profil. Tout chez cet homme lui plaisait. De la masse de ses cheveux bruns à son nez fort en passant par sa mâchoire volontaire.

— Je ne m'attendais pas à vous voir ici, dit-elle.

— Il faut croire que je suis un homme plein de surprises, plaisanta-t-il.

Derrière elle, elle entendit Abby qui se raclait la gorge pour lui rappeler sa présence.

— Max, dit-elle, je ne crois pas vous avoir présenté Abby officiellement.

Max retira un de ses gants et tendit sa main à la jeune femme.

— Je vous ai vue plusieurs fois à l'auberge, et Holly m'a souvent parlé de vous.

— Ravie, Max, rétorqua Abby en affichant son plus beau sourire. Moi aussi, je vous ai vu à l'auberge, mais Evelyn Adler monopolisait tellement votre attention que je n'ai pas eu l'occasion de venir me présenter.

— Vous retournez à White Barn Inn, ce soir ? s'enquit-il poliment.

— Non. Holly m'a gentiment donné ma semaine, puisque tout le monde est parti. J'imagine qu'elle a décidé qu'elle pouvait s'occuper seule de vous.

Le regard de Max glissa sur Holly tandis qu'un sourire narquois fleurissait sur ses lèvres.

— Elle doit le regretter.

Holly rougit lorsque, à l'abri de la nappe qui recouvrait la table à tréteaux, elle donna un coup de pied à Abby. Celle-ci tourna vers elle un visage faussement angélique. Evidemment, c'était facile pour elle ! Déjà mariée, elle ne risquait pas son cœur.

Mais l'agacement de Holly retomba très vite. Elle ne pouvait jamais en vouloir bien longtemps à sa meilleure amie qui ne souhaitait que son bonheur. Et pour l'heure, le bonheur qu'elle lui souhaitait avait pour nom Max Hamilton.

— Alors, vous vous plaisez à Maple Woods ? ne put s'empêcher de demander Abby.

— Disons que c'est pittoresque, répondit Max en enfilant son gant.

— Eh bien, je vais profiter de votre présence pour m'éclipser, annonça Abby. Cela ne vous dérange pas de me remplacer ? Je vais voir si je trouve mon mari.

Elle ne lui laissa pas le temps de répondre. Elle

remonta le col de son manteau, puis se perdit dans la foule, son écharpe flottant derrière elle.

— Voyons un peu ce que vous proposez, dit Max qui prit un bocal pour en lire l'étiquette marquée du logo de White Barn Inn. Confiture de myrtilles, lut-il à voix haute.

— Ce sont des myrtilles que j'ai cueillies moi-même, précisa Holly.

— Dans le carré où Mme Adler a poursuivi sa rivale ?

Elle éclata de rire, surprise qu'il se souvienne d'une telle anecdote.

— Exactement.

Il examina le pot avant de le reposer sur la table.

— Laissez-moi deviner… je parie que c'est vous qui avez préparé toutes ces bonnes confitures.

— Est-ce si évident ?

— Mieux que ça. Je suis impressionné.

Il se tut quelques secondes avant de reprendre, énigmatique :

— Mais si tout le monde ici à l'air de croire que vous êtes parfaite, moi, je connais votre petit secret.

— De quoi parlez-vous ? demanda-t-elle, vaguement inquiète.

— Je sais que vous êtes la pire serveuse au monde.

Au stand voisin, Lucy s'étrangla de rire.

— Vous n'oubliez jamais rien, n'est-ce pas ? dit Holly, mi-vexée, mi-amusée.

— C'est exact.

Il afficha un large sourire avant de puiser de nouveau dans son cornet.

— J'aurais mieux fait de me taire, dit Holly, faussement offusquée.

Max feignit de ne pas avoir entendu et se tourna vers Lucy.

— Bonjour, Lucy, dit-il en s'approchant d'elle, main tendue.

— Ravie de vous revoir, Max. Que pensez-vous de notre petit marché de Noël ?

— Je n'ai jamais rien vu de pareil. D'habitude, je suis bien trop occupé pour remarquer ce genre de choses.

Holly lança à Lucy un regard entendu avant de chercher des yeux Abby qui se trouvait près du sapin en compagnie de son mari. Elle lui fit un petit signe de main complice.

— Vous voulez dire pendant la période des fêtes ? poursuivit Lucy.

— On peut dire cela, oui. Mais j'imagine qu'ici, il n'y a pas moyen d'y échapper.

Sa réponse l'agaça, mais elle s'abstint de tout commentaire. Quels souvenirs Noël et son cortège de célébrations lui évoquaient-ils pour qu'ils les rejettent de façon aussi violente ?

— Eh bien, moi, je suis particulièrement excitée, cette année, dit-elle en le défiant du regard.

— Holly, tu es *toujours* excitée par Noël, la reprit Lucy.

— Mais cette année, c'est différent.

Max soutint son regard sans ciller.

— Pourquoi ? demanda-t-il.

— Parce que cette année je vais devenir propriétaire de White Barn Inn.

— Je suis si contente pour toi, ma chérie, dit Lucy avec un sourire plein d'affection. Tu attends ce jour depuis si longtemps !

En dépit du froid intense qui régnait, Holly sentit une onde de chaleur la parcourir. A l'idée que d'ici à quelques jours sa maison lui appartiendrait, elle éprouvait un mélange d'excitation et de soulagement.

Bien sûr, officieusement, elle en était propriétaire. Les

Miller n'avaient jamais émis la moindre restriction en ce sens. Eux-mêmes avaient hérité de ces terres comme elle avait hérité du bail. Dans la mémoire collective des habitants de Maple Woods, des générations de Tate s'étaient succédé et avaient vécu à White Barn Inn. Tout aussi naturellement, cette maison était devenue la sienne, et Georges et Lucy n'avaient jamais remis cela en question.

Pourtant, cela ne l'empêchait pas de vouloir officialiser la chose.

Derrière elle, Max était muré dans un silence inhabituel.

— Tout va bien ? demanda-t-elle.

Il lui répondit par un haussement d'épaules qui se voulait désinvolte, mais qu'elle prit pour de l'ennui.

— Si vous voulez, vous pouvez rentrer, la maison est ouverte, lui proposa-t-elle.

— Vous partez en laissant votre maison ouverte ?

Cette idée lui semblait si invraisemblable qu'il en sortit de son mutisme. Elle esquissa un sourire. Elle non plus n'aurait jamais pu envisager une chose pareille lorsqu'elle avait débarqué de Boston. Elle avait même redouté la perspective de vivre seule dans cette grande demeure.

— Tout le monde se connaît ici, vous savez.

Max ne sembla pas vraiment convaincu.

— Dites-moi, dit-il en se rapprochant si près d'elle qu'aussitôt son cœur se mit à cogner dans sa poitrine. Avez-vous donné congé à tout le personnel de White Barn Inn ?

— Oui.

— Alors, nous allons encore rester seuls quelques jours ?

— Oui, murmura-t-elle sans pouvoir cacher son embarras.

— Ce qui veut dire, poursuivit-il, que vous n'aurez pas de cuisinier ce soir.

— Non, mais je peux préparer quelque chose moi-même.

— Surtout pas ! C'est moi qui m'en charge.

Elle le fixa, sceptique.

— Pardon ?

— Ce soir, c'est moi qui préparerai le dîner. Pour nous deux. A moins que vous n'ayez d'autres projets en vue, bien sûr.

Elle n'avait jamais rencontré d'hommes faisant preuve d'une telle assurance. Le genre qui n'acceptait pas qu'on lui refuse quoi que ce soit.

Cela tombait bien, elle n'avait pas l'intention de refuser.

S'il nageait en pleine confusion, en revanche, il savait parfaitement ce qu'il devrait faire. Il devrait monter dans sa voiture et prendre sur-le-champ la direction de New York ; ainsi, lorsque Holly rentrerait chez elle ce soir-là, il serait déjà loin.

Mais ce n'est pas ce qu'il fit.

Il décida de passer par l'épicerie du coin pour y faire l'emplette des ingrédients nécessaires au repas qu'il avait en tête de préparer pour Holly. La perspective de regagner l'auberge désertée de ses hôtes lui mettait un peu de vague à l'âme. En l'espace d'une journée à peine, il s'était habitué à être entouré d'inconnus heureux d'être là où d'y revenir. Même Evelyne Adler et ses intrusions incessantes allaient lui manquer !

Un coup de poignard lui transperça le cœur lorsqu'il prit conscience de l'effet domino qu'allaient produire les événements qu'il avait enclenchés. Il allait priver cette vieille dame du bonheur qu'elle avait de venir passer les fêtes de fin d'année à White Barn Inn. Que ferait-elle l'année prochaine ? Et Holly ? Qu'adviendrait-il d'elle ?

Comme cela lui était arrivé plusieurs fois depuis son entrevue avec Georges Miller, il se retint de ne pas aller le trouver pour l'informer qu'il renonçait à son projet. S'il ne l'avait pas fait, c'était parce qu'une partie de lui refusait encore de sacrifier ce qui était devenu toute sa vie.

Il avait travaillé trop dur pour en arriver là. Et puis, qu'est-ce qui lui disait qu'un concurrent ne s'engouffrerait pas dans la brèche pour faire une offre ? Ce projet était sa seule façon de s'en sortir, de combler les pertes qu'il connaissait depuis trop longtemps déjà. S'il ne construisait pas sur ces terres, il ne construirait nulle part ailleurs, c'était aussi simple que cela. Les diverses études de marché qu'il avait fait établir l'avaient conforté dans l'idée qu'une telle opportunité ne serait pas près de se représenter. Sans compter que les grandes enseignes avec lesquelles il avait déjà traité comptaient sur sa coopération, tout comme lui comptait sur la leur. Trop d'intérêts étaient en jeu, il n'avait pas le choix. Le travail de toute une vie envolé ? Il ne pouvait pas en supporter l'idée.

— Monsieur Hamilton.

Max tourna la tête en direction de Bobby Miller qui était assis sur un banc devant la supérette.

— Je ne me rappelle pas t'avoir donné mon nom, dit Max en s'approchant de lui.

Bobby haussa les épaules et déclara d'un ton désabusé :

— Vous êtes le premier étranger à venir dans ce bled depuis bien longtemps. Tout le monde ici connaît votre nom.

Max calcula mentalement le temps qui s'était écoulé depuis qu'il avait quitté le cottage des Miller. C'était amplement suffisant pour que Georges ait parlé à son fils. Qui sait si Bobby n'avait pas entendu quelque chose qu'il n'aurait pas dû entendre ?

— Qu'est-ce que tu fais ? demanda-t-il, en cherchant dans le regard du garçon un indice quelconque.

Bobby étendit ses grandes jambes devant lui et fourra ses mains dans ses poches.

— Pas grand-chose, répondit-il vaguement. J'ai traîné un peu avec des copains. C'est qu'il n'y a pas grand-chose à faire dans ce trou perdu.

— J'ai rencontré ton père hier au café-restaurant. Il a l'air d'un chic type.

— Si vous le dites, répondit Bobby d'un ton insolent.

— Et lui, que fait-il ?

— J'en sais rien, je l'ai pas vu. Mais il doit être en train de travailler.

Max eut un soupir de soulagement.

— Il faut que j'y aille. J'ai été content de te revoir, Bobby.

Bobby lui fit un geste de la main qui manquait d'enthousiasme.

Tandis que Max allait passer les portes automatiques du magasin, une forte odeur de cigarette attira son attention. Il tourna la tête, mais ne vit personne. Piqué par la curiosité, il revint sur ses pas et passa la tête à l'angle du magasin. Mais là encore, la rue était déserte.

Troublé, il pénétra dans la supérette et se força à concentrer son attention sur ses achats. Alors qu'il tournait dans l'allée qui menait aux produits frais, il se heurta au maire.

— Ravi de vous revoir, monsieur Pearson, dit-il.

Le maire dut percevoir son expression sceptique, car il jugea utile de préciser :

— Les bureaux sont fermés le week-end. Par ailleurs, je suis chargé d'une lourde mission cet après-midi. Je tiens le rôle principal dans le village du Père Noël. Au cas où vous ne l'auriez pas remarqué, Noël est un événement important dans notre petite ville, ajouta-t-il en souriant.

— C'est ce que j'ai cru comprendre, en effet. D'ailleurs, j'étais au marché de Noël.

— Tout le monde ici adore cette ambiance de fête, et je m'en voudrais de ne pas participer à la liesse générale. En ce qui concerne notre affaire, ajouta-t-il en baissant la voix, où en êtes-vous ?

— J'ai rencontré Georges Miller ce matin, répondit Max sur le même ton.

— Et ?

— Il m'a demandé un moment de réflexion, mais il m'a paru réceptif.

— Vous a-t-il dit quand il vous donnerait une réponse ?

Max secoua la tête.

— Il veut d'abord en discuter avec sa femme, mais il sait que chaque jour est précieux. Il m'a promis qu'il me donnerait sa réponse rapidement, de sorte que j'aie le temps de me préparer pour soumettre mon projet à la commission d'urbanisme.

Le maire se pencha vers lui pour lui demander encore plus bas :

— Quelqu'un est-il au courant ?

— Non, répondit fermement Max.

Le moment de paranoïa qu'il venait de vivre s'était dissipé aussi vite qu'il s'était manifesté. Il en était certain à présent, Georges Miller ne pouvait pas avoir fait de telles confidences à son fils. Il n'était pas sans savoir les conséquences désastreuses qu'une telle indiscrétion pourrait avoir.

Il sentit une boule d'angoisse se former au creux de son ventre. Georges Miller était-il vraiment prêt à prendre le risque de se retrouver pris au beau milieu d'une querelle de village ? Max n'arrêtait pas de penser à l'impact qu'une telle décision aurait sur leur petite affaire. Pour se rassurer, il se disait qu'avec l'argent qu'ils allaient toucher ils pourraient vivre une retraite paisible.

— Et Holly ? demanda le maire. Est-elle au courant de l'offre que vous avez faite à Georges ?

— Non, répondit Max que sa lâcheté dégoûtait. J'ai bien pensé à lui en parler, mais j'ai la nette impression qu'elle ne va pas accepter la réalité de gaieté de cœur.

— Ce n'est rien de le dire, souligna le maire en secouant la tête. J'y ai pensé toute la nuit, mais je me dis que, finalement, le progrès économique de cette petite ville ne peut pas dépendre que d'une seule personne. Holly occupe des terres dont on pourrait faire un meilleur usage, et c'est ainsi qu'il faut raisonner.

Peu convaincu de ce qu'il avançait, le maire soupira.

— Qui sait ? Peut-être que si cette bibliothèque n'avait pas pris feu, je penserais différemment.

Cet aveu amena Max à réfléchir sur sa situation. Quelle serait sa relation avec Holly si la construction de ce centre se révélait impossible ? A l'heure qu'il était, une seule chose était certaine : d'ici quelques jours, si ce n'était de quelques heures, Holly allait apprendre la véritable raison de sa venue à Maple Woods.

Et elle le haïrait.

La trahir comme il le faisait lui devenait insupportable. Ce soir, il essaierait de lui dire la vérité.

— Il faut que j'y aille, dit le maire, mais j'ai le sentiment que nous allons nous revoir très vite.

— Ravi de vous avoir revu, monsieur le maire.

— A bientôt, monsieur Hamilton.

Max le suivit des yeux jusqu'à ce qu'il disparaisse à l'angle d'une allée.

L'effet domino, songea-t-il une nouvelle fois. C'était exactement ce qui allait se passer. Il avait enclenché le processus la veille sans aucune chance de pouvoir l'arrêter, à moins de souhaiter sa propre perte.

Pourquoi tous ces questionnements ? Il allait enfin toucher le but ; il allait enfin être payé de tous ses efforts. La réponse était simple : parce qu'il avait rencontré Holly Tate.

Et depuis… depuis, il ne savait même plus ce qu'il voulait. Il avait juste le pressentiment qu'il allait tout perdre.

Bien décidé à profiter du mieux qu'il pouvait des dernières heures qu'il allait passer avec Holly, il chassa ses idées moroses de son esprit et remplit un sachet de poires. C'est alors que son sang se figea dans ses veines.

A quelques mètres de lui se trouvait Abby qui lui lançait un regard assassin. Son sourire amical s'était dissipé et son visage était fermé. Qu'avait-elle entendu ? Elle seule pouvait le dire.

Mais après un dernier regard dédaigneux, elle lui tourna le dos et s'éloigna précipitamment sans lui laisser le temps d'esquisser le moindre geste pour la retenir.

8

Lorsque Holly pénétra dans la cuisine quelques heures plus tard, elle fut accueillie par des bruits de casseroles qui s'entrechoquaient. L'espace d'un court instant, elle se demanda si elle avait bien fait de laisser Max investir les lieux. S'il endommageait l'une des marmites hors de prix que chérissait Stephen, elle en entendrait parler pendant des lustres, sans compter la colère qu'elle devrait affronter.

Mais elle décida que ce n'était pas cher payé pour une invitation aussi charmante.

Elle passa une main nerveuse dans sa longue chevelure soyeuse. A son retour, elle était passée discrètement dans sa chambre pour se doucher et se changer. Après tout, et même s'il ne s'agissait pas d'un rendez-vous, elle se devait de faire honneur à son hôte.

Elle n'avait aucune idée de ce que la soirée allait lui réserver ni même quelles étaient les intentions de Max. A peine éprouvait-elle le sentiment diffus qu'il allait se passer quelque chose. Mais quoi ? Elle n'aurait su le dire.

En entrant dans la cuisine, elle aperçut Max. D'une main, il tournait une sauce crémeuse et, de l'autre, il plongea un paquet de pâtes dans une marmite d'eau bouillante.

Il mit ses talents culinaires de côté pour l'accueillir avec un sourire rayonnant.

— Bonsoir, dit-il.

Holly se sentit fondre au son de sa voix grave et chaude.

— Bonsoir, parvint-elle à articuler sans le lâcher des yeux.

Figée sur le seuil, elle avait l'impression d'être une intruse dans sa propre maison.

— Un peu de vin ? proposa-t-il tout en remplissant deux verres.

Elle accepta et trinqua avec lui avant de boire une gorgée. Le nectar, délicieux, coula lentement dans sa gorge, libérant tous ses arômes.

— Alors, quel est le menu de ce soir ? se força-t-elle à demander d'un ton désinvolte.

— Penne à la sauce vodka, annonça-t-il avant de sortir du four des tranches de pain croustillantes.

Elle ne put s'empêcher de fixer ses épaules larges. Frémissante de désir, elle imagina ses mains courir sur sa peau nue, partir à la découverte de ce corps inconnu.

Elle s'interdit d'aller plus loin. Avec ce genre d'idées torrides en tête, qui sait comment la soirée allait se terminer ?

Elle avait quitté le marché, le cœur plus léger. Parler avec Lucy et Abby la faisait toujours se sentir mieux. Leur confier ses craintes avait fait naître en elle une lueur d'espoir. Elles avaient raison. A force de vouloir se protéger, elle risquait de passer à côté du grand amour. Elle en était arrivée au point où elle se sentait prête à tenter de nouveau l'aventure. Si elle ne le faisait pas alors qu'elle côtoyait l'homme de ses rêves, quand s'y risquerait-elle ?

Il y avait quelque chose en Max, une force tranquille teintée de sensibilité, qui lui donnait envie de le retenir. Elle avait le sentiment que le destin avait conduit cet homme-là ici, juste pour elle.

— Où avez-vous appris à cuisiner ? demanda-t-elle en prenant une autre gorgée de son vin.

— Oh ! on apprend beaucoup de choses quand on est un vieux loup solitaire comme moi. Comme faire son lit, laver son linge, faire la vaisselle.

— Très drôle, ironisa Holly. Plaisanterie mise à part, vous avez l'air de vous sentir à l'aise dans une cuisine.

— Il est vrai que j'aime mettre en pratique mes talents culinaires.

— Dois-je en conclure que vous vivez seul ? osa-t-elle demander.

— Exact.

Elle sentit que le moment était venu de se hasarder un peu plus loin.

— Vous aimez ça, vivre seul ?

— En fait, le problème ne s'est jamais posé.

Elle ne vit dans sa réponse aucune raison de se réjouir. Bien décidée à ne pas abandonner le sujet, elle lança :

— Moi, je déteste vivre seule.

Elle regretta aussitôt cet élan de sincérité. Qu'allait-il penser d'elle ? Qu'elle était une pauvre fille frustrée qui cherchait à se caser à tout prix ?

S'il était rebuté, en tout cas, il n'en montra rien.

— Je l'ai bien compris, dit Max tandis qu'il donnait un nouveau tour de cuillère à sa sauce.

— Comment cela ?

— Vous dirigez une auberge. Avouez que ce n'est pas très pratique d'être entouré d'inconnus tout au long de l'année lorsqu'on préfère la solitude.

Elle ne put que saluer sa perspicacité.

— Bien vu, concéda-t-elle, bonne joueuse.

— Ainsi, vous aimez vraiment cela, diriger une auberge ? Vous occuper de tous ces gens, jour après jour ?

— J'adore ! s'exclama-t-elle.

— Vous n'en avez pas assez, par moments ?

Appuyé contre le comptoir, il la regardait fixement, son verre de vin à la main.

— Cela peut m'arriver, en effet, mais comme c'est le cas dans n'importe quelle profession, j'imagine.

— J'imagine aussi, murmura-t-il comme pour lui-même.

— Et vous ? Vous aimez votre métier ?

— Oui, répondit-il sans chercher à en dire plus.

— Que faites-vous exactement ? insista-t-elle.

Ses larges épaules s'affaissèrent légèrement.

— Je suis dans l'immobilier.

Sans trop savoir pourquoi, elle se sentit soulagée. Il s'était montré si énigmatique à ce sujet qu'elle avait fini par échafauder toutes sortes de possibilités sinistres.

Il était dans l'immobilier. Cela avait sans doute un lien avec la bibliothèque. A moins que — son cœur se mit à battre plus fort — il ne soit à la recherche d'un bien à acheter à Maple Woods. Si c'était le cas, il serait amené à revenir régulièrement, se plut-elle à rêver. Peut-être même à s'y installer définitivement.

Elle sourit intérieurement et but une gorgée de son vin.

— Ça sent bon, dit-elle.

Il lui lança un coup d'œil par-dessus son épaule.

— Merci. Je crois que ça ne devrait pas être mal.

Il versa les pâtes dans un plat et plaça celui-ci sur un plateau.

— C'est prêt, annonça-t-il avec une pointe de fierté.

Le feu crépitait dans la cheminée, les guirlandes du sapin clignotaient : l'ambiance était conviviale et propice à l'intimité.

Elle suivit Max qui posa le plateau sur la table basse du salon. Puis, tous deux s'assirent côte à côte sur le canapé.

Max leva son verre pour porter un toast.

— Aux rencontres de hasard, dit-il.

Elle trinqua avec lui et but une gorgée de vin qu'elle savoura longuement. Elle savait qu'en étant assise là où elle était, tout pouvait arriver. Mais cette éventualité ne lui faisait plus peur. Au contraire même, elle l'appelait de tout son être. Elle le fixa par-dessus son verre, convaincue qu'elle ne devait pas combattre ce que son cœur souhaitait désespérément.

L'amour n'impliquait-il pas toujours une part de risque ou de sacrifice ?

— C'est délicieux, le félicita-t-elle après avoir goûté les pâtes.

— Croyez-le ou non, mais je suis un homme aux multiples talents, plaisanta Max.

— Vraiment ? J'attends de voir.

Elle réalisa trop tard le sens que ses paroles pouvaient prendre. Embarrassée, elle ricana bêtement avant de jouer avec la nourriture dans son assiette, tout à coup incapable d'avaler quoi que ce soit.

— Je suis désolée, finit-elle par dire. Ce n'est pas ce que je voulais dire.

Il fixa sur elle son regard pénétrant.

— Dommage.

Le doute n'était plus permis. Elle rougit. Elle porta une cuillerée de pâtes à sa bouche et la mastiqua sans pouvoir l'avaler tant le nœud qui s'était formé dans sa gorge l'étranglait. Il fallait qu'elle se ressaisisse. Elle se leva et traversa la pièce sans un mot. Elle pressa le bouton marche de la chaîne stéréo, et de la musique d'ambiance s'échappa des deux enceintes placées de part et d'autre de l'appareil. De là où elle se trouvait, elle vit Max froncer les sourcils.

— Des chants de Noël, annonça-t-elle d'un ton faussement désinvolte. C'est le moment ou jamais, non ?

Elle engloba du regard les décorations dont la maison était truffée et repensa à la conversation qu'ils avaient eue la veille au soir.

— J'espère que tout cela ne vous agace pas, finit-elle par dire.

— Ça ne m'agace pas. C'est juste que…

— Je sais. Ce n'est pas votre truc, finit-elle à sa place.

— Cela vous ennuie ?

Elle retourna s'asseoir auprès de lui et le regarda droit dans les yeux.

— Non. Je suis intriguée, plutôt. Et un peu triste.

Peut-être était-ce le vin, le feu de cheminée, ces satanés chants de Noël, ou encore Holly. Cette Holly si douce et si jolie. Toujours est-il que, pour la première fois depuis bien longtemps, il eut envie de se laisser aller à certaines confidences.

— Je crois vous avoir dit la première fois que nous nous sommes rencontrés que j'avais vécu dans une petite ville comme celle-ci, commença-t-il, les yeux rivés sur les flammes.

— Je m'en souviens, oui, confirma Holly, impatiente de savoir où il voulait en venir.

A cet instant, il se sentait à deux endroits en même temps. Il se savait dans cette pièce chaleureuse et se revoyait dans la maison de son enfance.

— C'était affreux, laissa-t-il échapper.

— Quoi ? Vivre dans une petite ville ?

— Tout.

Il grimaça au souvenir d'images qu'il croyait enfouies au tréfonds de sa mémoire.

— Qu'est-ce qui était si terrible ? le pressa Holly, d'une voix empreinte de sollicitude.

— Ma mère est tombée enceinte alors qu'elle était très jeune. Je ne vous parle pas du scandale que cela a provoqué. A cette époque, les mœurs étaient loin d'être aussi libres qu'aujourd'hui.

— J'imagine que cela a dû être dur.

Il acquiesça, les yeux obstinément fixés sur l'âtre.

— Elle avait tant de projets ! continua-t-il. Elle adorait chanter. Elle chantait si bien qu'elle avait décroché une bourse d'études. Malheureusement…

— Malheureusement, ses projets n'ont pas pu aboutir, termina Holly.

— Exactement. A cause de moi. Et toute ma vie, elle m'a fait ressentir le poids de la culpabilité. Elle traînait son mal-être à longueur de journée, souhaitant se trouver ailleurs, faire autre chose. Et moi, j'étais incapable de la rendre heureuse.

— Mais n'aurait-elle pas pu vivre de la musique autrement ? En l'enseignant dans un collège ou au travers de cours particuliers, par exemple ?

Il secoua la tête. Devenir une chanteuse connue et reconnue était tout ce qu'elle avait voulu. Par la suite, elle avait fait de son mieux, pensant y arriver, pour se satisfaire de ce qu'elle avait. Mais elle n'avait pas pu.

— Lorsque j'étais tout petit, elle chantait tout le temps.

Un faible sourire apparut sur ses lèvres au souvenir de sa mère qui chantait Sinatra en faisant la vaisselle ou en passant le balai dans la maison.

— Je me revois assis sur le vieux lino de la cuisine. Je jouais avec mes voiturettes et j'écoutais chanter ma mère, subjugué par le son de sa voix. La plus belle au monde, bien sûr.

Elle lui adressa un sourire pour l'encourager à poursuivre.

— Parfois, elle mettait de la musique et chantait à tue-tête. Elle me prenait les mains et me faisait tourner, tourner, puis elle s'arrêtait brutalement et éclatait en sanglots. Et moi, j'étais trop petit pour comprendre.

— C'est trop triste, commenta Holly, au comble de l'émotion.

Il afficha un sourire bravache. Il n'était pas question de laisser Holly penser qu'il s'apitoyait sur lui-même.

— Et votre père ? Que faisait-il ?

— Il a assumé ses responsabilités. Lorsque ma mère lui a annoncé qu'elle était enceinte, il l'a épousée.

Il s'accorda quelques secondes de silence avant d'ajouter :

— Ç'a été la pire décision que ma mère ait jamais prise.

Elle le considéra sans comprendre.

— Comment cela ?

— C'était l'ivrogne du village, lâcha-t-il.

Il serra les mâchoires, toute tristesse envolée au souvenir de son père. Il n'y avait pas de place pour cet homme dans son cœur.

— Tous les soirs, il rentrait ivre à la maison. Il empestait l'alcool. Il titubait, renversait les meubles qui se trouvaient sur son passage, et ma mère et lui se disputaient pendant des heures. Un jour, pour ne plus les entendre, je m'étais enfoncé du coton si profondément dans les oreilles que ma mère a dû me conduire chez le médecin pour le retirer.

— Vous avez des frères et sœurs ?

— Non.

— Moi non plus.

Il eut l'impression que cette révélation créait un lien supplémentaire entre eux.

— Nous n'avions pas beaucoup d'argent, reprit-il. Mon père dépensait quasiment tout son salaire au bar du coin où il allait se soûler tous les soirs après le travail. Plusieurs fois par semaine, le patron du café appelait ma mère pour qu'elle vienne récupérer son mari ivre. Mais pour cela, elle devait demander à sa voisine de venir me garder. Je n'oublierai jamais la honte sur son visage et la peur dans ses yeux.

— Elle avait peur de lui ? demanda doucement Holly.

— Mon père avait l'alcool mauvais. Très, très mauvais. Aussi, ma mère ne savait jamais à quoi s'attendre. Elle marchait tout le temps sur des œufs. Tout comme moi.

— Il la frappait ? Ou…

Elle s'interrompit, tant les images qui s'imposaient à elle étaient insoutenables.

— Non, il n'a jamais frappé aucun de nous. Il préférait punir ma mère d'une autre façon.

— Mais pourquoi ?

— Il lui faisait payer le fait de l'avoir piégé. Enfin, c'est ce qu'il pensait. En fait, il était terriblement malheureux lui aussi.

— Mais elle n'avait pas fait exprès de tomber enceinte, tout de même ! s'indigna Holly.

— Je sais. Mais il s'en fichait.

Les paroles de Holly prirent tout leur sens. Elle n'avait pas voulu le blesser, mais elle avait raison. Sa mère n'avait pas fait exprès de tomber enceinte. Elle ne l'avait pas prévu. Il était un enfant non désiré.

— Que faisait-il, alors ? Pour la punir ?

Il lui était reconnaissant de lui poser toutes ces questions. Cela lui donnait l'occasion de se confier plus facilement. Il lui savait gré d'avoir senti son besoin de s'épancher. Une qualité supplémentaire chez elle qu'il appréciait énormément. Elle ne feignait pas de s'intéresser aux gens. Elle les aimait vraiment.

— Oh… il brisait volontairement des objets auxquels elle était très attachée. Il avait beau s'excuser le lendemain matin, une fois qu'il était sobre, le mal était fait.

— Comme sa chaîne stéréo, par exemple ? demanda Holly.

— Oui, confirma Max dans un sourire plein d'amertume. Et comme ils n'avaient pas d'argent, elle n'a jamais pu en racheter une autre.

— C'est à ce moment-là qu'elle a arrêté de chanter ?

— Non. Elle avait arrêté bien avant. Tout à l'heure, vous avez souligné le fait qu'elle aurait pu enseigner le chant. En fait, elle l'a fait.

— Et puis, que s'est-il passé ?

Il se tut quelques secondes, tant l'émotion lui nouait la gorge.

— Vous vous souvenez de l'histoire du train que je voulais pour Noël ?

Comme elle acquiesçait, il poursuivit :

— Je n'ai fait la relation que plus tard, mais elle avait accepté de donner des cours à la fille de l'une de ses amis.

— Ç'a été la seule fois ? demanda Holly qui tentait de rassembler les pièces du puzzle.

— En fait, au fil du temps, elle a fini par s'isoler, expliqua-t-il. Vous savez ce que c'est que de vivre dans une petite ville. Tout le monde se connaît. Tout le monde se mêle de tout. C'est parfait lorsque vous n'avez rien à cacher, mais comme ce n'était pas le cas chez nous, ce n'était pas facile. Les gens cancanaient sans pitié dans son dos, même lorsque j'étais avec elle. Je me souviens de l'expression sur son visage, la façon dont peu à peu ses yeux ont perdu leur éclat. Un jour, elle n'a plus pu le supporter.

— Vous avez raison, la vie dans les petites villes n'est pas toujours facile.

— Dans notre cas, elle était même devenue impossible. Tout le monde connaissait mon père, entendait ses hurlements.

— Ça devait être affreux pour vous aussi d'entendre ces cris tous les jours.

— A force, je m'étais habitué. D'ailleurs, je n'avais pas le choix.

— Votre mère n'a jamais pensé à le quitter ?

— Cette année-là, lorsque j'ai demandé un train pour Noël, elle donnait des cours deux fois par semaine pour pouvoir économiser l'argent nécessaire et me l'acheter. Deux jours avant Noël, mon père l'a trouvé. Ils se sont violemment disputés. J'étais trop petit pour comprendre à cette époque. Et puis, je croyais encore au Père Noël.

Touchée par son récit, elle chercha son regard.

— Que s'est-il passé ?

— Il s'est précipité au bar du coin et a dépensé en bières tout l'argent que ma mère avait durement économisé, dit-il simplement.

— L'argent du train…

— Le lendemain, elle était partie. Pas de train. Plus de mère. Aucun cadeau au pied du sapin. C'est à ce moment précis que j'ai cessé de croire au Père Noël.

Elle essuya discrètement une larme qui coulait sur sa joue et détourna la tête pour fixer les flammes dans la cheminée. Un silence s'installa entre eux qu'elle finit par rompre la première.

— Vous l'avez revue depuis ?

— Elle m'avait téléphoné pour me dire qu'elle

reviendrait me chercher aussitôt qu'elle aurait trouvé un travail et un logement.

Elle lui adressa un regard compatissant. La suite n'était pas bien difficile à deviner.

— Mais elle n'est jamais revenue.

— Non.

— Vous avez essayé de la retrouver ?

— J'ai essayé lorsque je me suis installé à New York. Je pensais qu'elle avait pu tenter sa chance à Broadway. Mais je n'ai jamais trouvé trace d'elle. Elle a dû changer son nom. Elle souhaitait probablement tout gommer de son passé et repartir de zéro.

— Et votre père ?

— J'ai quitté cette fichue ville à l'âge de dix-huit ans sans un regard en arrière, dit-il fermement. Je n'avais aucune raison de le faire.

Un nouveau silence emplit la pièce jusqu'à ce qu'elle le rompe de nouveau :

— Je suis tellement désolée pour vous, Max.

Il haussa les épaules dans un geste qui se voulait désinvolte.

— Comme vous le voyez, je n'en suis pas mort.

— Peut-être, mais c'est trop injuste.

— Qui a dit que la vie devait être juste ? dit-il comme pour lui-même.

— Ce serait pourtant bien si elle pouvait l'être, répliqua-t-elle avec un sourire.

Il se sentait réconforté par son regard protecteur sur lui. Lorsque, dans un geste d'une infinie tendresse, elle recouvrit sa main de la sienne, il la saisit et la pressa légèrement. Il se sentit alors lié à elle comme il ne l'avait jamais été à quiconque jusque-là.

— Et si nous passions au dessert, maintenant ? proposa Holly d'un ton faussement enjoué, car son cœur saignait encore du récit qu'elle venait d'entendre et de ce que Max pouvait ressentir.

Il soupira, soulagé de passer à autre chose.

— Que me proposez-vous ?

— Oh ! Vous n'avez pas…

Elle s'interrompit. Après tout, Max était encore son hôte, et pas l'inverse.

— Que diriez-vous d'une de ces bonnes tartes confectionnées par Lucy ? suggéra-t-elle. J'en ai toujours en réserve.

— J'en ai l'eau à la bouche, répondit Max qui se leva pour l'aider à rassembler les couverts sur le plateau.

Elle l'observa à la dérobée. D'après ce qu'elle savait de lui, il n'était pas homme à se livrer facilement. Pourtant, pour une raison qui lui échappait, il avait choisi de lui confier les moments difficiles qu'il avait vécus. Ce qu'elle avait lu dans son regard alors qu'il lui narrait son enfance malheureuse l'avait profondément attristée. Elle comprenait mieux à présent le rejet qu'il faisait de Noël et de tout ce qui s'y rapportait.

— Voulez-vous que j'enlève le sapin ? demanda-t-elle soudain.

Il écarquilla les yeux de surprise.

— Pourquoi feriez-vous une chose pareille ?

Elle se balança d'un pied sur l'autre, mal à l'aise.

— Maintenant que je connais la raison pour laquelle vous ne supportez pas Noël, je ne voudrais pas vous rendre les choses encore plus difficiles.

Il la couva d'un regard tendre qui la fit fondre. Elle ne savait pas trop combien de temps encore elle pourrait

lui résister. Il hantait ses pensées quand il n'était pas
près d'elle, et lorsqu'il s'y trouvait…

— Pour être tout à fait franc, c'est la première fois
que je côtoie une femme aussi adepte de traditions,
dit-il en montrant la maison en pain d'épice qui trônait
en bout de table.

Elle eut l'impression que son cœur s'arrêtait de battre.
Ainsi, c'était cela. Elle n'était pas son genre de femmes.
Mais pourquoi s'en étonner ? Elle s'en doutait depuis
le début.

— Oh ! ne put-elle qu'articuler.

C'est alors qu'elle le vit lui sourire et s'approcher
d'elle, ses yeux rivés au sien.

— De la même façon que vous ne devez pas être
habituée à perdre votre temps avec un homme qui
n'aime pas cela.

— En fait, je…

Elle secoua la tête, mais ses mots moururent sur ses
lèvres tandis qu'elle voyait sa bouche s'approcher de
la sienne.

— En ce qui me concerne, je suis prêt à faire une
exception, murmura-t-il.

Ses mains enserrèrent sa taille, juste au-dessus de ses
hanches. Frémissante de désir, elle combla un peu plus
l'infime distance qui les séparait encore.

A présent, leurs visages étaient si proches l'un de
l'autre qu'elle sentait son souffle tiède sur sa joue et
l'odeur musquée de sa peau. Il posa ses lèvres sur les
siennes dans un baiser très doux qui devint passionné
aussitôt que leurs langues se mêlèrent.

Elle laissa tomber au sol la nappe qu'elle tenait et se
plaqua contre lui. Son torse était ferme, et elle pouvait
en sentir les méplats à travers le fin tissu de sa chemise.
Incapable de résister, elle glissa les mains dessous et

caressa son dos large et puissant, s'étourdissant de la chaleur qu'il diffusait. Elle se pressa un peu plus étroitement jusqu'à vouloir se fondre en lui, jusqu'à se griser de son odeur virile.

Elle sentit soudain sa bouche s'étirer en un sourire contre la sienne.

— Cela fait des jours que j'en avais envie, avoua-t-il, la voix rauque de désir.

— Pourquoi avoir attendu si longtemps, alors ? lui murmura-t-elle en retour.

Il prit son visage dans ses mains et riva aux siens ses yeux d'un bleu perçant.

— Parce que j'avais peur de ne plus pouvoir m'en passer.

9

A 4 heures le lendemain matin, Max s'avoua vaincu et alluma la lampe de chevet. Il ne parviendrait pas à dormir tant qu'il n'aurait pas trouvé un moyen de dissiper la boule qui s'était formée dans sa gorge et qui l'étouffait chaque fois qu'il imaginait Holly découvrant la véritable raison de sa venue à Maple Woods.

Le visage de la jeune femme le hantait. Il revit sa bouche sur la sienne, sentit son corps souple et chaud contre le sien. Il avait envie d'elle comme jamais il n'avait désiré aucune autre femme. Il s'empressa de chasser de son esprit ces images qu'il jugeait indécentes, compte tenu des circonstances.

Il ouvrit son ordinateur portable et, pour la énième fois, passa minutieusement en revue tous les éléments de son projet. Le rapport financier était solide et les plans attractifs. Les enseignes partenaires allaient probablement en attirer d'autres. Tout était en place pour une réussite totale.

Pourtant, il avait perdu toute motivation.

Il essaya, en vain, de voir s'il pouvait développer les sites existants plutôt que d'en créer un nouveau. Mais se pencher sur les chiffres comme il le faisait, encore et encore, ne fit que confirmer le fait que trop d'argent avait déjà été investi pour faire machine arrière. La réalité était là, sous ses yeux : s'il ne voulait pas conduire

Hamilton Properties à la faillite, il n'avait d'autre choix que de mener à bien son projet.

Il repensa à Holly. Allait-il renoncer aux fruits d'un travail de toute une vie pour une femme qu'il connaissait à peine ? Une femme dont il savait qu'ils n'avaient aucun avenir commun ?

Son travail était toute sa vie. Il n'aurait tout de même pas surmonté tous les obstacles pour en arriver là ! Pourtant, le doute s'insinua en lui. Et si perdre Holly se révélait la plus grosse erreur de sa vie ?

Le baiser qu'ils avaient échangé la veille s'était révélé plein de promesses. Il savait qu'il était irrésistiblement attiré par elle, mais il ne s'était pas attendu à une réaction physique aussi intense.

Il ne lui restait que peu de temps. Et à vouloir jouer avec le feu comme il le faisait, il allait finir par tout perdre.

Cherchant à dissiper son malaise, il se leva et alla contempler par la fenêtre le paysage enneigé. Lorsqu'il consulta l'heure à sa montre, il fut surpris de constater qu'il était déjà 9 heures. Holly devait déjà s'affairer en cuisine, et pour l'heure il n'avait qu'une envie : aller la rejoindre.

Et si Georges Miller refusait son offre ? se demanda-t-il brusquement.

Il repoussa cette pensée aussi vite qu'elle avait jailli et gagna la salle de bains pour prendre une douche. Il passa ensuite un pantalon en velours et un pull en laine qu'il avait achetés en ville et sortit de sa chambre. Il fallait absolument qu'il parle à Holly le jour même. On était à trois jours de Noël, et qui sait ce qu'Abby avait entendu de sa conversation avec le maire ? Tôt ou tard, Holly apprendrait la vérité. Mieux valait que ce soit de sa bouche.

Mais alors qu'il descendait l'escalier, quelque chose lui souffla que l'attachement de Holly pour cette maison n'était pas uniquement lié au fait qu'elle l'avait héritée de sa grand-mère ou qu'elle lui permettait de vivre. Il devait y avoir une raison plus profonde, et il se faisait fort de la découvrir.

Holly prit quelques bûches dans la pile à l'arrière de la maison. Le froid mordant lui brûlait la peau et brouillait ses yeux de larmes. Elle serra le bois contre elle et, relevant la tête, offrit son visage aux pâles rayons du soleil hivernal. Une vague de bonheur la submergea à l'idée de revoir Max. Il y avait bien longtemps qu'elle n'avait pas éprouvé un désir aussi intense pour un homme, au point que le feu qu'il avait allumé en elle l'avait tenue éveillée toute la nuit.

Elle était encore perdue dans ses pensées lorsque de petits coups frappés à la porte vitrée de la cuisine la firent sursauter. Le visage de Max apparut, souriant. Comme chaque fois qu'elle le voyait, son cœur se mit à cogner dans sa poitrine. Il ne s'était pas calmé lorsqu'elle pénétra dans le vestibule pour y suspendre son manteau et y retirer ses bottes pleines de boue.

Max, appuyé contre le comptoir, tenait entre les mains une tasse pleine de café fumant.

— Bonjour, la salua-t-il.

— Vous avez bien dormi ? demanda-t-elle.

Incapable de soutenir son regard, elle saisit une tasse qu'elle alla remplir de café et dans laquelle elle versa un nuage de lait.

— J'avoue qu'il m'est arrivé de mieux dormir, admit-il.

Lorsque, enfin, elle se sentit capable de lui faire face,

elle crut voir passer sur son visage une expression de culpabilité.

L'exaltation qu'elle avait ressentie quelques minutes plus tôt céda la place à de la déception. Il regrettait leur baiser. Elle serra les poings pour empêcher ses mains de trembler. Comment avait-elle pu être aussi bête pour croire que ses sentiments seraient partagés ? Une fois encore, elle s'était ridiculisée en fonçant, tête baissée.

— Je suis désolée, parvint-elle à dire d'un ton neutre.

— Vous pouvez l'être, parce que c'est à cause de vous.

Pour se donner une contenance, elle prit sa tasse qui se trouvait toujours sur le comptoir et demanda, pleine d'appréhension :

— Comment cela ?

— Si je n'ai pas dormi, c'est parce que je n'ai pas cessé de penser au baiser que nous avons échangé.

N'osant trop se faire d'illusions, elle chercha à lui dissimuler le trouble intérieur qui l'agitait.

— Je... je vois, balbutia-t-elle.

— Est-ce trop présomptueux que de croire que vous y avez pensé aussi ?

Il semblait si vulnérable que sa tension nerveuse se dissipa d'un coup.

— A vrai dire, je n'ai pas beaucoup dormi, moi non plus.

— Une bonne sieste va s'imposer, alors, dit-il d'un ton lourd de sous-entendus.

— Ce pourrait être agréable, répliqua-t-elle presque timidement.

Il s'approcha d'elle, un sourire éloquent aux lèvres. Lorsqu'il l'enlaça d'une main, le feu de la passion s'alluma instantanément en elle.

Elle leva alors son visage vers lui pour permettre à leurs bouches de se joindre. Ses lèvres lui étaient familières maintenant, douces au goût. Elle laissa ses mains errer sur son torse par-dessus la laine douce de son pull, puis remonta jusqu'à sa nuque et les glissa dans la masse épaisse de ses cheveux.

Il laissa échapper un grognement de plaisir tandis que sa langue continuait sa ronde autour de la sienne. Il la souleva sans effort et l'assit sur le comptoir, plaquant son corps contre le sien. Leurs bouches étaient insatiables. D'une main impatiente, il déboutonna son chemisier, dévoilant son ventre plat et ferme. Au contact de ses doigts sur elle, son corps tout entier se mit à frissonner de désir. Elle enroula ses jambes autour lui, tandis qu'il lui caressait les seins à travers la dentelle fine de son soutien-gorge. Lorsque, du bout du pouce et de l'index, il se mit à en agacer la pointe dressée, elle gémit de plaisir. Elle enfouit son visage au creux de son cou et s'abandonna à la magie de l'instant.

Elle pencha la tête en avant pour lui offrir sa nuque gracile. Son souffle tiède lui caressait l'oreille, et elle frissonna de désir contre lui. Lorsqu'il s'écarta d'elle, ses joues étaient en feu et son regard voilé d'un désir intense. Le souffle court, elle lui sourit et, du bout des doigts, lissa ses cheveux emmêlés.

A regret, elle se laissa glisser du comptoir, encore frémissante de ses caresses.

— Nous… nous devrions manger, dit-elle alors qu'elle n'éprouvait plus aucun appétit pour les nourritures terrestres.

— Volontiers. Je meurs de faim.

Il alla soulever le couvercle d'une poêle et demanda, les narines frémissantes :

— Voyons un peu ce que tu as préparé pour le petit déjeuner. Hmm, du pain perdu. Puis, se tournant vers elle : si tu me laissais te servir pour une fois ?

— Avec plaisir, monsieur, répondit-elle, rayonnante de bonheur.

Il disposa alors le pain sur une assiette puis tira à lui un tabouret, l'invitant à s'y asseoir. Elle ne se souvenait pas de la dernière fois où elle avait passé un si joyeux moment dans sa cuisine.

— Tu retournes au marché de Noël, aujourd'hui ? s'enquit-il en mangeant.

— Ce n'est pas la peine. J'ai tout vendu hier. Aujourd'hui, je suis plus riche de cinq cents dollars.

— Vraiment ?

— Cela semble t'étonner ? dit-elle.

— Quand je suis arrivé, tu vendais un pot de confiture pour presque rien, expliqua-t-il.

Elle esquissa un petit sourire, puis but une gorgée de son café, incapable de chasser de sa mémoire ce qu'ils venaient de vivre. Le contact de ses mains sur sa peau n'avait fait qu'intensifier le désir déjà intense qu'elle éprouvait jusque-là pour lui. Elle brûlait de revivre cette étreinte. Elle piqua son pain du bout de sa fourchette, incapable d'avaler une bouchée.

— Tu as encore des affaires à traiter en ville aujourd'hui ?

Il marqua quelques secondes de silence avant de répondre :

— Cela dépendra. J'attends une réponse importante.

Elle acquiesça, cherchant à deviner ce qui l'attendait.

— Tu as presque fini, alors ?

Il reposa sa fourchette et se tourna vers elle.

— En fait, je serai triste de partir.

« Alors, ne pars pas ! », aurait-elle voulu lui crier. Mais elle se contenta de lui demander, d'un ton faussement désinvolte :

— Tu vas quand même rester jusqu'à Noël ?

Il évita son regard.

— C'est ce qui est prévu.

— Et ensuite, tu repartiras pour New York, énonça-t-elle tristement.

Mal à l'aise, il remua sur son tabouret et tendit la main vers sa tasse.

— La vie en ville ne te manque jamais ?

Elle-même avait considéré la question plusieurs fois au cours de ces dernières années et plus encore au cours de la semaine écoulée. Mais si certains aspects de la ville lui manquaient, comme faire les magasins, se perdre dans la foule, vibrer au rythme d'une vie frénétique, ce n'était qu'en de très rares occasions.

— De temps en temps, répondit-elle en toute franchise.

— Tu es souvent retournée à Boston ?

— Non, répondit-elle. Pas depuis que j'ai emménagé ici.

Une fine ride se creusa sur le front de Max.

— Même pas pour rendre visite à ta famille ?

Elle hésita quelques secondes durant lesquelles elle baissa les yeux pour lui cacher l'intense émotion que cette question suscitait en elle.

— En fait… Je n'ai pas de famille. Je n'ai plus personne.

Lorsqu'elle releva la tête, elle vit qu'il la fixait avec compassion et curiosité.

— Je suis désolé…

— Tu ne pouvais pas deviner, dit-elle en reposant sa fourchette.

Elle réalisa alors que pendant tout le temps où elle le soupçonnait de lui cacher quelque chose, elle-même ne lui avait pas tout livré de sa vie.

Dans un geste tendre, il posa sur son genou sa grande main large et carrée.

— Est-ce indiscret de te demander ce qu'il s'est passé ?

Elle respira profondément pour se donner le courage de répondre.

— C'est un sujet dont je n'ai pas parlé depuis bien longtemps.

Elle refoula avec peine les larmes qui lui brouillaient la vue et menaçaient de rouler sur ses joues. Elle devait essayer de surmonter son émotion.

— Mes parents sont morts dans un accident de voiture il y a six ans, lâcha-t-elle d'un trait.

La main de Max quitta son genou et vint serrer ses doigts glacés. Elle accueillit avec gratitude ce geste plein d'affection et de tendresse.

— Ç'a été... affreux, dit-elle, des sanglots dans la voix. Nous rentrions de Maple Woods lorsque la voiture a heurté une congère.

— Tu étais dans la voiture ?

Incapable de poursuivre, elle hocha la tête. Elle s'efforça de ne pas revivre le crissement des pneus, le cri strident de sa mère et le bruit sinistre de la tôle froissée qu'avait suivi un silence assourdissant.

— J'étais à l'arrière, reprit-elle lorsqu'elle se sentit de nouveau capable de parler. Je m'en suis sortie avec quelques blessures sévères, mais on peut dire que j'ai eu de la chance. Physiquement, du moins.

— C'est depuis ce jour que tu vis seule ?

— J'avais encore ma grand-mère, mais elle est morte quelque temps après en me laissant cette maison.

— Tu as perdu beaucoup de proches en peu de temps. Tu es restée à Boston après...

— Après la mort de mes parents ? Oui, mais je l'ai regretté par la suite.

— Pourquoi ?

— Parce que j'ai compris trop tard que mes priorités n'étaient pas les bonnes. J'aurais dû venir vivre ici avec ma grand-mère. D'un autre côté, je ne pouvais pas prévoir qu'elle partirait si vite, elle aussi. Je ne pouvais pas imaginer que la vie se montrerait si cruelle à mon égard. J'ai privilégié mon histoire avec mon petit ami de l'époque. Je pensais vraiment que nous avions un avenir commun et qu'il m'aiderait à surmonter cette terrible épreuve. Mais il s'est avéré par la suite que je n'avais pas fait le bon choix.

Elle serra les dents, regrettant encore d'avoir mis tous ses espoirs en Brandon au détriment du temps qu'elle aurait pu passer avec sa grand-mère.

— Holly, nous avons tous des regrets.

Elle le savait bien et était bien déterminée à ne pas commettre deux fois la même erreur. La vie était trop précieuse pour la gâcher avec des gens qui ne se souciaient pas de vous.

Peut-être était-ce pour cette raison qu'elle était si attachée à Maple Woods et à White Barn Inn. Car, même si tous les gens qui l'entouraient ne faisaient pas partie de sa famille, ils se souciaient sincèrement d'elle.

— Je sais bien que tu trouves curieux cet enthousiasme que je porte à Noël…

— Oh non, la coupa Max. Je ne me permettrais pas.

Elle lui lança un regard qui le fit rougir de culpabilité.

— J'ai peut-être donné cette impression, admit-il. En tout cas, cela m'a donné envie de mieux te connaître.

Son cœur bondit de joie dans sa poitrine. Peut-être se trompait-elle sur son compte ? Peut-être était-il *vraiment* différent de Brandon ?

— En quoi la disparition de tes parents a-t-elle un lien avec cette passion que tu voues à Noël ? demanda-t-il, intrigué.

— Ce Noël-là, il y a six ans, a été le dernier jour heureux de ma vie, répondit-elle. Nous étions ici, dans cette maison, tout était parfait. Ma mère et moi nous affairions en cuisine pendant que mon père s'occupait du sapin. Evidemment, à ce moment-là, je ne pouvais pas prévoir que les choses allaient changer à jamais. L'accident s'est produit le lendemain, durant notre trajet de retour à Boston. Depuis que j'ai transformé ma maison en auberge, je tiens à ce qu'elle soit remplie de gens heureux pour perpétuer le souvenir de ce Noël-là.

Il lui pressa la main un peu plus avant de parler à son tour, d'une voix que l'émotion rendait rauque.

— Je ne suis pas le seul à avoir vécu une tragédie familiale, dit-il. En quelque sorte, cela me réconforte.

Dans un geste tendre, il tendit la main vers une mèche de ses cheveux qu'il replaça derrière son oreille. Elle sentit son pouls s'accélérer quand il approcha sa bouche de la sienne. Elle attendait ce moment depuis qu'il s'était écarté d'elle. Mais à la seconde où leurs lèvres se joignirent, un raclement de gorge se fit entendre depuis la porte, qui les fit sursauter.

Holly se retourna vivement et s'exclama, surprise :

— Abby !

— J'ai essayé de t'appeler plusieurs fois, se justifia Abby en entraînant Holly à sa suite dans la salle à manger. Tu n'as pas écouté tes messages ?

Holly sentit l'agacement la gagner. L'intimité du moment qu'elle venait de partager avec Max s'était dissipée d'un coup, avec l'arrivée intempestive d'Abby.

— Désolée, répondit Holly sans ressentir la moindre once de culpabilité. Mais, comme tu as pu le voir, j'étais occupée.

— Avec lui ? siffla Abby en pointant la cuisine du menton.

— Evidemment, avec lui. Avec qui d'autre ?

Abby croisa les bras sur sa poitrine et regarda son amie droit dans les yeux.

— Sais-tu au moins dans quoi tu t'embarques ? lui reprocha-t-elle.

— Je pensais que tu aimais bien Max. Hier, tu me poussais presque dans ses bras !

— Oui, mais c'était avant, rétorqua Abby, frémissante d'une colère contenue.

— Avant quoi ?

— Avant que je commence à me poser des questions.

— Abby…, gronda Holly.

— Après tout, que sais-tu de cet homme ?

« Beaucoup, pensa Holly. Suffisamment. »

— Je sais que c'est un homme bien, affirma-t-elle.

— Comment peux-tu en être aussi certaine ?

— Abby, dit Holly avec une pointe de colère. A quoi joues-tu ?

— Je m'inquiète pour toi, voilà tout.

— J'apprécie vraiment ta sollicitude. Mais, hier encore, Lucie et toi vous moquiez de moi et de mes appréhensions. Et maintenant, tu as l'air d'abonder dans mon sens.

— D'accord, dit Abby en prenant une profonde inspiration.

Elle soutint le regard de Holly et baissa la voix pour poursuivre :

— Après que j'ai quitté le marché de Noël, je suis allée à la supérette faire quelques courses. Et je suis tombée sur Max qui parlait au maire.

— Et… ? la pressa Holly qui ne voyait là rien d'extraordinaire.

— Ils étaient en grande discussion. Ils parlaient à voix basse, j'ai ressenti une impression bizarre.

— Et… tu as entendu quelque chose ?

— En fait, non.

— Abby ! cria presque Holly.

— Je suis désolée. Tu as raison, je me suis peut-être fait des idées.

La colère de Holly retomba en même temps que le doute s'insinuait en elle.

— Je sais que tu t'inquiètes pour moi. Tu es bien certaine de n'avoir rien entendu ? insista-t-elle après quelques secondes.

— Non. C'est juste… c'est juste que j'ai trouvé curieux le fait qu'ils se connaissaient. Je ne sais pas…

Holly haussa les épaules dans un geste qui se voulait désinvolte.

— Maple Woods est une petite ville. Et tu connais le maire. Je suis sûre qu'il voulait juste se montrer amical avec quelqu'un d'étranger à sa commune.

Mais tandis qu'elle parlait, Holly sentit une boule d'appréhension se former au creux de son ventre.

— Quand même, ils avaient l'air de se connaître.

— C'est peut-être le cas. Max est ici pour affaires. Il n'y aurait donc rien d'étrange à ce qu'il connaisse M. Pearson.

Un peu soulagée, elle repensa à la bibliothèque. Plus elle y pensait, et plus elle était convaincue qu'il y avait un lien entre la venue de Max à Maple Woods et ce bâtiment à moitié détruit par les flammes.

— Tu as raison. Je suis bête, dit Abby.

— Mais non, affirma Holly en serrant son amie dans ses bras.

Une lueur de malice passa dans le regard d'Abby tandis qu'elle demandait à voix basse :

— Alors, raconte. J'ai interrompu quelque chose ?

— J'en ai bien peur, oui, répondit Holly d'un ton empreint de regret.

— Dans ce cas, je vais te laisser aller le rejoindre. Mais je te préviens, j'attends que tu me fasses un rapport détaillé. Promis ?

Holly acquiesça et congédia son amie d'un petit geste de la main. Une fois seule, elle resta immobile dans la pièce, avec le pressentiment que quelque chose d'horrible allait se produire. Ses craintes revenaient, plus fortes que jamais.

— Tout va bien ? s'enquit Max aussitôt qu'elle fut de retour.

Son cœur battait la chamade. Les événements se précipitaient sans qu'il ait eu le temps de s'y préparer.

— Oui, oui. Elle avait oublié quelque chose que je l'ai aidée à chercher.

Holly avait répondu en fuyant son regard. Presque machinalement, elle mit la poêle à tremper dans l'évier. Il la regardait faire en silence. Lorsqu'elle pivota pour lui faire face, il chercha à lire sur son visage ce qu'elle savait, ce qu'Abby avait bien pu lui confier. Ce qu'il redoutait le plus était sur le point de se produire. Holly n'aurait pas le temps d'apprendre la vérité de sa bouche. N'y tenant plus, il relança la discussion.

— Je voulais te demander… As-tu l'intention de passer toute ta vie à diriger White Barn Inn ?

Elle prit le temps de remplir de nouveau leurs deux tasses avant de répondre :

— Oui. Je ne me vois pas vivre ailleurs qu'à Maple Woods. Ma vie est ici, dans cette maison.

Il contracta les mâchoires. La sentence était tombée, tranchante. Elle ne partirait pas d'elle-même ; il aurait donc à la forcer. Il devrait la chasser de sa maison, la priver d'un travail qu'elle aimait par-dessus tout et qui la faisait vivre.

— Même avec tous les sacrifices que cela comporte ? insista-t-il. Alors que ce métier te prend tout ton temps sans te laisser la possibilité de faire autre chose ?

— J'aime rencontrer des gens, m'occuper d'eux du mieux que je peux. Je sais désormais que ce que j'attends de ma vie devra se trouver ici, dans cette maison.

— Et qu'attends-tu de ta vie, Holly ? demanda-t-il dans un souffle.

Elle enroula une mèche de cheveux autour d'un doigt, semblant réfléchir à l'opportunité de lui confier ses attentes.

— Je veux avoir une famille. Et je veux que mes enfants grandissent ici, dans cette maison qui est celle des Tate depuis des générations.

Il jura intérieurement. Il aurait dû savoir qu'elle était femme à vouloir se marier, à avoir des enfants, une maison. Cette maison.

— Et toi ? demanda-t-elle en le regardant droit dans les yeux. Est-ce une chose à laquelle tu aspires ?

— Non, dit-il fermement comme pour s'en convaincre.

Elle pâlit en même temps que la petite lueur d'espoir qui brillait au fond de ses prunelles s'éteignait brutalement.

— A cause de ton travail ?

Il secoua la tête.

— J'adore mon travail, mais ce n'est pas la raison.

— Quelle est-elle alors ?

— Je ne crois pas en la famille.

« Je ne crois pas en la famille », se répéta-t-il en son for intérieur. Etait-ce seulement vrai ? Pendant des années, il s'était cramponné à cette croyance, mais après avoir vécu plusieurs jours avec Holly, après s'être confié à elle tout comme elle venait de se confier à lui, il se posait la question.

Elle croisa les bras sur sa poitrine, cherchant à lui cacher sa peine.

— C'est dommage, murmura-t-elle.

En guise de réponse, il haussa négligemment les épaules. Les choses étaient mieux ainsi, décida-t-il sans en être vraiment convaincu. Ainsi, elle serait moins surprise lorsque la vérité éclaterait.

Il n'était pas l'homme qu'elle pensait. Pire même, il n'était pas l'homme qu'il l'avait poussée à croire qu'il était. Cet homme, même lui finissait par le haïr.

— Holly…, commença-t-il, le cœur battant.

Le moment était venu. Il devait lui parler.

— Excuse-moi, mais j'ai beaucoup de travail, l'interrompit-elle d'un ton tranchant. N'hésite pas à m'appeler si tu as besoin de quoi que ce soit.

Puis, sans un regard pour lui, elle quitta la pièce, le laissant seul face à son dilemme.

Il resta un long moment à la fenêtre à contempler le paysage qui, d'ici à quelques semaines, serait dévasté et recouvert de chapes de béton. La seule alternative serait de renoncer à ses projets pour couler une vie heureuse aux côtés de Holly.

La sonnerie de son téléphone portable mit fin à ses rêves. Il sortit l'appareil de sa poche et fixa le nom de Georges Miller qui venait de s'afficher sur l'écran. Avant même de répondre, il comprit que son destin était en marche.

10

Holly pressa ses paumes sur ses yeux, cherchant vainement à tarir les larmes qui ruisselaient sur ses joues et trempaient la housse de son oreiller.

Elle avait beau se sermonner, s'interdire de pleurer, ses larmes redoublaient. Elle avait tant voulu croire à une belle histoire !

Quelle idiote elle avait été !

Après quelques minutes supplémentaires à rester allongée pour ruminer son désespoir, elle finit par se redresser et s'asseoir. Allons, elle avait du travail ! Elle n'allait pas passer la journée à pleurer sur un homme dont elle n'entendrait plus parler aussitôt son séjour achevé.

Si seulement il décidait de partir plus tôt ! se surprit-elle à espérer.

Elle se rendit dans sa salle de bains et s'aspergea le visage d'eau froide. Elle devait absolument se ressaisir ! Malheureusement, malgré toute la bonne volonté qu'elle mettait à les chasser de son esprit, les mots de Max revenaient sans cesse la hanter. Comment avait-il pu piétiner tous ses espoirs, alors qu'elle venait juste de lui ouvrir son cœur ?

Elle n'avait jamais parlé de la mort de ses parents. A personne ! A l'exception de ses amis les plus proches, bien sûr. Elle avait enfoui cet événement au plus profond d'elle-même. Mais Max l'avait touchée avec son histoire personnelle. Elle s'était alors sentie si proche de lui, si confiante que, presque par réflexe, elle s'était ouverte à lui.

Elle ne pouvait nier qu'elle s'était alors sentie plus légère. Elle lui avait laissé voir une partie d'elle que peu de gens connaissaient. Elle lui avait montré la femme qui se trouvait derrière la Holly toujours souriante et avenante. Elle lui avait montré la vraie Holly, avec ses fêlures.

Une Holly que, clairement, il se fichait de mieux connaître.

Elle ne comprenait pas. Pourquoi s'être ouvert à elle comme il l'avait fait s'il ne ressentait rien pour elle ? Il ne lui avait pas caché qu'il était venu pour affaires, qu'il ne comptait pas changer de vie. Pourtant, elle avait cru…

« Je ne crois pas en la famille. » Ses paroles résonnèrent en elle encore et encore. Si c'était une chose de consacrer toute sa vie à son travail, comme Brandon, c'en était une autre que de se montrer aussi froid et cinglant.

Elle releva fièrement la tête et contempla son reflet dans le miroir. Si Max Hamilton pensait pouvoir entrer et sortir de sa vie comme bon lui semblait, il se trompait lourdement ! Elle n'était pas femme à se contenter d'une aventure d'un soir. Elle était femme à privilégier les sentiments partagés, profonds. Elle, elle croyait en la famille.

« Allez, oublie-le », décida-t-elle fermement.

Elle appliqua sur ses lèvres un gloss transparent, mais cela ne suffit pas à lui redonner bonne mine. Ses yeux étaient gonflés et larmoyants, ses joues rougies, ses cheveux emmêlés. Elle ne s'était pas mise dans un tel état depuis…

Peut-être Max n'était-il pas le seul à vouloir garder les gens à distance. Pendant des années, elle aussi s'était protégée ainsi de nouvelles souffrances. Finalement, Max n'était pas différent.

Elle sentit sa colère retomber d'un coup. Elle se sentit soudain étrangement calme et triste. Avec tout ce que Max avait traversé, pouvait-elle le blâmer d'être comme il était ?

Elle secoua la tête et éteignit la lumière.

Max n'était tout simplement pas l'homme qu'il lui fallait.

La vie lui avait appris qu'en cas de coup dur rien ne valait le travail. Elle passa donc la matinée à établir la liste des activités qu'elle prévoyait pour la semaine du nouvel an, puis s'occupa des factures en cours.

Une fois Max parti, elle décida de profiter de son absence pour aller rendre visite à Abby. Un visage ami serait le bienvenu !

Abby l'attendait sur la galerie au moment où elle garait sa voiture dans l'allée déblayée.

— Quelle bonne surprise ! s'exclama Abby d'une voix à la fois inquiète et curieuse.

Holly s'efforça de lui sourire.

— Excuse-moi de ne pas t'avoir appelée avant.

— Tu sais bien que tu n'as pas besoin de m'appeler pour venir me voir.

Abby l'enveloppa d'un bras amical et la conduisit à l'intérieur de sa maison où régnait une ambiance douce et chaleureuse.

— J'étais en train de tricoter près de la fenêtre lorsque j'ai vu ta voiture arriver. Peter n'est pas rentré. Nous sommes tranquilles, juste entre filles.

Holly poussa un profond soupir.

— Tu dois te demander ce qu'il m'arrive.

— Laisse-moi deviner, dit Abby. C'est Max.

Le seul fait d'entendre son amie prononcer ce nom la bouleversa.

— J'avais raison, annonça-t-elle, au bord des larmes. Ou plutôt, *tu* avais raison.

— Que veux-tu dire ?

— Quand tu es venue ce matin. Tu m'avais prévenue de me méfier de lui.

— Il t'en a parlé ? Je veux dire de sa discussion avec le maire ?

Holly secoua la tête.

— Non. Je ne sais toujours pas de quoi ils ont parlé.

Le visage d'Abby se rembrunit tandis qu'elle s'emparait de son ouvrage.

— Excuse-moi, mais j'ai prévu d'offrir ce pull à Peter pour Noël, et le temps presse. Je ne peux pas tricoter quand il est là, tu comprends.

— Tu n'aurais pas une pelote de trop, par hasard ?

Abby prit dans un panier qui se trouvait sous la table basse une pelote de laine rose et une paire d'aiguilles qu'elle tendit à son amie.

— Tiens, ça va te détendre.

— Merci.

Au bout de quelques rangs exécutés en silence, Holly se sentait déjà apaisée.

— Que s'est-il passé exactement ? lui demanda alors Abby.

— Je ne m'étais pas trompée. Il n'est pas du genre à vouloir se caser.

— Mais vous venez à peine de vous rencontrer, objecta Abby en levant les yeux de son ouvrage. Avec le temps…

— Il a été on ne peut plus clair, l'interrompit Holly. Il n'a aucune intention de se marier.

— Il te l'a dit ?

Les mots horribles résonnèrent une fois de plus dans sa tête.

— Il ne l'a pas dit en ces termes, mais il a dit qu'il ne croyait pas en la famille.

— Quoi ? s'indigna Abby.

— C'est ce qu'il a dit. « Je ne crois pas en la famille », rapporta-t-elle.

Abby fronça les sourcils, si outrée qu'elle en interrompit sa tâche.

— Alors, là, c'est…, dit-elle en secouant la tête d'un air navré.

— Terrible ? proposa Holly à sa place.

— Exactement.

Abby fronça les sourcils sans rien ajouter. Lorsqu'elle eut terminé son rang, elle posa son ouvrage sur ses genoux et regarda son amie.

— Pourquoi a-t-il dit une chose pareille ? finit-elle par demander. Il doit bien y avoir une raison ?

— Je suppose, oui.

— Ne bouge pas, dit Abby en se levant. J'ai l'impression que nous sommes parties pour une longue discussion, et un bon chocolat chaud nous fera le plus grand bien. Couronné d'une dose généreuse de chantilly, pour nous calmer.

Pour la première fois depuis le matin, Holly esquissa un sourire sincère. Elle s'adossa confortablement et contempla par la fenêtre le Père Noël en plastique sur la pelouse.

— Je suis d'accord, il est kitch, concéda Abby qui venait de réapparaître avec un plateau chargé des deux chocolats fumants. Mais je n'ai pas pu résister.

Elle posa le plateau sur la table et s'installa à côté de son amie, les jambes ramenées sous elle.

— Vas-y, je t'écoute.

Holly hésita quelques secondes. Ce que Max lui avait confié au sujet de son enfance malheureuse relevait du domaine strictement privé et devait donc le rester. Aussi, se contenta-t-elle de faire à Abby un bref récapitulatif des moments passés avec lui au cours des derniers jours.

— Nous n'avons pas la même vision des choses, pointa-t-elle en guise de conclusion.

— Le problème, Holly, c'est que tu aimes cet homme. N'essaie pas de nier, je le sais. Rien n'est peut-être perdu.

— C'est impossible, affirma Holly. Max ne changera pas d'avis ; il restera sur ses positions. A moi de l'oublier et d'aller de l'avant.

Abby tendit la main vers sa tasse et savoura une gorgée de son breuvage.

— Il a peut-être besoin de temps.

— Je crois surtout qu'il aime son statut de célibataire. Il a toujours vécu seul, tu comprends.

— Quel gâchis, quand même ! Un si bel homme ! Plaisanterie mise à part, j'étais un peu remontée contre lui ce matin, mais en fait, d'après ce que tu m'en dis, je pense que c'est un type bien.

— Je sais ! cria presque Holly. C'est bien pour cela que c'est aussi frustrant.

— En revanche, je ne comprends toujours pas comment il peut affirmer aussi farouchement ne pas croire en la famille. Que s'est-il passé après mon départ ? Il a juste dit comme cela, d'un coup, qu'il ne voulait pas fonder de famille ?

Holly haussa les épaules.

— Non. Bien sûr que non.

— Alors quoi ? la pressa Abby avec une pointe d'impatience.

Holly se renfonça contre les coussins moelleux et laissa son regard errer dans la pièce.

— Il m'a demandé ce que j'attendais de la vie, finit-elle par dire, et je lui ai retourné la question. Il a aussi voulu savoir si je comptais passer ma vie à White Barn Inn.

— Laisse-moi deviner… je parie que tu as répondu oui.

— Evidemment ! Tu sais, toi, à quel point cette maison compte pour moi.

— Bien sûr. Mais serais-tu prête à la quitter si cela te permettait de fonder ailleurs cette famille à laquelle tu tiens tant ?

Holly n'avait pas besoin de réfléchir pour connaître la réponse.

— Je veux me marier. Je veux avoir des enfants. Mais je veux vivre à Maple Woods. Dans *ma* maison. C'est tout ce qu'il me reste de ma famille, tu comprends ?

Abby laissa échapper un long soupir.

— Je ne voudrais pas que tu passes à côté du bonheur juste parce que tu ne veux pas sacrifier ton petit confort.

— Que veux-tu dire ?

— Je veux dire que tu te terres depuis si longtemps à White Barn Inn que tu ne sais même plus comment en sortir pour vivre un peu. Tu es beaucoup trop jeune pour vivre ce genre de vie, Holly. Tu t'es construit ce petit nid douillet que tu remplis d'étrangers au point d'en oublier de vivre quelque chose de réel. Dans ces conditions, comment comptes-tu trouver celui qui te rendra heureuse et t'apportera ce que tu désires le plus au monde ?

Elle a raison, songea Holly. Elle aimait la sécurité et le confort que sa vie lui apportait. Peut-être un peu trop…

— Je devrais lui parler, dit-elle, songeuse. Nous avons passé de bons moments ensemble.

Abby acquiesça.

— Tu as raison. Parle-lui.

— Finalement, à quoi bon ? Il ne veut pas d'une famille. Que ce soit à Maple Woods, à New York, ou ailleurs.

— Il se sent peut-être rejeté. Les hommes sont si fragiles, parfois, Holly.

— Je crois que cela a quelque chose à voir avec sa propre famille, supposa Holly. Ses parents et lui se sont perdus de vue depuis longtemps et…

— … et il a peur d'être de nouveau abandonné, d'où la crainte de tomber amoureux. C'est un schéma assez classique. Où est-il en ce moment ?

— Je n'en ai aucune idée. Mais j'imagine qu'il doit être en train de travailler sur les dossiers qui l'ont amené jusqu'ici.

— Il ne t'en a pas encore parlé ?

— Non. Pourquoi ? Il aurait dû ?

— Disons que je trouve étrange qu'il ait une affaire aussi urgente à traiter trois jours avant Noël. Qui plus est, dans une petite ville comme Maple Woods.

— Tu as raison, c'est curieux. La seule chose qu'il m'ait dite, c'est qu'il travaille dans l'immobilier.

— Dans l'immobilier ? Pas très drôle comme profession. Quand je pense que je le soupçonnais d'être un prisonnier en cavale ou un agent du FBI ! avoua Abby, mi-figue, mi-raisin. Mais peu importe, ce qu'il fait et la relation qu'il entretient avec toi sont deux choses bien distinctes.

Elle marqua une pause avant de reprendre :

— Reste ici le temps de te calmer. Réfléchis bien à ce que tu vas lui dire. Lorsque tu le sauras, rentre chez toi et parle-lui avant qu'il soit trop tard.

Holly soupira d'aise. Abby venait de lui dire ce qu'elle avait envie d'entendre.

— Je n'ai rien à perdre, de toute façon.

— Tu lui plais énormément, Holly. Je le sais. Et je sais aussi que cet homme vaut le coup que tu te battes pour lui. En revanche, si après lui avoir parlé, il te laisse lui échapper, laisse tomber.

Holly acquiesça. Elle posa sa pelote, ses aiguilles et se leva pour partir, le cœur gonflé d'espoir.

Max était assis dans sa voiture de location depuis plus d'une heure maintenant qu'il avait pris congé des Miller. Il avait laissé le moteur tourner pour bénéficier du chauffage et écoutait d'une oreille distraite la station locale qu'il avait sélectionnée, la seule qui ne diffusait pas de chants de Noël.

Il avait posé les contrats signés sur le siège passager comme un rappel incessant de l'acte impardonnable qu'il avait perpétré. Les Miller avaient accepté son offre. Georges avait signé, tandis que Lucy, trop dévastée par la trahison qu'ils s'apprêtaient à commettre s'était réfugiée dans leur chambre pour pleurer toutes les larmes de son corps. Bobby avait déserté la maison pour, probablement et comme à son habitude, traîner dans la rue avec ses copains.

Maintenant qu'il avait en mains le contrat qui allait lui permettre de réaliser son rêve, il le regrettait presque. Il regrettait d'avoir approché les Miller, de ne pas avoir su renoncer, au nom de Holly.

Dans quelques heures, elle saurait. Elle connaîtrait l'horrible raison qui l'avait poussé à venir à Maple Woods et à séjourner chez elle.

Il regarda par la vitre l'enseigne lumineuse du Corner Trap, l'unique pub de la ville. Une foule compacte se pressait au comptoir, une pinte de bière à la main, un sourire réjoui aux lèvres. Ses pensées dérivèrent vers son père. A l'heure qu'il était, lui aussi devait se trouver dans un bar, à offrir des tournées à des clients qui se fichaient bien de savoir s'il avait de quoi payer. Ensuite, il rentrerait fin soûl au petit matin dans une maison froide et déserte. Il n'avait plus de femme, plus de fils. Leur manquaient-ils ? S'en souciait-il même encore ?

Max s'était donné les moyens de tracer sa route, de fuir son enfance aussi loin que possible. Les souffrances qu'il avait endurées lui avaient donné la force et la détermination nécessaires pour non seulement s'en sortir, mais pour réussir. Il s'était tellement noyé dans le travail qu'il en avait perdu les repères les plus fondamentaux, au point de ne plus savoir si cette vie lui convenait ni même s'il était heureux.

Jusqu'à sa rencontre avec Holly, il avait cru que la fuite était synonyme de bonheur. Holly lui avait fait prendre conscience du fait qu'il passait à côté de quelque chose et que la vie ne se résumait pas au travail.

Il passa alors la première et fonça en direction de White Barn Inn aussi vite que la route verglacée le lui permettait.

La nuit était tombée lorsque Holly arriva à White Barn Inn. Sans la présence rassurante d'Abby à ses côtés, ses certitudes commençaient à vaciller, et la raison n'était pas loin de l'emporter sur le cœur.

Elle poussa la porte de la maison en soupirant. Elle ignorait si Max était là, mais elle avait le cœur brisé à l'idée qu'il ait pu faire ses bagages et regagner New York sans lui laisser l'occasion de le revoir une dernière fois.

L'entrée, éclairée par un système d'allumage automatique, était plongée dans le plus profond silence. Aucun signe de vie ne lui parvint.

Le cœur lourd, elle alla accrocher son écharpe et son bonnet au portemanteau. Elle s'immobilisa de nouveau, l'oreille aux aguets, mais elle n'entendit que les battements désordonnés de son cœur.

— Tu es rentrée.

La voix de Max s'était élevée, grave et chaude dans le silence presque sépulcral de la vieille demeure. Holly sursauta, puis pivota pour lui faire face.

Il se tenait dans l'embrasure de la porte, les bras chargés de bûches. Aucun signe de contrariété n'apparaissait sur ses traits, mais son sourire contrit ne lui échappa pas.

— J'ai cru que tu étais parti, murmura-t-elle tandis qu'elle le regardait disposer le bois dans l'âtre.

— Pourquoi serais-je parti ? demanda-t-il d'une voix neutre.

— Pour rentrer à New York.

— Tu n'as pas vu ma voiture garée dans l'allée ?

A croire qu'elle devait être sacrément plongée dans ses pensées pour ne pas remarquer un véhicule aussi imposant alors qu'elle était forcément passée devant !

Il se releva et se tourna vers elle.

— J'étais en ville. D'ailleurs, je ne serais jamais parti sans te dire au revoir.

Elle poussa un profond soupir de soulagement.

— C'est bon de te voir, ne put-elle s'empêcher de dire.

— Moi aussi, je suis content de te voir.

Lorsqu'il s'approcha d'elle, elle ne fit aucun geste pour s'écarter. Toutes ses bonnes résolutions fondirent comme neige au soleil. Seules comptaient leurs bouches qui venaient de s'unir dans un baiser passionné, son corps brûlant qu'il plaquait contre le sien à l'étouffer.

A sa grande surprise, pourtant, il finit par s'écarter

légèrement d'elle et plongea dans le sien un regard
empreint de gravité.

— Excuse-moi si je t'ai contrariée ce matin, dit-il.
Ce n'était pas mon intention.

— J'en suis certaine.

Elle hésita un bref instant avant d'ajouter :

— Tu pensais vraiment ce que tu m'as dit ?

Il soupira profondément et la prit par la main pour
la conduire jusqu'au canapé où ils s'installèrent l'un à
côté de l'autre.

— Le fait est qu'il y a beaucoup de choses que tu
ignores à mon sujet, commença-t-il.

— C'est normal. Nous venons juste de nous rencontrer.
Toi non plus, tu ne sais pas tout de moi.

— C'est vrai que nous venons juste de nous rencontrer.
Et pourtant, je me sens plus proche de toi que je ne l'ai
jamais été de personne.

Elle sourit, mais tenta de refouler la lueur d'espoir
qui venait de renaître en elle.

— Pourtant, je ne suis pas très doué pour ce genre
de chose, admit-il.

Elle lui offrit un sourire compréhensif.

— Cela prend du temps.

Il opina, sourcils froncés. Il garda le silence si longtemps
qu'elle pressentit que les choses n'allaient pas connaître
le dénouement heureux qu'elle s'était autorisée à espérer.

— Je t'aime beaucoup, Holly, déclara-t-il en la regardant
droit dans les yeux. Et je ne veux pas te faire souffrir.

Elle ne comprenait pas où il voulait en venir. Elle
chercha sur son visage une réponse qu'elle ne trouva pas.

— Que veux-tu dire ? demanda-t-elle, tremblante
d'appréhension.

— Holly, il faut que je te dise quelque chose. Une

chose qui va te faire changer d'avis à mon sujet. Je…
je ne sais même pas comment te le dire.

L'anxiété qu'elle éprouvait monta d'un cran. L'esprit
en ébullition, elle chercha à savoir ce qui pouvait le
bouleverser au point qu'il n'en trouvait plus les mots.

— Max, qu'y a-t-il ? demanda-t-elle le cœur battant
à tout rompre.

Devant son mutisme, elle voulut lui prendre la main,
mais il la dégagea d'un geste brusque.

— Max, s'il te plaît… dis-moi. Qu'y a-t-il ?

La sonnerie de son téléphone portable rompit la
tension intense qui s'était installée entre eux. Elle se
leva pour aller répondre, tiraillée entre l'irritation et le
soulagement. Les jambes encore tremblantes, elle vit le
nom de Georges Miller s'inscrire sur l'écran.

— Bonjour Georges, dit-elle d'une voix rauque
d'émotion.

— Holly… J'espère que je ne te dérange pas.

Elle comprit au son de sa voix que, là aussi, quelque
chose ne tournait pas rond.

— Tout va bien Georges ? demanda-t-elle au comble
de l'angoisse. Ses mains se crispèrent sur l'appareil, alors
qu'elle s'attendait à entendre le pire. Il est arrivé quelque
chose à Lucy ou à Bobby ? le pressa-t-elle.

— Ce n'est pas ça, expliqua Georges. Mais…

Sa gorge était si sèche qu'elle eut de la peine à articuler.

— Je t'en prie, Georges, dis-moi ce qui ne va pas.

— Je… je ne sais pas comment te le dire mais…
Voilà. On m'a fait une offre pour les terres.

L'espace d'un instant, elle eut l'impression que le sol
allait se dérober sous ses pieds.

— Je… je ne comprends pas, balbutia-t-elle en
s'agrippant à l'angle du bureau de réception pour ne
pas tomber.

— Je suis désolée, Holly, dit Georges d'une voix tendue par l'émotion.

— Je ne comprends pas, répéta Holly qui refusait d'entendre la réalité. Que veux-tu dire ?

— Je suis désolé, Holly, répéta Georges à son tour. J'ai accepté l'offre qu'on m'a faite. J'ai vendu les terres. C'est… c'est fait, Holly. Je suis désolé.

11

Assommée, Holly referma d'un geste mécanique le clapet de son téléphone portable et posa ses paumes à plat sur la surface lisse du bureau. Elle avait hérité des mains de sa mère. Les mêmes longs doigts fins, les mêmes articulations, la même courbe du pouce. Des mains qui avaient tenu les siennes lorsqu'elle était enfant, qui l'avaient guidée, qui, tant de fois, avaient caressé ses cheveux et essuyé ses larmes.

Elle les laissa retomber le long de son corps, comme vidée. Elle n'aurait jamais cru avoir à revivre un jour un tel sentiment de solitude, de désespoir. Cette maison, qui était tout ce qui lui restait de sa famille, qui renfermait tant de souvenirs, elle venait de la perdre en un claquement de doigts. Aussi brutalement qu'elle avait perdu ses parents six ans plus tôt.

Comment la vie pouvait-elle être aussi cruelle ?

Elle laissa son regard errer dans la pièce, cherchant à comprendre ce qui avait bien pu pousser Georges à se dédire d'une façon aussi soudaine. Qu'allait-elle devenir si on la chassait de chez elle ? Où irait-elle ?

Elle ne reprit conscience de la présence de Max que lorsqu'elle le vit s'approcher d'elle, silencieux, une ride soucieuse inscrite au beau milieu du front.

— Oh Max…

Elle secoua la tête, comme pour dissiper le brouillard

épais qui l'empêchait de penser de façon cohérente. Sa voix lui parvint comme à travers un filtre.

— Je suis désolée. Je… je viens d'apprendre une mauvaise nouvelle.

Elle baissa les yeux sur le bureau, incapable d'esquisser le moindre geste pour s'en éloigner.

— Holly…, dit Max d'une voix douce et ferme.

Elle leva les yeux sur lui et remarqua tout de suite la pâleur inhabituelle de son visage.

— Je…, continua-t-elle. C'était Georges. Georges Miller. Ma maison…

Sa voix se brisa au souvenir des mots terribles qu'avait prononcés Georges. Il avait vendu ses terres, sa maison, sans même l'avoir consultée et alors qu'elle devait en devenir propriétaire dans moins de soixante-douze heures. Cela faisait des années qu'elle rêvait de ce jour de Noël où, enfin, elle serait véritablement chez elle.

Depuis quand avait-il prévu ce mauvais coup ?

Une vague de colère la submergea. Lucy. Lucy devait savoir, et elle ne lui en avait même pas touché un mot qui aurait pu l'alerter. Au contraire, même, elle était allée jusqu'à se réjouir pour elle ! Comment avait-elle pu lui faire un coup pareil alors qu'elle savait l'importance que cette vente avait pour elle ? Lucy, qu'elle prenait pour son amie, l'avait poignardée dans le dos !

Qui d'autre savait ? se demanda-t-elle en laissant libre cours aux larmes de rage qui ruisselaient sur ses joues. Abby ? Stephen ? Maple Woods était une petite ville, et comme dans toutes les petites villes, les rumeurs allaient bon train. Quelle idiote elle avait été de croire que les gens d'ici se souciaient d'elle !

— Holly, appela doucement Max.

Elle se tourna vers lui, éperdue d'amour, avant de se figer d'un coup. La réalité la rattrapa dans tout ce qu'elle avait d'horrible. Les pièces du puzzle se mirent en place d'elles-mêmes. Il était en ville pour affaires. Il lui avait dit être dans l'immobilier. Elle n'arrivait pas à le croire. Cela ne pouvait pas être vrai.

Elle secoua la tête, les yeux rivés aux siens.

— Non, dit-elle dans un souffle, refusant d'entendre ce qu'il s'apprêtait à lui révéler.

— Holly…

— Non, répéta-t-elle sans se soucier des larmes qui lui ravageaient le visage.

— Je t'en supplie. Essaie de comprendre. J'ignorais que tu dirigeais cet établissement lorsque j'ai démarré ce projet. Si j'avais su…

— Quoi ? Quoi ? insista-t-elle en élevant la voix. Si tu avais su, tu ne m'aurais pas chassée de chez moi ?

En guise de réponse, il détourna la tête, incapable de soutenir son regard furieux.

— Réponds-moi ! lui ordonna-t-elle. Tu ne m'aurais pas chassée de chez moi ?

— Peut-être…

— Alors, annule la vente, Max, dit-elle pleine d'espoir. Annule la vente.

Il secoua la tête, se sachant impuissant à réaliser son souhait.

— Je ne peux pas, Holly. C'est trop tard.

— Non, il n'est pas trop tard ! cria-t-elle d'une voix perçante qui reflétait son besoin frénétique d'inverser la machine qui avait été mise en branle. Les Miller te rendront ton argent. Ils savent ce que cette maison représente pour moi ! Elle baissa la voix pour demander une nouvelle fois d'un ton suppliant : annule la vente, Max.

— Crois-moi. Si je pouvais, les choses seraient différentes. Mais… Ce sont les affaires, Holly. Cela n'a rien de personnel.

Elle fixa sur lui ses yeux brillants de colère.

— Cela n'a rien de personnel ? cracha-t-elle. Comment peux-tu dire une chose pareille, alors qu'il s'agit de vendre ma maison, Max !

Le corps secoué de sanglots convulsifs, elle couvrit son visage de ses mains. Elle avait la nausée et se sentait prise de vertige. Max posa sur son épaule une main qui se voulait réconfortante, mais qu'elle rejeta violemment.

— Ne me touche pas, gronda-t-elle d'une voix sourde.

Il fit un pas en arrière. Il semblait éreinté. Défait.

— Que vont devenir ces terres ? demanda-t-elle lorsqu'elle se fut un peu calmée. Tu vas t'installer chez moi ?

Le visage de Max blêmit un peu plus sous le ton ironique de sa question.

— Georges ne t'a pas dit ce que je comptais faire ?

— Non, répondit-elle.

— Je suis promoteur, Holly. Ces terres sont destinées à devenir un centre commercial.

Elle en suffoqua de surprise. Ses larmes, momentanément taries, se remirent à couler de plus belle.

— Un centre commercial ? répéta-t-elle d'une voix si ténue qu'elle en était presque inaudible. Tu veux dire que tu vas raser ma maison ? Pour… un centre commercial ?

Les mâchoires serrées, il déglutit avec peine.

— Il se peut que la commission d'urbanisme ne donne pas son aval, annonça-t-il d'une voix peu convaincante.

— Un centre commercial ? répéta-t-elle une nouvelle fois, atterrée. C'est pour cela que tu étais en ville ? Que tu es venu séjourner ici ? Que tu as rencontré le maire ? Abby t'a vu parler avec lui. Elle m'avait prévenue, mais je n'ai rien voulu entendre.

— Je sais ce que cette maison représente pour toi, Holly.

— Non, tu ne sais pas ! Tu ne le peux pas. Comment le pourrais-tu, puisque tu ne crois pas en la famille ? Tu l'as dit toi-même. Tu ne peux pas comprendre que cette maison est tout ce qui me reste de la mienne !

Un silence pesant emplit la pièce durant lequel elle nourrit le fol espoir qu'il allait changer d'avis. Mais il n'en fit rien. Tremblante, elle fusilla du regard cet homme que, quelques minutes plus tôt, elle trouvait si tendre et si charmant.

— Je te déteste, Max Hamilton, siffla-t-elle à travers ses larmes. Je ne te pardonnerai jamais.

Il hocha la tête.

— Je vais partir.

— Je pense que c'est mieux, en effet, déclara-t-elle avant de lui tourner le dos et de le laisser face à sa solitude.

« 23 décembre », songea Holly. Chaque jour de cette année, elle avait effectué le compte à rebours, impatiente d'arriver à la date où, enfin, elle aurait l'assurance que cette maison lui appartiendrait pour toujours.

De petits coups frappés à la porte interrompirent le fil de ses pensées. Elle se tourna dans son lit et vit Abby qui se tenait sur le seuil, enveloppée de sa robe de chambre en velours éponge. Une douce lumière filtrait à travers les stores laissés entrouverts.

« Normalement, j'aurais dû signer demain », songea-t-elle encore, amère.

— J'ai pensé qu'un peu de thé te ferait du bien, dit Abby de sa voix calme et posée.

Elle se redressa et bourra son oreiller de coups de poing avant de le glisser derrière son dos et de s'y appuyer.

— Merci, dit-elle en prenant la tasse fumante que lui tendait son amie.

Abby, qui était venue s'asseoir au pied du lit, lui tapota le genou d'un geste affectueux.

— Comment te sens-tu ? demanda-t-elle.

Holly secoua la tête, sentant que les larmes menaçaient de nouveau de couler. Ses yeux étaient rouges et gonflés d'avoir déjà trop pleuré.

— Pas très bien, avoua-t-elle.

— Je m'en doutais, mais il fallait que je m'en assure.

Abby marqua quelques secondes de silence avant de poursuivre :

— Je n'arrive toujours pas à le croire !

— Et moi donc ! répliqua Holly d'un ton plein d'amertume.

— Je me sens tellement coupable, dit Abby en se mordant les lèvres.

— De quoi ? demanda Holly. Tu n'es pas responsable.

— En quelque sorte, si, affirma Abby qui tourna vers son amie son visage creusé de cernes mauve.

Elle non plus n'avait pas dû dormir de la nuit, songea Holly.

— C'est moi qui t'ai poussée vers lui malgré ton appréhension. Par la suite, je n'ai pas su écouter la petite voix qui me soufflait que quelque chose clochait chez cet homme.

— Mais si. Tu m'avais prévenue, lui rappela Holly.

— J'ai bien vu à la façon dont le maire et lui se parlaient qu'ils manigançaient quelque chose. Et au lieu de creuser j'ai laissé tomber.

— Parce que je t'ai poussée en ce sens.

— Tu peux bien dire ce que tu veux, j'ai ma part de responsabilité dans cette histoire.

— Arrête l'autoflagellation, lui intima gentiment Holly. Tu n'as rien à te reprocher, et tu es la meilleure amie que j'ai jamais eue. Il n'y a rien que tu aurais pu faire, crois-moi.

— Si tu le dis, laissa tomber Abby d'un ton peu convaincu.

— Je l'affirme. Nous savons toutes les deux qui sont les vrais coupables.

— Quand je pense à la façon dont ce type nous a embobinées ! J'en suis malade !

Holly but une gorgée de son thé qu'Abby avait sucré d'une dose généreuse de miel. Puis elle reposa délicatement sa tasse sur le plateau pour ne pas y renverser de liquide.

— Max n'a pas agi seul, finit-elle par dire. Lucy et Georges sont aussi responsables que lui.

— Je ne comprends pas, avoua Abby. Lucy s'est toujours comportée en amie fidèle. Pourquoi a-t-elle accepté une chose pareille ?

— Tu penses bien que je me suis posé la question des dizaines de fois.

— Tu crois que c'est pour l'argent ?

— Probablement.

Abby s'appuya sur un coude, les jambes repliées sous elle.

— A mes yeux, cette explication ne tient pas la route. Les Miller se fichaient bien d'être riches, tu le sais aussi bien que moi.

Holly haussa les épaules.

— De toute façon, peu importent leurs raisons. Le résultat est le même, non ?

— Tu as raison.

Elles se turent un long moment, unies dans la même détresse et le même désespoir.

— Max a dit quelque chose d'intéressant hier soir, finit par dire Holly la première.

— Quoi donc ? demanda Abby, au comble de la curiosité.

— Il a dit que son projet devait passer devant la commission d'urbanisme, car c'est elle qui a le pouvoir de décision.

Une lueur d'espoir perça en elle pour se dissiper aussitôt.

— Cela ne fait aucune différence, de toute façon. Max a acheté les terres. Qu'il y construise un centre commercial ou autre chose ne change rien au fait qu'il est propriétaire de l'ensemble du domaine.

— Quand ce projet doit-il passer devant la commission d'urbanisme ? s'enquit Abby.

— Je n'en sais rien. Mais peu importe. Cela te dérange si je reste un peu plus longtemps chez toi ?

C'était la veille du réveillon de Noël, et elle se sentait incapable d'errer seule chez elle, dans une maison désertée.

— La perspective de retourner là-bas maintenant… m'est insupportable.

Abby accepta d'un hochement de tête, perdue dans ses pensées.

— Il est parti ?

— En tout cas, c'est ce que je lui ai demandé.

De colère, le visage d'Abby vira au cramoisi.

— Il n'aurait pas le culot de rester chez toi, tout de même ! Après ce qu'il t'a fait ! Ce type n'a pas de cœur, conclut-elle en grimaçant de dégoût.

Elle ne répondit rien. Elle avait beau chercher à se persuader que Max était bien l'ordure que décrivait son amie, quelque chose en elle lui disait que c'était faux. Tout aveuglée de colère qu'elle avait été, elle avait tout de même perçu l'angoisse et la culpabilité sur son visage.

— Il voulait me le dire, pensa-t-elle tout haut.

— Quoi ?

— Il voulait me le dire, répéta Holly. Hier soir, quand

je suis rentrée, il cherchait à me dire quelque chose. Et puis, Georges a téléphoné.

— Ce que je ne comprends pas c'est pourquoi, alors qu'il savait qu'il allait aller au bout de son projet, il s'est conduit avec toi comme il l'a fait. Il a cherché à te séduire, tout de même !

— Tu as raison. Il a été jusqu'à m'embrasser.

Abby secoua la tête.

— Il était peut-être déchiré.

— Peut-être. Oublions tout ça. Comme je l'ai déjà dit, de toute façon, le résultat est le même.

Et puis, qu'aurait-elle pu espérer d'un homme qui ne croyait pas en la famille ?

— Je te laisse, je vais prendre une douche, déclara Abby en se levant. Tu restes encore un peu au lit ?

Holly acquiesça d'un signe de tête, puis remonta la couette sur ses épaules. Elle se sentait incapable d'affronter la journée qui s'annonçait. D'ailleurs, elle n'avait rien à faire ni d'endroit où aller.

Tout à sa souffrance, elle n'avait pas remis les choses en perspective. Par la force des choses, White Barn Inn allait fermer. Elle allait devoir rembourser les réservations à chacun de ses clients.

— Tu peux rester aussi longtemps que tu le voudras, dit Abby dans un sourire rassurant. Tu le sais : tu es ici chez toi.

— Merci, répondit Holly.

Elle était infiniment reconnaissante à son amie de lui ouvrir sa maison. Mais son cœur saignait à l'idée que c'était dans la sienne qu'elle aurait aimé être pour fêter Noël.

*
* *

Max se frotta les yeux et consulta l'heure à sa montre. Par miracle, il avait réussi à somnoler un peu. A l'heure qu'il était, il n'aurait pas dû se trouver ici, mais chez lui, dans son appartement de New York. Il avait essayé, mais il n'avait pas pu se résoudre à partir. Pas avant d'avoir revu Holly et de lui avoir parlé.

Lorsqu'il se leva du canapé où il s'était installé, il remarqua le paquet au pied du sapin. En s'accroupissant pour l'examiner de plus près, il vit son nom sur l'étiquette.

Holly. Elle lui avait fait un cadeau.

Le cœur battant, il souleva la boîte qui était plus lourde qu'elle le paraissait. Il la secoua un peu et sentit l'objet bouger légèrement à l'intérieur. Il reposa le paquet là où il l'avait pris, un sourire triste aux lèvres. Depuis combien de temps n'avait-il pas reçu de cadeau de Noël ? C'était un petit geste simple, attentionné, à l'image même de Holly.

Il se releva et balaya la pièce vide du regard. A peine quelques jours plus tôt, elle retentissait de vie, de musiques et des discussions joyeuses des hôtes venus chercher là une ambiance douce et chaleureuse. Tout le monde était reparti, sauf lui. Lui qui, entre tous, n'avait pas le droit de se trouver dans cette maison.

Il fallait qu'il parle à Holly. Il ignorait encore ce qu'il lui dirait lorsqu'il la verrait, mais il éprouvait le besoin irrépressible de lui parler.

Il sortit son téléphone portable de sa poche pour l'appeler, mais réalisa en même temps qu'il ne connaissait pas son numéro. Qu'à cela ne tienne ! Il irait la trouver chez Abby où elle avait dû se réfugier. Il lui suffirait de demander son adresse au premier passant. Comme l'avait très justement souligné Holly, tout le monde se connaissait ici.

Sa détermination céda le pas au plus profond découragement. A quoi bon essayer de la revoir ? Elle ne lui pardonnerait jamais. Elle le lui avait très clairement signifié. D'ailleurs, quelle raison aurait-elle de lui pardonner ? Il lui avait tout pris, tout ce qui comptait le plus pour elle et représentait toute sa vie.

Il se dégoûtait. Quel homme était-il donc devenu ? Rien ne pouvait justifier ses agissements méprisables. Pas même son enfance malheureuse.

Il ne fallut à Max qu'un quart d'heure pour gagner le cottage des Miller. Il gravit quatre à quatre les marches qui conduisaient à la galerie et, arrivé sur le seuil, tambourina à la porte jusqu'à ce que Lucy, les yeux encore noyés de larmes, vienne lui ouvrir. Elle fronça les sourcils lorsqu'elle vit à qui elle avait affaire.

— Excusez-moi de vous déranger Lucy. Georges est-il là ?

— Non, répondit-elle en s'effaçant pour l'inviter à entrer. Il est au restaurant.

— Il faut absolument que je lui parle.

— Je vais lui passer un coup de fil, dit Lucy qui avait senti l'urgence dans sa voix.

Elle se rendit alors dans la cuisine dont les parois étaient si fines que Max put tout entendre de ce qu'elle disait à son mari.

— Il arrive, lui rapporta-t-elle dès qu'elle l'eut rejoint. Je vous sers un café ?

— Volontiers.

Un court instant plus tard, elle revenait avec deux tasses fumantes.

— Je n'ai pas fermé l'œil de la nuit, précisa-t-elle tandis qu'elle s'asseyait face à lui.

— A vrai dire, moi non plus.

Quelques minutes à peine s'étaient écoulées lorsque le pas lourd de Georges Miller se fit entendre dans l'escalier.

— Qu'y a-t-il ? demanda-t-il sans préambule aussitôt qu'il eut franchi la porte.

— Viens t'asseoir, Georges, lui intima doucement sa femme. Puis, se tournant vers Max : je suis à bout de nerfs, si vous pouviez nous dire pourquoi vous êtes ici, j'apprécierais beaucoup. La commission d'urbanisme a-t-elle déjà fait connaître sa décision ? Avons-nous fait tout cela pour rien ?

— Non, ce n'est pas ça.

Max reposa sa tasse vide sur la table basse, le cœur plus léger et les idées claires malgré le manque de sommeil. Il regarda avec sollicitude le couple Miller assis côte à côte qui se serrait les mains si fort que leurs phalanges en étaient blanches. Leurs visages trahissaient la plus vive inquiétude.

— Je suis venu vous dire que je n'ai plus l'intention de présenter mon projet à la commission d'urbanisme.

Il enchaîna sans laisser le temps à Georges et à Lucy d'objecter :

— Même si les apparences sont contre moi, je suis un homme de parole. Je vous ai acheté vos terres, et même si je renonce à mon projet, je ne chercherai pas à récupérer mon argent. Il vous est acquis.

— Comme vous le savez, dit Georges, cette décision n'a pas été facile à prendre. Depuis que nous avons signé, Lucy ne cesse de pleurer. Nous avons accepté votre offre alors que nous avions déjà donné notre parole à Holly. Elle est non seulement notre amie, mais également un membre de cette communauté.

— Je comprends tout à fait, assura Max.

— Ce que vous ne savez pas…, reprit Georges dont la voix se brisa. Ce que vous ne savez pas, c'est que Lucy et moi avons une responsabilité qui dépasse largement le cadre de l'amitié que nous portons à Holly. Il s'agit de notre fils.

Max se tut, conscient du fait que Georges allait lui révéler quelque chose d'important.

— Evidemment, vous avez entendu parler de l'incendie de la bibliothèque, continua Georges. Mais ce que vous ignorez sans doute, c'est que c'est mon fils qui est responsable de cet incendie.

— C'était un accident ! s'exclama Lucy avec une note de désespoir. Il fumait et…

Cette révélation laissa Max sans voix. Il comprenait mieux à présent que les Miller n'aient pas eu le choix.

— Quelqu'un est-il au courant ? demanda-t-il.

Lucy secoua la tête.

— Non. Mais même si nous ne pouvions dénoncer notre fils, nous ne voulions pas en rester là. Vous comprenez, Bobby a toute la vie devant lui. Il rêve d'aller à l'université et puis, il est si jeune !

Max acquiesça.

— Vous n'aurez aucun problème à lui payer ses études, maintenant, dit-il.

— Nous ne savions pas trop quoi faire, sinon mettre de l'argent de côté pour participer à la restauration de la bibliothèque. Mais, comme vous avez pu le constater, le restaurant ne nous rapporte pas beaucoup. Aussi, lorsque vous êtes venu me trouver pour me proposer ce marché, j'ai tout de suite compris que nous tenions là l'occasion rêvée.

— Cet argent nous est à la fois une bénédiction et une malédiction, déclara Lucy à travers ses larmes.

— Il vous appartient toujours, leur assura de nouveau Max. Vous n'avez plus à vous inquiéter de quoi que ce soit, désormais.

— Vous savez, dit Georges, nous sommes des gens honnêtes. Nous conclurons cette vente, Max, mais j'aimerais y inclure de nouvelles conditions.

Il les écouta parler et lui exposer en détail ce qu'ils souhaitaient. Lorsqu'ils furent tombés d'accord sur tout, il se leva pour partir, le fardeau énorme qui lui pesait jusque-là sur les épaules totalement envolé. Il était temps pour lui de rentrer à White Barn Inn, comme il était temps pour les Miller de reprendre le cours tranquille de leur vie.

— Qu'allez-vous faire de ces terres ? s'enquit Lucy tandis qu'il enfilait sa parka.

— Je crois que finalement je ne vais rien en faire, répondit-il gaiement.

— Puis-je vous demander pourquoi ? demanda-t-elle encore.

— Il se trouve qu'une certaine Holly Tate a pris beaucoup d'importance dans ma vie depuis que je l'ai rencontrée, répondit-il simplement.

Lucy lui offrit un visage radieux et posa sur son bras une main amicale.

— Elle a toujours eu le don de se faire aimer des autres.

Il approuva en silence et quitta le couple, sensible à l'ironie du destin. Comment, lui qui avait passé sa vie à se protéger des gens, en était-il arrivé à tomber fou amoureux d'une femme qu'il ne connaissait que depuis quelques jours ?

12

Depuis toute petite, Holly avait toujours préféré le soir du réveillon au jour de Noël. Elle aimait cette excitation qui accompagnait les préparatifs ainsi que la promesse des heures festives et gaies qui les suivaient.

Mais cette année, c'était différent. Elle n'attendait rien et n'avait rien à préparer, sinon ses bagages. Cette année, Noël serait juste le début de la dégringolade.

Elle gara sa voiture en bas de l'allée. Elle n'avait passé que deux nuits hors de chez elle, mais c'était la première fois qu'elle désertait sa maison si longtemps depuis qu'elle s'y était installée. Assise derrière son volant, elle contempla ce domaine qui lui manquait déjà. Elle ne s'habituerait jamais à l'idée qu'elle ne le reverrait pas, tout comme elle n'arrivait pas à accepter l'idée que, dans un avenir très proche, cette demeure chargée d'histoire serait rasée dans le but d'y construire un centre commercial.

Son regard se posa sur l'écurie qu'elle adorait avec ses portes d'un joli rouge et sa girouette, fidèle gardienne, trônant fièrement sur la toiture. Derrière se trouvait le petit lac qui resterait gelé tout l'hiver. Lorsqu'elle était petite, Abby et elle aimaient aller y patiner en attendant les jours plus chauds pendant lesquels elles se baignaient dans ses eaux troubles sous l'œil vigilant de sa grand-mère qui, assise dans un fauteuil en plastique à l'ombre d'un parasol, sirotait du thé glacé.

Le cœur de Holly se serra à l'idée que ce lac allait lui aussi disparaître.

Elle passa la première et remonta l'allée, étrangement triste de voir que la voiture de Max ne s'y trouvait pas. C'était un sentiment fugitif, confus, qui la désorientait un peu plus. Elle alla garer sa voiture à l'arrière de la maison, puis sortit dans l'air glacé. Une rafale de vent lui mordit les joues et lui brûla les yeux. Probablement pour la dernière fois, elle gagna la porte, ses pensées dérivant vers Max. Il avait paru si sincère ! Elle avait cru, naïvement, qu'en lui permettant de se confier à elle, elle l'avait aidé à franchir une étape. Il fallait croire qu'elle s'était trompée, que certaines personnes restaient à jamais meurtries par leur passé.

Il lui faudrait du temps pour oublier qu'elle s'était trompée sur son compte, que Max n'était pas l'homme qu'elle croyait et que ses avances n'étaient destinées qu'à mieux la poignarder dans le dos. Pourtant, malgré l'évidence, elle ne pouvait s'empêcher de croire que les moments qu'elle avait passés avec lui avaient été des moments de vérité. Elle l'avait vu dans ses yeux, l'avait entendu au travers de son rire franc et clair. Elle le ressentait au plus profond d'elle-même.

Lorsque, comme d'habitude, elle tourna la poignée, elle constata que la porte avait été fermée à clé. Elle ne put s'empêcher de sourire intérieurement. Elle revit le visage étonné de Max alors qu'elle lui expliquait qu'elle s'absentait sans verrouiller la porte derrière elle.

Lorsqu'elle pénétra dans le vestibule, elle se sentit aussitôt étrangère chez elle. Elle fut accueillie par un silence assourdissant, bien loin de l'animation habituelle qui régnait dans les lieux même durant les mois les moins fréquentés de l'année.

Elle pensa soudain au personnel qui œuvrait ici, avec elle. On ne pouvait imaginer pire période que celle de Noël pour annoncer à quelqu'un qu'il n'avait plus de travail. Et Abby ? Elle avait été tellement absorbée par ses propres préoccupations qu'elle en avait oublié celles de sa meilleure amie. Elle se sentit honteuse. Il faudrait qu'elle envisage des indemnités de licenciement pour elle. Ce serait le moins qu'elle puisse faire.

Elle soupira, décidée à ne pas s'attarder plus que nécessaire. Plus elle resterait dans cette maison, plus ce serait difficile d'en partir. Et puis, elle n'avait pas besoin de rester ici pour se souvenir. Ses souvenirs, elle les emporterait avec elle, et ni Max ni personne ne pourrait les lui enlever.

Max crispa les mains sur le volant tandis qu'il traversait la ville. Il avait encore à la mémoire les douzaines d'e-mails qu'il avait reçus de ses partenaires, la colère qu'il avait sentie dans leurs voix durant la conférence téléphonique qui s'était tenue un peu plus tôt ce matin-là. Tout le monde avait été bouleversé par la nouvelle, et c'était bien compréhensible. Il s'était bien gardé de leur révéler tous les tenants et les aboutissants de l'affaire, ne leur révélant qu'une demi-vérité. Le reste ne les regardait pas, avait-il estimé. Il allait être lâché, il le savait, mais ne regrettait rien.

Holly valait bien les sombres perspectives qui l'attendaient.

Lorsqu'il s'engagea dans l'allée qui menait à White Barn Inn, son pouls s'accéléra. Il retint son souffle, cherchant un signe de la présence de Holly. Il n'en trouva aucun, ne vit même pas sa voiture garée à sa place habituelle.

Il voulait croire qu'il avait encore une chance de réparer les choses. Que Holly finirait par retourner chez elle, dans cette maison qui était la sienne. Et pour cela, il était prêt à renoncer à elle si c'était ce qu'elle voulait. Après tout, il avait l'habitude, c'était tout ce qu'il avait jamais connu. Et si Holly était déterminée à ne jamais lui pardonner ou à refuser de le revoir, il ne pourrait ni l'en empêcher ni l'en blâmer.

Il coupa le contact et sortit dans l'air glacial. Noël allait être blanc cette année. Il remonta le col de son manteau pour se protéger du froid et se dirigea vers la porte, cherchant la clé dans sa poche. Il fronça les sourcils lorsqu'il constata que la porte n'était plus fermée, comme il avait pris soin de le faire avant de se rendre en ville.

Holly.

Le cœur battant à tout rompre, il poussa la porte et pénétra à l'intérieur de la maison. Il chercha du regard un signe qui lui indiquerait sa présence, mais ne se heurta qu'à un profond silence.

Il soupira. Il était le seul responsable de cette situation, et aujourd'hui il en payait le prix. Il était temps pour lui de quitter White Barn Inn pour ne plus jamais y revenir.

Mais avant, il lui restait une chose à faire.

Il ne fallut pas longtemps à Holly pour faire ses bagages, toutes ses affaires personnelles se trouvant dans sa chambre, son petit salon et sa salle de bains. Et, à l'exception de quelques meubles auxquels elle attachait une valeur sentimentale et qu'elle comptait bien emporter, tout le reste serait vendu au cours d'une petite vente aux enchères. Avec l'argent récolté, elle pourrait démarrer une nouvelle vie. Laquelle ? Elle n'en avait pas encore la moindre idée.

Ce qu'elle savait, en revanche, c'est que ce ne serait pas à Maple Woods. Car l'idée d'imaginer un centre commercial à la place de sa maison la tuerait, à coup sûr.

Quant à ses amis… Si Abby, Peter et Stephen lui étaient très chers, il y avait des souffrances qui étaient trop profondes et des villes trop petites. Elle comprenait désormais pourquoi Max avait quitté la ville de son enfance sans un regard en arrière. Il était temps pour elle de faire la même chose avec Maple Woods. Sans compter qu'elle ne pouvait pas s'imaginer croisant un jour les Miller. Leurs sourires, leur café-restaurant, tout lui rappellerait leur trahison.

Elle ressentit brusquement un besoin urgent de se cacher. De prendre de la distance avec sa vie et de laisser tous ses souvenirs enfouis dans leurs cartons. Pourquoi ne pas retourner à Boston, finalement ? Elle pourrait s'y trouver facilement du travail et se perdre dans la foule.

Une dernière fois, elle balaya la pièce du regard, étrangement détachée et en paix avec elle-même. La situation était probablement trop surréaliste pour la croire réelle. Un jour viendrait, sans doute, où elle la rattraperait brutalement, mais il était encore trop tôt.

Elle avait hâte de charger son coffre de voiture et de tourner à jamais le dos à son passé, mais il lui restait néanmoins quelques tâches à accomplir.

Elle se trouvait dans le couloir qui menait dans le salon, occupée à résumer mentalement la liste de ce qu'elle devrait récupérer à la réception, lorsqu'elle vit le rougeoiement du feu qui crépitait dans la cheminée. Son cœur se mit à cogner dans sa poitrine.

Max. Il était encore ici.

Elle s'approcha de la pièce à pas feutrés, cherchant

du regard un signe qui indiquerait sa présence. Elle alla vers l'âtre, les yeux rivés sur quelque chose qui n'était pas là quelques instants plus tôt. Elle tendit la main vers la chaussette qui était suspendue à côté de celle d'Abby et des autres membres du personnel, demeurées vides, et qui portait son nom.

Elle sut instinctivement que le document qui en dépassait provenait de Max. Elle le prit, défit le ruban qui le maintenait roulé et le déploya, surprise par la longueur de la lettre qui l'accompagnait.

Les mains tremblantes, elle le parcourut rapidement une première fois avant de le relire inlassablement jusqu'à ce que les larmes qui lui brouillaient la vue ne tombent dessus en petites étoiles maculant ses derniers mots pour elle.

Max s'arrêta net au bas de l'escalier, une main posée sur la rambarde. Holly lui tournait le dos. Elle lui sembla toute petite et menue, immobile dans cette pièce immense. Si pure et innocente aussi qu'elle le toucha en plein cœur.

Il s'était comporté en barbare. Elle tenait à quelque chose qui lui revenait de droit, et il n'aurait jamais dû essayer de la spolier comme il l'avait fait.

Sentant sa présence, elle se retourna brusquement. Elle chercha son regard, et même de là où il se trouvait, il pouvait voir que ses yeux étaient rougis à force d'avoir trop pleuré.

— Je croyais que tu étais parti, dit-elle d'une petite voix.

— C'est ce que j'avais prévu, mais je voulais te voir une dernière fois avant de quitter les lieux.

Il s'interrompit, trop ému pour poursuivre. S'il lui

restait une chance de récupérer la femme qu'il aimait, il ne la laisserait pas passer.

— J'ai lu ta lettre. Alors, c'est officiel ? L'acte de propriété est passé à mon nom ?

Il acquiesça.

— Comme il aurait dû l'être avant que je m'en mêle.

Elle baissa les yeux sur la lettre qui accompagnait le document, puis les releva sur lui.

— Je ne comprends pas. Pour quelle raison as-tu changé d'avis ?

— Comme je te l'explique dans cette lettre, j'ai compris toute l'importance que cette maison avait pour toi. J'ai compris aussi qu'aucun endroit au monde ne pourrait remplacer celui-ci dans ton cœur.

— C'est vrai.

Sans un mot, il s'approcha d'elle, craignant de la voir s'enfuir à tout moment.

— Je suis désolé, Holly, s'excusa-t-il. Je n'avais rien à faire ici. Je n'aurais jamais dû t'entraîner dans un tel pétrin.

— Tu ne savais pas, concéda-t-elle d'un ton froid qui laissait à penser qu'elle était encore profondément blessée.

Mais comment pourrait-il lui en vouloir ?

— Quand je suis arrivé ici, c'était avec l'intention de traiter directement avec le propriétaire de cette maison. Je pensais sincèrement que tout le monde y trouverait son compte et se séparerait, heureux de la transaction. Le seul tort que j'ai eu, et il est de taille je te l'accorde, c'est que j'aurais dû renoncer et partir quand il en était encore temps.

— C'est la dure loi des affaires. Tu l'as dit toi-même.

Elle marqua quelques secondes de silence avant de lui demander :

— Ce projet ? Il est si important que ça pour toi ?

Il comprit que c'était maintenant ou jamais. Toute sa vie, il s'était battu pour en arriver là où il était, mais le moment était venu de livrer une autre bataille. Une bataille autrement importante.

— Rien n'a d'importance, Holly, si cela doit me coûter la seule chose qui a vraiment de l'importance à mes yeux, se lança-t-il.

Elle soutint son regard sans ciller.

— Quelle chose ?

— Toi.

Cette confession lui alla droit au cœur.

Elle plongea dans son regard magnétique, remarquant les petites rides qui s'étaient formées au coin de ses yeux et la ligne fine qui creusait son front. Il venait de mettre son cœur à nu, attendant d'elle qu'elle scelle son destin.

Pourtant, elle ne pouvait oublier qu'il avait trahi sa confiance alors qu'elle avait baissé la garde. Et même s'il venait de lui dire tout ce qu'elle avait jamais eu envie d'entendre, pouvait-elle encore le croire ?

— Max…, commença-t-elle avant de s'arrêter net, la raison s'apprêtant à l'emporter sur le cœur.

— Oui, Holly ? Que puis-je dire d'autre ? Je ferais n'importe quoi pour que tu me croies et que tu saches que je ne te ferai plus jamais de mal. Oui. Vraiment n'importe quoi, Holly, répéta-t-il d'une voix presque suppliante.

— Et toi, Max ? Que cherches-tu ?

Il soutint son regard sans ciller, et lorsqu'il parla, il le fit d'une voix ferme et claire.

— Je veux tout ceci, Holly. Je veux faire partie de ton monde. Je te veux, toi.

D'un geste de la main, il engloba la pièce avant d'ajouter :

— La semaine que j'ai passée ici m'a fait prendre conscience du fait que je passais à côté de valeurs importantes de la vie. Je pensais être dans le vrai, mais je me trompais. Je veux ce sapin, et ces chaussettes qui pendent à la cheminée, et cette petite ville où tout le monde se mêle des affaires de tout le monde. Je ne veux plus de ma vie d'avant.

Les dures heures qu'elle venait de vivre se dissipèrent d'un coup, comme par magie. Elle lui offrit un visage rayonnant de bonheur.

— Dois-je comprendre que tu me pardonnes ?

— Je te pardonne, confirma-t-elle en faisant un pas vers lui pour combler l'infime distance qui les séparait encore.

Lorsqu'ils s'embrassèrent, l'alchimie opéra.

— Je ne te trahirai plus jamais, Holly, murmura-t-il contre son oreille. Tu peux me croire.

Elle frissonna, mélange d'émotion et de désir. Elle l'enveloppa de ses bras et se plaqua étroitement contre lui, tandis que leurs lèvres se joignaient de nouveau et qu'ils prenaient la direction de sa chambre.

— Je ne savais pas que tes hôtes étaient autorisés à franchir ce seuil, la taquina-t-il.

Elle éclata d'un rire joyeux.

— Disons que c'est l'exception qui confirme la règle.

Ils se laissèrent tomber sur le lit, toujours enlacés, puis elle offrit son corps à ses lèvres ardentes. Elle soupira d'aise, trouvant incroyable que la vie puisse connaître de tels revirements en si peu de temps.

Leurs mains fébriles se cherchaient, se touchaient, se caressaient, exprimant un désir qu'ils n'étaient plus capables de contenir.

Sans la lâcher des yeux il lui retira ses vêtements avant de se déshabiller à son tour.

Son torse était musclé et ferme sous ses doigts agiles, et la chaleur de sa peau sur la sienne la rendit plus exigeante. Elle s'arc-bouta, offrant aux mains et à la bouche de Max la pointe dressée de ses seins. La langue de Max se fit plus audacieuse, passant de ses seins à son ventre doux et plat puis descendit plus bas pour s'attarder sur son sexe humide de désir.

Le souffle court, elle fourragea dans sa tignasse soyeuse et s'ouvrit un peu plus à lui.

— J'ai tellement envie de toi, Holly, murmura-t-il en relevant la tête.

Elle hocha la tête, se perdant dans le bleu profond de ses yeux. Elle remarqua pour la première fois les petites taches de rousseur qui piquetaient joliment le bout de son nez et les pépites d'or qui émaillaient ses pupilles.

Au comble de l'excitation, il se redressa pour enfiler un préservatif sur son sexe bandé et entra en elle d'un coup de reins lent et voluptueux. Son corps lui répondit instantanément et se calqua sur son rythme, tandis que leurs lèvres restaient scellées jusqu'à ce qu'il se laisse retomber sur elle dans un long râle de plaisir. Ils restèrent ainsi un long moment, leurs membres enchevêtrés, immobiles entre les draps de flanelle douce qui, comme Abby l'avait observé quelques jours plus tôt, n'avaient vu jusque-là rien de plus excitant qu'une jeune femme sage dans son pyjama, un roman à l'eau de rose à la main.

— Tu sais, finit par dire Max, je crois que cette ambiance de Noël est contagieuse. Toutes ces décorations me font perdre tout discernement.

Elle lui adressa un sourire éperdu d'amour.

— Tu es prêt pour la folle journée qui nous attend, alors ?

— Je suis prêt. Mais j'ai encore quelque chose à t'avouer, ajouta-t-il d'une voix rauque d'émotion. Je t'aime, Holly.

— Je t'aime aussi, répondit-elle avec douceur.

Un soleil brillant perçait à travers les stores restés ouverts, inondant la pièce de sa lumière dorée. Holly s'étira comme une chatte, souriant aux souvenirs de la nuit qu'elle venait de passer. Elle roula sur le côté et promena ses mains sur la peau nue de Max.

Elle le connaissait depuis une semaine à peine, mais elle avait l'impression de le connaître depuis une éternité. En l'espace de quelques jours, elle avait vécu tant d'événements ! Elle était passée par tant d'émotions ! Pourtant, si c'était à refaire, elle n'hésiterait pas une seconde, tant le moment qu'elle vivait approchait la perfection. Elle revit le visage d'Evelyn Adler lorsque Max était apparu dans la salle à manger pour la première fois, ce matin-là.

— Pourquoi ris-tu ? s'enquit Max d'une voix encore tout ensommeillée.

— Pour rien, murmura-t-elle.

Du bout du doigt, elle traça les contours de son torse nu et l'enlaça d'un bras, cherchant l'abri rassurant de son corps.

— Je suis juste heureuse.

— Hmm, murmura-t-il contre ses cheveux. J'aime te l'entendre dire.

Un sourire apparut sur ses lèvres tandis qu'il faisait glisser ses mains sur ses hanches rondes et qu'une onde de chaleur se propageait dans tout son corps.

— Après tout, c'est Noël, dit-il en cherchant sa bouche. Noël. Ce jour qu'elle attendait depuis des années était enfin là. Elle l'avait imaginé tellement de fois, mais jamais elle n'aurait pensé qu'elle le partagerait avec un homme qui l'aimerait assez pour renoncer à sa vie et épouser la sienne.

— C'est ton premier Noël dans cette maison devenue aujourd'hui officiellement la tienne, souligna Max en plongeant dans son regard. Que voudrais-tu faire pour fêter cela ?

— J'avoue que je ne vois pas trop ce que je pourrais désirer de plus, murmura-t-elle en se blottissant un peu plus contre lui.

— En fait, j'ai oublié de te le dire, mais j'ai une petite surprise pour toi.

Au comble de l'excitation, elle s'écarta un peu de lui et s'appuya sur un coude pour demander d'une voix de petite fille :

— Qu'est-ce que c'est ?

Comme venu en réponse, la cloche de la porte d'entrée résonna dans toute la maison, surprenant Holly qui se redressa d'un coup et ramena le drap sur elle. La cloche retentit encore et encore et encore, jusqu'à remplir la grande maison de son tintement joyeux.

Le cœur battant, elle se tourna vers Max qui riait tant qu'il s'en tenait les côtes.

— Quoi ? demanda encore Holly qui était bien loin d'imaginer ce qui l'attendait.

D'un bond, elle sortit du lit et enfila à la hâte un pull et des chaussettes, l'esprit en ébullition. Avait-elle oublié l'arrivée d'un client ? Non. Elle était certaine que personne n'était programmé avant le réveillon du nouvel an. A moins que…

— Max ?

Elle riva son regard au sien tandis qu'elle nourrissait un fol espoir.

A son tour, Max roula sur le côté et s'appuya sur un coude, la regardant d'un air angélique avant de hocher la tête.

— Les Adler, murmura Holly, au comble de l'émotion.

— Noël ne serait pas Noël sans les gens que tu aimes autour de toi, déclara Max d'un ton infiniment tendre.

Epilogue

White Barn Inn vivait sa résurrection le jour de Noël. Heureux, Max pénétra dans la cuisine où flottait une délicieuse odeur de volaille.

Comme les choses pouvaient changer en peu de temps ! Et les gens aussi, pensa-t-il, un sourire aux lèvres. Si on lui avait dit qu'un jour il en arriverait à vivre à la campagne et que la perspective de fêter Noël le réjouirait, il ne l'aurait jamais cru !

— La dinde sera prête dans une heure, annonça Stephen tandis que sa petite amie disposait des canapés sur un plateau en argent et qu'Evelyn Adler, perchée sur un tabouret, arrangeait des cookies sur un autre. Lorsqu'elle vit Max, elle choisit le plus gros et le lui tendit, toute souriante.

— Ne me dites pas que Stephen vous a embauchée ! dit Holly en déboulant dans la pièce avec un saladier à moitié rempli de lait de poule.

Aussitôt qu'il la vit, le pouls de Max s'accéléra. Il la trouva encore plus belle que les jours précédents, avec ses yeux pétillants de joie et ses lèvres roses perpétuellement étirées en un sourire radieux.

— Ce n'est pas du travail, riposta Stephen. C'est du plaisir ! Quant à toi, je te rappelle que tu es chargée des boissons.

Holly acquiesça et saupoudra le liquide d'un peu de

muscade râpée. Son expression changea lorsqu'elle vit les bûches fraîchement coupées que Max tenait serrées contre lui.

— Moi, je m'occupe du feu, répondit-il à son interrogation muette.

— C'est mieux ainsi. Je ne veux plus jamais t'entendre te moquer de mes capacités de serveuse, le prévint-elle, faussement menaçante.

— D'accord.

Tandis qu'elle s'affairait encore en cuisine, Holly se réjouissait des rires et des bruits de conversation qui lui parvenaient du salon. Elle vivait dans cette maison depuis cinq ans ; enfant, elle y avait passé toutes ses vacances, et pourtant c'était son premier vrai Noël ici. Oh ! bien sûr, ses hôtes étaient tous charmants, mais elle trouvait si bon d'être entourée de tous les gens qu'elle aimait, dans cette maison qui était maintenant véritablement la sienne.

Chargée d'une main du saladier et de l'autre du plateau de cookies, elle alla retrouver ses invités. Un frisson d'excitation la parcourut lorsqu'elle aperçut Max qui, installé dans un fauteuil club, discutait avec le mari d'Abby, visiblement très à l'aise. Elle avait du mal à reconnaître dans cet homme celui qui, quelques jours plus tôt, ne se sentait pas dans son élément dans cette ambiance festive.

— J'ai l'impression que tout se passe au mieux, dit Abby qui venait de la rejoindre.

— En effet.

— Je suis si heureuse pour toi ! Pourtant, quelque chose me tracasse encore.

— Quoi ? s'enquit Holly qui connaissait déjà la réponse.

— Les Miller. Tu as su pourquoi ils t'ont fait ça ?

Max ne lui avait rien caché, pas même le fait que Georges et Lucy avaient refusé l'argent de la vente pour le consacrer à la restauration de la bibliothèque. Une fois sa colère retombée, une immense tristesse avait envahi Holly à l'idée que Lucie avait gardé ce secret si longtemps pour elle. Manifestement, elle n'avait pas eu suffisamment confiance pour le partager avec elle. Imaginer son amie porter ce fardeau toute seule autant de temps lui fendait encore le cœur.

— Ils avaient leurs raisons, répondit-elle évasivement. Et j'ai jugé bon de passer l'éponge une fois pour toutes en les invitant à se joindre à nous.

Sentant que son amie lui cachait quelque chose, Abby scruta son visage en silence, puis elle finit par dire :

— Si c'est ce que tu veux vraiment, alors moi aussi.

— Mademoiselle Tate, intervint Evelyn qui venait de s'immiscer entre les deux amies. J'ai lu quelque chose de très intéressant dans le journal d'aujourd'hui.

— Ah oui ? Et quoi donc, madame Adler ? demanda Holly.

Une vague de tendresse la submergea alors qu'elle repensait à la surprise que Max lui avait réservée. Et bien que follement heureuse d'être entourée de cette famille de cœur qu'elle s'était choisie, une partie d'elle brûlait de se retrouver de nouveau seule avec Max.

— Ils vont reconstruire la bibliothèque, rapporta Evelyn sur le ton de la confidence.

— Ah bon ? s'étonna Abby. Mais avec quel argent ? Je croyais que la municipalité n'avait pas les fonds nécessaires.

— Il paraît que ça viendrait d'un donateur anonyme, précisa la vieille dame.

— J'en ai vaguement entendu parler, en effet, répondit Holly, feignant d'ignorer le regard interrogateur d'Abby.

Puis, sans plus de commentaires, elle alla accueillir Georges et Lucy qui venaient juste d'arriver.

— Holly…, articula Lucy d'une voix pleine d'émotion. Tiens, ajouta-t-elle en lui tendant un carton qui contenait le dessert. Celle-ci, je l'ai faite au chocolat et à la menthe. J'ai pensé que ce serait mieux.

Holly lui sourit en même temps qu'elle la faisait entrer en la prenant gentiment par le poignet.

— C'est parfait, dit-elle.

— S'il te plaît, pardonne-moi, Holly. Des événements se sont produits, vois-tu, et nous… nous ne savions pas quoi faire.

— Tout va bien, Lucy. Je suis au courant, Max m'a tout raconté.

Lucy poussa un profond soupir de soulagement et riva à ceux de son amie ses yeux que soulignaient de grands cernes mauves.

— Je suis tellement désolée, murmura-t-elle.

— Je regrette juste que tu ne m'en aies pas parlé, avoua Holly. Tu aurais pu te confier à moi. Nous sommes amies, non ?

Lucy ferma les yeux, une expression sereine sur le visage.

— Tu n'imagines pas à quel point ces derniers mots me vont droit au cœur.

— Georges et toi êtes comme ma famille depuis que je me suis installée à Maple Woods. Aussi, laissons toute cette histoire derrière nous, à présent.

Elle leur indiqua le salon.

— Entrez donc, et allez vous servir un peu de lait de poule. Le dîner sera bientôt prêt, et je crois que Max veut vous parler d'une affaire qu'il a en tête.

— Quoi encore, Holly ? s'inquiéta Lucy qui avait pâli d'un coup.

Holly éclata d'un rire joyeux.

— Que diriez-vous de vous lancer là-dedans ? demanda-t-elle en tendant devant elle le carton qui contenait la tarte. Maintenant que Max a prévu de s'installer à Maple Woods, il est impatient de se lancer dans de nouvelles affaires.

— Vraiment ? s'enquit Evelyn de sa voix aigrelette. Cela veut-il dire que j'aurai le plaisir de voir Max à chacun de mes séjours ici ?

— Je crois bien que oui, madame Adler.

— Décidément, cet endroit me plaît de plus en plus, conclut la vieille dame avant d'aller retrouver son mari.

Bien que fidèle à la tradition qui voulait que l'on s'échange les cadeaux après le dîner, Holly ne pouvait plus attendre pour donner le sien à Max.

— Viens un peu ici, lui intima-t-elle gentiment.

— Qu'y a-t-il ?

— Tu n'as pas encore ouvert ton cadeau, dit-elle, impatiente.

Elle pointa du doigt le paquet qui se trouvait encore au pied du sapin et invita Max à l'ouvrir.

Il déchira fébrilement le papier, et lorsqu'il vit le petit train rouge et noir que contenait la boîte, il fondit de tendresse et d'amour.

— Tu auras attendu trente ans pour l'avoir, dit-elle, mais cela me paraissait indispensable de te l'offrir.

— Il y a des choses qui valent le coup d'attendre, rétorqua-t-il en se penchant vers elle pour l'embrasser tendrement.

Elle lui rendit son baiser et se nicha contre lui, heureuse de sentir le poids de ses bras autour de ses épaules et la sécurité que cette étreinte lui procurait. Elle regarda les gens merveilleux qui emplissaient la salle, et un sourire radieux apparut sur son visage. Une semaine plus tôt, cette maison était encore une auberge. La veille, elle était vide. Aujourd'hui, elle était devenue officiellement sa maison et elle abritait son bonheur.

Passions

— *Le 1ᵉʳ décembre* —

Passions n°506

L'enfant d'un mensonge - Charlene Sands

Alex Santiago n'est qu'un mensonge – il n'existe pas. Lorsque Cara découvre que son fiancé se nomme en réalité Alejandro del Toro, il est déjà trop tard. Car, si leur mariage a pu être annulé de justesse, les conséquences de la trahison d'Alex n'en demeurent pas moins cruelles pour elle. Jamais elle n'oubliera qu'il s'est servi d'elle, qu'il l'a manipulée, alors qu'elle tombait follement amoureuse de lui. Jamais, surtout, elle ne lui pardonnera de ternir aujourd'hui le bonheur qu'elle porte en elle...

Baisers interdits - Barbara Dunlop

Danielle est une femme réfléchie, une avocate brillante diplômée de Harvard. Et pourtant, face à Travis Jacobs, un cow-boy aussi suffisant qu'exaspérant, elle perd tous ses moyens, chaque fois qu'elle le croise. Aussi, le jour où ils se retrouvent par hasard à Las Vegas, a-t-elle envie de fuir, loin de lui, loin de la tentation que représentent pour elle son corps sculptural, son regard teinté de défi. Mais, dans la ville où toutes les folies sont permises, les baisers interdits peuvent être les plus exquis...

Passions n°507

Le prix d'un secret - Yvonne Lindsay

Tout autour d'elle s'étendent des vignes à perte de vue, et c'est avec émotion que Tamsyn Masters pénètre dans la propriété de sa mère, en Nouvelle-Zélande. Enfin, elle va pouvoir se présenter à celle qui l'a abandonnée autrefois. Du moins le croit-elle. Car, à l'adresse qu'on lui a indiquée, c'est un homme qui l'accueille, et plutôt froidement. Pourquoi Finn Gallagher, puisque c'est son nom, se montre-t-il si hostile à son égard, alors qu'ils ne se sont jamais rencontrés ? Et pourquoi Tamsyn a-t-elle l'impression qu'il lui dissimule un sombre secret ?

Les flocons de la passion - Janice Maynard

Se reposer dans un chalet perdu en pleine montagne ? Un cauchemar pour Léo Cavallo, habitué à mener ses affaires à cent à l'heure. Arrivé aux monts Great Smoky, Tennessee, il n'a déjà plus qu'une envie : repartir. Mais il fait froid, il fait nuit, et une tempête de neige menace, dehors. Hélas, alors qu'il pense que la situation ne peut pas être pire, Léo découvre avec horreur qu'il va devoir cohabiter avec une jeune femme qui, si elle a le mérite d'être belle à se damner, est aussi accompagnée d'un bébé...

Captive de son regard - Dani Wade

Trois mois. Ziara doit tenir trois mois en tant qu'assistante de Sloan Creighton. Autant dire une éternité, car cet homme d'affaires impitoyable, réputé pour ses conquêtes, n'a de cesse depuis qu'ils se sont rencontrés de la déshabiller du regard, avec un plaisir évident. Or, si Ziara redoute les intentions à peine dissimulées de Sloan de la mettre dans son lit, elle redoute davantage encore les sensations grisantes et bien trop voluptueuses qu'elle éprouve en présence de son nouveau patron...

Le parfum du souvenir - Lilian Darcy

Joe Capelli est de retour en ville, plus beau que jamais. Dès qu'elle l'aperçoit, Mary Jane renoue avec ses dix-huit ans, cette époque troublante où ils fréquentaient le même lycée et où elle le détestait – tout en l'adorant en secret. Bouleversée par leurs retrouvailles, Mary Jane l'est encore davantage par la métamorphose de Joe. L'adolescent impétueux est devenu un père responsable, et son regard autrefois espiègle s'est chargé d'une certaine gravité. Que lui est-il arrivé ? Mary Jane a soudain très envie de le découvrir – en même temps que le goût de ses lèvres...

Dans les bras d'Aaron - Gina Wilkins

Aaron Walker en a plus qu'assez de vivre dans l'ombre d'Andrew, son jumeau aussi talentueux qu'autoritaire, qui n'a de cesse d'exiger de lui qu'il prenne son destin en main. Décidé à s'offrir une parenthèse loin de la pression familiale, il se rend au Bell Resort, un camp de vacances au parfum de paradis. Mais à peine y a-t-il mis les pieds que ses projets d'évasion tournent au fiasco. Si les membres de la famille Bell, propriétaire du lieu, l'accueillent chaleureusement, c'est qu'ils le prennent tous pour son frère. Et notamment la sublime Shelby qui, sitôt qu'elle croise son regard, se jette à son cou...

Une nuit avec Andrew - Gina Wilkins

Lorsque Andrew Walker apprend par Aaron, son jumeau, que Hannah Bell est enceinte de six mois, il n'hésite pas une seconde à abandonner ses affaires urgentes pour se rendre au Bell Resort, le camp de vacances où la jeune femme habite. Car, il en est persuadé, l'enfant qu'elle porte est le sien. Et, si Hannah n'a pas jugé utile de l'informer que leur liaison n'a pas été sans conséquence, Andrew n'en est pas moins résolu à revendiquer haut et fort sa paternité...

Une vengeance si douce - Maureen Child

L'océan turquoise, une plage de sable fin et une végétation luxuriante abritant de splendides cascades. C'est sur l'île de Tesoro que Rico King a bâti son palace – son rêve. Et il ne laissera personne le détruire. Alors, quand il apprend que Teresa Coretti et sa famille de voleurs de bijoux ont osé refaire surface à Tesoro, chez lui, Rico est fou de rage. Il se vengera de cette femme qui lui a fait baisser sa garde pour mieux le tromper. Il brisera celle qu'il a passionnément aimée, et qui, en plus d'un trésor inestimable, lui a ravi son cœur et son honneur en prenant la fuite le lendemain de leurs noces...

Un pacte avec lui - Christine Flynn

Depuis trois jours, le monde d'Aurora vacille. Après avoir perdu son emploi, voilà qu'elle est sur le point d'être expulsée de son appartement avec son fils. Aussi, quand un mystérieux bienfaiteur lui propose soudain d'emménager dans la maison de ses rêves, y voit-elle un signe du destin, la chance qu'elle espérait de démarrer une nouvelle vie. Mais il y a une condition à cet étrange cadeau de Noël : elle va devoir cohabiter quelques mois avec Erik Sullivan, un homme qui lui manifeste une franche hostilité...

Juste une aventure... - Leslie Kelly

New York-Chicago en voiture, sur les routes enneigées, et avec Rafe Santori ? Ellie n'imagine pas meilleure définition du cauchemar. A moins que ça ne soit un rêve éveillé au contraire ? Après tout, cet homme lui a déjà brisé le cœur par le passé : qu'a-t-elle à perdre de plus si elle décide de profiter de cette aventure pour redécouvrir, entre ses bras, le plaisir fou que lui seul savait lui donner ?

Un rival très sexy - Tawny Weber

Ce week-end au calme dans le chalet familial, c'est l'occasion pour Jordan de peaufiner sa chronique et de prouver enfin au monde entier qu'elle est une meilleure journaliste que Sebastian Lane, la star de la rédaction. Sebastian, si beau, si doué, si... parfait. Aussi, quand le même Sebastian fait irruption dans son refuge, Jordan est-elle furieuse. Mais, bientôt, elle se demande si ce n'est pas l'occasion d'imaginer une façon bien plus agréable – et torride – de trouver l'inspiration...

Le désir fait homme - Karen Foley

Une peau mate et lisse, des abdominaux d'acier, un profil volontaire, comme ciselé dans la pierre... L'homme qui travaille, torse nu, dans le jardin voisin est l'inspiration que Lexi cherchait pour la statue d'Apollon qu'elle doit réaliser, elle en est sûre. Mais voilà : l'inconnu l'a surprise alors qu'elle prenait des photos de lui et exige maintenant des explications. Peut-elle vraiment lui avouer *tout* ce que la vue de son corps a éveillé en elle ?

Nuit secrète - Lori Borrill

Un client... Monica est atterrée. Quand, une semaine plus tôt, elle a cédé au désir fou que lui inspirait l'envoûtant inconnu rencontré dans un aéroport, elle n'imaginait pas une seconde le revoir à la fête de Noël donnée par l'entreprise pour laquelle elle travaille... et encore moins à ce qu'il soit un client ! Mais, face aux promesses qu'elle voit briller dans le regard de Kit Baldwin, son angoisse laisse bientôt place à un trouble bien différent... et délicieux.

Best-Sellers n°621 • *suspense*
Le secret de la nuit - Amanda Stevens

Au loin, elle aperçoit la silhouette familière d'un homme se diriger vers elle. Malgré le masque d'assurance qu'elle s'efforce d'afficher, Amelia Gray se sent blêmir. Robert Fremont est de retour. Une fois encore, cet ancien policier aux yeux constamment dissimulés derrière d'opaques lunettes de soleil est venu lui demander son aide. Pourquoi l'a-t-il choisie elle, simple restauratrice de cimetières, pour tenter d'élucider le meurtre qui a ébranlé la ville dix ans plus tôt ? Amelia ne le sait que trop bien, hélas : Fremont est le seul à avoir perçu le don terrible et étrange qu'elle cache depuis l'enfance... Bien que désemparée, elle accepte la mission qu'il lui confie. Mais tandis que ses recherches la mènent dans les quartiers obscurs de Charleston, elle comprend bientôt qu'elle n'a plus le choix. Si elle veut remporter la terrible course contre la montre dans laquelle elle s'est lancée, elle va devoir solliciter le concours de l'inspecteur John Devlin. Cet homme sombre et tourmenté dont elle est profondément amoureuse mais qu'elle doit à tout prix se contenter d'aimer de loin...

Best-Sellers n°622 • *suspense*
Neige mortelle - Karen Harper

Un cadavre de femme, retrouvé enseveli sous la neige. Puis, quelques jours plus tard, une autre femme, découverte assassinée à deux pas de chez elle... Comme tous les autres habitants de la petite communauté de Home Valley où elle vit, Lydia Brand est bouleversée. Ces décès inexpliqués sont-ils de simples coïncidences ? Au plus profond de son cœur, Lydia est persuadée que non. Pire, elle éprouve le désagréable sentiment qu'ils sont intimement liés à l'enquête qu'elle mène pour retrouver ses parents biologiques... Cherche-t-on à l'empêcher de découvrir la vérité ?
Bien que gagnée peu à peu par la peur, Lydia se résout à vaincre ses réticences et à se confier à Josh Yoder, l'homme pour qui elle travaille... et qui fait battre son cœur en secret. Aussitôt sur le qui-vive, Josh lui en fait la promesse : il l'aidera à lever le voile sur ses origines, et la protégera de l'ennemi invisible qui la guette dans l'ombre.

Best-Sellers n°623 • *thriller*
Sur la piste du tueur - Alex Kava

A la vue du corps qui vient d'être déterré par la police sur une aire de repos de l'Interstate 29, dans l'Iowa, l'agent spécial du FBI Maggie O'Dell comprend qu'elle vient enfin de découvrir le lieu où le tueur en série qu'elle traque depuis un mois a enterré plusieurs de ses victimes.
Pour démasquer ce criminel psychopathe qui a fait des aires d'autoroute son macabre terrain de chasse, et l'empêcher de tuer de nouveau, Maggie est prête à tout mettre en œuvre. Et tant pis si pour cela, il lui faut accepter de collaborer avec Ryder Creed, un enquêteur spécialisé que le FBI a appelé en renfort. Un homme mystérieux qui la trouble beaucoup trop à son goût.
Mais tandis que Maggie se rapproche de la vérité, il devient de plus en plus clair que le tueur l'observe sans répit, et qu'elle pourrait bien être son ultime proie...

Best-Sellers n°624 • roman
Noël à Icicle Falls - Sheila Roberts

La magie de Noël va-t-elle opérer à Icicle Falls ?

Tout avait pourtant si bien commencé… Cassie Wilkes, propriétaire de la petite pâtisserie d'Icicle Falls, doit pourtant l'admettre : si le repas familial qu'elle a préparé pour Thanksgiving frise la perfection absolue, il n'en va pas de même pour le reste de son existence. Loin de là. Sa fille unique ne vient-elle pas d'annoncer à table, devant tous les convives, qu'elle comptait se marier le week-end avant Noël (autant dire dans 5 minutes) avant de déménager dans une autre ville ? Pire, qu'elle voulait que son père (autrement dit son épouvantable ex-mari) la conduise à l'autel ? Déjà proche du KO, Cassie doit encaisser l'ultime mauvaise nouvelle de ce repas qui a décidément viré au cauchemar : son ex-mari, sa nouvelle femme et leur chien vont demeurer chez elle le temps des festivités.

Pour Cassie, cette période des fêtes sera à n'en pas douter pleine de surprises et de rebondissements…

Best-Sellers n°625• historique
Séduite par le marquis - Kasey Michaels

Londres, 1816

Lorsque débute sa première saison à Londres, Nicole est aux anges. Elle a tant rêvé de ce moment ! Et certainement pas dans l'espoir de dénicher un mari, comme la plupart des jeunes filles. Non, tout ce qu'elle désire, c'est savourer le plaisir d'être enfin présentée dans le monde et de vivre des aventures passionnantes. Mais à peine arrivée à Londres, elle fait la connaissance d'un ami de son frère, le marquis Lucas Caine. Un gentleman séduisant et charismatique qui, elle le sent aussitôt, pourrait la faire renoncer à ses désirs d'indépendance si elle n'y prenait garde. Mais voilà que Lucas lui fait alors une folle proposition : se faire passer pour son fiancé afin de décourager les soupirants qui ne manqueront pas de se presser autour d'elle. Nicole est terriblement tentée. Grâce à ce stratagème, aucun importun n'osera lui parler de mariage ! Mais si ce plan la séduit, est-ce parce qu'il l'aidera à conserver sa liberté, ou parce qu'il la rapprochera un peu plus de ce troublant marquis ?

Best-Sellers n°626 • roman
Avec vue sur le lac - Susan Wiggs

Etudes brillantes, parcours professionnel sans faute… Sonnet Romano s'efforce chaque jour de gagner la reconnaissance d'un père dont elle est « l'erreur de jeunesse », la fille illégitime. Une vie parfaite et sans vagues qui a un prix : Sonnet ne se sent jamais à sa place…

Mais voilà que le vent se lève en ce début d'été. Une nouvelle bouleversante pousse Sonnet à tout quitter — son poste à l'Unesco et la mission prestigieuse qu'on lui offre à l'étranger —, pour rentrer s'installer au lac des Saules, où elle a grandi. Là-bas, une épreuve l'attend. Une épreuve, mais aussi la chance inestimable d'une nouvelle existence. Portée par l'amour inconditionnel de ses amis, de sa mère adorée, de son beau-père qui l'a toujours soutenue, Sonnet va ouvrir les yeux. Sur la nécessité de sortir du carcan des apparences, sur la liberté de faire ses propres choix. Mais surtout sur la naissance de ses sentiments profonds et passionnés pour Zach, l'ami de toujours, l'homme qu'elle n'attendait pas…

OFFRE DE BIENVENUE

2 romans Passions et 2 cadeaux surprise !

Vous êtes fan de la collection Passions ? Pour prolonger le plaisir, recevez gratuitement **2 romans Passions** (réunis en 1 volume) **et 2 cadeaux surprise !**

Une fois votre colis de bienvenue reçu, si vous souhaitez continuer à recevoir nos romans Passions, cela se fera automatiquement. Vous recevrez alors chaque mois 3 volumes doubles inédits de cette collection au tarif de 23,93€ (25,94€ pour la Belgique), incluant les frais de port.

▶ **Vous n'avez aucune obligation d'achat et cette offre est sans engagement de durée !**

Les bonnes raisons de s'abonner :

◆ Aucun engagement de durée ni de minimum d'achat.

◆ Vos romans en avant-première.

◆ La livraison à domicile.

Et aussi des avantages exclusifs :

◆ Des cadeaux tout au long de l'année qui récompensent votre fidélité.

◆ Des réductions sur vos romans par le biais de nombreuses promotions.

◆ Des romans exclusivement réédités pour nos abonné(e)s notamment des sagas à succès.

◆ L'abonnement systématique à notre magazine d'actu ROMANCE.

◆ Des points cadeaux pouvant être échangés contre des livres ou des cadeaux.

Rejoignez-nous vite en complétant et en nous renvoyant le bulletin !

RZ4F09
RZ4FB1

N° d'abonnée (si vous en avez un) ⎵⎵⎵⎵⎵⎵⎵⎵⎵⎵⎵

Mme ☐ Mlle ☐ Nom : .... Prénom : ....

Adresse : ....

CP : ⎵⎵⎵⎵⎵ Ville : ....

Pays : .... Téléphone : ⎵⎵⎵⎵⎵⎵⎵⎵⎵⎵⎵

E-mail : ....

Date de naissance : ....

☐ Oui, je souhaite être tenue informée par e-mail de l'actualité des éditions Harlequin.

☐ Oui, je souhaite bénéficier par e-mail des offres promotionnelles des partenaires des éditions Harlequin.

Renvoyez cette page à : Service Lectrices Harlequin – BP 20008 – 59718 Lille Cedex 9 - France

Date limite : **31 décembre 2014**. Vous recevrez votre colis environ 20 jours après réception de ce bon. Offre soumise à acceptation et réservée aux personnes majeures, résidant en France métropolitaine et Belgique. Prix susceptibles de modification en cours d'année. Conformément à la loi Informatique et libertés du 6 janvier 1978, vous disposez d'un droit d'accès et de rectification aux données personnelles vous concernant. Il vous suffit de nous écrire en nous indiquant vos nom, prénom et adresse à : Service Lectrices Harlequin - BP 20008 - 59718 LILLE Cedex 9 - Tél.: 01 45 82 47 47. Harlequin® est une marque déposée du groupe Harlequin. Harlequin SA – 83/85, Bd Vincent Auriol – 75646 Paris cedex 13. SA au capital de 1 120 000€ - R.C. Paris. Siret 31867159100069/ APE5811Z.

Composé et édité par HARLEQUIN

Achevé d'imprimer en Italie (Milan)
par Rotolito Lombarda
en octobre 2014

Dépôt légal en novembre 2014